Haefs · Traumzeit

GISBERT HAEFS

Traumzeit für Agenten

ROMAN

HAFFMANS VERLAG

Umschlagbild von
Salvador Dalí
Der rätselhafte Weg
(zweite Fassung), 1981

1. Auflage, Herbst 1994

Satz: Jung Satzcentrum GmbH
Herstellung: Offizin Andersen Nexö, Leipzig
ISBN 3 251 00255 4

1.

Chevrillon saß halb auf der Seitenkante seines graublauen Plastikschreibtischs. Das linke Bein baumelte; zwischen der dunkelgrauen Synthetiksocke und der hellgrauen Hose war schlaffes weißes Fleisch zu sehen, mit gräulichen Haaren. Aus dem schulterlangen grauen Haar des dünnen Manns rieselten Schuppen auf das längst nicht mehr weiße Synthetikhemd; der Kragen hing offen. Krümel von dem Blätterteiggebäck, an dem er beim Reden knabberte, bedeckten die halb zugeknöpfte braungraue Weste. In der rechten Hand hielt er einen Plastikbecher mit zweifelhaftem Kaffee.

Delgado hatte seinen Becher auf den Schreibtisch gestellt; das Gebräu konnte zwar kälter, aber kaum schaler werden. Mißmutig blinzelte er zu Chevrillons Gesicht hoch, einem dunkelgrau verschwommenen Klecks. Vermutlich mit Absicht hatte der Mann sich so hingehockt, daß Delgado in die grelle Sonne des späten Vormittags blicken mußte, wenn er ihn ansah. Chevrillon tat immer alles mit Absicht. Je mehr verschiedene Absichten er mit etwas verfolgen konnte, desto lieber tat er es. Eigentlich, dachte Delgado, waren Irritation und Blendung so geringe Effekte, daß es in Chevrillons verwinkeltem Hirn weitere Gründe für diese Sitzanordnung geben mußte.

Das Büro war schäbig und stickig; und grau – die Möbel, der Teppichboden, das Portrait des Poliorchosaurus an einer Wand, die Türen der Schränke, in denen irgendwelche geheimen Akten schlummern mochten.

»Was denken Sie gerade?« sagte Chevrillon; seine Stimme war farblos.

»Ich überlege, ob vom Park da unten Luft reinkommt, wenn man das Fenster aufmacht.« Delgado rümpfte die Nase. »Außerdem versuch ich, die Absteigen und die angemieteten Büros zu zählen, in die Sie mich in den letzten Jahren bestellt haben.«

Chevrillon gluckste leise, stopfte den Rest des Gebäcks in den Mund und wischte sich die Finger an der Weste. »Sie wissen doch – immer da sein, wo die Kontrolleure einen nicht suchen.«

Delgado nickte matt. »Wie ich Sie kenne, hat die Bude noch zwei andere Zwecke. Hohle Wände vielleicht, oder eine Rohrpostverbindung zum zentralen Regierungsbordell.«

Er hatte nie herausfinden können, für welche Abteilung Chevrillon tätig war. Vermutlich ein Büro für Dreckarbeiten, zuständig für einen Nebel, in dem Geheimdienst, Militärs und Wirtschaft herumstocherten. Der Nebel und das Stochern waren Teil von Duncan Delgados Geschichte. Mit 17 war er aus einem Kaff in den Bergen geflohen: nur weg von dem grimmigen Vater aus einem früheren Jahrhundert, von der verhuschten Mutter, den angepaßten Geschwistern, der Öde. Die Marineinfanterie hatte ihm beigebracht, wie man mit den Händen und komplizierteren Instrumenten tötet, und ihn in fremde Gegenden reisen lassen, um dieses Geschäft zu betreiben. Scharfsinnige, witzig formulierte Berichte brachten seine Vorgesetzten auf den Gedanken, er könne in der Abteilung Unterhaltung und Desinformation besser verwendet werden; er hatte sich ein wenig weitergebildet und nach dem Ausscheiden eher ziel- und ruhelos für verschiedene Blätter und Agenturen als Korrespondent gearbeitet – bis Chevrillon ihn entdeckte und köderte und gegen gute (schwarze) Bezahlung einsetzte. Industriespionage, Personenüberwachung, Menschenschmuggel; fünfzehn Jobs hatte Delgado in den sieben Jahren für Chevrillon erledigt, alle riskant, die meisten mit Reisen verbunden. Jedesmal hatte Chevrillon ihn zu einem anderen angemieteten Büro bestellt, gab ihm Anweisungen zur Durchführung eines zwiefach doppelbödigen Auftrags, war jedesmal im Notfall unter einer anderen Nummer zu erreichen. Sollte etwas schiefgehen, würde auch diesmal keine parlamentarische Kontrollkommission Hinweise oder Spuren finden, und keine Nebenstelle eines Ministeriums oder Amts hätte je öffentliche Gelder zur Bezahlung illegaler Aktivitäten mißbraucht. Die Wahrscheinlichkeit, daß Chevrillon tatsächlich Chevrillon hieß, war etwas geringer als die Aussicht darauf, daß der kleine Park sich zwanzig Stockwerke emporrecken könnte, um Gesträuch zwischen die Sonne und Delgados Augen zu schieben.

»Stimmen Sie mir bis hierhin zu?« Chevrillon rutschte von der Schreibtischkante und blieb vor Delgado stehen.

»Ziemlich überzeugend – leider.«

Seit Delgado das Büro betreten hatte, war ihm neben ungenießbarem Kaffee eine unangenehme Bilanz aufgetischt worden. 36 Jahre alt, ohne Anhang, ohne Job, pleite: Chevrillon wußte alles. Delgado hatte gespielt und spekuliert und Schulden bei unangenehmen Gestalten; aus einigen der geplatzten Geschäfte ließen sich Stricke drehen, in die jeder Staatsanwalt mit Wonne ein paar Knoten schlüge.

»Ich gehe also davon aus, daß Sie die lautstarken Äußerungen zurücknehmen – von wegen nie wieder und so weiter.«

»Mhm.«

»Sie könnten natürlich auch richtig arbeiten.«

»Jetzt klingen Sie richtig gehässig«, sagte Delgado.

Chevrillon hob die Schultern. »Sie sehen mich zerknirscht. Gehässig... Hindere ich Sie etwa daran, wieder als Journalist zu arbeiten? In drei Jahren würden Sie genug verdienen, um die Schulden halb zu bezahlen.«

Delgado schwieg.

Chevrillon ging um den Tisch, zog eine Schublade auf und warf einen grauen, gefütterten Umschlag auf die Platte.

Delgado nahm, öffnete, zählte; dann betrachtete er die übrigen Papiere. Der Umschlag enthielt zehn Bündel Geldscheine, je fünfzig Hunderter, älter und neuer, ohne Markierungen oder fortlaufende Numerierung; zehn engbedruckte Seiten mit Informationen, die wahrscheinlich nach Lektüre zu vernichten waren; ein Ticket; und einen Ausweis, der Delgado zum Sonderkorrespondenten einer Provinzzeitung machte.

»Wen muß ich dafür umbringen? Fünfzigtausend...«

Chevrillon setzte sich auf seinen grauen Plastikstuhl, lehnte sich zurück und verschränkte die Hände hinter dem Kopf. »Umbringen? Tsk tsk tsk. Sie unterschätzen mich, Mann, und Sie überschätzen Ihren Preis als Killer. Dafür kriege ich ein Dutzend.«

Delgado nickte. »Was für einen satanischen Dreifachplot haben Sie diesmal ausgeheckt?«

Chevrillon stülpte die Lippen vor, als ob er fröhlich pfeifen wollte. Er schien zufrieden – ob mit Delgados Reaktion, sich selbst oder den Wirrungen des Plots. »Einzelheiten stehen auf dem Papier da. Der Ausweis ist echt; die Gazette erwartet von Ihnen Berichte. Dafür kriegen Sie ein Spesenkonto und bescheidenes Zeilenhonorar. Wie üblich.«

»Haben Sie alte Schulden eingetrieben?«

Chevrillon reagierte nicht. »Es wird diesmal ein bißchen länger dauern als sonst bei uns üblich. Deshalb die fünfzigtausend.«

»Muß ich das jetzt alles lesen?«

Chevrillon verdrehte die Augen. »Nachher. Zu Hause. Unterwegs. Wo Sie wollen. Meine Zeit ist begrenzt. Ich geb Ihnen einen kurzen Überblick.«

Er setzte sich auf, legte die Hände auf den Schreibtisch und sprach – halblaut, schnell, konzentriert. Delgado lauschte. Das Reiseziel war ihm allenfalls nebulös bekannt, ein Ort, über den er nichts hätte sagen können, außer daß er in Nachschlagewerken stand. Eine Gegend mit dunkelhäutigen Einheimischen und interessanten Bodenschätzen, die von einem Großkonzern ausgebeutet wurden. Und mit einer sich entwickelnden Widerstands- oder Befreiungsbewegung (der Name des Führers klang, dachte Delgado, als ob ein Hund mit vollem Maul reden wollte und dabei niesen müßte), die die Fremden vertreiben und das Land selbst besitzen wollte.

»Das ist aber kein Ein-Mann-Unternehmen«, sagte er, als Chevrillon eine Pause machte.

»Was?«

»Ich nehme an, ich soll da hin und etwas für den Profit unserer krisengeschüttelten Wirtschaft unternehmen, oder?«

Chevrillon lächelte; ein unangenehmer Anblick, etwas von einem Waran, der sich über sein zappelndes Dessert amüsiert.

»Nichts derlei. Diese Form von, ah, Subversion einer fortschrittlichen Befreiungsbewegung liegt uns fern.«

»Seit wann?«

Chevrillon lachte leise. »Und wenn, dann hätten Sie natürlich recht – das wäre ein Job für viele. Nein, Sie sollen da etwas ganz anderes erledigen.«

»Da bin ich aber gespannt.«

»Sparen Sie sich den Sarkasmus; Sie werden ihn und andere Formen von Erheiterung noch brauchen.« Chevrillons Stimme klang fast verträumt. »Wissen Sie, demnächst, irgendwann, geh ich in Pension. Ein Häuschen am Strand, ein reines Gewissen, gutes Geld ... Da will ich meine Finger nicht mit derart widerlichen Dingen beschmutzen; es könnte, sagen wir mal, mein Gewissen beschweren.«

»Ha.«

»Na gut, also Klartext.« Chevrillons Gesicht wurde hart; und kalt.

Seine Augen bohrten sich in die von Delgado. »Wenn alles seinen normalen Gang geht, wird die Befreiungsbewegung in zwei, drei Jahren wirklich gefährlich. Die edlen Herren, denen unser aller Prosperität am Herzen liegt, werden nach und nach Söldner anheuern, noch mehr als ohnehin schon ...«

»Aha.«

»... und dann gibt es das große Blutvergießen, das Öffentlichkeit und Abgeordnete so sehr schätzen. Am Ende müssen wir intervenieren, um unsere bedrohten Staatsbürger herauszuhauen, und irgendwer wirft uns dann entweder vor, wir wollten Wirtschaftsinteressen schützen, oder die zuständigen Stellen hätten bestimmte Entwicklungen zu spät erkannt. Alles ganz scheußlich.«

Delgado kicherte, ohne Vergnügen. »Sie klingen ja richtig vergrämt, Mann.«

»Bin ich, bin ich. Deshalb sollen Sie jetzt los, Delgado, und zwar sollen Sie dafür sorgen, daß die Entwicklung sich nicht langsam hochschaukelt, sondern daß alles schnell geht. So schnell, daß unsere Landsleute freiwillig abziehen, weil die Befreiungsbewegung schneller an Boden gewinnt, als der Konzern Söldner einfliegen kann. Klar? Sie sollen die Katastrophe nicht abwenden, sondern beschleunigen.«

Delgado starrte ihn wortlos an. Und ungläubig.

»Sie tun Ihrer Regierung einen großen Dienst. Und Sie ersparen dem Steuerzahler Ausgaben. Wenn alles klappt jedenfalls. Bei einem schnellen Zusammenbruch können wir, eh, politisch vermitteln, ohne eingreifen zu müssen. Eine militärische Intervention wäre erheblich kostspieliger.«

»Ich glaub es nicht«, sagte Delgado schwach.

Chevrillon grinste. »Das ist eine gute Voraussetzung. Die beste, gewissermaßen. Politische Berater sollten skeptisch sein. Ah, das Ticket ... Sie fliegen morgen früh.«

»Moment, Moment.« Delgado wedelte mit den Papieren. »Steht da drin, wie das alles ablaufen soll?«

»Was meinen Sie?«

»Politischer Berater ist ein netter Titel. Aber um etwas gegen den Konzern und die Söldner ausrichten zu können, brauchen die Leute mehr als kluge Reden. Waffen, zum Beispiel.«

»Ach?« Chevrillon schien amüsiert.

»Soll ich die im Handgepäck mitnehmen? Kommen Sie, Mann,

erzählen Sie mir nichts von Ein-Mann-Unternehmungen. Dazu gehört eine gründliche Organisation. Sie müssen doch sowieso Leute an Ort und Stelle haben; woher kommen sonst die Informationen, die Sie dazu bringen, mich jetzt loszuschicken? Und ...«

Chevrillon unterbrach. »Niemand ist eine Insel, wie irgendwer mal ein bißchen salbungsvoll bemerkt hat.«

»Ich bin also *nicht* allein da. Kein Ein-Mann-Unternehmen. Wer sind die anderen? Wie kann ich, wenn ich in eine Klemme gerate, die anderen finden?«

Chevrillon stand auf. »Sie geraten eben nicht in eine Klemme. Mein Rat. Was immer andere tun, geht Sie nichts an. Der Teil, für den Sie zuständig sind, *ist* ein Ein-Mann-Unternehmen. – Ah, und noch etwas. Sehen Sie sich vor. Ab sofort.«

»Besondere Gründe?«

»Besondere ... Erwägungen. Es könnte sein, daß jemand mit anderen Interessen diese durchsetzen möchte.«

»Hier schon?«

Chevrillon wackelte mit dem Kopf. »Im Prinzip sind alle Kraken gleich, aber einige haben längere Arme als andere.«

II.

Als er das Büro verließ, nahm er nicht den Expreßlift, sondern ging langsam die endlosen Treppen hinunter, erinnerte sich an die Doppel-, Dreifach- und Vierfachplots, an denen er beteiligt gewesen war, und fragte sich, was Chevrillons eigentliches Ziel sein mochte. Der Mann war Schachartist, nur glücklich, wenn er durch Bewegung einer eigenen Figur gleichzeitig einen gegnerischen Angreifer ausschalten, die eigene Deckung stärken und quasi nebenbei ein Abzugsschach samt Abzugsgardez zaubern konnte. Der Beginn dieses neuen Auftrags sah bei aller Kompliziertheit zu einfach aus; es mußte mehr dahinterstecken. Chevrillon handelte immer nach dem Prinzip: minimaler Aufwand, maximale Wirkung. In diesem Fall war der Aufwand hoch; was mochte die angestrebte Wirkung sein? Er dachte an andere Jobs, etwa die Entführung der Frau eines Industriellen. Der Mann war in irgendwelche finsteren Waffenexporte verwickelt, aber mit legalen Mitteln konnte ihm nichts nachgewiesen werden. Die Frau wußte wenig Konkretes; sie wurde gut behandelt und plauderte fröhlich, nachdem sie begriffen hatte, daß ihr nichts geschehen würde. Aus dem, was sie erzählte, hätte Delgado nichts machen können, aber Chevrillon setzte nebenher aufgeschnappte Bröckchen zu einem neuen Ganzen zusammen. Art, Umfang und Empfänger der Waffenexporte wurden klar; vier beteiligte Beamte konnten ausgeschaltet werden; der Industrielle erhielt – alles wurde inoffiziell abgewickelt – seine Frau zurück und zahlte ein paar hundert Millionen »vergessene Steuern« nach. Der eigentliche Zweck der Aktion war jedoch ein anderer gewesen: ein Teil der Nachzahlungen ging in die Kriegskasse eines wichtigen Politikers, der bei den nächsten Budgetberatungen dafür sorgte, daß ein bestimmter Posten aufgestockt wurde; und die Frau hatte pittoreske Einzelheiten über die erotischen Vorlieben eines ehemaligen Gespielen angedeutet, der den Vorsitz einer Kommission aufgab, die illegale Geheimdienstaktivitäten hatte untersuchen sollen.

Auf einem Treppenabsatz irgendwo im unteren Drittel des Gebäudes fand er einen breiten Fenstersims, mit Blick auf den Park. Er hockte sich hin und überflog die Unterlagen, las schnell und gründlich, was Chevrillon oder dessen Leute zusammengestellt hatten: örtliche Besonderheiten, die beteiligten Firmen, rechtliche Probleme, die Neigungen der lokalen Administration, die Interessen einheimischer Magnaten.

Und die Einzelheiten des Auftrags. Es gab da einiges, auch an Ausrüstung, und irgendwie machte es Delgado mißtrauisch, ohne daß er einen Grund hätte nennen können: ein Konto bei einer örtlichen Bank, auf das maximal ein Jahr lang ein Tausender pro Monat überwiesen werden würde, für Spesen und sonstige Sonderausgaben; eine kleine Handwaffe samt Waffenschein, ordnungsgemäß auf seinen Namen ausgestellt; robuste Mikrogeräte für Ton- und Bildaufzeichnung, mit denen Delgado, da er lange genug journalistisch gearbeitet hatte, mühelos umgehen konnte; ein Vocorder mit Raffermodul (die neueste Ausführung, handlich und sehr teuer – ein Ding mit Klappdisplay und Drucker, das gesprochene Texte in Schrift und, nach Korrektur, in einen kurzen Funkimpuls verwandelte); zusätzliche Details, die die Basisinformationen im grauen Umschlag ergänzten. All dies in einer grauen Reisetasche, die Chevrillon unter seinem Plastiktisch hervorgezogen hatte.

Vielleicht war es die Eile. Der übernächste reguläre Flug zu diesem Randsektor ginge in elf Tagen; warum mußte es der nächste sein? Andererseits waren die meisten Dinge, die er für Chevrillon und seine obskure Abteilung erledigt hatte, bis zur Überstürztheit eilig gewesen.

Auf dem Gehsteig, der noch halb im Schatten lag, blieb er einen Moment stehen. Mit der linken Hand schätzte er das Gewicht der Tasche, mit der rechten rieb er sich den Dreitagebart, der im Grübchen am Kinn schon wieder seinen Wirbel bildete. Er knurrte leise und wandte sich um: eines von zahllosen Bürogebäuden in diesem etwas heruntergekommenen Stadtteil; weder der kleine, vom Sommer ausgedörrte Park dahinter noch die anderen Wohn- und Geschäftshäuser der Nebenstraße hatten etwas Besonderes, alles paßte zu Chevrillons übrigen Schlupflöchern. Bauten für ein Chamäleon.

Im Erdgeschoß gab es einen Getränkeladen und eine kleine, eher düstere Bar. Delgado warf einen Blick auf seine Uhr, zuckte mit den

Schultern und ging hinein. Daß er der einzige Gast war, animierte den Mann hinterm Stahltresen nicht zu bedeutender Gastlichkeit. Wortlos bereitete er den doppelten Espresso, knallte die Tasse neben das Glas mit Brandy und widmete sich wieder seiner Zeitungslektüre.

Delgado saß auf dem Hocker, die Tasche zwischen den Füßen, trank und grübelte. Aus der Brusttasche seiner leichten hellen Jacke zog er eine bläuliche Zigarre, zündete sie an und beobachtete die Rauchkringel, als ob sie ein Orakel wären. Der Kaffee vertrieb die Erinnerung an Chevrillons bräunlichen Plastiksaft, nicht jedoch an die Unterredung. Als er zahlte und die Bar verließ, war es kurz nach Mittag; die Dinge, die er in den verbleibenden Stunden noch zu erledigen hatte, waren grob vorsortiert.

Die Feinsortierung nahm ein Teil seines Gehirns vor, während der Rest die Wahrnehmungen analysierte. Er stellte fest, daß er nicht verfolgt wurde. Auf dem Weg zum nächsten Platz entschied er sich gegen Rollband und Magnetbahn. Die Zeit war ohnehin mehr als knapp.

Als eine leere E-Rikscha vorbeikam, hielt er sie an und ließ sich, nach kurzem Blick auf die Angaben des Tickets, zum Terminal F des Raumhafens bringen. Natürlich hatte er die Mini-Ausführung erwischt; während der Fahrer sich nach ein paar riskanten Wendemanövern zwischen die Prallfeldgleiter, Busse und Lastenschweber auf den Fahrspuren der großen Traversale einfädelte und nach Norden steuerte, mühte Delgado sich mit dem Gestänge des Sonnenschutzes ab. Fahrtwind und die Strahlen von Helios waren ihm lieber als der Zwang, seine 185 hageren Zentimeter unter dem niedrigen Aufbau zusammenzuklappen. Der Fahrtwind machte die Hitze etwas erträglicher.

Am Raumhafen deponierte er die Reisetasche in einem von der Zentralautomatik überwachten Schließfach, nachdem er die Hälfte des Gelds herausgenommen hatte. Der Fahrer der nächsten E-Rikscha knurrte über das Ziel: keine Gegend, in der oft Bedarf nach Rikschas oder Taxis herrschte.

Es war einer der schäbigsten Teile der Hauptstadt, ein Gewirr unebener Gassen, undurchsichtiger Plätze und unschöner Häuser am Hang des Liggabet. Es war auch einer der ältesten Teile; vor 700 Jahren mußte man einen wunderbaren Blick über die Ebene auf die Bucht von Atenoa gehabt haben. Heute hatte man freie Sicht auf die

Dunstglocke der Metropole, die Fabriken, Werften, Hangars und Lagergebäude um den Frachthafen, und natürlich auf die startenden und landenden Schiffe. Ein Jammer, denn der Ortsteil war potentiell schön, mit den selten mehr als dreistöckigen Häusern, den Arkaden, dem Kopfsteinpflaster, den kleinen verwilderten Gärten. Man hätte nur alles renovieren müssen, und dazu hatte niemand das Geld. Wer Geld hatte, wohnte in besseren Vierteln mit besserer Aussicht. Und besserer Nachbarschaft; nicht zwischen unqualifizierten Arbeitern und ihren Familien, zwischen Tagelöhnern, Wohlfahrtsempfängern, Freaks, Süchtigen, Kleinkriminellen und Treibgut.

Aber dafür war das Leben billiger als anderswo, und herber. Delgado zahlte 180 Drachmen im Monat für seinen möblierten Wohnraum samt Kochnische und Hygienekabine. Theoretisch jedenfalls; praktisch hatte er seit drei Monaten nichts mehr gezahlt. Der Besitzer, ein alter mürrischer Werftarbeiter, hatte das Haus von irgendwem geerbt. Er fläzte sich unter den Arkaden in einem geflochtenen Schaukelstuhl, trank Bier aus der Flasche und spuckte aus, als Delgado, der die Rikscha am Fuß des Hangs verlassen hatte, neben ihm auftauchte.

»Na?«

»Selber na.« Delgado deutete mit dem Kopf ins Innere. »Ich wollte zur Abwechslung mal bezahlen.«

Der Besitzer rappelte sich auf. »Finstere Geschäfte gemacht, Junge?«

»Ziemlich finster.«

Er folgte dem schlurfenden Mann in dessen chaotisches Wohnzimmer; seit dem Tod der Frau vor drei oder vier Jahren schien hier niemand mehr gewischt oder geräumt zu haben. Delgado zählte 720 Drachmen ab und legte sie auf den Tisch.

»Bis Ende des laufenden«, sagte er. »Morgen wird die Bude frei.«

Der Besitzer steckte die Scheine in die Brusttasche und kritzelte eine Art Quittung auf den freien Rand einer antiken Zeitung, riß den Wisch ab und gab ihn Delgado. »Sie ziehen aus, was? Irgendwas zu verscherbeln?«

»Weiß noch nicht. Mal sehen. Ich sag Bescheid.«

Über die ausgetretene Treppe stieg er ins zweite Geschoß und schloß seine Tür auf. In der nächsten Stunde beschäftigte er sich mit seinen Habseligkeiten – Kleidung, ein paar echte Bücher, Lesewürfel, Gebrauchsgegenstände, Bettwäsche. Er sortierte schnell. Was er mitnehmen wollte, paßte in zwei Reisetaschen. Für die Dinge, die er bis zum nächsten Morgen noch brauchen würde, ließ er genug Stauraum; als letztes verpackte er die schwere alte Pistole. Sie war legal und brauchte konventionelle Munition eines geläufigen Kalibers; die moderne Energiewaffe, die Chevrillon ihm gegeben hatte, mußte bei intensivem Gebrauch dauernd aufgeladen werden.

Der einzige Luxusgegenstand im Raum war das kleine Visifon; es war auch das einzige, wofür Delgado bis jetzt pünktlich die Rechnungen bezahlt hatte. Er führte drei kurze Gespräche, dann verließ er den Raum wieder.

Die Qualle hockte wie üblich im halbdunklen Büro hinter dem Sportsaal, in dem Delgado sich fit gehalten hatte. Die beiden massigen Leibwächter, die ihn zum Chef brachten, nahmen ihn nur mit einem Nicken zur Kenntnis. Vermutlich wußten sie, was Delgado der Qualle schuldete, hatten aber bisher keine Anweisung erhalten, es nachdrücklich einzutreiben. Er machte sich keine Illusionen darüber, daß seine Fitness und die Nahkampfausbildung der Marineinfanterie sie etwa abschrecken könnten.

Er hatte nie herausfinden können und wollen, wie die Qualle tatsächlich hieß. Der aufgedunsene Mann besaß offiziell die Sporthalle; tatsächlich koordinierte er von seinem schäbigen Büro aus ein verzweigtes Reich, zu dem wenigstens vier Kneipen und zwei Bordelle gehörten, alle zwischen Liggabet und Hafen, außerdem einige Nobelrestaurants, teure Boutiquen und Clubs im Zentrum, politische Kontakte, Drogenhandel, Datenraub, Schmuggel (und möglicherweise Herstellung) virtueller Sensoprogramme für Vernetzungsfreaks ... Es hieß, wenn die Qualle einen Sitz im Parlament haben wollte, würden zweifellos mehrere Abgeordnete aus Gesundheitsgründen zurücktreten und ihm Platz machen.

Die bauschigen Ärmel des Obergewands waren wie immer an den Handgelenken verschlossen. Delgado blickte auf die feinen, schlanken, langen Finger des fetten Mannes; vor Jahren hatte er die Narben gesehen, dort, wo die Qualle sich Netzadapter hatte anbringen und wieder entfernen lassen. Die Frage, ob der Gangster einmal Sensopilot, Virtualartist oder Freak gewesen war, interessierte ihn schon längst nicht mehr.

»Siebentausend«, sagte die Qualle. Es war eine Art Begrüßung; die

Stimme klang weder fordernd noch drohend. Eher eine freundliche Erinnerung, wie nebenher.

Delgado zog ein abgezähltes Bündel aus der Innentasche der Jacke und warf es auf die Lederplatte des unbezahlbaren, antiken Eibensekretärs.

»Das sind ... acht.«

Delgado nickte.

Die Qualle blickte zu den Leibwächtern, dann zur Tür; geräuschlos verschwanden die beiden Männer.

»So, wie die gebaut sind«, sagte Delgado, »müßten die doch sogar beim Fliegen noch Lärm machen.«

Die Qualle deutete stumm auf den Stuhl vor dem Sekretär. »Was willst du für den Tausender haben?«

»Informationen.«

Die Qualle schloß einen Moment die Augen. Sie waren wasserblau; als die Lider hochklappten, wirkte der Blick beinahe ätzend.

»Du hast wieder einen deiner Geheimjobs. Größerer Vorschuß. Aufbruch – sofort? Risiko ... Und Mißtrauen. Hmf. Ist was für mich drin?«

»Kommt drauf an, was du rauskriegen kannst.«

»Dann ist was für mich drin.« Die Qualle entblößte bläuliche Gaumen mit winzigen, zugefeilten Zähnen.

»Tiritam«, sagte Delgado.

Die Qualle zog den Naseninhalt hoch und grunzte. »Zuringga Zwei? Bah. Am Rand des Commonwealth. Bodenschätze und Eingeborene. Und?«

Delgado nickte. »Gut. Hab ich mir gedacht, daß du was damit anfangen kannst. Absolut unter uns, klar?« Er beugte sich vor und sprach mehrere Minuten lang. Schließlich sagte er:

»Wenn du was rauskriegst ... Ich mag dich von da nicht anrufen, Hyperfunk ist zu leicht abzuhören.«

Die Qualle schloß wieder die Augen. Monoton, fast müde nannte er einen Namen mit Adresse. »Frühestens in, uh, fünfzehn Tagen. Noch was?« Die Augen blieben geschlossen.

Delgado grinste und legte ein weiteres, dickeres Bündel Geldscheine hin. »Ich hab noch ein paar Schulden. Weil ich so schnell verschwinden muß, kann ich sie nicht begleichen. Ich hab den Kollegen gesagt, sie sollen es bei dir abholen.«

»Ratte.«

»Mein Vergnügen.«

Als er seine Wohnung wieder erreichte, war der Hausbesitzer nirgendwo zu sehen. Delgado führte zwei Gespräche, mit dem Raumhafen und dem Satelliten, dann ein drittes, um eine Rikscha zu einer nahen Kreuzung zu bestellen. Er starrte das Visifon eine Weile an, ohne es zu sehen; seine Gedanken irrten durch die Galaxis – Erinnerungen an blutige Aufträge, an zwei bestimmte Welten, an eine Frau mit aschblondem Haar. Er überlegte, ob er noch einen Anruf versuchen sollte, um herauszufinden, ob sie auf Gaia war; um irgendein Wiedersehen inclusive Abschied zu zelebrieren. Dann zog er das Visifon aus der Wand, nahm die Taschen und ging. Den Schlüssel ließ er stecken. Niemand sah ihn, als er durch den Hinterhof ging und über die Mauer zur nächsten Gasse stieg.

Am Raumhafen holte er die andere Tasche, packte ihren Inhalt um, warf sie in einen Müllbehälter und ging zur Abfertigung.

Das Shuttle brachte ihn zum Orbitsatelliten, wo er einen Raum mit Datenanschluß bestellt hatte. Beim Abendessen in einem der Restaurants des riesigen Diskus – wegen des stationären Orbits über der Metropole galt dort Ortszeit Atenoa – bedachte er seine bisherigen Schritte und Beschlüsse.

Der Raumer der Rimrunner-Linie würde am mittleren Vormittag andocken und zwei Stunden später wieder ablegen; die schweren Fernliner vermieden es, auf Planeten zu landen, wenn es sich umgehen ließ. Bis dahin war Delgado unerreichbar, für wen auch immer; und er würde sich nicht durch den Morgenverkehr quälen müssen.

Den Rest des Abends verbrachte er in seinem luxuriösen Raum, ohne dort anderen Luxus zu genießen als den Terminal, der ihn mit Archiven des Commonwealth verband. Sie lieferten ihm Daten über sein Reiseziel, die Verhältnisse, die Bodenschätze und die mit Abbau, Verschiffung und Verwertung befaßten Organisationen. Insgesamt lieferten sie jedoch mehr Fragen als Antworten. Er verspürte keinerlei Neigung, sich auf langwierige Erforschungen lokaler Mythen einzulassen, sah aber voraus, daß er sich irgendwann mit »Realitätsverzweigung« ebenso würde abgeben müssen wie etwa mit den heiligen Bäumen – *rubal,* auch als »Werbaum« bezeichnet –, unter denen die Tambos begraben werden wollten. Es amüsierte ihn nicht besonders.

Er begab sich noch einmal in die nächstgelegene Bar des Satelliten, um einen Schlaftrunk zu sich zu nehmen. Auf dem TriVi-Schirm am anderen Ende des Salons lief eine nächtliche Nachrichtensendung; kaum interessiert sah Delgado hin. Eine der letzten Meldungen – aus der Sparte »Klatsch & Katastrophen« – betraf ein Feuer. Im Ortsteil Liggabet war ein altes, »vernachlässigtes« Gebäude niedergebrannt. Eine Person, vermutlich der Eigentümer, hatte den Tod »gefunden«; Delgado war sicher, daß der Mann derlei nicht gesucht hatte. Mißmutig betrachtete er die qualmenden Ruinen, die Häuser nebenan, die Straße. Vielleicht war ihm jemand gefolgt, bis zu diesem Haus. In dem er zum Zeitpunkt des Brands gesessen oder gelegen oder geschlafen hätte, wäre ihm nicht der Gedanke gekommen, früher aufzubrechen.

Es mißfiel ihm. Nicht Gefahr, an die er gewöhnt war, sondern Gefahr aus dem Dunkel, aus dem Hinterhalt. Der Gedanke verfolgte ihn in den Schlaf und vermengte sich dort mit aschblondem Haar, schwarzem Feuer und Werbäumen, die nachts die Wurzeln aus dem Boden zogen und durch grotesk verzerrte Orte wanderten.

Neun Tage später brachte ein Beiboot des Liners ihn und fünf andere Passagiere hinab zum einzigen Raumhafen des Planeten Tiritam. Delgado war gleichzeitig verdrossen und erleichtert. Er hatte immer noch keinen Schlüssel gefunden, keine Vorstellung davon, was Chevrillons Strategie sein mochte; er wußte nicht, welcher mysteriöse Gegner in Liggabet Feuer legte und ihn zweifellos weiter verfolgen würde – zu welchem Zweck? Aber immerhin ging das Warten und Grübeln zu Ende; auf dem Boden der Zielwelt würde er handeln können. Wie auch immer.

III.

Aus: Lexikon der bewohnten Welten *(LXIV, »Tea-Tiz«)*

»... Das Zuringga-System befindet sich in einer Art von Interessensdelle, zu weit vom nächsten subzentralen Cluster, aber auch nicht unmittelbar am Rand des Galaktischen Niemandslands, so daß nicht einmal das Grenzkommando der Flotte dort einen Stützpunkt unterhält. Nur der zweite Planet TIRITAM *ist bewohnt; die übrigen – Gwalai, Aldaid, Tibura, Quqaf – sind ebenso unterschiedlich lebensfeindlich und unergiebig wie die beiden Monde (Vumar, Vomba) von Tiritam ...*

Tiritam wurde vermutlich AD 2289 entdeckt und mangelhaft kartographiert. Erhalten ist lediglich die Niederschrift eines verstümmelten Funkspruchs mit den Koordinaten des Systems und der Mitteilung, man habe eine kleine Siedlergruppe auf dem größten Kontinent abgesetzt, die Siedlung heiße Landfall, der Planet sei ansonsten unbewohnt und verfüge über T-Bedingungen, aber keinerlei nutzbare Bodenschätze. Alles Weitere war nicht zu entziffern; nicht einmal Name und Herkunft des Schiffs konnten gesichert werden. AD 2311 erreichte einer der letzten Emigratoren das System und machte seine End-Landung dort, wo die Siedlung Landfall sein sollte.*

Die Trümmer befanden sich nicht, wie in der Funkmeldung behauptet, am Zusammenfluß zweier Ströme, 1000 km vom Meer entfernt, sondern in deren Delta an einer 1000 km langen fjordähnlichen Bucht. Man fand keine schriftlichen Aufzeichnungen, lediglich einen schwachsinnigen Überlebenden, dessen Reden nicht viel mehr zu entnehmen war als wiederholte – von ihm vermutlich entstellte – Orts- und Planetennamen, die man übernahm. Der angeblich unbewohnte Planet ohne nennenswerte Bodenschätze stellte sich als von humanoiden, intelligenten Eingeborenen bewohnt heraus und als Fundstelle wichtiger Mineralien, Metalle etc.

*... Infolge der Wirren Jahrhunderte** kam es nur noch zu sporadischen*

* Riesige Kugelschiffe, in denen bis zu 50 000 Personen unter schlimmsten Bedingungen zu den Sternen transportiert wurden; sie waren nur für den interstellaren Flug gebaut, nicht für Landungen mit Neu-Start. Nach der »End-Landung« auf einem zuvor durch Instrumente und Beiboote zu erforschenden Planeten wurden sie ausgeschlachtet. – Der Bau dieser Schiffe beschleunigte durch Erschöpfung aller Ressourcen den Niedergang der Erde.

** Periode zwischen ca. 2300 und 2500 AD, vom Niedergang der Erde bis zur Konsolidierung von

Kontakten, bis 53 CT das System zum Teil des Commonwealth erklärt wurde ...

*... Für die Eingeborenen bürgerte sich die von Tiri*tam abgeleitete Bezeichnung Tambos *ein; angeblich ist dies auch Selbstbezeichnung (›Menschen‹) in ihrer Sprache. Allerdings ist das Tambotische ebenso wenig erforscht wie die gesamte Ethnologie der Tambos: Wissenschaftler aus dem Commonwealth haben sich bisher für die entlegene Welt nicht interessiert, Nachkommen der Emigrator-Siedler und späterer Zuwanderer sind in erster Linie mit Subsistenz-Wirtschaft befaßt ... Sie nennen sich ›Tiris‹.*

Tiritam besteht zum größten Teil aus Wasser (76 % der Oberfläche); neben zahlreichen Inseln und Archipelen in den vier Meeren sind erwähnenswert die Kontinente Ummu, Tamsana und Nezilli sowie vor allem der Hauptkontinent Rombo; dort befinden sich die wichtigsten Bodenschätze und die Hauptstadt Gangur, nahe den überwucherten Ruinen von Landfall.

... Neben den wilden Stämmen des Binnenlands von Rombo und anderer Gegenden besteht die Bevölkerung des Planeten aus ca. 45 Millionen Nachfahren von Eingewanderten (›Tiris‹) und ca. 2 Millionen Mischlingen; die Anzahl der Tambos wird auf 5 Millionen geschätzt. Es gibt lokale Selbstverwaltung (Stadt- bzw. Gemeindeebene) und Bezirkszentralen in den jeweiligen Distrikten (12 auf Rombo), aber keine kontinentale oder gar planetare Administration. Das Commonwealth ist vertreten durch eine Residenz in Gangur; der jeweilige Resident ist zuständig für Zoll, Steuereinnahmen und Rechtsprechung (durch reisende Richter) ...

... Am 1. 5. 531 CT wurde in einem alle 20 Jahre zu erneuernden Kontrakt die Ausbeutung der Bodenschätze dem gaianischen AsteRisk-Konzern exklusiv übertragen; zuletzt brachte dies Tiritam etwa 3,5 Mrd dr *jährlich ein (10 % des Nettoertrags vor Steuern der AsteRisk) ...«*

Während des Landeanflugs lauschte Duncan Delgado zerstreut der Flüsterstimme vom Band, die in seinen Kopfhörern Informationen herunterleierte. Durchs Panzerglas der Beibootfenster sah der Hauptkontinent Rombo weniger nach einem Rhombus aus, dem vermeintlichen Ursprung des Namens, sondern eher wie ein hier ausgefranstes, da eingerissenes Tierfell, das man diagonal in einen rechteckigen Trockenrahmen gespannt hatte. Die hellbraunen Wü-

Gaia als Hauptwelt des entstehenden Commonwealth. Der 1. Januar 2501 AD fiel auf Gaia mit dem Mittsommertag der Region um die Metropole Atenoa/NeuAthen zusammen und wurde zum 1. Januar des Jahres 1 CT (Commonwealth-Zeit) erklärt; Standardjahr des Commonwealth ist die Umlaufzeit von Gaia um Helios (324 Tage: 12 Monate zu 27 Tagen zu 25 T-Norm-Stunden zu 100 Minuten zu 100 Sekunden).

stengebiete der zentralen Pfanne, die Bergketten, Dschungel- und Steppenlande interessierten ihn im Moment nicht so sehr wie die übrigen Passagiere, die er an Bord des Liners – der fast 500 Gäste beförderte – allenfalls flüchtig gesehen hatte: vier Männer, alle um die dreißig, und eine ältere Frau. Sie mochte Touristin sein oder aus den Ferien heimkehrende Beamtin; die Männer waren konzentriert, muskulös, gebräunt, mit länglichen Gepäckstücken. Söldner.

Die Schiffshülle vibrierte, als mit leisem Wummern die Antigravaggregate ansprangen und den Sturz zum gleitenden Landeanflug machten, bei dem die Impulstriebwerke nur noch für Korrekturen benutzt wurden. Delgado wandte sich wieder dem Fenster zu.

Sie näherten sich der Metropole Gangur fast genau von Westen. Rechts sah er die dampfenden Dschungel des Distrikts Potamien: fettes Grün, durchzogen von glitzernden Wasserläufen. Wo Dhali und Dhuli zusammenflossen, begann das Delta, dahinter lag der lange Fjord. Nördlich des Deltas stieg das Gangrische Plateau an und wurde zum Hochland, mit Bergketten, Mooren, Tälern, ehe es zur Küste hin wieder abfiel. Gangur lag im südlichsten Zipfel des Plateaus, dort, wo die Distrikte Gangrien und Potamien aneinandergrenzten. Von der Stadt mußte man weit über die Dschungel und den Fjord blicken können.

Der Raumhafen, westlich der Stadt, war eher ein Landefeld mit niedrigen Gebäuden, einem hohen Zaun, Antenne auf dem Tower (vermutlich auch Funkstation; die kleine Antennenanlage ließ darauf schließen, daß im Orbit ein verstärkender Relaissatellit kreiste) und einem nordwestlichen Komplex aus Hallen, Hangars und Schutt- oder Schlackehaufen, mit schweren Bodenfahrzeugen und einer Landefläche für Gleiter. Noch weiter nordwestlich in einer Senke lag eine Kuppel, wahrscheinlich ein Fusionsmeiler, der diesen Teil des Kontinents mit Energie versorgte. Von Gangur, vielleicht zwei Kilometer östlich des Raumhafens, sah Delgado vor der Landung nicht mehr viel – eine schachbrettartige Anlage, niedrige Häuserreihen, ein großer siebeneckiger Platz im Zentrum, hochgemauerte Hafenanlagen und viel Grün.

Auf dem Landefeld standen ein paar zerschrammte Frachter, das bizarre Gerüst eines Container-Shuttles, mit dem große Behälter zu Schiffen im Orbit gebracht werden konnten, und drei Boote. Zwei von ihnen trugen die Insignien des AsteRisk-Konzerns, das dritte war eine leichte, ungepanzerte Korvette der Flotte. Dem Konzern gehörte auch der schwere Transportgleiter, der mit offener Sichtkuppel zu warten schien.

Im Zaun, der das Landefeld umgab, stand eine kleine Tür offen. Neben ihr hockten Tambos – »städtische Tambos«, halb assimilierte Leute, die ihre Stämme verlassen hatten, um als Arbeiter, Handlanger, Dienstboten oder Hauspersonal ihr Brot zu verdienen. Stämmige, dunkelhäutige Männer in schmierigen Overalls. Einer stand auf, ging ein paar Schritte in Delgados Richtung, starrte ihn an, kicherte schrill und verließ das Landefeld, ohne die Tür zu schließen. Er verschwand zwischen den staubigen Wedeln der Ockerbüsche. Delgado schaute hinterher, hob die Schultern und musterte die übrigen Tambos, die am Zaun saßen. Sie blickten ihn an, durch ihn hindurch, über ihn hinweg; ihre Gesichter zeigten keine Regung.

Ein Bus mit Verbrennungsmotor kam von der Towerbaracke. Drei ältere Männer stiegen aus, zerrten ihr Gepäck zum Beiboot und stiegen ein.

Delgado sprach mit der Fahrerin, holte seine Taschen. Die vier Männer, die er für Söldner hielt, gingen zum Transporter des Konzerns. Gleichzeitig landete ein kleiner Gleiter mit dem Wappen des Commonwealth; die ältere Dame, die nur Handgepäck trug, stieg ein.

Der Bus hatte einen großen Wendekreis und brauchte bis zur Baracke etwa so lange, wie Delgado zu Fuß gebraucht hätte; immerhin mußte er sein Gepäck nicht schleppen.

»Hochbetrieb, was?«

Die Fahrerin hustete. »O Mann.« Sie schaltete den knatternden Motor aus, nahm eine von Delgados Taschen und ging voraus in die Baracke.

»Willkommen auf Tiritam.« Sie stellte die Tasche ab, grinste und trat hinter den Tresen aus schwarzem Holz, der die Empfangshalle beherrschte. »Wie wär's mit nem Willkommenstrunk auf Kosten des Hafens?«

Delgado kletterte auf einen der zerschlissenen Polsterhocker. »Gern. Kaffee, und irgendein hiesiger Schnaps, wenn's das gibt. Haben Sie noch mehr Jobs?«

Die Frau hieb gegen die altertümliche, verchromte Maschine, die

Dampf ausstieß und wie eine Sirene heulte. »Warum? Haben Sie einen zu vergeben?«

Delgado zündete eine Zigarre an und sah zu, wie die Frau zwei Gläser aus einer bauchigen Flasche füllte. Die Flüssigkeit war grünlich; aus den Gläsern stieg feiner Dunst.

»Nee. Ich dachte nur, die Metropole wäre ein bißchen belebter. Leiten Sie auch die Funkstation?«

Die Barfrau und Busfahrerin grinste wieder. Die Zähne waren weiß, das ovale Gesicht ein wenig verlebt. Sie trug eine dunkle Arbeitshose und einen lockeren Pullover, dessen Ärmel sie über die Ellenbogen hochgeschoben hatte. Die Muskeln der Unterarme waren gut entwickelt, die Fingernägel stumpf und rissig.

»Da. Tashka, eine Mischung aus Kräutern und Trester. Prost.«

Delgado nippte. Flüssiges, aromatisches Feuer. Er schluckte, hustete, sog an der Zigarre, hustete noch einmal. Endlich kam der Kaffee zum Nachspülen.

»Alle Götter der Galaxis«, sagte er dann. »Daran muß man sich gewöhnen.«

»Man gewöhnt sich.« Ihr Glas war leer.

Delgado nippte noch einmal, vorsichtiger; diesmal schaffte er den kleinen Schluck ohne Erstickungsanfälle. »Sie haben meine Frage nicht beantwortet.«

»Ach, war das Ernst? Nee. Wenn hier richtig was los ist, wird sogar das Desk drüben besetzt.« Mit dem Kinn wies sie auf ein langes Stahlplastikmöbel; Delgado drehte sich um und glaubte, einen Terminal und ein paar Visifone zu sehen.

»Wann ist richtig was los?«

»Wenn Ware umgeladen wird. Wenn Ferien beginnen oder enden. Ob Sie's glauben oder nicht, manchmal kommen nämlich Touristen her – segeln, jagen, derlei. Oder wenn uns jemand was verkaufen will oder sich in die Bodenschätze einkaufen möchte. Oder wenn ... ach, wenn was los ist eben.«

»Sind Sie von hier?«

»Ich bin Tiri, Gangura, aber Sie müssen kein Blatt vors Maul nehmen, wenn Sie über das Kaff hier reden wollen.«

Delgado lachte. Inzwischen fand er die Frau angenehm verlebt; er schätzte sie auf Anfang Dreißig.

»Keine Sorge«, sagte er. »Ich mag die Provinz.«

»O Mann.« Sie schüttelte den Kopf. »Das hier ist der Arsch der Welt, als Hauptstadt. Warten Sie, bis Sie wirklich in die Provinz kommen. Falls Sie das vorhaben.«

Delgado streifte die Asche seiner Zigarre ab. »Mal sehen. Muß ich mich hier irgendwie ausweisen? Melden?«

»Nee. Wenn wirklich was los ist, dann spielen die da drüben Zoll und Ausweiskontrolle. Aber so?« Sie hob die Brauen.

»Dann kann ja fast jeder hier landen, oder?«

Mit dem Hinterkopf wies sie durch die Scheiben aufs Landefeld, wo gerade knirschend und brummend das Beiboot des Liners abhob und gleich auf einem dünnen Feuerstrahl in die Höhe steigen würde.

»Haben Sie doch gesehen. Die Jungs von der Truppe ...«

»Sie meinen die Söldner?«

Sie zuckte mit den Schultern. »Das ist nun mal so. Wir kriegen zehn Prozent von dem, was die AsteRisk fördert, und ein Zehntel davon kriegt das Commonwealth. Irgendwie leben wir alle von der Firma; meinen Sie, da fragt jemand so genau, was die machen?«

Delgado trank den Schnaps, dann den Kaffee. »Wer kontrolliert das denn – ich meine, wer zählt nach, was die produzieren, um dann zu sagen, wieviel zehn Prozent sind?«

Sie lächelte. »Ah, das wird schon kontrolliert. Warendepot, wissen Sie. Nur was da freigestempelt ist, darf aufs Landefeld.«

»Die könnten doch auch, vorhin zum Beispiel, irgendwas mit dem Gleiter gebracht haben, und jetzt wär's im Beiboot.«

Sie deutete an die rissige Decke der Halle. »Oben, im Tower, gibt's schon paar Leute, und Geräte. Die passen auf.«

Delgado fragte nach Hotels und einer Möglichkeit, ins Abbaugebiet im Zentrum des Kontinents zu gelangen; er erfuhr, daß es Prallfeldbusse gab, die knapp über den Karrenwegen und den wenigen Fahrstraßen schwebend Orte miteinander verbanden.

Sie schaltete die Kaffeemaschine aus und legte einen Block mit Stift auf den Tresen. »Schluß für heute. Wenn noch einer Durst hat, muß er anschreiben und sich selbst bedienen. Kommen Sie, ich nehm Sie mit.«

»Klaut hier keiner?«

»Was denn? Das bißchen Schnaps?«

Am Eingang blieb Delgado kurz stehen und betrachtete die Auslagen eines verglasten, verschlossenen Ladens: Informationsschriften, eine Broschüre mit dem Titel *Kleine Romboskopie*, richtige Bücher (vermutlich von einheimischen Autoren), drei oder vier Hefte über Tambo-Mythen, vor allem aber Handwerkserzeugnisse wie Schnitzereien, fein gewebte Tücher und große vielfarbig schillernde Mosaiken, die aus Lederfetzen oder Tierschuppen zu bestehen schienen.

Vor der Halle, die sie nicht verschloß, führte die Frau ihn zu einem kleinen E-Wagen mit leerer Ladefläche. Die anderen Fahrzeuge, die dort parkten, waren ein Tretmobil mit Ballonreifen – es gehörte dem Chef, wie sie sagte – und ein paar Fahrräder.

Die Stadt lag zwei Kilometer südlich des Raumhafens. Der größte Teil des Verkehrs auf der Hauptstraße im Ort bestand aus Fußgängern; hin und wieder überholte das E-Mobil einen Pferdekarren oder eine Rikscha. Delgado betrachtete die durchweg schlicht gekleideten Leute, die hellen Häuser, den Schmutz und die bröckelnden Fassaden. Im Zentrum wurde es ein wenig ansehnlicher, aber auch dort Schlichtheit, die nicht asketisch, sondern eher nachlässig wirkte, und die Häuser selten höher als drei Stockwerke. Läden, Kneipen, ein paar Garküchen oder Restaurants, Schilder wie *Privatpension* oder *Zimmer*, dann das erste Hotel.

»Wieviel wollen Sie ausgeben?«

»Na ja, mittelmäßig.«

Sie nickte und fuhr weiter nach Nordosten, wo das Plateau, auf dem die Stadt lag, in die Steilküste nördlich des Deltas überging. Vorbei an Läden, Werkstätten, Hallen und Wohngebäuden erreichten sie die Esplanade: Ende der Stadt oberhalb des Seehafens, wo auch Flußverkehr über das Delta abgewickelt wurde. Zwei weit ausschwingende Straßen führten hinab zum 200 Meter tiefer liegenden Becken mit vielen Fischerbooten – meist Zweimaster mit Hilfsmotor – und wenigen Luxusschiffen; außerdem gab es mehrere Treppen, mindestens zwei Rolltreppen und Frachtrutschen mit Drahtseilen. Die Häuserfront bestand aus Kneipen, kleinen Hotels, Wohnhäusern, Werkstätten und Schuppen.

»Hier finden Sie was, edler Fremder.« Die Frau grinste leicht und klopfte auf Delgados Oberschenkel. »Viel Spaß – auch im Binnenland, was immer Sie da suchen. Zeitung, was?«

Delgado nickte und erwiderte das Grinsen. »Danke fürs Willkommen und fürs Mitnehmen. Haben Sie übrigens heute abend schon was vor?«

Sie lächelte spöttisch. »Ich wollte mit meinem Mann schlafen, aber nett, daß Sie fragen.«

Der Raum im zweiten Stock des *Zhuryk* war groß, hell und einfach; einen Moment kämpfte Delgado mit sich, entschied sich dann gegen das breite Bett und ging ins Bad, wo er im Spiegel die Bartstoppeln betrachtete und überlegte, daß er seit etwas mehr als zwanzig Stunden auf den Beinen war. Der Liner hatte am späten Nachmittag »Bordzeit« den Orbit um Tiritam erreicht.

Er zog sich aus, trug Enthaarungscreme auf, wusch sie ab und stieg unter die Dusche. Danach packte er die Taschen aus, zog frische Sachen an und stand ein paar Minuten am Fenster. Der fahlorange Mond Vomba stand über dem 1000 km langen, nirgendwo mehr als 100 km breiten Milfjord. Ein fernes Brandloch im blaugrünen Samt des Abendhimmels. Als Delgado das Fenster öffnete, hörte er sanftes Tuckern von den Booten der Nachtfischer, die gegen den Abendwind ausliefen, und das Gekreisch der Vögel und Flugechsen, die sich um etwas balgten, wahrscheinlich einen toten Fisch. Dann roch er jene immer gleiche, immer neue Duftmischung aller Häfen aller Terranormwelten: Salzwasser, rostendes Metall, Abfälle, faulender Fisch, verfallener Tang, nasse imprägnierte Hölzer, den stechenden Geruch exotischer Uferpflanzen, feuchte Segel und Tauwerk, Ausdünstungen von Menschen, Alkohol und Küchen. Und er verfluchte sich lautlos – und Chevrillon halblaut –, weil er, statt die stille, immerwährende Revolte des Meers zu genießen, in der heißen Wüste des Binnenlands einen Aufstand anzetteln sollte. Und er lachte unterdrückt, weil er genau wußte, daß er die Hafenidylle, die durchaus trügen mochte, keine sehr lange Weile ertrüge.

Er ließ die Waffen in der Reisetasche, im Schrank, stellte seine wenigen echten Bücher auf das Bord neben die hauseigene Lektüre – es gab weder Kom- noch Prozessoranschlüsse im Raum –, nahm den Umschlag, in dem noch fast 27 000 *dr* steckten, und ging zum Empfang. Der alte Mann hinter dem ebenso verwitterten Tresen leugnete Existenz und Notwendigkeit eines Hotelsafes; Delgado stopfte den einmal gefalteten Umschlag in die Innentasche seiner Jacke.

Die Wirkung der Dusche ließ schnell nach. Am Tisch im hellgetäfelten Speiseraum nicht einzuschlafen war schwere Arbeit. Er blinzelte immer wieder Schlieren weg, um durch das Fenster auf die

Esplanade zu blicken, wo unter matten Laternen die Frauen und Männer der Hafengegend immer wieder auf dem Weg von einer Schänke zur nächsten Gruppen bildeten, redeten und lachten. Während er sich von der nach Fisch riechenden Kellnerin beraten ließ, gähnte er nur einmal. Beim Essen wurden die Gähnabstände kürzer. Der Fisch – gebratenes Filet vom Namenspatron *zhuryk**, dazu handgemachte Nudeln und säuerliches Gemüse – war ebenso köstlich wie das herbe schwarze Bier einer örtlichen Brauerei; und ebenso wirksam, was die Mehrung seiner Bettschwere anging. Es schien nur wenige andere Hotelgäste zu geben; die meisten von ihnen waren offenbar hiesige Handelsreisende. Am Tresen standen und hockten Einheimische, vielleicht ein Dutzend, beide Geschlechter und alle Altersstufen. Das auf- und abschwellende Getöse ihrer Unterhaltungen sank nur einmal auf einen Minimalpegel, als sie sich dem TriVi-Schirm zuwandten, um die Abendnachrichten zu verfolgen. Der größte Teil der Meldungen und Berichte betraf Vorgänge auf Tiritam; die wenigen Beiträge aus dem Commonwealth waren Übernahmen, vermutlich per Satellit. Delgado erkannte zwei Korrespondentinnen, die für große gaianische Sender arbeiteten. Einige Meldungen, die von den Gästen gehässig oder erstaunt kommentiert wurden, behandelten lokale Vorfälle, die inhaltlich wie sprachlich rätselhaft waren: die farbenprächtige Kopulation verwehter Sporencluster einer Staude namens *bisma* im Hochland von Orong auf dem Kontinent Nezilli; den Tod eines gangurischen Oppositionspolitikers, der in den nächsten Tagen eine Untersuchung der Verwicklung tamboranischer Magnaten in »kontraktuelle Apperzeptiven« hatte beantragen wollen, woran die Folgen des genossenen Fischgerichts ihn nun hindern würden; Schmuggel gefälschter Verzweigungsmasken aus »stigmatisiertem *rubal*«; das öffentliche »Entschwelgen« der Novizen des Pugulin-Klosters in Zhish, Ystragonien, einem Distrikt im Süden von Rombo (die Bilder zeigten Kahlköpfige in roten Kutten vor einem schwarzen Bauwerk oberhalb eines Bergsees; zur Zeremonie gehörten kompliziert getanzte Zuckungen, Weihrauch-

* einheimischer Raubfisch, bis zu 2 m lang; lebendgebärend; Kiemen- und Lungenatmer. Verbringt die Nacht in Unterwassergrotten. Die Färbung der ledrigen, zu Schmuck verarbeiteten Schuppen rührt daher, daß der Fisch sich mittags auf dem Wasser sonnt. Der Name ist vermutlich eine Kontraktion von *jour,* Tag, und *ichthys,* Fisch.

schwaden und eine Ganzkörperrasur); die offenbar sportliche »Hurtigung« auf Latmes, einer Insel des malagatischen Archipels, bei der halbnackte Frauen und Männer, schweißtriefend, sich damit abmühten, bizarr geformte meterhohe Pyramiden auf Rollen über einen sandigen Slalomkurs zwischen Strandbüschen in ein wassergefülltes Loch zu schubsen*; ein Tambo-Fest zur »Realitätsverzweigung«, bei dem Tambos mit furchterregenden Masken gravitätisch um Feuer tanzten, wobei sich (hier mißtraute Delgado seinen müden Augen) die Masken nach und nach zu Gesichtern verwandelten, unter denen am Schluß, bei der zeremoniellen Demaskierung, die ursprünglichen Gesichter die Gräßlichkeit der Masken angenommen hatten; eine Sitzung des Stadtrats von Gangur, auf der eine Erhöhung der Wohlfahrtstarife abgelehnt wurde; der von »Tambo-Insurgenten« verübte Sprengstoffanschlag auf eine Eisenbahnbrücke im Abbaugebiet – schwerbewaffnete Söldner turnten zwischen zerfetzten, verbogenen, geschmolzenen Metalltrümmern herum und starrten in eine tiefe Schlucht, über die nun einige Zeit keine Frachtzüge mehr von einem der Minenkomplexe zum Hauptdepot bei Yeriddu rollen würden.

Delgado schlief schnell ein; in dieser Nacht träumte er von furchtbaren Gesichtern und schwarzem Feuer.

* Paarungshilfe für die sog. *puksel*, halbvegetabile Amphibien mit rotierenden Wülsten unter dem Körper; sie pflanzen sich nur in Süßwasser fort, wo sie Eier ablegen, die nach dem Schlüpfen des anfangs seegurkenähnlichen Nachwuchses zerfallen und eine stinkende, grünliche Substanz ergeben, die auf dem benutzten Teich treibt und koaguliert. Die Latmessier schöpfen das Koagulat *(ksellog)* ab und verarbeiten es zu hochelastischem Klebstoff, der u. a. beim Häuserbau verwendet wird; dehydriertes und pulverisiertes *ksellog* wird als Gewürz und Bindemittel auch Speisen zugesetzt, die Nicht-Latmessier allerdings für ungenießbar halten.

IV.

Aus: Kleine Romboskopie *(Gangur, ^{5}617 CT)*

»... Der rubal *(Abb. nächste Seite) ist ein indigener Laubbaum, der auch auf Tiritam einzig dasteht. Wegen äußerlicher Ähnlichkeiten mit altirdischen Gewächsen, und wegen seiner überragenden Bedeutung für die Tambos, wurde er – wir zitieren ohne Zutrauen sowie aus dem Gedächtnis – von kundigen Gästen des Planeten als Andro-Eiche oder Mann-Buche bezeichnet (man sieht, es herrscht da Zwietracht) und generell der Meta-Flora zugewiesen. Tiris nennen ihn gewöhnlich ›Wer-Baum‹, mit oder häufiger ohne Bindestrich. Wenn Sie Tiritam bereisen, werden Sie früher oder später einem dieser Bäume begegnen. Ein* rubal *kann bis zu 65 m hoch werden, Stammdurchmesser von 6 m in Bodennähe sind nicht unmöglich. Auch wenn Tambos in der Nähe sind, dürfen Sie den Baum ruhig anfassen; er mag heilig oder metaphysisch bedeutsam sein, ist aber nicht* tabu *im Sinne von ›unberührbar‹. Die Tambos betrachten den* rubal *als Verwandtschaft, wenn man so will, Stamm-Baum ... der wie sie aus dem Boden gesprossen sei und die Tugenden und Laster der Ahnen berge.*

Dafür gibt es einen konkreten Grund, der zwar nichts erklärt, aber doch einleuchtet: Jeder Tambo will, um nicht als mana *verlorenzugehen, unter einem* rubal *begraben werden; auf diese Weise kehrt er zurück in die Erbsubstanz seines Clans. Unklar ist, inwiefern bestimmte Bäume und bestimmte Clans miteinander ›verwandt‹ sind, bzw. ob überhaupt; bisher konnte nicht festgestellt werden, daß z. B. ein Tambo aus dem Westen Tamboras unbedingt unter einem* rubal *in seinem Herkunftsland beigesetzt werden müßte. Jeder andere guterhaltene Werbaum ist vermutlich ebenso recht.*

... Die Ritualmasken, die vor allem im Krieg und bei anderen Formen von ›Realitätsverzweigung‹ getragen werden, schnitzt man aus dem Holz abgestorbener Werbäume. Ein gesunder rubal *darf berührt, aber auf keinen Fall beschädigt oder gefällt werden. Anders als ein Tambo, nebenbei, Unversehrtheit spielt für die Bestattung durchaus keine Rolle. Es reicht, wenn ein Körperteil – das Herz, die Hand, ein Finger, ein Fetzen – des Verstorbenen unter dem* rubal *vergraben wird ...«*

Delgado stand der Sinn nach einem üppigen Frühstück; um sich Appetit zu verschaffen, machte er einen Morgenspaziergang. Er stieg zum Hafen hinab, zählte und betrachtete die Boote, die gewöhnlich und zweckdienlich waren; auffällig schienen ihm lediglich einige Namen – *Zwickling, Mutters Mops, Halbbusen* und ähnliche Aufschriften ließen, wie er mit halbem Grinsen überlegte, jenen Hauch von Meeresromantik vermissen, der in den meisten Häfen anderer Welten vorgeschrieben war.

Rechts vom Hafenbecken standen zwischen Strand und Plateau auf einer zurückweichenden, ebenen Fläche ein paar Holzhütten und Zelte, neben einem jungen, kleinen *rubal.* Zumindest hielt Delgado das Gewächs für einen der Werbäume; die dunklen Blätter und das schon beim jungen Baum knotige Holz glichen den Beschreibungen und Abbildungen. Städtische Tambos – die Frauen in grellbunten Wickeltüchern, die Männer in Arbeitshosen und mit scheußlichen Tätowierungen auf dem Oberkörper – kauerten um ein Feuer, brieten Fisch und tranken aus einer langen Flasche, die von Hand zu Hand ging.

Er konnte sich nicht erinnern, etwas von vorsichtigem Umgang gelesen zu haben; als er sich dem Feuer näherte, wandten zwei der Männer sich zu ihm um. Er war nicht sicher, glaubte aber, einer der beiden sei der Tambo, der ihn gestern auf dem Landefeld inspiziert und sich anschließend verdrückt hatte. Von irgendwo zischte ein Pfeil durch die Luft und bohrte sich vor seinen Füßen in den Boden. Er blieb einen Moment stehen, deutete den Vorfall als Aufforderung, nicht näher zu kommen, und kehrte ins Hotel zurück.

Beim Frühstück las er aufmerksam die *Gangur Tribyn* und beschloß, die Kollegen der Redaktion zu besuchen – später. Das Blatt bestand im wesentlichen aus vier Teilen: Nachrichten aus dem Commonwealth, die ausnahmslos von Agenturen oder aus großen Blättern stammten; Meldungen von den anderen Kontinenten und den Inseln, die vermutlich ähnlich oder identisch in den sonstigen Zeitungen von Tiritam auftauchten; Nachrichten und Berichte aus entlegenen Gebieten von Rombo; und die Sektion »Gangur und Umgebung«. Der Leitartikel wies in leicht psalmodierendem Tonfall auf die Vorzüge des AsteRisk-Kontrakts hin und konstatierte, man solle doch die gebratene Taube nicht aus dem Käfig jagen, nur weil andere einen gemästeten *osping** am Firmament versprächen, der zunächst

* Großer Aasvogel; das Fleisch ist zäh und schmeckt nach Tran.

einmal gefangen werden müsse und dessen Eßbarkeit nicht über alle Zweifel erhaben sei. Das schien sich auf einen Bericht zu beziehen, in dem die Reise zweier Delegationen beschrieben wurde: Leute der AsteRisk-Konkurrenten Geram und Bunofrena, die durch Rombos Küstendistrikte zogen, um die Stimmungslage zu sondieren und ganz allgemein Freunde und Fürsprecher zu finden, die den Aste-Risk-Kontrakt kündigen und die Ausbeutung der Bodenschätze neu vergeben könnten. Der Artikel endete mit einem rätselhaften Hinweis auf »wahnsinnige Projekte von Tiri-Finanziers«, die »uns diesmal hoffentlich erspart bleiben«.

Die übrigen Teile enthielten mehr oder minder die gleichen Meldungen, die abends das TriVi gebracht hatte. Irgendwo fand er einen Verweis auf die Kollegen vom »Commonwealth-Pool« und damit sein erstes Ziel.

Die Commonwealth-Medien hatten ein leerstehendes Haus am Südrand der Esplanade gemietet. Im Erdgeschoß waren Gepäcklager und Behelfskneipe; zum Pool, den die Journaille gebildet hatte, paßte der antike, ramponierte Billardtisch. Aus den Fenstern der ersten Etage hatte man nach vorn weite Sicht auf Steilküste, Hafen und Milfjord, nach Süden über die zum Rand des Plateaus sanft abfallenden Obst- und Gemüsegärten und dann die dunstige Ferne des Stromlands mit seinen Dschungeln und Sümpfen. Die gesamte Etage bestand aus einem großen Raum, in dem vorn zwei Frauen und ein Mann – alle jung, alle lässig, alle Tiris – mit Druckern, Prozessoren und Funkvisifonen beschäftigt waren; weiter hinten brütete ein älterer Mann mit grauer Tonsur über Papier.

»Wer hat hier die Aufsicht?« sagte Delgado.

Eine der jungen Frauen blickte hoch, grinste und deutete auf den Älteren. Delgado schlängelte sich zwischen überladenen Tischen, Papier- und Folienstapeln, Würfelpyramiden und Geräten – Kodierer, Raffer, Entzerrer, Booster, Bildwandler, 3-D-Kontrastventile etc. – zum Stahlrohrschreibtisch.

»Ja, was denn?« sagte der ältere Mann, ohne von seiner Arbeit aufzublicken.

»Duncan Delgado, für die *Gazal Gazet.*« Er legte seinen Ausweis auf die Platte.

»Ah. Willkommen im Pool, Kollege. Setz dich.« Der Mann wies auf einen Stuhl. »Operto Filidor, eigentlich *Atenorama*, aber jetzt ...« Seine Geste schloß den Raum, den Planeten und den Kosmos ein, die offenbar ausnahmslos widrig waren. »Gazal – heiliges Halo, ich wußte nicht mal, daß es da Leute gibt, die lesen können.« Er bleckte gelbe Zähne.

»Doch, doch.« Delgado ließ sich nieder und zog eine seiner Zigarren aus der Brusttasche. »In den Slums hocken lauter abgehalfterte Kollegen aus Atenoa, die nichts verpassen wollen.«

Filidor schob ihm einen Aschenbecher hin. »Ich bin da irgendwann mal durchgekommen ... Was habt ihr für eine Auflage?«

Delgado war gut präpariert. »Immer um die vier Millionen«, sagte er. »Das Einzugsgebiet reicht von Gazal und dem Industriegürtel bis Tastego und Nuzuarán, wo die besseren Menschen aus der Hauptstadt ihre Strandvillen verfallen lassen.«

»Na ja. Und da schickt ihr einen eigenen Korrespondenten her?«

»Sonst ist doch nirgendwo was los.«

Filidor gluckste. »Wie man's nimmt.« Er zog ein paar Blätter aus dem Stapel und hielt sie hoch. »Der Krieg um Jenkynsore kann jeden Moment wieder losgehen; die Echsen haben Landetruppen auf dem Nordkontinent abgesetzt.«

Delgado nickte leicht und schüttelte sich. »Ich hab's gestern abend gesehen, in den Nachrichten.« Er erinnerte sich ungern an die erste Runde, vor ein paar Jahren. Nach vier großen Kriegen und über fünfzig begrenzten Konflikten in den letzten 400 Jahren wußte man im Commonwealth noch immer so gut wie nichts über das »Echsenreich«, die Ilithanische Union. Nicht einmal, warum sie soviel Wert auf den Industrieplaneten Jenkynsore legten. Man hatte Grundbegriffe ihrer Sprache analysiert – durch Verhöre von Gefangenen und durch Abhören des ilithanischen Funkverkehrs – und eine oberflächliche Konvention für den kaum diplomatisch zu nennenden Umgang erreicht; was nicht ausschloß, daß die Ilithaner immer noch Kriegsgefangene als lebendes Proviantlager nutzten und stückchenweise roh verzehrten. Damals hatte er, als Kriegsberichterstatter, in Chevrillons Auftrag einen Ilithaner, der in fünf Tagen keine einzige Silbe sagte, durchs Höllenfeuer der Front auf Jenkynsore gebracht und war irgendwie mit einem ebenfalls schweigsamen Commonwealth-Offizier zurückgekommen. Der Mann hatte kaum ein Wort gesagt, aber im Schlaf geschrien. Einen Tag später gab es einen Waffenstillstand. Delgado ächzte leise und erinnerte sich an die Tage und

Nächte, an die aschblonde Frau, an den Versuch, wieder ein Mensch unter Menschen zu werden.

Filidor starrte ihn an. »Du warst da, ja?« sagte er leise. »Ich kenn den Ausdruck in den Augen – bei Leuten, die das aus der Nähe gesehen haben.« Er räusperte sich, hielt ein anderes Blatt hoch. »Bürgerkrieg im Zaurak-System – Gamma Eridani – um den Namen Gottes und einen Asteroidengürtel mit Edelmetallen.« Das nächste Blatt. »Tektonisches Beben mit Springfluten auf Aspenso – Rigel Neun; bisher elf Millionen Tote, geschätzt.« Das nächste Blatt. »Fortgang der Katastrophe im Perao-Cluster.«

Delgado nickte wieder. Nachdem der Sternhaufen das Commonwealth verlassen hatte, bildeten sich innerhalb des Clusters nun Gruppen einzelner Systeme, die gegeneinander um die nie richtig etablierte Macht der Clusterzentrale kämpften.

»Irgendwie ...« Filidor legte die Blätter weg und starrte aus dem Fenster, zum fernen Dschungel. »Irgendwie hat man nicht das Gefühl, daß wir irgendwas gelernt hätten. Man hat« – er setzte sich auf und musterte Delgado – »aber auch nicht das Gefühl, als ob der Kosmos so langweilig wäre, daß jetzt alle nach Tiritam kommen müssen.«

»Wie viele sind's denn?«

Filidor kniff die Augen zusammen. »Bis jetzt an die zweihundert. TriVi, Senso, Radio, Zeitungen, Agenturen; von Gaia; von Clusterzentren; von allen möglichen Welten am Rand und zwischendrin. Was du willst. Ist sogar ein alter Terraner dabei.«

Delgado hob die Brauen. »Gibt's da Medien? Ich dachte, die alte Erde produziert nur noch Heimweh, Wein und melancholische Kunst.«

Filidor lachte. »Nee, ganz ordentlicher alter Knabe. Henrik Lukashy, von *Cosmopolis*, London. – Willst du in den Pool?«

»Wieviel, und was bringt's?« Delgado kicherte. »Abgesehen davon – klar doch.«

»Zweihundert. Kann ich von deiner *Gazet* anfordern, wenn's dir lieber ist.«

»Ist mir recht.«

»Das Problem da draußen ist, es gibt weder starke Sender noch Leitungen noch sonstwas.« Er deutete allgemein Richtung Himmel. »Wir haben einen Satellitenkanal gemietet und auf dem Dach ne solide Zweiwegantenne montiert – Zubehör für das da.« Mit dem Zeigefinger wies er auf die Apparaturen. »Macht uns unabhängig von der Station am Raumhafen hier. Wir kriegen alles Wichtige direkt von der Zentrale. Und was die da draußen herstellen, muß erst mal aufbereitet werden. Kommt über Normalfunk oder Funkvisifon hier an. Junge, bis das sendefähig ist, müssen wir ganz schön aufmotzen.«

»Ich hab gestern abend die Meldung hier gesehen, diese gesprengte Brücke. Ist das normal, daß das lokale TriVi daraus ne Fünfzig-Sekunden-Sache macht, aber zwei Minuten über das ›Entschwelgen‹ in Ystragonien berichtet, was immer das sein mag?«

Filidor lehnte sich in seinem Sessel zurück und verschränkte die Hände hinter dem Kopf. »Tja tja tja.« Er zögerte, sprach dann halblaut weiter. »Es gibt da ein paar Pfund Fragen, Delgado. Zum Beispiel, ob das wirklich so eine große Sache ist. Wenn du mit den Einheimischen redest ... die sagen alle, das wird nichts Großes, die Tambos sind nicht zu organisieren, ein paar Wirrköpfe, früher oder später kriegen ihre Stammesfürsten die wieder in den Griff, so was. Man weiß ja nicht einmal, wie die weit verstreut wandernden Sippenverbände sich Nachrichten übermitteln, von anderen Dingen ganz zu schweigen. Man könnte fast das Gefühl haben, wir erfinden hier einen Konflikt, den es gar nicht gibt. – Weißt du, was das auf Gaia gegeben hat, gestern? Was hier als sozusagen letzte Meldung lief? Drei Minuten! Stell dir das vor! Mehr haben die auch nicht über Jenkynsore gemacht, und viel weniger über die anderen Blutbäder.«

»Wahrscheinlich, weil das hier populärer ist, von wegen Befreiungskampf exotischer Eingeborener gegen bösen Industriekonzern oder so. – Ich brauch noch ein paar Infos.«

»Das gehört zu den Leistungen des Pools. Verbindung, Aufarbeiten der Beiträge, Übermittlung, Schnaps und Billard unten, über uns notfalls ein paar Zimmer, falls einer die Hotels hier nicht mag. Was brauchst du?«

»Wie komm ich nach Yeriddu? Kann man Zimmer vorbestellen? Gibt es Banken? Gleitervermietung? Muß ich mich noch irgendwo an- oder abmelden? Ah, und in der *Tribyn* war heute ein obskurer Hinweis auf größenwahnsinnige Tiri-Finanziers und ihre Projekte, im Zusammenhang mit dem Kontrakt. Weißt du da etwas?«

Filidor spielte mit einer unangezündeten Zigarette, die er betrachtete, als ob sie gleich flügge würde. »Ha. Ganzer Haufen Zeug. Also. Von Tiri-Finanziers weiß ich nichts; muß ich recherchieren. Könnten die Magnaten von Yeriddu sein, aber... Wird sich finden. Banken gibt's; am besten gehst du hier zu einer der größeren. Ich geb dir ne Liste von denen, die Filialen im Hinterland haben. Transport ist ein Problem. Ein paar Leute haben Gleiter, auch Bodenfahrzeuge, aber keine reguläre Vermietung. Alles Privatbesitz. Hier gibt's ja keine entwickelte Industrie, oder fast keine, und bei den Entfernungen ist interstellarer Import nur was für ein paar Reiche. Vergiß Mietgleiter. Nach Yeriddu mußt du schon den Bus nehmen. Und Zimmer? Hmf. Die haben da, glaub ich, fünf Hotels, und die dürften voll sein. Ich weiß, daß es jede Menge Privatunterkünfte gibt, aber die kannst du nicht von hier aus reservieren. Und dann... hm, anmelden mußt du dich hier nicht, aber vielleicht gehst du mal kurz in die Residenz.« Er grinste schräg. »Nur, damit die wissen, daß es dich gegeben hat, wenn du bei Yeriddu auf eine Mine trittst.«

Der Resident war eine Residentin – *dam* Karona Litz residierte in einem bis auf die große Antenne unauffälligen Gebäude in der Stadtmitte. Aus ihrem Büro blickte sie auf die von staubigen Bäumen und kleinen Läden geprägte Landfall Plaza; als sie sich dem Besucher zuwandte, erkannte Delgado die ältere Dame, die mit ihm den Liner verlassen und später den offiziösen Gleiter benutzt hatte.

Er betrachtete sie, versuchte sie einzuschätzen, als sie vom Fenster zu ihrem Schreibtisch ging und auf den Besuchersessel deutete. Die Bewegungen waren gemessen, aber nicht kraftlos, das von der Zeit gemaserte Gesicht über Illusionen wie kosmetische Wiederaufbereitung erhaben, und die kühlen graublauen Augen erfaßten ihn vermutlich schneller und gründlicher als er sie.

»Was kann ich für Sie tun, *dom* Delgado?«

»Nichts, Madame.« Er setzte sich. »Ich will Sie auch gar nicht lange behelligen. Nach Ihrer Abwesenheit haben Sie sicher genug Wichtiges zu tun.«

Sie nickte knapp, ohne den Gesichtsausdruck zu verändern. »Das stimmt. Sie wollen nach Yeriddu, nehme ich an.«

»Ja. Als Nummer zweihunderteins oder so.«

»Hm. Journalisten sind nicht gerade ein Mangelartikel.«

Delgado räusperte sich. »Wenn ich darf, würde ich gern zwei oder drei Fragen stellen.« Leiser setzte er hinzu: »Nicht zur Veröffentlichung.«

Sie hob die Schultern. »Fragen Sie. Rechnen Sie aber nicht mit bedeutenden Offenbarungen.«

»Ich verstehe.«

Die Residentin zuckte mit dem linken Mundwinkel. »Ach ja?«

Delgado lächelte matt. »Ich nehme an, Sie waren auf Gaia. Warum?«

»Manchmal ist es sinnvoll, eine Lagebeurteilung persönlich und mit Nachdruck vorzutragen.«

»Sind Residenten oder Gouverneure nicht zunächst der jeweiligen Sektorzentrale unterstellt?«

»Es gibt Situationen, in denen direktes Vorgehen einige Probleme lösen oder ganz vermeiden kann.«

Delgado kniff die Augen zusammen. »Ist die, ah, Präsenz einer leichten Korvette mit den örtlichen Behörden abgesprochen?«

Karona Litz spitzte den Mund. »Die Korvette ist nur zu Besuch – Landurlaub.«

»Für unbestimmte Zeit?«

»Ich habe den Kommandanten noch nicht danach gefragt.«

»Zu Ihrer Lagebeurteilung – wie sehen Sie die Situation in und um Yeriddu?«

»Mit einem Wort? Unbefriedigend.«

»Können Sie das präzisieren?«

Ein karges Lächeln. »Ich könnte, sehe aber keine Veranlassung.«

Delgado seufzte und musterte seine Fingerspitzen, was ihm nicht weiterhalf. »Wenn ich Sie richtig interpretiere, halten Sie die Lage für ernster, als die öffentliche Meinung in Gangur sie sieht, aber nicht für so dramatisch, wie die Pressekollegen sie darstellen.« Er überlegte einen Moment. »Zuringga ist ein offenes System, ohne wesentliche Kontrollen. Es gibt zwar nur hier einen Raumhafen, aber theoretisch könnte ja überall ein kleines Schiff landen.«

Die Residentin blickte an die Decke. »Ich hoffe, daß die Ortungsabteilung der Korvette darüber wacht, solange der Landurlaub dauert.«

»Mhm. Gibt es Hinweise darauf, woher die sogenannten Tambo-Insurgenten ihre Waffen haben, und wer sie tatsächlich sind?«

»Es dürfte einige Diebstähle in den Depots der AsteRisk gegeben haben. Mehr war bisher durch diskrete Nachforschungen nicht zu ermitteln.«

Delgado zog einen Zettel aus der Brusttasche; er las den Namen ab, der ihm wie Lautgebungen eines Hundes erschienen war. »Angeblich wird diese Revolte, oder Befreiungsbewegung, wie auch immer, von einem Tambo namens, uh, Gurshtamitz geleitet.«

»Ich höre diesen Namen jetzt zum ersten Mal.«

Er steckte den Zettel wieder ein. »Eine letzte Frage. Es scheint sich in all den Jahrhunderten niemand so richtig um die Tambos und die planetare Geschichte gekümmert zu haben. Ich nehme an, die Residenten hätten es vermutlich veranlaßt, wenn Gaia – oder der Sektor – Geld für wissenschaftliche Mitarbeiter bewilligt hätte.« Irgend etwas – die ausgebildeten Instinkte? – bewegte ihn zu einem Bluff, oder einem Schuß ins Blaue. »Angeblich soll es da doch trotzdem jemanden geben, abgesehen von Farmern und Polizisten, der sich ein bißchen mit Tambos und Geschichte auskennt. Hobbyforscher, glaube ich.«

Karona Litz betrachtete ihren Schreibtisch; die Blicke schienen sich auf einen braunen Umschlag zu richten, aber das mochte täuschen. »Erling Paspisano«, sagte sie; es klang, als müsse sie sich zum Reden zwingen. »Ein alter Mann, früher Geologe im Dienst von AsteRisk. Ich weiß nichts über ihn, außer, daß er wirre Gedanken in Umlauf bringen will. Lebt irgendwo im Süden, Ystragonien.«

»Und die allerletzte Frage, wenn Sie gestatten. Die *Tribyn* enthielt einen Hinweis auf wahnsinnige Projekte von Tiri-Finanziers, die dem Planeten bei der anstehenden Kontrakt-Beratung hoffentlich erspart bleiben, anders als früher. Können Sie damit etwas anfangen?«

»Nicht das geringste.«

Als er auf der Plaza stand, sagte er leise: »Puh.« Eine halbe Stunde verbrachte er in einem kleinen Lokal bei Kaffee, Wasser und einer Zigarre damit, die versteckten Auskünfte oder Verschleierungen der Diplomatin zu analysieren. Offenbar hatte sie in Atenoa ein bißchen Wind gemacht und zumindest erreicht, daß auf unbestimmte Zeit eine Korvette abgestellt wurde. Litz mußte schon in Atenoa gewesen sein, als Chevrillon ihn aus dem Strandgut am Liggabet gefischt hatte. Sinn der Korvette konnte es eigentlich nur sein, auswärtige Interventionen zugunsten der »Rebellen« – Waffenlieferungen o. ä. – zu verhindern; wenn dies das Anliegen der Residentin und damit der Regierung auf Gaia war, vertrug es sich nicht mit Chevrillons Zielen und Delgados Auftrag. Arbeitete Chevrillon diesmal gegen die eigene Regierung? Oder war es ein noch weit komplizierteres Unternehmen als üblich?

Litz schien – »diskrete Ermittlungen« – über Informanten in oder bei Yeriddu zu verfügen; wahrscheinlich kooperierte sie zur Erhaltung des Status quo mit der AsteRisk, die ja gewaltige Mengen an Steuern zahlte – außerhalb des Planeten. Aber insgesamt wurde alles, je mehr er zu wissen glaubte, immer undurchsichtiger. Gaia, Gangur, Chevrillon, die Residentin, die AsteRisk, die Konkurrenten Geram und Bunofrena, die »wahnsinnigen Tiri-Finanziers«; und was war mit den Tambos, von denen niemand etwas zu wissen schien?

Er konsultierte Filidors Liste; drei der Banken mit Filialen in Yeriddu hatten ihre Zentralen an der Landfall Plaza. Im Bankhaus Tanzil & Co. stellte er fest, daß sein Spesenkonto tatsächlich eingerichtet worden war; als Auftraggeber firmierte die *Gazal Gazet.* Ein guter Monatsverdienst in Gangur belief sich auf 400 *dr;* das Zimmer im *Zhuryk* kostete 20 *dr* pro Tag; die 1000 *dr* für Spesen, monatlich bis auf Widerruf anzuweisen, mochten in Atenoa (oder Gazal) karg sein, hier waren sie mehr als üppig. Man gab ihm eine Karte, mit der er, wie die junge Angestellte versicherte, auch im Hinterland zahlen konnte.

Er hielt es für sinnvoll, nicht alles an einer Stelle zu erledigen; jemand könnte, aus welchen Gründen auch immer, Ermittlungen anstellen, ein Konto sperren... Chevrillon hatte sehr lange Arme. Delgado wanderte drei Blocks weiter Richtung Hafen und ging in die an einem schlicht Heptagon genannten Platz liegende Filiale der Kalypso-Bank, deren Mutterhaus in Zidona stand, der Hauptstadt von Ystragonien. Nach kurzem Feilschen räumte man ihm 3,5 % Zinsen ein und stellte eine Karte aus; Delgado ließ 26 000 *dr* in der Bank zurück.

In einer Garküche aß er eine Kleinigkeit; danach wanderte er einmal um den Platz, auf dem es sieben Brunnen gab und von dem sieben Straßen ausgingen. Frischer Wind vom Milfjord machte die Hitze erträglich; die sieben Blockfronten am Heptagon hatten sämtlich vorspringende Arkaden, unter denen Läden und Cafés lagen. Delgado kaufte sich ein Eis; schleckend ging er weiter, bestaunte in einer

Geschenkboutique abermals eines der wunderbaren Mosaiken aus *zhuryk*-Schuppen, sah in einem anderen Geschäft eine Sammlung gräßlicher Tambo-Masken und machte sich schließlich auf die Suche nach dem Mann, den Qualle ihm genannt hatte.

Der Mensch mit dem unglaubwürdigen Namen Astor Astora betrieb eine kleine Werkstatt in einer Nebenstraße, wo er Fahrräder und Rikschas baute. Delgado schätzte ihn auf mindestens 70 Jahre; er hütete sich, nach der Vergangenheit und den Details von Astors Verbindung zur Qualle zu fragen. Sie verabredeten einen harmlosen Code; Nachrichten würden über das Verbindungsbüro der Presse laufen.

Zur Rechtfertigung seiner Existenz zog sich Delgado ins *Zhuryk* zurück, wo er zunächst im Speiseraum Kaffee und Saft trank und Notizzettel vollschmierte. In seinem Zimmer sprach er konzentriert einen spöttischen Artikel, den der Vocorder sofort ausdruckte. Neben pittoresken Einzelheiten, sämtlich der *Kleinen Romboskopie* entnommen, erwähnte er besonders die Korvette, »die vermutlich bei unerlaubten Landungen etwa von Waffenverkäufern Feuererlaubnis hat«, die Anwesenheit mehrerer Firmendelegationen, das Auslaufen des lukrativen Abbau-Kontrakts in etwa acht Monaten, die seltsame Zurückhaltung der sonst so neugierigen Akademien bei der Erforschung der Tambos; und er erörterte die Widersprüche zwischen Dramatisierung durch die Medien, Gleichgültigkeit in Gangur und dem durch die Korvette nicht eben bestätigten Urteil »harmlos« der amtlich mit der Tambo-Rebellion befaßten Stellen.

Danach inspizierte er die Kneipen der Hafengegend, trank schwarzes Bier, hörte den Einheimischen zu. Er erfuhr interessante Dinge über das Tidensurfen im Milfjord, das stattfand, wenn bei einer Konjunktion beider Monde eine Dreißig-Meter-Woge durch den 1000 km langen Meeresarm raste; von einer *zhuryka* ließ er sich erklären, wie man die in tausend Farbtönen schillernden Schuppen des Fischs mit Silberdraht befestigte und zu einem blendenden, meist abstrakten Mosaik arrangierte; ein Obstbauer offenbarte ihm die feinen Unterschiede zwischen Melonen, Melokosen, Melokohl, Melotten und Melyrten, die bei Vollmond oder Zweimond am Strauch sauer wurden und abgedeckt werden mußten.

In der fünften Kneipe begegnete er einigen Leuten der Korvette *Nurith*. Er versuchte sie auszuhorchen; erst als er von seinen drei

Jahren bei der Marineinfanterie sprach, tauten sie auf. Die restliche Reserviertheit – er war als Leutnant ausgeschieden, also »irgendwie« immer noch Offizier – schwand schließlich, als er beim nächsten Glas vorschlug, wegen der Verjährung des Rangs doch alle Förmlichkeiten aufzugeben. Bei Erwähnung der Stützpunkte und Einsätze stellte sich heraus, daß der Waffensergeant der *Nurith* einen von Delgados ehemaligen Korporalen kannte. Nebenbemerkungen einer jungen Ortungstechnikerin war zu entnehmen, daß sie am nächsten Tag Schichtdienst haben würde, und daß die Notbesatzung während der einzelnen Schichten nicht für einen Alarmstart ausreichte, weshalb neben der Ortung im Moment eigentlich nur die Bordartillerie zählte. Was hieß, daß die *Nurith* den Raum um Tiritam kontrollierte und aktiv werden durfte. Er faßte vorsichtig den Inhalt seines Artikels zusammen; die Marineleute grinsten, was er als Bestätigung nahm.

Er verwickelte den Sergeanten in eine Diskussion über antike Handwaffen; als die Jüngeren beschlossen, ihre Erforschung des »spezifischen Nachtlebens« von Gangur fortzusetzen, wozu der ältere Mann keine Lust hatte, lud er ihn ins *Zhuryk* ein – »Fisch essen, Bier trinken, über Waffen reden.«

Im Hafen lag eine kleine Motoryacht, und im *Zhuryk* gab es zwei neue Gäste. Die blonde, braungebrannte Frau war langmähnig und langbeinig, Ende Zwanzig; der dunkelhaarige Mann mochte in Delgados Alter sein, Mitte Dreißig, war groß, drahtig und unrasiert. Sie saßen und aßen an einem Tisch in Fensternähe. Die Kellnerin, für die Delgado schon fast ein Stammgast war, erzählte im Flüsterton, die beiden seien von einer der größeren Inseln im Osten, im Barischen Ozean, »hinter den Korallenriffen«, hätten in irgendeiner Lotterie gewonnen und sich das schicke Boot gekauft, um einmal um Tiritam zu gondeln.

Delgado und der Sergeant – Aram Uldryno – bemühten sich, das übliche Getöse an der Bar ebenso zu überhören wie das kehlige Lachen der Blonden; sie unterhielten sich leise über das Hobby des Sergeanten. Als die Kellnerin abräumte, bestellten sie die nächsten zwei Bier.

»Wir sind sofort wieder da«, sagte Delgado. »Sie können's schon zapfen.«

Er ging voraus; der Sergeant folgte ihm auf sein Zimmer, wo

Delgado ihm die alte Pistole zeigte, dann die neue Strahlwaffe von Chevrillon. Für die Pistole gab es ein Knurren, fast eine Liebeserklärung; Uldryno untersuchte sie gründlich, streichelte sie fast. Dann hielt er die neue Waffe unter die Deckenlampe.

»Schönes Ding«, sagte er. »Sparsamer und genauer als die vorigen Modelle. Aber...« Mit der Kuppe des rechten Zeigefingers fuhr er über eine Stelle oberhalb des Griffs. »Da ist was.«

Delgado sah genau hin, fuhr ebenfalls mit dem Finger darüber. »Ich finde nichts.«

Uldryno hob die Schultern. »Du bist ja auch Amateur.« Er gluckste. »Ist eigentlich zu neu, das Ding; könnte ne schlecht ausgeführte Reparatur sein, so, als ob's durchgebrannt gewesen wär, nach Dauerfeuer. Glaub ich aber nicht.«

»Komisch. Kannst du feststellen, was es genau ist?«

Der Sergeant nickte. »Glaub schon. Hab ich wenigstens morgen was zu tun.« Er steckte die Waffe ein.

V.

Bier, Informationen, Pläne, Mißtrauen, Fisch – was immer es war, Delgado konnte nicht schlafen. Kurz vor Mitternacht (der Tiritam-Tag war in 26 Stunden unterteilt) hatte er sich hingelegt; gegen 1 Uhr gab er es auf, sich gähnend herumzuwälzen, zog sich an und verließ das Hotel. Der Empfang war unbesetzt, der Gastraum verödet. Auf der Esplanade dachte er über die dünnen Zwischenwände im *Zhuryk* nach und über die zweifellos interessanten, wiewohl lauten Manöver der Lotteriegewinner. Aber auch das konnte nicht der wahre Grund der Schlaflosigkeit sein, denn seit mindestens einer halben Stunde war aus dem Nebenzimmer kein Laut mehr gekommen.

An einer Ecke des Heptagon fand er ein offenes Lokal, in dem er Kaffee und Schnaps trank – vielleicht hob diese Kombination die Schlaflosigkeit auf – und mit einem alten Fischer Schach spielte.

Als er gegen 3 Uhr zum *Zhuryk* zurückkehrte, war das Hotel hell erleuchtet; aufgeschreckte Gäste, der Besitzer, die Kellnerin und ein paar andere Leute drängten sich um den Tresen. Nichtuniformierte Polizisten waren darunter, eine Frau von der *Gangur Tribyn* und zwei Männer des lokalen TriVi-Studios. Die Kameras lagen auf einem Tisch.

Der älteste der Beamten kontrollierte Delgados Ausweis, begleitete ihn auf sein Zimmer, inspizierte die antike Pistole und stellte ein paar Fragen. Delgado beantwortete sie wahrheitsgemäß. Durch die dünne Wand hörte er die Kollegen des Beamten, die immer noch mit Spurensicherung oder Spurenbeseitigung beschäftigt waren. Ein Schrei und eilig treppab polternde Füße hatten den Besitzer geweckt. Jemand hatte mit einem sichelartigen Tambo-Messer die beiden Bootsreisenden im Nebenzimmer getötet, ihnen Tambo-Masken auf die zerschlitzten Kehlen gelegt, flüchtig das Gepäck durchwühlt und war geflohen, ohne Geld oder andere Dinge mitzunehmen.

Delgado lud die Kollegin von der *Gangur Tribyn* zu Kaffee und Schnaps ein. Sie war etwas älter als er, sehr müde und hatte wehe Füße. Zwei Tage lang, sagte sie, habe sie versucht, Leuten aus

Yeriddu auf den Fersen zu bleiben und sie zu befragen, sei aber mit Floskeln abgespeist und jeweils vor den interessanten Türen abgehängt worden. Die Administratorin des Distrikts Tambora, der Bürgermeister von Yeriddu und ein weiterer Magnat (Delgado bat um Namen; sie sagte, es handle sich um *dam* Huser und die *doms* Riordan und Destouches) seien bei diversen einflußreichen Ratsmitgliedern, bei Banken und auch bei der Residentin gewesen. Und nach frustrierender Lauferei habe man sie dann auch noch nachts aus dem Bett geholt, um diesen Mord zu recherchieren.

Kurz nach 4 Uhr wurden endlich die beiden Plastiksärge hinausgetragen; die Journalisten und die Beamten verschwanden; das Hotel kam zur Ruhe. Inzwischen hatte sich herausgestellt, daß die Yacht im Hafen unangetastet war; die Hypothese »Raubmord an reichen Touristen« wirkte immer unwahrscheinlicher.

Delgado begab sich auf sein Zimmer, schloß das Fenster und verbarrikadierte die Tür. Irgendwann schlief er tatsächlich ein. Vorher beneidete er, an die Verhältnisse in Atenoa und speziell Liggabet gewöhnt, lange und gründlich die Ganguris, für die es der erste Mordfall seit sieben Monaten war. Und er zerbrach sich den Kopf darüber, wie hoch die Wahrscheinlichkeit war, daß jemand im Dunkeln ein Zimmer mit einem Dietrich öffnete, das Bett leer fand, an einen Irrtum glaubte, das Nebenzimmer öffnete und dort, vermutlich erleichtert, statt des einen dunkelhaarigen großen Mittdreißigers den anderen tötete. Er dachte an Chevrillon, die Warnung, den Brand, die seltsamen Reaktionen der Tambos, den Pfeil ... und die Möglichkeit, daß jemand in der nächsten Nacht den Versuch wiederholte oder tagsüber auf seinen Rücken zielte oder einen Verkehrsunfall arrangierte oder oder oder. Es erschien ihm ratsam, bald zu reisen.

Um 8 Uhr stand er auf, frühstückte, bezahlte seine Rechnung und sah den schlanken Tambo auf der Esplanade, der jäh verschwand; dann schleppte er die Taschen zum Heptagon und kaufte im Büro der Buslinie ein Ticket – 99 *dr* für einen Platz um 16:00 (oder 16:20, wenn er nicht hier, sondern am Raumhafen zustieg) im Bus nach Yeriddu, 2500 km entfernt.

Eine antike E-Rikscha brachte ihn zum Raumhafen, wo milder Betrieb herrschte. Die Frau an der Kaffeemaschine begrüßte ihn mit einem schrägen Lächeln und der Frage, wie denn seine Nächte gewesen seien, was er ehrlichen Herzens mit »wüst« beantworten konnte. Er trank einen Kaffee, ließ die Taschen in ihrer Obhut zurück und ging aufs Landefeld, zur Korvette. Am Zaun hockten Tambos, die ihn beobachteten. Einer der Männer hatte einen *tushtush* im Schoß, eine jener möwenähnlichen Flugechsen. Er schien dem Tier etwas zuzuflüstern und warf es in die Luft. Mit ausgefahrenen Krallen segelte der *tushtush* über Delgados Kopf, sehr knapp, und flatterte nach Südwesten.

Sergeant Uldryno führte ihn durchs enge Labyrinth der *Nurith* in die Waffenkammer. »Ich hab das Ding auseinandergenommen.« Irgendwie klang er mürrisch und begeistert zugleich. »War nett, gefällt mir aber nicht.« Er hielt einen kaum daumennagelgroßen Gegenstand hoch.

»Was ist damit?«

»Das war drin. Und das hier.« Noch ein winziges Gerät oder Objekt, ein Würfel in der Größe eines Stecknadelkopfs, mit haarfeinen Drähten.

»Sieht aus wie ein Mikroempfänger, oder?« Delgado holte Luft durch die Zähne; etwas tröpfelte ihm kalt den Rücken hinunter.

»Isses, Junge, isses. Bera, du weißt schon, von der Ortung, die hat's getestet. Tolles Ding, mit Mikro-Mikro-Modulator. Und Impulsgeber.«

»Heißt, im Klartext?«

»Wenn ein bestimmtes Signal empfangen wird, stößt das Ding einen kleinen Impuls aus. Der zündet *das* hier.« Uldryno deutete auf den anderen Gegenstand.

»Wie stark ist der Sprengstoff?«

Der Sergeant hob die Brauen. »Also, wenn du die Waffe in der Hand hast, paßt du hinterher auf ein Kehrblech. Ab drei Meter merkst du nur noch ein bißchen heiße Luft, und natürlich ein nettes kleines *peng*.«

Delgado nickte langsam. »Entzückend«, sagte er; dabei dachte er an die übrigen feinen Geräte, die Chevrillon ihm übergeben hatte. Dafür blieb keine Zeit – oder?

»Ich hab noch was. Zwei Bitten, sozusagen.« Er zögerte, dann erklärte er dem Sergeanten, was er wollte. »Geht das in, uh, zweieinhalb Stunden?«

Uldryno kratzte sich den Hinterkopf. »›Wenn's enger wird,

wenn's strenger wird, wenn's bang und immer bänger wird‹«, murmelte er.

Delgado grinste und ergänzte das alte Spottlied. »›Wenn's sterben heißt, verderben heißt, nimm jemand, der aufs Erben scheißt; kommt keiner mehr zu Potte, dann halt dich an die Flotte.‹ Also, was meinst du?«

»Ich kann's versuchen.«

Uldryno begann mit dem Wiedereinbau des Peilgeräts und eines anderen winzigen Teils, das Delgado haben wollte; Duncan lief über das heiße Landefeld zur Halle. Er kaufte fünf Flaschen Tashka. Zusätzlich zum Preis legte er 200 *dr* auf den Tresen.

»Wofür ist das?« sagte die Frau.

»Hören Sie – ah, wie heißen Sie eigentlich?«

Sie lächelte. »Das wollen Sie überhaupt nicht wissen.«

»Nein? Na gut. Also, zwei Fragen. Waren Leute aus Yeriddu mit einem Gleiter hier?«

Sie nickte. »Sind heute früh abgeflogen.«

»Gut. Ich weiß nicht, was die Auskunft wert ist; ziehen Sie's von den zweihundert ab. Den Rest sollen Sergeant Uldryno und die Leute von der Ortung der *Nurith* vertrinken. Können Sie dafür sorgen?«

»Klar, kann ich.«

»Und Sie haben wirklich keinen Namen?«

Jetzt grinste sie breit. »Denken Sie sich einen aus.«

»Hören Sie auch darauf?«

»Ich höre auf nichts.«

»Fein; dann kann ich Sie ja Nada nennen.« Er stopfte die Flaschen in eine Reisetasche, nahm die Gepäckstücke und schleppte sie zur *Nurith*.

Der Schnaps war willkommen; der diensttuende Funker braute einen steifen Flottenkaffee »zum Runterspülen« und erklärte sich sogar bereit, das Uniformhemd zuzuknöpfen und Delgado »offiziell« ein paar Visifongespräche zu vermitteln. Es mochte zu mehr Entgegenkommen führen, wenn nicht jemand sich mit »hier ist XY« meldete, sondern mit »Korvette *Nurith* – ich verbinde«.

Das erste Gespräch führte Delgado mit einem gebührend beeindruckten, später auftauenden Redakteur der *Gangur Tribyn*. Der junge Mann hieß Hemul Eguren; bei bestimmten Fragen schien er unnötig verschlossen. Den Antworten entnahm Delgado, daß es zu den Tambos, zu AsteRisk und anderen Firmen durchaus Dossiers gab, Ergebnisse gründlicher Recherchen, daß aber die Chefs der Zeitung aus welchen Gründen auch immer den Daumen darauf hielten. Eguren glaubte nicht, daß es Unterlagen über die 20 Jahre zurückliegende letzte Kontraktverhandlung zwischen Tiri-Repräsentanten und der AsteRisk gab, wollte aber versuchen, etwas über wahnsinnige Tiri-Finanziers zu finden. Delgado versprach einen heftigen Umtrunk in einer Taverne an der Esplanade, bei nächster Gelegenheit; Eguren zwinkerte und sagte, dabei ließe sich manches besser bereden. Die in Yeriddu zuständige Kollegin werde er vorwarnen; Delgado könne sich vertrauensvoll an sie wenden. Sie sei jung, aber aufgeweckt.

»Und dann soll es hier irgendwo, ich glaub in Ystragonien, einen Spinner geben, der wilde Theorien über Tambos und die planetare Geschichte aufstellt. Irgendwas mit Pa- oder so.«

Eguren ächzte. »Erling Paspisano. Bombardiert uns und andere mit Schriftsätzen, in denen er wichtige Entdeckungen oder Enthüllungen andeutet. Ist aber bisher keiner schlau draus geworden.«

»Kann man den anrufen? Hast du die Adresse?«

Eguren wühlte nach einem Zettel, fand ihn, las Nummer und Ort ab. Delgado dankte, wiederholte das Trinkversprechen und ließ sich dann vom Funker mit Paspisano verbinden.

Ein alter, weißhaariger Herr, der durchaus nicht wie ein Spinner aussah, meldete sich. Delgado identifizierte sich eher ungenau, so, als ob er vielleicht in amtlichem Auftrag Recherchen anstellte. Er beschloß, den gegenüber Eguren verwendeten Bluff zu variieren.

»Ich habe gehört, daß Sie hochinteressante Funde oder Entdekkungen gemacht haben. Die Residentin war leider nicht bereit, mir gewisse, eh, Papiere zu zeigen.«

»Sie hält alles für sehr heiß und will noch darüber brüten.« Paspisanos Stimme war kultiviert, seine Mimik kontrolliert.

»Ich wäre sehr interessiert daran, ein längeres Gespräch mit Ihnen zu führen. Ich nehme an, die, nun ja, politischen Rücksichtnahmen gewisser Blätter in Gangur und überhaupt Rombo sind für gaianische Medien und Ämter unwesentlich.«

»Das wäre zu hoffen.« Paspisano lächelte schräg. »Immerhin geht es um einiges.«

»Ich weiß.« Delgado nickte nachdrücklich. »Wobei ich Ihnen versichern möchte, daß der nicht zu unterschätzende Aspekt ›wissenschaftliche Sensation‹ mich eher von der Wissenschaft als von der Sensation her bewegt.«

Paspisano blinzelte schnell. »Ungewöhnlich bei einem Journalisten, aber man soll ja die Hoffnung nie aufgeben.«

Delgado lachte. »Da mag ich Ihnen nicht widersprechen. – Ich bin auf dem Weg nach Yeriddu, um gewisse Komplexe zu recherchieren.« Er schaute auf seine Uhr mit dem hier falschen gaianischen 12,5-Stunden-Zifferblatt. Es war der 17. August. »Was halten Sie vom 6. September? Bis dahin müßte ich in Yeriddu etwas klarer sehen.«

Paspisano nickte. »Kein Problem. Ich erwarte Sie. Durchaus mit Vergnügen.«

»Das ist nett. Darf ich Sie noch um etwas anderes bitten? Es wäre vielleicht sinnvoll, wenn ich mehr über Sie und Ihre Funde wüßte – ich könnte dann bessere Fragen stellen.«

Paspisano zögerte nur kurz; dann erklärte er sich bereit, eine detaillierte Zusammenfassung ans Hotel *Tambora Plaza* in Yeriddu zu schicken, wo Delgado es in vier bis fünf Tagen würde abholen können.

Die journalistischen Gerätschaften, die Chevrillon ihm ausgehändigt hatte, enthielten keine Sprengsätze, wohl aber Peil- und Abhörvorrichtungen, die Gespräche im Umkreis von etwa fünf Metern ebenso registrierten wie alles, was mit den Geräten aufgezeichnet wurde. Nach kurzem Schwanken entschied Delgado, alles so zu belassen und sich vorzusehen.

Er bedankte sich noch einmal; dann schleppte er seine Taschen zur Raumhafenhalle, blinzelte Nada zu, kaufte im ausnahmsweise offenen Laden am Ausgang ein paar Broschüren und wartete auf den Prallfeldbus.

Er kam pünktlich und war kaum halb besetzt; fünfzig Personen plus Gepäck hätten darin Platz gefunden. Mindestens einer der Feldprojektoren litt an Altersschwäche. An der rechten Heckseite betrug der Abstand zwischen Wagenkante und Boden deutlich weniger als die üblichen 50 Zentimeter, dafür saß die Fahrerin vorn links etwas höher.

Delgado zeigte sein Ticket, ging zu einer unbesetzten Reihe in der Mitte, verstaute sein Gepäck und beobachtete ein paar Minuten die Mitreisenden: drei städtische Tambos, ansonsten einfach gekleidete Tiris, von Wind und Sonne gegerbt. In der *Nurith* hatte er sich sicher gefühlt, anders als in Gangur und in der Raumhafenhalle; mit leisem Unbehagen registrierte er, daß er in diesem alten, ramponierten Fahrzeug zwar keine unmittelbare Bedrohung empfand, aber auch keine Sicherheit. Als er sich bewegte, spürte er, beruhigend, den Griff der Strahlwaffe an den Rippen.

Er las den Handzettel der Buslinie. Der Wagen durchquerte den ganzen Kontinent, von der gangrischen Küstenstadt Tiorga, fast 1500 km nördlich von Gangur, über Yeriddu bis nach Zidona, Hauptstadt von Ystragonien. Die *Kleine Romboskopie* enthielt auch eine Detailkarte, der er die Positionen der einzelnen Orte entnehmen konnte. Tiorga lag auf dem 49. Breitengrad nördlich, Zidona auf dem 17. südlich des Äquators. Für Hobbynavigatoren (das Büchlein war für Touristen gedacht) gab es Anweisungen, wie mit Distanzangaben zu verfahren sei. Der Äquatorumfang von Tiritam betrug etwa 34 200 km; da die Kartographen die konventionelle 360°-Einteilung beibehalten hatten, war der Abstand zwischen den Graden in Äquatornähe 95 km. 6270 km Luftlinie von Tiorga bis Zidona; durch Städte, Bergketten, die Position von Brücken etc. wurden am Boden daraus fast 8000 km. Alle 8 bis 10 Stunden wechselten die Fahrer.

Zerstreut blätterte er weiter in der *Romboskopie,* die die zwölf Distrikte des Kontinents beschrieb: natürliche und artifizielle Sehenswürdigkeiten, Art der Böden und ihre Nutzung, Größe der Distrikte, Bevölkerungszahlen, Lage und Charakteristika der Hauptstädte. Es begann mit dem Distrikt Gangrien (»... Hochland im Norden, mit hübschen alten Fischerorten, fruchtbaren Tälern, Hochmooren, Mt. Rouh – 6254 m – und natürlich der Metropole Gangur an der Südspitze des Plateaus ...«) und ging dann im Uhrzeigersinn einmal um den Kontinent. In Aspar, östlich des Milfjords, gab es Regenwaldgebiete, ein Partinisches Vorgebirge mit rosa Granitnadeln, in Kitrien mit fast 8000 km Küstenlinie an zwei Ozeanen (der Timrische im Nordosten, dann der Barische ab der Hauptstadt Mulubar) Fisch und Quarzsände, in Lykassien baute man Wein, Tee, Kaffee sowie auch »Gnuster« und

»Eblina«* an, und dort gab es die bis zu 9000 m hohen Kassitischen Berge, jenseits deren die Senfgrassavannen und die Wüste lagen; in Pruth, hieß es, sei dank Tegra und weicher Baumarten das Schnitzhandwerk bedeutend; Ystragonien sei der idyllischste, Arnilien der kargste Distrikt; und Espir; und Morgana; und Timrikien ... Und die beiden Binnendistrikte – Potamien, »das nur am Milfjord dank des Deltas ans Meer grenzt«, und das unendliche Tambcra: das Zentrum, 9,3 Mio km² mit 700 000 Einwohnern, Tambos weder gezählt noch gerechnet. Mehr als ein Zehntel der gesamten Landfläche von Tiritam, mehr als ein Drittel von Rombo: Wüste, Sandwüste, Steinwüste, Lehmwüste, Salzwüste, karges Grasland, ausgewaschene Canyons verschollener Flüsse, Bitterbusch, ein paar Oasen bzw. Wadis ...

Nach halbstündiger Fahrt zwischen sanft abfallenden Feldern, vorbei an Dörfern, einzelnen Gehöften und Wäldchen, erreichten sie den Rand des gangrischen Plateaus; die Straße fiel in Serpentinen zum Flachland ab. Delgado blickte aus dem Fenster, dann wieder in sein Buch; er kicherte leise, als er las, daß der 3,9 Mio km² große Distrikt von den Strömen Dhili, Dhali, Dhuli und Otz geprägt sei. Es klang wie ein Abzählvers**. In den Dschungeln und der Bittersteppe jenseits der Hauptstadt Luzhin (am Zusammenfluß von Otz und Dhali, fast 1300 km westlich von Gangur) gebe es eine Vielzahl interessanter Tiere und Pflanzen für »den geschätzten bio-, zoo-, ornitho-, potato-, potamo- oder einfach touristologisch aufgeweckten Gast«: Nesselvipern, Schattenhummer, Flederfüchse; der 250 cm große fleischfressende Mandrillosaurus, »dessen Fiepen bei dem, der es hört, jenes Mitleid erregt, das der Mitleidige bei unvorsichtiger Annäherung alsbald verdient«; der Asparax, ein »Wanderstrauch, der auf Friedhöfen von Grab zu Grab schlendert und Saugwurzeln in den Boden treibt (seine spargelähnlichen Früchte gelten als wohlschmeckend)«; die Neganixe des Dhali, ein entfernt menschenähnliches Flußtier, »dessen Männchen Brüste haben und

* Ölpflanzen, deren gepreßtes Endprodukt sowohl zur Zubereitung von Speisen als auch zur Herstellung von Treibstoff für Fahrzeuge mit Verbrennungsmotor etc. dienen kann.

** Unter Halbwüchsigen im westpotamischen Hochland werden »Tändelreime« improvisiert; die meisten sind obszön. Einer der dezenteren lautet: »Dhili Dhali Dhuli Otz – Ritze Ratze Rausch und Rotz – dir (bzw. mir) wird's hart und mir (bzw. dir) wird's feucht – ins Gesträuch, eh es verstreicht.«

säugen, während die rüsselbewehrten Weibchen nach dem Gebären auf Wanderschaft gehen und durch dumpfes Jaulen Menschen zur Paarung anlocken, die besser nicht vollzogen wird«; die fleischfressende Libidaster; die giftige Liandrophore mit embryoartigen Fruchtknollen; der Osmodont, »der kleine Beutetiere zermalmt, Sauerstoff ausatmet und grünes Gefieder treibt«; der gallertartige Oktoplast, »der von Ästen herab auf seine Beute fällt und sie aussaugt, wenn er sie nicht verfehlt«; die Azulanten, bläuliche Vögel, die im Sumpfland »Prismaden fressen und von Askomorphen gefressen werden«; flugunfähige Parnassolyren; Pilze wie der Leukomat, das Furthimble, die rote Hydrave ...

Delgado wandte sich wieder der Landschaft zu. Hügliges Weideland am Fuß des Plateaus; dann verlief die Straße genau nach Süden, als aufgeschütteter und kaum befestigter Damm zwischen rostroten Sümpfen. Ein Schwarm großer bläulicher Vögel flog auf und landete weiter vom Damm entfernt auf der Oberfläche, aus der die Tiere Gegenstände pickten oder zerrten. Dabei schaukelten sie, als ob sie auf einer Folie über dicker Flüssigkeit stünden. Plötzlich bildeten sich Wellen; die Vögel flatterten wieder auf. Ein langer grüner Finger reckte sich aus dem Sumpf, pflückte einen der Vögel aus der Luft und verschwand in der Tiefe.

Der Damm endete zwischen riesigen gelben Felsblöcken; die Straße, nun eher ein Karrenweg, stieg ein wenig an und umrundete einen kastenartigen Berg, auf dessen Gipfel, vielleicht 300 m über dem Land, ein riesiger pilzförmiger Laubbaum wuchs. An der Südseite des Bergs lag ein Bauerndorf: niedrige, strohgedeckte Häuser und Stallungen. Überall standen Bäume, die jenem auf dem Berg ähnelten: in Kübeln, zwischen Stützpfosten, frei. Eine Art Seilbahn, die bei einer großen Tretmühle endete, führte zum Gipfel hinauf. Nach Süden und Westen war das Dorf durch schräge Zäune geschützt, die sich nach außen neigten und von Metallspitzen und Widerhaken starrten; an der Innenseite standen in kurzen Abständen Katapulte, klein, wie von Kindern zu bedienen.

Der Bus hielt auf dem Dorfplatz; ein Mann und eine Frau stiegen aus, drei Männer stiegen zu. Einer von ihnen setzte sich neben Delgado, nickte, lächelte und hustete. Sein Atem stank nach etwas unsäglich Scheußlichem, die Hände waren rötlich verätzt und vernarbt. Er trug über seiner gewöhnlichen Kleidung eine Schürze aus dickem

Leder, die er im Sitzen seitlich löste, abstreifte und unter seine Füße schob.

Der Bus fuhr wieder an, zwischen den Zäunen hindurch, über eine Art Viehrost: dünne runde Hölzer in Drehlagern über einem fast zwanzig Meter breiten Graben.

»Haben Sie alles noch nie gesehen, he? Aus dem Commonwealth, he?«

Delgado zuckte zusammen, als ihn der Atem des Mannes traf; er wandte den Kopf ab und starrte aus dem Fenster. Der Fahrweg verlief jetzt zwischen Viehweiden, alle durch Schrägzäune geschützt; Schafe und Rinder waren zu sehen, in weiterer Entfernung etwas, das einem Lama ähnelte.

Der Mann seufzte tief. »Ach ja. Und alles wegen der *shlaiper.*«

»Wegen was bitte?«

Der Sitznachbar wies nach vorn, wo sich die Strecke zwischen zunächst lichten, dann immer dichteren Bäumen verlor. *»Shlaiper«*, sagte er. »Mieses Viehzeug, haust im Dschungel, bis runter zum Dhali-Ufer. Brrr. Da, sehen Sie!«

Der Bus bremste jäh; Delgado stemmte sich gegen die Lehne des vorderen Sitzes.

Zwei grünliche Monster schienen auf dem Weg zu tanzen, langsam, fast feierlich. Die schlauch- oder wurmähnlichen Körper endeten vorn und hinten in Wülsten oder Beulen, die mit Fühlern besetzt waren. Jedes der Tiere hatte acht Beine, war an die vier Meter lang und vielleicht eineinhalb Meter hoch.

»Hab ich's nicht gesagt?« sagte der Mann aus dem Dorf. »Da, merken Sie es sich – Ihre ersten *shlaiper.*«

»Sehen – unappetitlich aus, aber harmlos, oder?«

Die Fahrerin betätigte eine auf- und abschwellende Sirene; eines der Tiere sprang in die Luft, wanderte dann nach rechts zwischen die Bäume. Das zweite blieb auf dem Weg stehen und schaukelte vor und zurück.

»Harmlos? Weil Sie keinen Kopf oder Zähne sehen, he? Die haben zwischen den Beinen, den ganzen Bauch entlang, tausend kleine Mäuler – Löcher mit nadelfeinen Stacheln daneben. Setzen sich einfach auf alles, scheiden Säure aus und lutschen das zersetzte Opfer in sich rein. Brrr.«

Der Bus fuhr langsam an, berührte das Tier, das sich ein paar Meter schieben ließ und dann mit einem gewaltigen Satz über einen Busch hinweg verschwand.

»Der Baum oben auf dem Berg, haben Sie gesehen? Der trägt Früchte, stinken scheußlich, schmecken aber gut. Irgendwas ist da drin, was die nicht vertragen. Deshalb ... Faule Früchte sind besonders köstlich und wirksam.«

»Interessant. Darf man hier im Bus rauchen?«

»Ich verzieh mich ja schon. Sie *sind* aber empfindlich!« Er stülpte die Lippen vor, knurrte noch irgendwas, stand auf und setzte sich zwei Reihen hinter Delgado auf einen Fensterplatz.

In der einsetzenden Dämmerung war vom Dschungel, durch den die Straße führte, nicht mehr viel zu sehen: vielfarbige Vögel, kompliziert verzweigende Laubbäume, ruhiges oder auch kriechendes Unterholz, Schlingpflanzen, hin und wieder ein säuglingsgroßes Beuteltier, das den Bus mit einer Frucht bewarf. Delgado döste ein.

Es war bereits dunkel, als sie Uruppa erreichten, einen kleinen Ort am Nordufer des Dhali, der hier fast 3 km breit war und etwa 50 km nordöstlich mit dem Dhuli zusammenfloß. Dort begann das undurchdringliche Dschungeldelta.

Der orange Vomba stand im Nordosten, der mattgrüne Vumar im Norden. Im Licht der beiden Monde wirkte der riesige Strom wie ein gespenstischer Zufluß für die Unterwelt. Delgado ging ein paar Schritte auf die Pontonbrücke hinaus, die wie die Uferstraße mit engmaschigen Drahtzäunen gesichert war. Hier und da schnellten Fischleiber in die Luft und tauchten klatschend wieder ein; Nachtvögel strichen über die weite Wasserfläche. Am Ende eines Pontons hockte eine Gestalt, die dem näherkommenden Delgado plötzlich eine Fratze mit Saugrüssel und drei Augen zudrehte. Als er sich bückte, um genauer hinzusehen, hörte er das trockene Knacken einer Gasdruck-Pistole, ließ sich fallen und spürte den Hauch des vorbeisausenden Projektils. Jemand am Ufer duckte sich und rannte in den Ort. Die Gestalt auf dem Ponton jaulte dumpf und glitt ins Wasser. Delgado blieb einen Moment liegen, blickte hinauf zu den fremden Sternen, seufzte und lief gebückt zurück zum Platz vor der Brücke, wo der Bus bei einem Gasthaus geparkt war.

In Uruppa sollte man sich, hieß es im Handzettel der Buslinie, für die lange Nachtfahrt mit den nötigen Vorräten eindecken. Immer sichernd, die Hand am Strahlergriff, begab sich Delgado in einen

Laden, der alles zu führen schien. Er kaufte Brot und eine Wasserflasche, einen wetterfesten, wasserdichten Rucksack, Feldflasche, Giftmelder, ein Messer aus Spezialstahl, ein Armbandgerät mit Uhr, Kompaß, Positions- und Notrufautomatik, einen Kasten mit Medikamenten, Nahrungskonzentraten und Kapseln zur Wasseraufbereitung.

Unruhig, den Strahler in der Hand, huschte er zum Bus, um alles zu verstauen. Im Rasthaus setzte er sich mit dem Rücken zur Wand, den Eingang im Blick, aß Flußfischragout und trank leichten, trockenen Rosé.

Relativ sicher fühlte er sich erst, als der Bus wieder anfuhr, mit neuem Fahrer und einigen neuen Passagieren. Ein in Uruppa zugestiegener Mann drehte sich eine Zigarette, als der Bus kaum die Brücke überquert hatte. Delgado fluchte leise, wühlte in seinem Gepäck, zündete sich eine Abendzigarre an und zählte den Vorrat. Elf blieben ihm – ›irgendwas vergißt man immer‹, dachte er.

VI.

Aus: Kleine Romboskopie *(Gangur, ⁵617 CT)*

»... Größter Distrikt ist Tambora, *die unendliche Wüstenpfanne des Inneren, auf allen Seiten von Bergen umgeben. Es gibt dort eine erstaunliche Vielfalt von Wüstentypen ...*

... Zur Vorgeschichte der Tambos gibt es bisher so gut wie nichts. Ersten erhaltenen Unterlagen zufolge siedelten die Ureinwohner von Tiritam bereits zum Zeitpunkt der Emigrator-Endlandung vorwiegend im Hinterland. Während sie es auf den anderen Kontinenten und einigen Inseln durchaus zu Seefischerei und Küstenschiffahrt brachten, sind küstennahe Siedlungen der Tambos auf Rombo nur in den Distrikten Espir und Pruth erwähnt; beide wurden erst relativ spät von Zuwanderern erschlossen, und beide sind vom Inneren nur durch relativ niedrige Bergketten getrennt.

Das unvollständige Wissen über die Tambos (von diesen bisher nicht ergänzt) birgt viele Widersprüche, die aufzulösen einer großen wissenschaftlichen Anstrengung vorbehalten bleiben wird. Um nur einige dieser problematischen Themenbereiche zu berühren: Das Tambotische ist rudimentär, fast primitiv zu nennen, soweit diese Sprache überhaupt bekannt ist – aber ein Tambo aus der Wüste bei Yeriddu kann sich mit einem Tambo von Ummu, auf der anderen Seite des Planeten, ebenso mühelos verständigen wie mit seinem Nachbarn. Gab es einmal eine ›planetare Gesamtkultur‹, die zerfiel und die Schwundstufe eines organisierten Idioms hinterließ? Nirgendwo gibt es Siedlungsreste, Gebrauchsgegenstände oder andere Artefakte, die älter sind als ca. 600–700 Jahre – aber sie sind in allen Gebieten, auf allen Kontinenten ähnlich, wenn nicht gleich. In allen Gebieten wird für den täglichen Gebrauch das dezimale Zahlensystem verwendet, aber es gibt keinerlei Mathematik. Wilde Tambos, die zum ersten Mal Kontakt mit Tiris hatten, konnten ebenso die Umrisse von Rombo wie die der anderen Kontinente in den Boden ritzen und kannten deren Namen, aber weder vorhergehende Kontakte mit anderen Tambos waren nachzuweisen noch etwa telepathische Fähigkeiten o. ä. Allen Untersuchungen zufolge sind die Tambos nicht humanoid im Sinne von ›dem terranischen homo sapiens sapiens *ähnlich‹, sondern sie sind ihm gleich, bis hin zu verkümmertem Blinddarm und Problemen mit Weisheitszähnen ...*

... Wegen der Primitivität (oder unserer mangelhaften Kenntnis) ihrer

Sprache gelang es bisher auch nicht, jenseits von erhaschten Fetzen ein Bild ihrer Weltsicht, ihrer Mythen etc. zu zeichnen. Mischlinge und Tambos, die (mühelos) Galaktein gelernt haben, behaupten immer, es gäbe keine Mythen, alle Gebräuche seien sinnlos, Dinge wie ›Grotten des Gebärens‹ oder ›Realitätsverzweigung‹ seien banal – Wahrheit oder Verweigerung? Hierüber ist ebenso wenig bekannt wie über andere Dinge, von denen die Farmer und Schürfer des Inneren gelegentlich berichten.

... Sie leben als rezidive Nomaden in Sippen- oder Stammesverbänden, die auf ihren Wanderzügen immer wieder die gleichen Gegenden, Wasserstellen, Grotten etc. aufsuchen. In einigen Stämmen bestimmen Männer, andere werden von einer Ältesten und einer Medizinfrau geleitet; ein System ist nicht erkennbar. An kriegerischen Auseinandersetzungen zwischen Stämmen beteiligen sich beide Geschlechter...

›Endstufe einer Hochkultur‹, sagen städtische Romantiker; ›permanente Steinzeit‹, sagen die nüchterneren Tiris des Inneren, die den engsten Umgang mit Tambos haben. Bis zur Entdeckung und Erschließung der reichen Bodenschätze gab es dort nur vereinzelte Farmen. Yeriddu, Distriktshauptstadt und Zentrum des Minengebiets, ist nach wie vor die einzige richtige Stadt; an den Verbindungswegen haben sich Etappensiedlungen entwickelt sowie hier und da kleine Farmerdörfer. Mit den Senfgras- und Bittersteppen konnten sie sich nie anfreunden; das ist Tamboland geblieben. In den wenigen halbwegs nutzbaren Gegenden gibt es immer noch riesige Güter, deren Ertrag bestenfalls karg ist. Bedürfnislose Tiere, die Fleisch, Wolle, Milch und Fell liefern (Schaf, Pseudolama, Orkel), wenige Rinder, ferner die wegen des flexiblen, schnell nachwachsenden Horns geschätzten schildkrötenähnlichen Kelanoger sowie Pferd und vor allem Esel und Kamel als Reit- bzw. Packtiere sind...«

Kurz nach Sonnenaufgang machten sie halt am Karasko-Paß. Der niedrigste gangbare Punkt der Arbatischen Scheide lag in 2850 m Höhe. An der (potamischen) Westseite – grüne Steilhänge, schartige Vorsprünge, hier und da einzelne Felsblöcke – hatte man ein kleines Hochplateau durch Sprengungen erweitert und einen Durchbruch zum vorher nur für Risikoalpinisten zugänglichen, fruchtbaren Kaskaritso-Tal geschaffen. Unmittelbar am Paß lag das geräumige Rasthaus, vor dem bereits der in Gegenrichtung fahrende Prallfeldbus, vier schwere Prallfeldlaster der AsteRisk und ein paar Eselskarren von Bauern des Tals parkten.

»Fahrerwechsel«, rief der Fahrer. »Und eine Stunde Pause.«

Delgado stieg mit den anderen aus, um sich die Beine zu vertreten und nach dem trockenen Produkt der Klimaanlage ein wenig kühle Bergluft zu atmen. Er ging zum Westrand des Plateaus und schaute über das potamische Flachland in die Ferne, weit, bis dorthin, wo alles zu wabern und zu flimmern schien und der Horizont sich nicht wölbte, sondern aufbäumte.

Als er sich umdrehte und zum Rasthaus gehen wollte, sah er aus den Augenwinkeln eine Bewegung, etwas wie einen Stab oder eine Röhre über einer Felskante auf der anderen Seite des Platzes, ein metallisches Glitzern. Er ließ sich fallen, ohne lange zu überlegen. Etwas zischte über ihm durch die Luft, verschwand über den Rand des Plateaus, klirrte weiter unten. Es klang wie Glas, und er entsann sich mit leichtem Schaudern der Geschichten über Blasrohre, mit denen Tambos vergiftete Glasnadeln verschossen. Geduckt, den Strahler in der Hand, rannte er im Zickzack über den verlassenen Platz. Als er den Felsen erreichte, hinter dem er die Bewegung gesehen hatte, fand er Spuren nackter Füße in der weichen feuchten Erde dahinter. Sie endeten nach ein paar Metern, als hätte sich der heimtückische Schütze in Luft aufgelöst. Delgado suchte eine Weile; schließlich fand er einen flachen Stein, unter dem ein schräger Schacht in die Erde führte.

Im Rasthaus gab es Erzeugnisse der Kooperative von Kaska zu kaufen: Flechtkörbe, feine Schnitz- und Drechselarbeiten, naive Idyllen (Öl auf Perlholz), gepreßte und zu Bildnissen verwobene Blumen, Säckchen mit Kräutern und Beutel mit »Kaskawürze« – kleine Insekten, sagte die Verkäuferin, geröstet und zerstampft.

Delgado ging in den Gastraum. Er sah keine Waffen, keine Tambos, nur gutbesetzte Tische und Bänke aus gemasertem Holz, auf der anderen Längsseite eine Theke mit Aufbauten, am Ende eine Kasse. Er nahm ein Tablett und wählte *ossut* (»käsehaltiges Fladenbrot nach Tambo-Art«, sagte der Zettel für Touristen), luftgetrockneten roten Orkelschinken, Butter, einen Napf Bergziegenquark mit Pastrubeeren, Konfitüre, Kaffee, Milch und Besteck. An der Kasse wartete er kurz neben einem Gestell, an dem grellgelbe Schlangen hingen, ausgenommen und komplett geräuchert. Der Zettel belehrte ihn, daß die kaskanische Dotternatter in den warmen Schwefelquellen am Talgrund lebe und ein unvergleichlicher Leckerbissen sei; er verzichtete.

Jenseits des Passes begann Tambora. Fast eine Stunde lang führte die Schotterstraße abwärts, durch ein vegetationsloses Labyrinth aus Blöcken und Steinen in allen Größen und Grautönungen. Dann die Wüste des Hochlands: Geröll, festgebackener Lehm, Sandflächen, wieder Lehm, hier und da ein Krüppelbusch.

Die nächsten dreißig Stunden quälten sich dahin, unterbrochen nur von einigen Aufenthalten (einmal bei einer großen Farm, wo er die ersten Orkels sah: asymmetrische Zweibeiner mit dreieckigem Kopf wie eine umgedrehte Pyramide, um den dünnen Hals ein schwarzes Optikband, das Rundumsicht erlaubte, und je einem verkümmerten Arm auf der Brust bzw. dem Rücken) und ein paar bizarren Berg- oder Landschaftsformen. Weite, Wüste, niedriges Buschland, Spiegelungen, blendende Sonne, kaum gegliedertes Nichts. Immer wieder döste er ein; oder bemühte sich, Impressionen für seinen nächsten Bericht auf einen Zettel zu kritzeln. Sie passierten einen Tambo-Clan, der am Straßenrand saß, unter einem aus dem Fels aufgeschossenen *rubal.* Es kam ihm so vor, als ob einige der wilden Männer weniger den Bus als ihn persönlich beobachteten; allmählich fragte er sich, ob er an Verfolgungswahn litt. Ein *tushtusk* flog auf, nach Süden.

Abends sah er im Halbschlaf plötzlich ganz deutlich die beiden Ermordeten aus Gangur vor sich; der Mann wurde ihm immer ähnlicher. Mit einer Mischung aus Unbehagen und Gelassenheit bemerkte er, daß er ihren Tod nicht einmal bedauerte; sie waren totes Fleisch dank eines Anschlags, der ihn verfehlt hatte.

Yeriddu begann als unglaubliche Vision: aus dem toten Boden aufschießende Brunnen, Brunnenräder, Wassertürme, Zisternen, bewässerte Obst- und Gemüsefelder im Schatten großer Bäume, feste Straßen mit arkadenartig überdachten Gehsteigen, feste Vierecke aus zwei- oder dreigeschossigen Häusern, mit Torbögen, durch die man grüne Innenhöfe sah. Der Bus hielt auf dem Platz vor dem Bahnhof, wo die drei Linien zu den Abbaugebieten zusammenkamen; dort begann auch der andere, ärmere Teil der Stadt mit niedrigen Lehmhäusern und Wellblechbaracken, ohne Arkaden und Patios.

Ein paar Männer und Halbwüchsige mit Handkarren hockten im Schatten des Bahnhofsdachs. Delgado winkte einen herbei, lud sein Gepäck auf den Karren und fragte nach dem *Tambora Plaza.* Der Junge, ein Mischling, hob die Schultern. »Wie Sie meinen, Chef. Ist aber voll, glaub ich.«

»Versuchen kann man's trotzdem. Wie ist es mit den anderen Hotels?«

»Alles voll – Journalisten, und ein Haufen leitende Leute von der AsteRisk. Und andere.«

Yeriddu, knapp 1000 km nördlich des Äquators, war auch am späten Nachmittag unerträglich heiß, selbst unter den Arkaden. Vor einem kleinen Geschäft ließ Delgado den Jungen warten, ging hinein und kaufte eine Sonnenbrille; im Tabakladen nebenan fand er ein Kistchen Zigarren – nicht seine Sorte, aber ähnlich genug.

Anschließend erschienen ihm die Fassaden nicht mehr so grell; die Hitze wirkte erträglicher. Abgesehen von Fußgängern unter den Arkaden gab es kaum Verkehr. Auf der Plaza Tambo, die sie durch ein Gewirr schattiger Gäßchen erreichten, parkten ein paar Bodenfahrzeuge unter den Bäumen.

Das Hotel war voll. Die Dame am Empfang machte höflich bedauernde Geräusche; dabei wies sie auf eine Tafel mit einer Reihe roter Lichter.

»Außer uns gibt es hier noch fünf Hotels, *dom,* zusammen knapp dreihundert Betten. Alles besetzt, wie Sie sehen.«

»Gibt es Privatquartiere?«

Sie schob die Unterlippe vor. »Schon, aber ... die besseren dürften auch besetzt sein.«

Delgado kritzelte seinen Namen auf einen Zettel. »Ich melde mich, sobald ich was gefunden habe; sollte jemand ausziehen, reservieren Sie mir doch bitte was.«

Sie nahm den Zettel, spießte ihn auf einen Stapel anderer und lächelte gequält. »Das ist die Warteliste. Sie dürften so bei Nummer hundert sein.«

Weitere überwölbte Gassen brachten den Jungen und Delgado zum Rombodrom, einem komplett überdachten Platz, an dem die Gebäude der Verwaltung lagen. Im Info-Büro gab es beim »Zimmernachweis« ebenfalls Höflichkeit, Skepsis, Bedauern und eine Rest-Liste.

»Alle nicht in den angenehmen Gegenden«, sagte die ältere Dame, die Delgado das Blatt reichte. Die meisten Namen und Adressen waren abgehakt.

Er kratzte sich den Kopf, murmelte »Moment bitte« und holte seinen Führer und Gepäckfahrer herein.

»Zehn extra für einen guten Tip, und in den nächsten Tagen nochmals zwanzig, wenn er wirklich gut war.«

Der Junge überflog die Liste. »Ein paar kenn ich nicht ... Das hier ist ein alter Streithahn, braucht Gäste zum Zuhören, wenn er über die Welt schimpft. Junge Witwe mit Kind; kann bestimmt Geld gebrauchen. Feiste Vettel mit Hintergedanken. Der da ist ein netter Kerl, aber das Haus ist laut und dreckig ...«

Tsyra Bhowani war 27 Jahre alt und seit 10 Monaten Witwe. Ihr Haus gehörte zu einer in einem offenen Rechteck angeordneten Gruppe von sechs gleichartigen Wohneinheiten an einer unbefestigten Straße: sechs Häuser, je 6,5 mal 10 m, auf jeweils sechs Betonstümpfen, die man einen Meter tief in die steinharten Lehmschichten gerammt hatte. Zum Innenhof, auf dem zwischen Gerümpel und verdorrten Strünken ein paar Kinder spielten, hatten alle eine kleine Veranda. Es war, sagte Delgados Führer, einer der besseren, teureren Teile der schlechten Gegend.

Delgado entlohnte ihn und folgte der Frau ins Haus. Sie trug nur eine hellblaue Arbeitshose und ein oft gewaschenes weißes Hemd, entschuldigte sich kurz und verschwand in einem Zimmer. Sie kehrte mit Sandalen zurück und hatte das schwarzblaue Haar, das ihr bis zu den Schulterblättern reichte, mit einem roten Band gefesselt.

Der größte Teil des Hauses war der Wohn- und Eßraum. Rechts und links lag je ein Zimmer von 2 mal 3,5 m, die Rückseite bestand zur Hälfte aus Küche und Bad, je 2,5 mal 3 m, und dem größten Zimmer, 5 mal 3 m. Bhowani bat ihn, sich ein paar Minuten an den Tisch oder auf das ausgebleichte Sofa zu setzen. Sie räumte einige Gegenstände, Bettwäsche und Kleider aus dem großen in eines der kleinen Zimmer um. ›Vermutlich‹, dachte Delgado, ›kriege ich jetzt das ehemalige Elternzimmer.‹ Ihm war unbehaglich; er fühlte sich als Eindringling, der die Frau aus ihrem Gemach vertrieb und die Dinge in Unordnung brachte.

Sie trat zu ihm; er blickte auf in ihr müdes Gesicht. Um den Mund hatten sich Kerben festgesetzt – nicht Bitterkeit, etwas anderes. Härte, Entschlossenheit, Durchbeißen?

»Ich hoffe, es macht Ihnen nichts aus, daß nachts die beiden kleinen Zimmer offenbleiben«, sagte sie. »Damit ich höre, wenn der Junge weint oder sonst etwas los ist.«

Delgado stand auf. »Mir ist nicht ganz wohl...«

Sie hob die Schultern und sah an ihm vorbei. Ihre Augen waren fast schwarz. »Ich kann Ihnen ja schlecht eins der kleinen Zimmer anbieten. Und ich brauche das Geld.« Nun schaute sie ihn an. »Fühlen Sie sich also bitte wohl. Wissen Sie schon, wie lange Sie ungefähr bleiben werden?«

Delgado schüttelte den Kopf.

In Yeriddu war vieles teuer, da die meisten Dinge von weit her gebracht werden mußten; dennoch erschien ihm das Zimmer zu billig. Er war bereit gewesen, im Tambora Plaza 50 *dr* zu zahlen: mit eigenem Bad, mit dem Service des Hotels. Für die 15 m^2 des »großen« Zimmers – breites Bett, Schrank, Arbeitstisch und kleinere Möbel, die umgeräumt werden würden – und die Benutzung des Bads sollte er 5,50 *dr* pro Tag bezahlen. Er gab der Frau 55 *dr*, zehn Tage im voraus; dann packte er seine Taschen aus, nahm eine Dusche im winzigen Bad und entfernte die Bartstoppeln.

Er hatte sich eben frisch angezogen und die Tasche mit Geräten und der schweren Pistole auf den Schrank gehoben, als die Strahlwaffe kaum hörbar surrte. Er wog den Strahler in der Hand. »Erste Stufe«, murmelte er. Dann steckte er ihn in die Innentasche der leichten Jacke.

Jemand hatte ihn gesucht, angepeilt; die zweite Stufe, der Sprengimpuls, hätte ein Piepsen ausgelöst. Einen Moment stand Delgado regungslos im Zimmer, mit gerunzelter Stirn. So hatte er es gewollt. Wissen, ob jemand ihn suchte, um sich entsprechend vorsehen zu können. Aber jetzt befand er sich im Haus einer Frau, die ein kleines Kind hatte.

Er ließ sich aufs Bett sinken und kalkulierte. Der Peilsender würde kaum auf den Meter genau seine Position übermitteln können; wahrscheinlich wußte, wer immer ihn suchte, nun lediglich, daß er sich in oder bei Yeriddu befand. Leute von Chevrillon, zweifellos; er konnte sich nicht vorstellen, daß der undurchsichtige Mann derlei aus der Hand gäbe ... Und Chevrillon mochte sicherheitshalber die Notwendigkeit vorhersehen, Delgado auszuschalten, zu liquidieren, am Reden zu hindern; aber nicht zu Beginn eines Auftrags, für den er 50 000 *dr* hingelegt hatte.

»Wenn aber vielleicht wiewohl anders, und möglicherweise jedoch zwar entweder inwiefern«, knurrte er. Als er aufstand, fiel sein Blick auf das kleine Bord über dem Arbeitstisch. Da es im Haus weder Visifon noch Lesegerät gab, überraschte es ihn nicht, ein paar Bücher zu sehen; im Wohnraum, in einem Schrank, gab es mehr. Er überflog die Titel – einige Romane, Handbücher, ein Band *Balladen von der Grenze,* die spöttischen *Essays* von Rinaldo Foxx, die er irgendwann einmal gelesen hatte, und ein Exemplar des inzwischen über 200 Jahre alten Standardwerks *Elementare Noastoa** von Pamela du Plessis. Er nahm das Buch vom Bord, blätterte, fand die Sektion »Zitate« und las ein paar Minuten darin. Die halbamtliche Staatsphilosophie des Commonwealth interessierte ihn nicht besonders, aber hin und wieder fand man hilfreiche Sätze. An diesem Abend war offenbar weder hin noch wieder; die Bemerkung »Einer Frage den Rücken kehren ist die beste Garantie dafür, von ihr angesprungen zu werden« half ihm keineswegs weiter. Er stellte das Buch zurück.

Mutter und Sohn saßen am Tisch, bei Brot, Milch, Käse und Marmelade. Delgado, der keine Ahnung von Kindern hatte, bemühte sich um ein Lächeln.

»Hallo, ich bin Duncan. Wie heißt du?«

»Estir.« Es war kaum zu hören; der Kleine drückte sich an seine Mutter.

»Wollen Sie ausgehen, *dom?*«

»Bestehen Sie auf *dam* oder *dom?* Mir reichen Vornamen.«

Sie nickte, ohne zu lächeln.

»Ich wollte ins Zentrum, mal sehen, ob ich bei den Kollegen Bekannte finde. Und überhaupt – mal sehen.«

* »Neue Stoa«: Ursprünglich wohl aus einer Art »Heimweh nach gegliederter Unordnung« von oft bizarren Denkern unabhängig voneinander entwickelt; zunächst als »konfuzianisches Freistildenken«, »gräkoromanische Chinoiserie« oder »Windbeutel-Stoa« bezeichnet. Später auf Gaia formalisiert und verbindlich gemacht durch Dorji Dyogen Bahadur (67–181 CT) und Ashme Zuvarov Chou (112–201), die ersten Modulatoren des der Großen Akademie von Atenoa angeschlossenen *Peripatio.* Für Karrieren in Staatsdienst, Diplomatie, Justiz etc. ist ein Noastoa-Diplom obligatorisch.

»Sie brauchen keinen Schlüssel. Wir schließen nie ab. Haben Sie besondere Frühstückswünsche?«

»Wie sieht Ihr Morgen aus?«

Sie legte eine Hand auf die Schulter des Jungen. »Ich bringe ihn gegen acht in den Kindergarten und gehe arbeiten. So um die zwei sind wir meistens wieder hier.«

»Dann kümmern Sie sich doch einfach nicht um mich. Wenn Sie mir ein bißchen Kaffee warm stellen könnten... Alles andere muß nicht sein. Ich bin ohnehin die meiste Zeit unterwegs. – Schlaf gut, Estir.«

Auch nach dem schnellen äquatorialen Sonnenuntergang war es heiß; Delgado schätzte die Temperatur auf mindestens 35°. Im Westen flammte der Himmel noch ein wenig; die beiden Monde gaben ihr Gespensterlicht dazu.

Die Luft roch schal, nach Abfällen, Staub und Menschen. Kein Wind. Delgado benötigte kaum zehn Minuten für den Weg zum Bahnhof – eine Art Spießrutenlauf. Überall standen, lehnten und hockten Leute, Kinder spielten auf der als Straße markierten Lehmfläche zwischen den Häusern; alle starrten ihn an, kaum einer reagierte auf sein Nicken. Die Familien der Minenarbeiter, hatte sein Führer auf dem Hinweg gesagt; Leute, die (oft als Tagelöhner) in den bewässerten Gärten und Feldern um Yeriddu arbeiteten, und die ganze Breite der schäbigeren Dienstleistungen. Nur in wenigen Häusern brannte Licht; die meisten Menschen hielten sich auf der Straße und zwischen den Gebäuden auf. Es gab ein paar kleine Läden, die noch, und ein paar schmierige Kneipen, die schon geöffnet waren. Delgado sah keine Tambos, nur Tiris und ein paar Mischlinge.

In Yeriddu, hatte sein halbwüchsiger Führer erzählt, verdiente man in den unqualifizierten Berufen bestenfalls um die anderthalb Drachmen pro Stunde, in den Minen zwei, und Vorarbeiter erhielten dort zweieinhalb. Mit seinem Spesenkonto und den 26 000 *dr* im Rücken kam Delgado sich widerwärtig reich vor. Dann zuckte er mit den Schultern, dachte an die letzten Monate auf Gaia und überquerte die Geleise.

Einer der Konferenzräume des *Tambora Plaza* diente als Stützpunkt des Journalistenpools, auch für die Kollegen, die nicht im *Plaza* wohnten. Ein mittelalter Kollege von einem der kleineren gaianischen TriVi-Sender machte im Moment den Chef vom Dienst; er erklärte Delgado die Spielregeln (die gleichen wie überall), setzte seinen Namen auf die Liste und sagte, als ob es ihm nachträglich einfiele: »Ach ja, überhaupt – willkommen im Club.«

Delgado klopfte ihm auf die Schulter und machte einen Rundgang durch den Arbeitssaal. Vielleicht anderthalb Dutzend Kolleginnen und Kollegen saßen an Tischen, sprachen in Geräte, korrigierten Ausdrucke, unterhielten sich über dies und das; er kannte niemanden, erwiderte die flüchtigen Grüße, nickte, lächelte, beobachtete.

Dann hörte er durch die halboffenen Flügeltüren das kehlige Lachen von der Bar.

Hazel Pukavik hatte die Schuhe abgestreift und die bloßen Füße auf dem Nebenhocker deponiert. Sie trug eine helle Hose und etwas luftiges Schwarzes ohne Ärmel; die wogende Mähne war immer noch schulterlang und aschblond. Sie saß mit zwei anderen Frauen und fünf Männern an der langen dunklen Holztheke. Langsam ging er zu ihnen und trat hinter die Frau.

Die anderen unterbrachen das Gespräch und sahen ihn an; Hazel drehte sich langsam mit dem Hocker. Um den vollen Mund und die grünen Augen gab es einige Fältchen, an die er sich nicht erinnerte; alles andere war, wie es gewesen und ihm in Abständen im Halbtraum erschienen war. Das ovale Gesicht mit den hohen Backenknochen, die gerade Nase, etwas wie grüner Funkenflug, als sie die Augen aufriß. Dann glitt sie vom Hocker und hing an seinem Hals, in einer einzigen fast schwebenden Bewegung.

»Sieht wie ein Arbeitstreffen aus«, sagte der ältere Grauhaarige, zwei Hocker weiter; die anderen lachten.

Delgado atmete ihren Duft ein, die Mischung aus Körper und Parfüm und unmerklichem Make-up; sanft, als könnte sie brechen, schob er sie von sich und hob sie zurück auf den Hocker.

»Duncan Delgado.« Es klang weniger wie der Versuch, ihn den anderen vorzustellen – eher so, als ob sie sich durch Aussprechen des Namens von seiner Existenz überzeugen müßte. »Was ... wie kommst du hierher? Seit wann ... Ah, komm, setz dich erst mal.«

Er stieg auf den Hocker, den bis vor einer Minute Hazels Füße belegt hatten, zog eine Zigarre aus der Tasche und wies auf die langen Gläser. »Was trinkt man denn hier?«

»Der AsteRisk-Cocktail.« Eine der beiden Kolleginnen hob ihr

Glas. »Tashka, Sidraven-Saft, ystragonischer Champagner, Eis und Gewürze. Auch Astralo genannt oder einfach Risky. *Ad astra!*« Sie trank, zwinkerte und setzte hinzu: »Ich bin Astra Bayle, von ATS. Willkommen in der Wüste.«

Hazel stellte die übrigen vor; der ältere Grauhaarige war Henrik Lukashy von *Cosmopolis*, London, Erde. Dann stürzte sie sich in eine verwegene Zusammenfassung dessen, was sie »unsere prähistorischen Beziehungen« nannte; Delgado winkte dem Barmann, bestellte durch Gesten ein Glas und eine volle Runde, zündete seine Zigarre an und dachte an die Dinge, von denen Hazel nicht erzählte.

Sie hatten sich vor sechs Jahren kennengelernt, als sie für konkurrierende Agenturen über den Bürgerkrieg auf Sembilik (Zeta Scorpii IV) berichteten. Es ging um Drogen, um Götter, um Geld und um Macht – wie immer. Sie war damals 27 und zog mit den Tribadistischen Truppen: ein wilder Haufen von Frauen und Männern, die im Drogenrausch von Orgie zu Orgie taumelten und einfach durch ihren hemmungs- und rücksichtslosen Wahnsinn die Einheiten der herrschenden Theokraten – »Die Lauteren Duodezimalen«, ein extrem puritanischer Polytheismus – immer wieder besiegten. Er hatte die Auseinandersetzungen auf der anderen Seite beobachtet; nach einem jener Albtraumgefechte war er in die Hände der Tribadisten gefallen und sollte mit den gefangenen Theokraten hingerichtet werden. Hazel hatte ihn irgendwie freibekommen; er erinnerte sich fast schmerzhaft deutlich an die folgenden Wochen, die vollkommen waren, in denen er von ihr mehr über Sex und Drogen lernte, als er je wissen wollte. Irgendwann war dann alles zusammengebrochen; die dritte Fraktion – »Die Geläuterten Schismanten« – hatte die erschöpften Tribadisten ebenso überrannt wie die bisherige Herrscherkaste und eine neue, etwas liberalere Theokratie errichtet, und Delgado hatte Hazel aus den Trümmern eines bombardierten Tempels gegraben. Zweieinhalb Jahre später hielten sie sich in der Hölle von Jenkynsore aneinander fest; und irgendwann waren sie sich in Atenoa über den Weg gelaufen, oder über die Wege, die sich nach ein paar Tagen wieder trennten, weil beide zu sehr dem Risiko, dem Abenteuer und Berichten verfallen waren.

Sie legte eine Hand auf seinen Oberschenkel, während sie mit mindestens ebensoviel Einfallsreichtum wie Erinnerungsvermögen die

Fratzen der Götterstatuen beschrieb, wie sie sich im Zwielicht verzerrten und dann im Feuersturm auflösten.

»Nett«, sagte Lukashy, als sie fertig war. »Das ist uns hier bisher nicht geboten worden; kann aber noch kommen.«

»Was treibt einen Journalisten von der alten Erde in diese Öde?«

Lukashy lachte. »Interesse. Gerüchte. Langeweile. Was sonst? *Cosmopolis* ist ein ziemlich konservatives Monatsblatt; ein bißchen Blut macht sich da zwischen Mode und Gesellschaftsnachrichten hervorragend.«

Hazel bohrte einen ihrer scharfen, grünlackierten Nägel in Delgados Oberschenkel. »Blut, Schnaps und Sperma«, sagte sie. »Die heiligen Flüssigkeiten der historischen Berichterstattung. Er fürchtet aber, daß man ihm darin herumredigiert, bis nur zwei Drittel Blut und ein Drittel Schnaps bleiben.«

»Gibt's denn hier genug von allem?«

»Ja. Na ja.« Astra Bayle kniff ein Auge zu und starrte mit dem anderen in ihr Glas. »Wie man's nimmt... Für wen bist du hier?«

»Die *Gazal Gazet*. Auch das gaianische Hinterland will dabeisein, aber irgendwie hab ich bisher noch keinen Durchblick. Kommt mir so vor, als wär hier alles ruhig.«

Die zweite Kollegin hustete. »Wo zweihundert Kriegskorrespondenten zusammenhocken? Junge, da ist es nie ruhig. Notfalls erfinden wir den Krieg selber.«

»Wie weit seid ihr denn mit dem Erfinden?«

In den nächsten Stunden hörte er meist wilde Anekdoten, dazu meist übertriebene Details und meist unglaubwürdige Prognosen. Ein Überblick ergab sich für ihn daraus nicht; außerdem lenkten ihn Hazels Nähe und der heftige Cocktail immer stärker ab. Irgendwann, als sich die Bar gefüllt hatte und der Geräuschpegel kaum noch steigen konnte, beugte sie sich zu ihm; er spürte ihren Atem in seinem Ohr.

»Morgen... wenn du Zeit hast. Ich muß da noch etwas, mhm, abwickeln.«

Er lächelte. »Abwickeln? Der Ärmste, wer auch immer. Klar. Wo?«

»Hier, im *Plaza*. Morgen abend?«

Im Gebüsch auf dem Platz vor dem Hotel schliefen offenbar Leute. Von Alkohol und Hazel berauscht, von der Nacht fast blind, sah Delgado nur Umrisse, ging weiter und hörte plötzlich leise Schritte. Er schaute zurück; jemand folgte ihm, ohne jeden Versuch der Heimlichkeit. Ein städtischer Tambo. Er trug etwas auf der Schulter: vielleicht einen dieser merkwürdigen Echsenvögel. Delgado blieb einfach stehen; der Mann ging an ihm vorüber, mit einem scheinbar beiläufigen Blick, und überquerte das Gelände vor dem Hauptteil des AsteRisk-Areals. Delgado folgte, ebenfalls ohne sich um Diskretion zu bemühen. Sie gingen an Gebäuden vorbei, dann Schuppen, dann zwischen Tambo-Hütten. Der Boden senkte sich zu einer rissigen Lehmfläche, auf der ein paar verkrüppelte Bäume standen. Und ein großer *rubal.*

Delgado beschleunigte, holte den Tambo ein und sagte: »Wo finde ich Gurshtamitz?«

Der Mann hob die Schultern. »Gibt's nicht.« Er ging schnell weiter.

Delgado stöhnte; ihm war ein wenig schwindlig. Einen Moment setzte er sich unter den Werbaum. Das Holz in seinem Rücken war kühl. Fast greifbare Stille. Er schaute auf. In den anderen Bäumen hockten Vögel, scharrten und rieben sich und klapperten mit den Schnäbeln. Es waren *tushtushs* dabei, aber auch »richtige« Vögel. Nur auf dem *rubal* nicht; die Äste waren leer. Etwas fiel herab, gleich neben Delgado. Er hob es nicht auf, betrachtete es nur genau: eine Blüte, die Blüte eines *pugritzi**. Die Pflanze gedieh in warmen, feuchten Niederungen; vermutlich gab es in ganz Yeriddu keine einzige. Sie wuchs ohne Zweifel auch nicht auf einem *rubal.*

Delgado stand auf und umrundete den Baum; das Laub war nicht so dicht, daß jemand sich darin hätte verstecken können. Aber er sah weder einen Menschen noch ein Tier.

* Fleischfressende Pflanze, deren Blütenblätter sich nach einer »Mahlzeit« umgruppieren und eine Konstellation oder ein Bild ergeben, von Beobachtern wahlweise gedeutet als »sattes Säuglingsgesicht« oder »Verzweigungsmaske«.

VII.

Aus: Kleine Romboskopie *(Gangur, ⁵617 CT)*

»... Zu den verblüffenden Dingen im Zusammenhang mit den Tambos gehören die Mysterien der Realitätsverzweigung, aber auch Formen von Nachrichtenübermittlung, die Tiris vor Rätsel stellen. Hinsichtlich der Realitätsverzweigung ist man immer noch auf Mutmaßungen angewiesen, da selbst weitgehend assimilierte städtische Tambos keine präzisen Angaben machen (können oder wollen); es scheint so zu sein, daß es hierbei vor allem darum geht, für bestimmte Zwecke verwendete Objekte durch rituelle ›Wandlung‹ auch zu anderen Zwecken verwendbar zu machen. Ein Tambo mag z. B. Jäger sein; ehe er Nachwuchs zeugen darf, muß er zum ›potentiellen Vater‹ geweiht werden; wenn er Krieger sein soll, muß ihm die Kriegsmaske samt Körpertätowierung rituell übergeben werden ... Banales Beispiel: Ein Brotmesser darf erst nach ritueller ›Verzweigung‹ für einen Mord benutzt werden.

... Nachweislich haben Mitteilungen Tausende Kilometer in kaum meßbarer Zeit zurückgelegt. Mutmaßungen über telepathische Fähigkeiten konnten bisher weder bestätigt noch widerlegt werden ... Unter der Wüste und den Bergen von Tambora scheint ein Gangsystem zu existieren, vermutlich in ehemals wasserführenden Kavernen; dies mag das bisweilen beobachtete plötzliche Auftauchen und Verschwinden wilder Tambos erklären. Ob es in diesen Gängen ein Kommunikationsnetz gibt (angeblich aus ›klangbündelnden Röhren‹), konnte bisher nicht festgestellt werden. Manchmal scheinen Tambos sich der tushtush *genannten Flugechsen als ›Brieftauben‹ zu bedienen, indem sie mit Blut-Tusche Bildinformationen auf die ledrigen Flügel auftragen. Jede Tambo-Gruppe hat eine Art Symbol oder Totem; es wird behauptet, wenn Sippe A, dem* shlaiper-*Totem unterstellt, ein Ideogramm per* tushtush *an Sippe X vom* osping-*Totem übermitteln will, reiche es, dem* tushtush *einen* osping *(gemalt?) zu zeigen oder eine* osping-*Feder an den Schnabel zu kleben, und der* tushtush *werde unfehlbar die entsprechende Sippe anfliegen ...«*

Gegen 9 Uhr rollte er sich aus dem Bett; der Astralo-Trunk hatte keine üblen Nachwirkungen, sein Kopf war klar. Er ging ins Bad, danach in die Küche, wo er eine Thermoskanne mit Kaffee vorfand. Er trug sie, einen schweren Becher und ein für Zigarrenasche mißbrauchbares Gefäß in sein Zimmer.

Drei Stunden später hatte er, gestützt auf Erinnerung und Notizzettel, einen farbigen, fast grellen Bericht über die Durchquerung des öden Binnenlandes per Prallfeldbus in den Vocorder gesprochen, ausgedruckt, den Text korrigiert und in einem der winzigen Würfel gespeichert. Als er fertig war, bedachte er all jene Dinge, die er ausgelassen hatte, vom Brand im Liggabet-Viertel über die Tambos bis hin zu den mysteriösen »wahnsinnigen Tiri-Finanziers«; es würden sich viel aufregendere und ergiebigere Berichte über das schreiben lassen, was nicht zu beschreiben war... Er räumte ein wenig auf, zog sich an und ging durch die unerträgliche Mittagshitze zum *Plaza.* Unterwegs achtete er sehr genau auf mögliche Verstecke, zweifelhafte Winkel, Vorsprünge und Nischen; und er kaufte einen Lederhut.

Im Hotel frühstückte er; dann ging er in den Pool-Saal, übermittelte seinen Artikel nach Gangur zur Weiterleitung, sprach mit Kollegen. Er erfuhr, daß Hazel Pukavik und ein paar andere mit einem von privat gemieteten Bodenfahrzeug in die Wüste aufgebrochen seien. Sie hatte nichts davon gesagt, aber es verblüffte ihn nicht – für Hazel kam immer der Job zuerst. Er blätterte in der Namenliste des Pools und fand mehrere flüchtig bekannte Leute. Schließlich hockte er sich an eines der Speichergeräte, um seinen Text, wie verabredet, allen zugänglich zu machen und sich aus den Texten der Kollegen ein Bild zusammenzubasteln.

Je länger er sich damit befaßte, desto seltsamer wurde ihm zumute. Das abrufbar gespeicherte Material – Text, Bilder, Ton, Sensobits – fiel in drei Kategorien: erstens fertige Berichte, die via Gangur ins Commonwealth gesendet worden waren (einschließlich Daten über ihre Verwendung; hierbei entdeckte er zu seiner Verblüffung, daß sein erster, noch in Gangur abgesendeter Artikel gespeichert und nach Yeriddu übermittelt worden war, mit dem Vermerk »*Gazal Gazet* 18-8-630, *Tastego Dia* 19-8-630, *Bay Banda* 19-8-630, *Atenoa Faro & Argus* 20-8-630«); zweitens unbenutztes Material, unvollständig oder nicht über den Zustand der Stoffsammlung hinaus gediehen; drittens Hypothesen, an deren weiterer Entwicklung alle Pool-Kollegen mitwirken konnten.

Er lehnte sich zurück, langte nach einer Zigarre und winkte dem vorbeigehenden Kellner, um Kaffee zu bestellen. Es war der 20. August 630. Die Kollegen vom Pool in Gangur arbeiteten offenbar sehr gründlich und extrem schnell. Dem (von Chevrillon ausgehandelten) Vertrag zufolge war die *Gazet* weder verpflichtet, seine Beiträge zu drucken, noch gar Versicherungen o. ä. für ihn zu bezahlen – mit den 1000 *dr* pro Monat für Spesen hatte die Zeitung lediglich das Recht erworben, seine Artikel am Ersttag exklusiv zu bringen, wenn sie wollte, und zwar für –,40 *dr* pro Zeile; und sie konnte die Texte weiterverkaufen, wofür ihr ein Viertel des anfallenden Honorars als »Vermittlungsgebühr« zustand.

»Nett«, murmelte er. Der Artikel war nicht schlecht gewesen; bunt, mit spöttischen Formulierungen und vermutlich ganz originellem Hintergrundmaterial. Er hätte aber nicht erwartet, so schnell von anderen Zeitungen nachgedruckt zu werden. Die kleinen Blätter in Tastego und an der Bucht von Nuzuarán würden wahrscheinlich –,25 bis –,30 *dr* für eine Übernahme zahlen, die Zeitung in Atenoa um die –,75 *dr*. Neben der Tatsache, daß man ihn nach fast eineinhalb Jahren offenbar nicht vergessen hatte, oder aber daß der Artikel wirklich so gut gewesen war, erfreute ihn die Aussicht auf Geld. Er klickte mit der Zunge, blies einen Rauchring und schickte zwei freundliche Gedanken nach Gaia, an Chevrillons zweifellos heruntergekommene Adresse. Er rechnete, zog die Provision der *Gazet* ab und strahlte den Kellner an, der ihm den Kaffee brachte.

»Bitte sehr. Was grinsen Sie so? Hab ich nen Knopf auf?«

Delgado kicherte. »Nee. Ich stelle nur eben fest, daß ich was verdient habe, ohne dran zu denken.«

Der Kellner gähnte. »Ich nehme Trinkgeld, wenn Sie das wissen wollen. Eins fünfundzwanzig bitte; oder anschreiben?«

Delgado legte ihm 2 *dr* aufs Tablett, trank einen Schluck und starrte wieder auf den Schirm. Der Artikel mochte gut gewesen sein, und Chevrillon hatte seinen Teil getan, aber eigentlich verdankte er Geld, Reise, Job – Intrigen nicht zu vergessen – dem Blutvergießen auf Tiritam. Und von dem wußte er zu wenig. Es kam ihm auch immer unwahrscheinlicher vor, daß hier etwas ablaufen sollte, was seine Anwesenheit, seinen Auftrag und die Präsenz von 200 Korrespondenten wert war.

Diese Einstellung änderte sich, als er langsam, Stückchen für Stückchen sein Mosaik zusammenfügte. Vier Stunden saß er am Gerät, suchte, gab Suchwörter ein, las vom Schirm ab, ließ Textfetzen ausdrucken, notierte Fakten auf einem wuchernden Stapel von Notizzetteln.

Das Suchwort *Gurshtamitz*, der von Chevrillon erwähnte Chef der Insurgenten, ergab nichts – keine Information vorhanden. Ansonsten gab es Informationen zu allem und jedem, mehr als reichlich in mancher Hinsicht, mehr als karg in anderer.

Die Geschichte hatte vor ziemlich genau zwei Jahren begonnen, mit einem Überfall auf ein Sprengstoffdepot der AsteRisk. Danach häuften sich die Vorkommnisse: Anschläge auf Lager, Depots und Halden; Überfälle auf Transportkolonnen; Gefechte mit Wachpersonal (im Lauf der Zeit wurden »Wachtruppen« daraus, zuletzt »Schutzeinheiten«, »Konzerntruppen« oder einfach »Söldner«); Anschläge auf Züge und Streckenabschnitte; Sprengung von Mineneingängen; Sprengung von Schürfgeräten, von Bohranlagen, von Brunnen; Versuche, die Versorgung der Minengebiete mit Nachschub, Lebensmitteln etc. zu unterbrechen...

Die Zahlen waren beeindruckend genug. Innerhalb von nicht ganz zwei Jahren waren 736 Arbeiter und »sonstiges Produktionspersonal« umgekommen, einige davon in gesprengten Stollen verschüttet. 322 Söldner. 4150 Tambos (»geschätzt«). An die 1000 »mittelbar Betroffene« – Farmarbeiter, Farmer, Reisende. 11 Journalisten – nur zwei von ihnen galten offiziell als tot, die übrigen waren einfach verschwunden. Verschwunden, entführt, in der Wüste verirrt waren insgesamt über 1000 Personen. Die »Insurgenten« verfügten offenbar über Sprengstoff, Handfeuerwaffen, ausreichend Munition, zweimal waren bisher kleine Raketen eingesetzt worden, in den letzten zwei Monaten gab es fünf Meldungen über »Beschuß, der auf mobile Mörser o. ä. schließen läßt«. Die Anzahl der bei all diesen »Vorkommnissen« verwundeten Personen ließ sich überhaupt nicht ermitteln, und Äußerungen der AsteRisk-Leute über Sachschäden blieben vage.

Er holte eine der überall im Hotel herumliegenden Karten. Die Verbindung von Gangur über Yeriddu zur Küste von Ystragonien verlief fast genau nordsüdlich; sie war bisher sicher. Das Abbaugebiet lag östlich von Yeriddu – mehr als 3000 km Wüste, Berge und Senfgrassavanne bis zur Grenze des Distrikts, zu den unwegsamen (und als Tambo-Basis nicht auszuschließenden) Bergen zwischen Tambora und Lykassien, fast vier Millionen Quadratkilometer weitgehend unerforschten, unzugänglichen, nicht von Tiris bewohnten Landes. Der AsteRisk-Konzern hatte inzwischen fast 5000 Söldner angeworben, zur Verteidigung der Abbau-Zentren. Bei der Größe der Anlagen, Minen, Verbindungen war selbst das kaum möglich, und an eine Überwachung des gesamten Wüstenlands war nicht zu denken.

Es gab drei Abbau-Zentren, nordöstlich, östlich und südöstlich von Yeriddu; sie waren durch Bahnstrecken mit der Distriktshauptstadt verbunden. Jedes dieser »Zentren« bestand aus verstreuten Minen, Schürfgebieten, Subzentren. Yeriddu hatte fast 200 000 Einwohner, mit sämtlichen umliegenden Dörfern; in den Abbaugebieten arbeiteten noch einmal an die 100 000 Menschen. Hochreines Eisen, Gold, Silber, Platin, Uran, Öl und – neuerdings – auch Diamanten brachten der AsteRisk jährlich zwischen 35 und 40 Milliarden Drachmen ein, die Erschließungs-, Personal- und Transportkosten lagen nach Schätzungen (genaue Zahlen waren dank der verzweigten Tätigkeiten des Konzerns nicht zu erhalten; Kosten und Gewinne wurden in der Regel nur für die Gesamtheit aller Aktivitäten veröffentlicht) zwischen 3 % und 5 %, und Tiritam erhielt für die Konzession 10 %. Gewaltiger Gewinn bei winzigem Einsatz – kein Wunder, daß die AsteRisk Zusatzkosten für Söldner ebenso in Kauf nahm wie ein paar tausend Tote.

Das war eine Seite des Problems. Eine andere (und Delgado war immer noch unsicher, wie viele Seiten es insgesamt gab) war das Auslaufen des Kontrakts, die Notwendigkeit, innerhalb der nächsten acht Monate die Konzession neu zu verhandeln. Wieder eine andere Seite waren die Interessen der Tiris. Und schließlich die der Tambos.

Von denen man aber nichts wußte. Delgado sprang vor und zurück durch die Datensammlung, die Fragmente, die Hypothesen: Bis zu diesem Tag gab es keine einzige Äußerung irgendeines Tambo. Man wußte weder, wer da eigentlich rebellierte, noch aus welchem Grund oder mit welchem Ziel.

Auch was die Konzerne anging und die Vertreter der Tiris, war die Lage verworren. Der AsteRisk konnte es einerseits recht sein, daß in der Wüste geschossen wurde; Geram und Bunofrena mußten eigentlich immer skeptischer werden, je mehr der Konflikt eskalierte, und früher oder später würden sie ihre Angebote zurückziehen. Andererseits trieb es für die AsteRisk die Kosten in die Höhe – Söldner und

Risikozuschläge für die ortsüblich billigen Arbeitskräfte; nicht zu reden von zerstörten Geräten etc.

Seltsam auch, daß nirgendwo zu ermitteln war, wer für die Tiris demnächst den Kontrakt verhandeln sollte. Die Sitzungen würden – wie bisher, hieß es – in Gangur stattfinden; ein Rombo-Rat, zu diesem Zweck einberufen (von wem? und: von wem beschickt?), solle zusammen mit Delegationen der anderen Kontinente über alle Fragen befinden. Keiner schien zu wissen, wie die einzelnen Distrikte daran beteiligt waren – hatte das vor allem betroffene Tambora mehr Stimmen als z. B. das fast unbevölkerte Espir? Wer vertrat Tambora – die Administration des Distrikts, die alten reichen Händler mit Schürfrechten, die Verwaltung von Yeriddu?

Dann dachte er wieder an Chevrillon und dessen Hang zu komplizierten Manövern. Wahrscheinlich hatte er recht und verfügte über Informationen, die dem Pool nicht bekannt waren. Aber was war der Sinn von Chevrillons Manövern und Delgados Auftrag? Wer, außer der abstrakten Gerechtigkeit, die niemals irgendeine staatliche Stelle interessiert hatte, konnte bei einem erfolgreichen Abschluß des Auftrags gewinnen? Und wenn hinter allem tatsächlich eine Art Befreiungsbewegung der Tambos stand, ergaben sich weitere Fragen. Befreiung wovon? Man hatte sie nicht unterdrückt, nicht aus Siedlungsgebieten verdrängt, sie konnten ziehen, siedeln, tun, was auch immer, wo, wie und warum sie wollten. Es gab keine bisher festgestellte Verbindung zu Tambos auf den anderen Kontinenten; nirgendwo sonst auf Tiritam ließ sich Tambo-Unruhe ausmachen. Und eine Befreiungsbewegung, die darauf verzichtete, ihre Ziele einer interessierten Öffentlichkeit mitzuteilen, stellte in der Commonwealth-Geschichte eine Neuheit dar. Ferner: Woher kamen die Waffen? Ferner: daß Gangur an der weiteren Ausbeutung der Bodenschätze gelegen war, bedeutete nicht unbedingt, daß man dort die Augen verschließen mußte, und die Weigerung, über 6000 Tote und mehr als 1000 Verschwundene zur Kenntnis zu nehmen, wirkte seltsam.

Er nahm seine Notizen und Fragen mit zur Bar, wo er ein leichtes Abendessen – Saft, Eier, Schinken, Brot – bestellte und vom Barmann gefragt wurde, ob er gleich zahlen wolle oder wie alle anderen periodisch.

»Ich hab aber kein Zimmer hier.«

»Macht nichts; Sie sind doch vom Pool, oder? Was ist Ihre Nummer?«

Delgado nahm den Wisch heraus, den Filidor ihm in Gangur ausgestellt hatte. »Fünfhunderteinunddreißig.«

Der Barmann notierte Name und Zahl, schrieb einen Betrag dahinter und klemmte den Zettel an ein Brett zu den anderen.

Delgado hatte eben sein Essen beendet, als der grauhaarige Terraner erschien und sich zu ihm setzte. Lukashy trug in der Fast-Äquatorhitze einen grauen Anzug und eine graue Weste, wirkte überaus soigniert und schien nicht zu schwitzen.

»Wenn du auf Puka wartest, die kommt heut nicht mehr.«

»Wieso? Ist was passiert?«

»Die haben einen Maschinenschaden, müssen draußen übernachten.« Er wies mit dem Kinn zum Empfangsdesk. »Vor zwei Stunden kam der Anruf.«

»Angeblich kann man doch hier gar keine Wagen oder Gleiter mieten«, sagte Delgado. »Wieso haben die denn einen, und was passiert jetzt?«

Lukashy lächelte. »Alles wie man's nimmt. Es gibt ein paar Leute, die Wagen haben und gegen gutes Geld an den Pool verchartern. Wir teilen uns das; aber auch da gibt's eine Warteliste. Ein zweiter Wagen ist unterwegs, mit einem Mechaniker. Mach dir keine Sorgen.«

»Um Hazel?« Delgado lachte. »Die kommt überall durch. Wie hast du sie genannt – Puka?«

Lukashy buchstabierte. »P-O-O-K-A. Das ist irdische Mythologie. Aus Irland, wenn dir das was sagt. Ein *pooka* ist ein kleiner Teufel, der Wanderer in die Irre führt und überhaupt alle möglichen Streiche spielt.«

»Paßt. Hör mal, ich hab ein paar Fragen.«

»Schieß los. Meine dürftigen Kenntnisse ...«

»Hast du schon mal von Gurshtamitz gehört?«

»Wer soll das sein?«

»Der Führer der Tambo-Insurgenten.«

»Nee. Nie. Interessant. Das ist das erste Mal, daß jemand überhaupt mit einem Namen ankommt.«

»Welche Rolle spielen die gewählten Vertreter der Bevölkerung von Tambora bei allem?«

Lukashy grinste. »Eine undurchsichtige. Zuerst mal – sie sind zwar gewählt, alles ganz sauber demokratisch, aber Tambora hat ein paar interessante Eigenarten. Die Spitzenfunktionen hier sind weitgehend ehrenamtlich; man kriegt Kosten erstattet, aber keinerlei Gehalt. Also kommen für Jobs in der ersten Riege der Administration, der Stadtverwaltung und so weiter nur Leute in Frage, die selbst Geld haben. Ein einfacher Arbeiter oder Handwerker oder derlei kandidiert gar nicht erst; alles ist, wie es hier immer war, in den Händen der alten reichen Sippen. Das sind die Magnaten von Tambora. Und von denen weiß man so gut wie nichts. Nur, daß sie reich sind.«

Delgado runzelte die Stirn. »Kein Rankommen?«

»Kein Rankommen. Die schotten sich gründlich ab. Sind auch unbestechlich, nehm ich an; jedenfalls wissen wir, daß die meisten von denen für teures Geld Gleiter und so was importiert haben, aber keiner ist bereit, auch nicht für noch so viel Geld, dem Pool so ein Vehikel zu vermieten.«

»Ich hab da einen schrägen Hinweis gelesen, in der *Tribyn*, daß irgendwelche Tiri-Finanziers vor zwanzig Jahren versucht haben sollen, den AsteRisk-Kontrakt zu kündigen, oder jedenfalls zu modifizieren.«

Lukashy hob die Schultern. »Wäre vielleicht im Interesse des Planeten – und der, eh, besitzenden Kreise; ich weiß aber nichts davon. Ich kenn doch hier auch keinen, jedenfalls keinen, auf den es ankommt.«

Delgado stellte ein paar Fragen zur Arbeit der Kollegen. Lukashy sagte, bei den Expeditionen in die Wüste sei bisher nichts Verwertbares herausgekommen, außer Impressionen von Öde und grandiosem Nichts. Es gebe ein Hypno-Band, mit dessen Hilfe man innerhalb weniger Stunden Tambotisch lernen könne; der Nutzen sei jedoch minimal, da die stadtnahen Tambos Galaktein beherrschten und die wilden Tambos bei motorisierten Vorstößen bisher nicht aufzutreiben gewesen seien.

Delgado stellte fest, daß die klugen Antworten seine Kenntnisse über die Lage, die Bodenschätze, die Medien, die Konzernpolitik und anderes vermehrten, ohne zur Klarheit zu führen. Auch die hilfsbereite Korrespondentin der *Gangur Tribyn* – Eguren hatte sie tatsächlich gebeten, Delgado zu unterstützen –, die sich gegen Sonnenuntergang zu ihnen setzte, konnte nichts wesentlich Klärendes beitragen. Sie hieß Laguna Epetshan, war höchstens 25 Jahre alt, hatte kurze dunkelbraune Haare, ein feines, wie aus Tegra* modelliertes Gesicht mit einer netten Stupsnase; und offenbar ein Faible für ältere, soignierte, grauhaarige Männer. Da Lukashy diese Neigung nicht unangenehm zu sein schien, brach Delgado bald auf. Der Terraner hörte, wie er den Barmann nach Wein fragte, und empfahl einen vierjährigen Pilino aus dem ystragonischen Bergland. Delgado nahm noch eine Tafel importierter Schokolade mit und ließ sie in Thermofolie wickeln.

Tsyra Bhowani hantierte in der winzigen Küche; Estir lag im Bett, schlief aber noch nicht. Delgado nickte dem Jungen durch die halboffene Zimmertür zu und ging in die Küche. Die Frau nahm den Wein mit einem fast mühsamen Lächeln entgegen; als sie die Schokolade sah, nickte sie und deutete mit dem Kopf auf das Zimmer des Jungen.

»Geben Sie ihm das ruhig selbst. Er darf.«

Die flackernde Kerze auf dem Eßtisch war das einzige Licht im Haus; Delgados Schatten fiel auf den Kleinen, als er sich auf die Bettkante setzte.

»Hast du dir schon die Zähne geputzt?«

Estir nickte wortlos; er versuchte, an Delgado vorbei zu seiner Mutter zu blicken.

Delgado gab ihm die Schokolade. »Deine Mutter sagt, du darfst. Wahrscheinlich mußt du dann aufstehen und dir nochmals die Zähne putzen. Ist das sehr schlimm?«

Estir schüttelte den Kopf; etwas wie ein scheues Lächeln deutete sich um Mund und Augen an. »Nicht schlimm«, murmelte er. Dann, fast gehaucht und eher zu raten, als zu hören: »Danke ... Duncan.«

Im Wohnraum versuchte Delgado die Büchertitel im Schrank zu lesen, aber die Verglasung und das Flackerlicht der Kerze verzerrten alles. Langsam drehte er sich um, betrachtete den Rest der Einrichtung, den Eßtisch und die schwarzen Holzstühle, die zerschlissene Couch an der Wand zum anderen kleinen Zimmer, die drei Sessel, eine beschnitzte Vitrine, im Zwielicht unentwirrbare Drucke an den

* Hellbraune Mischsubstanz aus fossilem Holz und mineralreichen Böden, findet sich in Pruth und Ystragonien. Töpferprodukte aus Tegra wirken geschnitzt.

Wänden; dann fühlte er den Blick der Frau. Sie stand in der Küchentür und hob die Flasche. Delgado nickte; sie deutete auf die Sessel und die kleine Veranda. Er öffnete die leichte Tür und trug zwei Sessel hinaus.

Die Abendluft war staubig, stickig; kaum kühler als im Haus. Ein paar Kinder hockten im Geviert zwischen den Gebäuden; einige der anderen Verandas waren ebenfalls belebt. Bhowani stellte die Flasche, zwei Gläser und einen Aschenbecher auf dem breiten Geländer ab; ein alter Mann mit Krücke humpelte vorüber, auf dem Weg zu einem der oberen Häuser. Er nickte ihnen zu und sagte etwas. Es klang wie »zehn Monate, Mädchen, wird auch Zeit«.

Bhowani schüttelte den Kopf; das beherrschte Gesicht zeigte keine Regung. »Ein zahlender Gast, Ispen. Sonst nichts.«

Der Alte fuchtelte mit der Krücke. »Erbarmen!« Er lachte mekkernd und ging weiter.

Delgado zog die leichte Jacke aus; als er sie über den Sessel hängte, klirrte die Strahlwaffe kaum hörbar.

Der Wein war vorzüglich: mattblau, herb, mit verhaltenem Feuer und einer Vielzahl von Geschmacksnuancen – Mandel, Malz, wilde Beeren. Über den Rand des Glases blickte Duncan seine Vermieterin an. Sie hatte einen Schluck getrunken, kostete ihn aus, sog ein wenig Luft ein; ihre Lippen schienen geschwollen, gewölbt, als ob sie schmollte; die dunklen, verschlossenen Augen blickten in die Ferne, und zwischen den Brauen bildete sich eine kleine steile Falte.

Delgado fand, der Wein passe zu ihr; halblaut sagte er etwas halbwegs Elegantes in diesem Sinn.

Sie setzte das Glas ab; ihre Mundwinkel sanken. »Machen Sie mir bitte keine Komplimente. Es ist nett, daß Sie Schokolade und Wein bringen, aber... warum tragen Sie eine Waffe?«

Er zündete eine Zigarre an; die Sekunden, die er dazu brauchte, halfen ihm nicht zu bedeutenden Einfällen. »Was soll ich Ihnen erzählen?« sagte er schließlich.

»Die Wahrheit.«

Er lachte gepreßt. »Die Wahrheit? Die ist... unverdaulich, und ich weiß nicht einmal, ob ich sie kenne.«

Sie deutete ein Nicken an und faltete die Hände im Schoß. »Ist es reine Vorsicht, oder haben Sie bestimmte Gründe?«

»Beides.« Er kaute auf der Unterlippe, starrte die Zigarre an, hob dann den Blick und suchte ihre Augen. »Sagen wir so: Die Kollegen haben gründlich über die Symptome der Vorgänge hier berichtet; ich habe den Auftrag, sehr gründlich die Hintergründe, die Ursachen zu untersuchen. Es könnte sein, daß jemand mich daran zu hindern versucht. Ich weiß nicht, wer es ist, und auch nicht, warum.« Er hob die Schultern.

»Dann wäre auch Ihre Umgebung gefährdet.«

Er seufzte. »Halten Sie mich nicht für skrupelloser, als ich bin. Ich habe darüber nachgedacht, aber... Schauen Sie, einerseits könnte gleich jemand da vorn an der Ecke stehen und auf mich schießen. Wahrscheinlicher ist, daß man – wer auch immer – abwartet, bis ich irgendwo leicht und unauffällig zu erwischen bin. In der Wüste, zum Beispiel. Andererseits – irgendwo muß ich übernachten, und die Hotels sind voll.«

»Danke für Ihre... Ehrlichkeit.« Sie nahm das Glas wieder, trank aber nicht. »Übermorgen gibt es einen Ferienflug. Ich hatte schon überlegt...«

»Was ist ein Ferienflug?«

»AsteRisk-Arbeiter, Angestellte, Leute, die nicht aus Yeriddu sind. Damit sie nicht zuviel Zeit unterwegs verlieren und der Firma zu lange fehlen, werden freie Transportgleiter dafür eingesetzt.«

Es war ein kompliziertes, gleichzeitig simples System, wie sie erklärte. Die AsteRisk besaß Gleiter, Prallfeldfahrzeuge, Bodenvehikel mit Verbrennungsmotoren, deren Hauptzweck es war, die Erzeugnisse der Minen und Schmelzen zum Weitertransport nach Gangur zu bringen, zum Raumhafen. Es gab immer genug freie Transportkapazität – für Notfälle, für plötzliche Überproduktion, für dies und das. (Delgado fragte nicht nach, hatte aber das Gefühl, daß sie sich auf die Beförderung von Söldnern bezog; und auf deren Einsätze über der Wüste.) In einem komplizierten Rotationsverfahren wurden in Abständen einige Maschinen für Urlaubsflüge eingesetzt: Sonderleistung der AsteRisk einerseits, sinnvoll für die Firma andererseits, denn erholte Arbeitskräfte hatten Vorzüge, vor allem, wenn die Ferien nicht mit tagelangen Busreisen verbunden waren, und gleichzeitig konnten die Transportgleiter neu angeworbenes Personal mitbringen.

»Ich arbeite in dem Büro«, sagte Tsyra. »Deshalb... Übermorgen geht ein Flug nach Panizuro, das ist...«

»Die Hauptstadt des Distrikts Morgana; ich weiß. Und?«

»Ich komme von da, jedenfalls aus der Nähe. Meine Schwester und ihre Familie wohnen in einem Vorort – Fischerdorf. Ich hatte überlegt, ob ich den Jungen ein paar Tage aus der Hitze fortschicken soll. Sie haben mir die Entscheidung abgenommen.«

»Und Sie?«

»Ich fliege hin, geb ihn ab und komm gleich wieder zurück. Ich kann es mir nicht leisten.«

Sie schwiegen eine Weile, leerten die Gläser; Delgado schenkte nach. Der Abenddunst wurde dünner, etwas wie frische Luft war zu spüren, eine Brise – eher ein Hauch – aus der schnell abkühlenden Wüste. Vumar stieg über das Dach des Hauses gegenüber, eskortiert von ein paar Sternen. Die spielenden Kinder verzogen sich aus dem Geviert; von den anderen Veranden war gedämpftes Lachen und Reden zu hören, hier und da das Klirren von Bestecken und Geschirr.

Tsyra ging ins Haus; nach Sekunden kam sie zurück und setzte sich wieder. »Er schläft.«

»Ein netter Junge, ein bißchen scheu, oder?«

Sie runzelte die Stirn. »Was erwarten Sie? Er ist noch nicht fertig damit, daß sein Vater fehlt.«

Mit Pausen, Auslassungen, ohne persönliche Dinge preiszugeben, tauschten sie Informationen aus; es war eine Art Abtasten, ein Grenzenziehen. Delgado erzählte von seiner Kindheit in Gaias Hinterland, von der Flucht zur Flotte, den Einsätzen, den Jahren als wandernder Korrespondent; kein Wort über Privates.

Tsyra Bhowani stammte aus dem Fischerdorf an der morganischen Küste, nördlich des weit nach Westen ausgreifenden Malagatischen Vorlands. Sie hatte gefischt, viele der Inseln des Malagatischen Ozeans gesehen, die kostenlose Schule in Panizuro besucht – mehr als drei Milliarden Drachmen, die die AsteRisk jährlich zahlte, ermöglichten den 50 Millionen Tiris einiges an Wohlfahrt, Bildung und ärztlicher Versorgung –, dann die kleine Akademie in der potamischen Hauptstadt Luzhin, wo sie Verwaltung und Archivwesen studierte und Musmir Angh kennenlernte, der sich für Geologie entschieden hatte und bald ein Angebot der AsteRisk-Werber annahm. Sie waren nach Yeriddu gegangen, wo er anfangs 2,–, zuletzt 2,75 *dr* pro Stunde als Explorator und Ingenieur in den Minen verdiente. Für sie hatte es keinen wirklich adäquaten Job gegeben, aber sie war mit einem Stundenlohn von 1,40 *dr* als Schreibkraft in einem Minenbüro zufrieden gewesen, denn sie hatten genug Zeit füreinander und für die grandiose Einsamkeit der Wüste, die neu und aufregend war. Beide hatten Kontrakte über 160 Stunden pro Monat, verdienten gut – für Tiritam – und lebten üppig. Dann kündigte sich das Kind an, und sie kauften das Haus in der Stadt, weil der Junge nicht in den Minen aufwachsen sollte. Es kostete 25 000 *dr*, 10 000 *dr* der Boden, und da sie sich völlig neu einrichten mußten, lieh ihnen die firmeneigene Bank 40 000 *dr* zu billigen 5 % jährlich. Als der Junge ein Jahr alt war, suchte Tsyra einen Teilzeitjob und fand ihn in einem der Stadtbüros der AsteRisk: 20 Tage im Monat zu 4 Stunden; inzwischen verdiente sie 1,80 *dr*. Es war kein Problem, 200 *dr* im Monat für den Kredit zu zahlen und dabei erträglich zu leben; aber Musmir Angh mußte in der Mine bleiben und kam nur an den Wochenenden in die Stadt.

»Das Geld«, sagte sie leise, »hat mir nie viel ausgemacht. Am Anfang hat es mich ein bißchen erschreckt, zu sehen, wie wenig die zweihundert pro Monat tatsächlich unsere Schulden vermindert haben. Aber es kam ja jeden Monat neues Geld.«

Nach einem Jahr hatten sie 2400 *dr* zurückgezahlt, 200 jeden Monat, aber jeden Monat stieg gleichzeitig die Restschuld um nicht ganz 0,42 %; nach einem Jahr waren sie von 40 000 *dr* auf 39 582,09 *dr* gekommen, und Tsyra begann, die Monate in Wochenenden und die Jahre in Kontoauszügen zu zählen. Im 3. Monat des 5. Jahrs seit Kreditbeginn wurde die Mine, in der Musmir Angh arbeitete, bei einem Sprengstoffanschlag zerstört. Was man von ihm und den anderen fand, reichte nicht für eine Beerdigung. Die mit dem Kredit abgeschlossene Lebensversicherung zahlte nicht, da »Bürgerkriege und sonstige kriegsähnliche Vorgänge bzw. deren Auswirkungen« ausgeschlossen waren. Die AsteRisk zahlte ein aufgerundetes Quartalsgehalt von 1500 *dr*; Tsyra überwies dieses »Gnadengeld« auf das Schuldenkonto.

»Ich hätte voll arbeiten können, aber...« Sie schüttelte langsam, fast verträumt den Kopf. »Ich wollte mich um Estir kümmern, ihn nicht mehr als die Vormittage in den Kindergarten geben. *Mein* Kind.«

»Wie kommen Sie denn durch? Schaffen Sie es überhaupt?«

Sie sah an ihm vorbei, zur Straße, dann in den Himmel, wo immer mehr Sterne durch den restlichen Dunst leuchteten. »Wenn Sie's genau wissen wollen ... Zur Beruhigung Ihres Gewissens, weil Sie das große Zimmer belegen, oder was?«

»Hm. So ähnlich. Außerdem, vergessen Sie nicht, ich bin Journalist, und die Umstände und Hintergründe hier interessieren mich beruflich. Was geschieht, wenn das Ganze eskaliert? Wie leben die Leute jetzt, wie würden sie dann leben, was sind die Folgen, wer kann an welcher Sorte Entwicklung interessiert sein.«

Sie klang müde. »Was mich angeht, ich wünsche mir, daß es weitergeht und gleichzeitig aufhört. Oh, keine Klage, wir kommen schon zurecht. Ich verdiene, es gibt Wohlfahrt und Kinderzuschuß, in den guten Jahren hatten wir ein bißchen was gespart, aber ...«

Ihr Job brachte 144 *dr* im Monat, plus 100 *dr* Wohlfahrt (»Minimalstandard«) plus 30 *dr* Kindergeld. Wenn sie 200 *dr* an Zinsen und Tilgung abzog, blieben ihr und Estir 74 *dr* zum Leben. Als Musmir Angh starb, hatten sie Rücklagen von fast 5000 *dr* gehabt; sie bemühte sich, nicht mehr als 50 *dr* pro Monat davon zu verbrauchen. Nach dem 1. Monat des 6. Kreditjahrs schuldete sie der Bank noch knapp über 36 000 *dr* – die bisher eingezahlten 13 700 hatten die Schuld um nicht ganz 4000 vermindert. Die AsteRisk war bereit, 20 000 *dr* für das Haus zu bezahlen und es an andere Arbeitskräfte zu vermieten.

»Und der Rest? Woher nehmen? Aber das ist es nicht.«

»Was denn?«

Sie hob das Glas mit den letzten Tropfen des Pilino. »So, wie die Lage ist, wird niemand mir mehr bieten als die AsteRisk. Bloß ...« Sie beugte sich vor, starrte über die Häuser, aber nicht in den Himmel. »Ich hasse die Wüste, Duncan. Sie können sich nicht vorstellen, wie sehr ich all das hier hasse! Am Anfang war es neu und aufregend. Jetzt ist es nur noch Hitze und Staub und Dreck und Sklaverei. Wissen Sie, was ich hoffe? Wenn ich übermorgen Estir zu meiner Schwester gebracht habe, werde ich den ganzen Rückflug heulen und mich nach dem Kind und der Küste und Wasser und Luft sehnen und irgendwelche Götter anflehen, daß sie all das hier ganz schnell hochjagen – sprengen –, daß der Krieg wächst und uns vertreibt. Ohne die nächsten zwanzig Jahre Sklaverei ... Ah, vergessen Sie's. Und danke für den Wein.«

VIII.

Aus: Gangur Tribyn *(11. 8. 630)*

»... Man kennt ja all die Namen: Riordan, Gorostiza, Destouches, Maling, Kelina, Dornaly, Huser etc. etc. Man weiß, daß diese Frauen und Männer alten Reichtum und alte Macht besitzen, mehren und nicht aus der Hand geben. Manchmal hört man etwas über sie, ihre Geschäfte – die offenbar völlig legal sind, nicht besonders einfallsreich, nicht riskant, aber stetig Gewinn abwerfen – und ihr Leben, aber man sieht sie nicht. Man, *das sind in diesem Fall die zahlreichen Journalisten, die im Moment versuchen, Yeriddu zu erkunden. Die alten Clans ... Einige wohnen mit Familien in gewöhnlichen Häusern, andere in eher bescheidenen Wohnungen (wobei keiner von uns weiß, wie diese Wohnungen innen aussehen), wieder andere haben ihre Villen mit Hekken und Zäunen umgeben. Es ist gar nicht schwierig, einen Gesprächstermin mit* dom *Riordan zu bekommen, dem Bürgermeister von Yeriddu. Aber der Bürgermeister spricht nicht über den anderen Riordan, der, wenn er die Kanzlei verläßt, das Amt des Bürgermeisters ablegt und wieder Riordan der Multimillionär ist – Riordan, dessen Ahnen nicht an die AsteRisk verkauft haben; Riordan, der sich gleichsam maskiert, seine Realität verzweigt, mindestens zwei Riordans ist. Destouches, auch in Gangur bekannt, ein Mann mit allerfeinsten Beziehungen – man sieht ihn auf der Straße, wenn er von seinem Erprobungs-Weinfeld kommt; er lächelt; er geht vorbei. Ganz Yeriddu lächelt: mit geschlossenem Mund. Es sind Zähne dahinter ...« (LE)*

Er wurde früh wach, lauschte den gedämpften Morgengeräuschen im Haus, lauschte in sich hinein, dachte halbgeformte Gedankenketten zu Ende und faßte mehrere Beschlüsse. Er wählte strapazierfähige Kleidung, zog Wanderstiefel an und trank mit den beiden im Wohnraum eine Tasse Kaffee, lehnte aber alles andere ab.

Der Kindergarten lag in einem kleinen Park in der Nähe des Bahnhofs. Auf dem Weg dorthin plapperte Estir über Spielkameraden und die Tante am Meer, auf die oder das (nicht ganz klar) er sich freute, stellte Fragen über fremde Welten und Reisen zwischen den Sternen. Er ging zwischen Tsyra und Duncan; irgendwann schob er seine Hand in die des Mannes, und Delgado war seltsam zumute.

Bhowanis Büro befand sich ganz in der Nähe; er begleitete sie die wenigen hundert Meter, schweigsam. Vor dem flachen, weißen Gebäude blieb sie stehen. Ihre Miene verriet nichts, die Stimme war beherrscht und glatt.

»Tut mir leid wegen gestern abend, Duncan. Ich wollte mich nicht auskotzen. Aber offenbar hab ich das gebraucht. Danke fürs Zuhören; und vergessen Sie alles ganz schnell.«

Ehe er antworten konnte, hatte sie sich umgedreht und verschwand im Bürogebäude.

Zu dieser frühen Stunde – kurz nach acht, für Journalisten mitten in der Nacht – war das Hotel fast leer; im Pool-Saal hielt ein dösender Kollege eine Art Wache. Delgado erfuhr von ihm, daß es einen weiteren Funkkontakt mit der Wüstenexpedition gegeben hatte: Der zweite Wagen war angekommen, man erwartete beide gegen Abend zurück. Ansonsten keine Neuigkeiten, keine Mitteilungen. Delgado warf einen Blick auf sein Kombigerät: Standardzeit Atenoa 21-8-630#15:07#Ortszeit Yeriddu 8:24#Position 11°4′17″N/2°58′08″ O#Temperatur 24°. Eigentlich, dachte er, könnte allmählich der versprochene Schriftsatz von Erling Paspisano eintreffen. Der nächste Bus von Süden, der Post beförderte, würde gegen Mittag halten, der übernächste nach Mitternacht.

An der Bar aß er ein Sandwich, trank einen Kaffee und ein Glas Wasser; dann brach er auf, um Yeriddu zu erwandern. Und Fragen zu stellen. Die Temperaturanzeige des Geräts sprang auf 43°, als er das Hotel verließ.

Yeriddu lag in der Nähe einer großen lehmigen Senke, die den Mittelpunkt eines Spinnennetzes aus Bruchgräben, Rinnen und Canyons zu bilden schien. Seit Beginn der Beobachtungen bzw. der Erschließung des Inneren hatte es etwa alle 3 bis 4 Jahre geregnet; die Mechanismen der planetaren Meteorologie waren allerdings noch weitgehend rätselhaft. Wenn es in der Wüste regnete, dann tagelang und gründlich, und anschließend eben jahrelang gar nicht. Als die ersten Siedler ins Zentrum der Wüste kamen, war die Lehmsenke ein großer See gewesen, mit grünen Ufern und einem Netz zu- und abführender Wasserläufe. Eineinhalb Jahre dauerte es, bis die letzten Tropfen versiegten. Die Farmer taten sich zusammen und bohrten, lang und aufwendig; in 650 m Tiefe stießen sie auf eine 30 m dicke Schicht ultraharten Vulkangesteins. Einige schlachteten ihre letzten

Rinder und gaben dann auf; die übrigen machten weiter, stellten sich auf die genügsameren Schafe, Lamas, Kelanoger und Orkels um, bemühten sich, die Fortpflanzungstätigkeit ihrer wenigen Kamele zu fördern, und als sie die schreckliche Gesteinsschicht durchstoßen hatten, die viele Monate, Bohrköpfe und Drachmen forderte, fanden sie einen fast unendlichen Tiefwassersee, der noch immer Yeriddu versorgte und nach Meinung von Geologen so gut wie unangetastet war.

Eine Art Serai für die transkontinentalen Kamelkarawanen entstand, dann Waren- und Materialdepots für den motorisierten Boden- bzw. Prallfeldverkehr. Händler kamen, die Industrieprodukte und Gebrauchsgüter, später auch die ersten Luxusartikel anboten und Felle, Kelanoger-Horn, Steinsalz und Fleisch aufkauften, aber auch Erzeugnisse des Kunsthandwerks der »wilden« inneren Tambos. Dann entdeckte man die Bodenschätze östlich von Yeriddu, und das Wüstenkaff explodierte. Durch den AsteRisk-Kontrakt waren vor hundert Jahren etwa drei Viertel des Abbaugebiets dem Konzern zur exklusiven Nutzung übertragen worden; es gab aber immer noch genug kleine Firmen und Einzelpersonen, die Schürfrechte behalten hatten, neue Lagerstätten entdeckten und gut davon lebten; es gab alte Händlersippen, die Schürfrechte teuer an die AsteRisk verkauft und neue Lager billig erschlossen hatten; es gab das »alte Geld« und die alten Machtstrukturen.

Die AsteRisk-Bahn zu den Minen verlief von Yeriddu aus grob nach Osten; Delgado fand sehr bald heraus, daß die ungefähre Stadtaufteilung in Reiche nördlich, Arme südlich der Strecke so nicht stimmte. Der bessere Stadtteil war aus dem ehemaligen Ortskern entstanden; hier lagen die Hotels und die Verwaltung, die um Patios errichteten Häuser der alten Farmer- und Händlersippen, die besseren Geschäfte, die Wohngebäude all der kleinen Schürfer und Claimeigner, die sich vor fast 100 Jahren von der AsteRisk hatten auszahlen lassen. Nördlich davon, zum periodisch wiedererstehenden See und den Tiefbrunnen hin, begann das Garten- und Farmland; Yeriddu war unabhängig von Lebensmittellieferungen. Im Südwesten, wo die Bahnstrecke endete, lagen die Schuppen und Hangars, Werkstätten, Büros und Stapelhallen der AsteRisk, von dort nach Süden und Osten, in die Wüste hinein und hin zu den Minen, die einfacheren Wohngegenden.

Die gab es aber auch nördlich der Linie. Bis zum Abend hatte Delgado an die 40 km zurückgelegt, in der trockenen Hitze, nach langen

Tagen ohne intensive Bewegung oder gar Training. Etwa eine Stunde lang joggte er unter den Bäumen des Gartengürtels, verfluchte dabei die Strahlwaffe, die unterm Hemd an den Rippen scheuerte, trank hin und wieder einen kleinen Schluck aus der Feldflasche und stellte fest, daß der Lederhut auch bei heftiger Bewegung nicht vom Kopf fiel. Er wanderte durch das Gewirr der vor allem von Mischlingen und Tambos bewohnten Blech-, Lehm- und Bretterhütten des Nordwestens, immer auf der Hut vor dem nächsten Anschlag; er redete mit assimilierten Tambos, fragte nach Gurshtamitz, erhielt Ratschläge für die – offenbar komplizierte – Annäherung an wilde Sippen; er machte einen Bogen um die stinkenden Gerbereien des Nordostens, zählte die Fabriken – vor allem Woll-, Fleisch- und Hornverarbeitung –, sprach mit Goldschmieden und Diamantschleifern, die Funde der kleineren privaten Schürfer und Prospektoren verarbeiteten, und sah einer Frau zu, die unter dem Vordach ihres Ladens am Rand des Zentrums aus Kelanoger-Horn kleine, düstere Kunstwerke machte: Dämonenmasken, fast abstrakte Plastiken von sterbenden Tambos, eine bizarre, kaum 50 cm große Gruppe – zwei detailliert muskulöse Männer, von denen einer ein zappelndes Schaf schor, während der andere ein geschorenes und geköpftes Tier ausweidete –, Kämme, die gleichzeitig monströse Schlangen waren. Das Horn schillerte in allen Farben; es war extrem dünn, flexibel, dabei hart und wegen der aus Härte und Dünnheit resultierenden Brüchigkeit schwer zu schnitzen. Die Künstlerin mochte um die 50 Jahre alt sein und hatte tiefe, bittere Kerben um den Mund; als Delgado mit ihr reden wollte, spuckte sie aus und starrte ihn an wie einen ekelhaften Eindringling in einen Traum.

Nicht weit von ihrem Laden entfernt fand er eine Werkstatt, betrieben von zwei Männern und drei Frauen. Sie hatten einen kleinen, geräuscharmen und sparsamen Verbrennungsmotor entwickelt, bezogen von einer Fabrik bei Gangur Bausätze für E-Motoren und konstruierten aus hauchdünnem AsteRisk-Stahl und Kelanoger-Horn Bodenfahrzeuge. Sie seien, sagten sie, bei einer Monatsproduktion von sieben Stück angekommen und für zwei Jahre im voraus ausverkauft. Von ihnen erfuhr er noch einiges andere: Namen der wichtigsten Mitglieder von Yeriddus Handelskammer, und daß diese ehrenwerten, finanzstarken Personen sich abends gegen 18 Uhr in einem Club im Zentrum zu treffen pflegten, um die Dinge des Tages und die gemeinsamen Interessen zu bereden.

Der Patio, an dem der Club lag, war einer der schönsten, die Delgado je gesehen hatte. Selbst wenn nichts bei seinem Besuch herauskäme, hätte sich allein deswegen der Umweg gelohnt. Der quadratische Innenhof war umgeben von dreigeschossigen Häusern, deren Ziegelfassaden in einem warmen Altgold strahlten: dem Gold, das in den Bau und die Erhaltung des Gevierts investiert worden sein mußte. Es gab zwei gewölbte Zugänge, die einander schräg gegenüberlagen; ihre Position war nach dem Goldenen Schnitt berechnet, und ihre Wölbung entsprach genau jener der Arkaden, die um den Patio liefen. Die Symmetrie ergänzten verzierte Wasserspeier mit Becken an den Goldenen Schnittpunkten der Längsseiten: ein auf die Hinterbeine gerecktes Einhorn, aus dessen Nüstern Wasser in ein Becken mit Seeorchideen troff, und ein weiblicher Greif (Pferd + Löwe + Adler), ebenfalls auf den Hinterbeinen, aus dessen Menschenbrüsten der orange und blaue Flammentang des zweiten Bekkens benetzt wurde. In der Mitte stand ein weiterer Brunnen mit einem umlaufenden Fries wüster Dämonen aus allen Mythologien; wenn der Wasserstand im großen Becken einen bestimmten Pegel überstieg, floß aus den roten Sandsteinmäulern der Skulpturen die Flüssigkeit in feingemauerte Rinnen, die das Labyrinth der tausendfarbigen Blumenbeete im Patio tränkten. Die Wege dazwischen waren mit den gleichen warmen Ziegeln bedeckt wie die Fassaden, und den Brunnen in der Mitte krönte ein von vier schlanken Pfosten aus Schwarzeiche getragener Holzschirm, der am Mittag dem halben Patio Schatten spenden konnte.

Delgado ging langsam, staunend einmal um den Innenhof. Die Arkaden ruhten auf zierlichen Säulen aus vielfach goldgrün gemasertem Stein, die Bögen waren aus abwechselnd goldenen und grünen Steinen gemauert. Zum Patio hin zog sich ein Band aus Köpfen die Arkadenstirn entlang: Dämonen, Götter, Tiere, Menschen, alle individuell von guten Künstlern gefertigt, alle irgendwie verfremdet – eine Kuh mit Menschenlippen und menschlichem Lächeln, ein würdiger bärtiger Greis mit drei Augen, eine Schönheitsgöttin, deren linkes Ohr eine Kröte war, ein Phönix mit einer Kobra als Zunge. Für die Bewohner der ersten Etagen war die Oberseite der Arkaden Terrasse, von der überall Blumenkaskaden herabschäumten, beschattet von den Balkonen der obersten Geschosse.

Unter den Arkaden gab es einige – wenige – Geschäfte oder Werk stätten: ein Goldschmied, Schmuck- und Stoffboutiquen, ein Antiquariat, ein Lebensmittel-(eher Feinkost-)Laden, eine Bar; der Rest waren Wohnhäuser, und der Raum unter den Bögen schien für die meisten Teil der Wohnung zu sein.

Der Treffpunkt der Magnaten war gleichzeitig ein öffentlich zugängliches Restaurant, mit Tischen unter den Arkaden und weiß livriertem Personal; Delgado vermutete, daß die Höhe der Preise den Grad an Öffentlichkeit bestimmte. Über der Flügeltür aus tiefrotem Bristar-Holz und Kristallprismen stand der antike Name COR DESERTI, aber nach Auskunft der Vehikelkonstrukteure hieß dieses »Herz der Wüste« überall nur *Handelsclub*.

Ein Kellner führte Delgado durch den vorderen Speisesaal – schwarze Täfelung, antike Anrichten, Kristallüster, weißgedeckte Tische, die Bänke und Stühle mit roten Samtpolstern – zu einer Bar aus Schwarzeiche und bat ihn zu warten. Delgado setzte sich auf einen der Hocker – rotes Leder – und überlegte, ob die Röhren der »Brustwehr« echtes Gold waren oder doch nur Messing. Der Livrierte kam sofort zurück, mit einem untersetzten älteren Mann, der Delgado prüfend betrachtete.

»Journalist, wie? Na, kommen Sie.«

Der Kellner nahm Lederhut und Feldflasche; Delgado folgte dem Älteren, der einen verwaschenen Overall trug, durch die Tür in einer Zwischenwand. Dahinter ging die Bar weiter, mit breitem Durchlaß zum Raum, in dem Eß- und Clubtische standen. In den Sesseln und auf den Barhockern lümmelten sich – ein anderes Wort hätte Delgado bei diesen Posituren unangebracht gefunden – elf Leute: sieben Männer, vier Frauen. Hier schien die gleiche Lässigkeit der Kleidung üblich zu sein wie in Gangur; in seinen strapazierten Laufklamotten kam sich Delgado fast überkorrekt gekleidet vor. Der achte Mann stand hinter der Bar; er trug kurze braune Hosen und ein von Erde und Pflanzensäften verschmiertes Khakihemd, aber seine Hände waren sauber.

»Wie kommt es, daß einer von Ihrer Zunft sich hierher verirrt?« sagte Delgados Begleiter. Dann lachte er. »Ah, später. Freunde, das ist Duncan Delgado, Journalist, von Gaia. Damit Sie wissen, mit wem Sie es zu tun haben –«

Er stellte die Magnaten der Reihe nach vor; Delgado behielt zunächst nur drei Namen. Der Mann hinter der Bar war Amir Destouches, besaß größere Platinvorkommen, die seine Vorfahren nicht an die AsteRisk hatten verkaufen wollen, und versuchte, in einem der nördlichen Gärten »trinkbaren Wein« anzubauen; die hagere Frau mit rosa Hosenanzug, lila Lendenschärpe, orangen Schuhen und scharlachrotem Haar in einem flamingofarbenen Plüschsessel hieß Vivian Atzman, Herrin einer Goldmine und einer Kamelzucht; der ältere Overallträger, der ihn hereingeführt hatte, war Takashi Riordan – »Zeitvertreib Diamanten und Fernhandel, zum Amüsement Bürgermeister, von Beruf Zankhahn und Weintrinker. Lassen Sie sich von Destouches was zu trinken geben, und setzen Sie sich. Was? Kellner? Haben wir nicht; was hier beredet wird, würde Kellner nur belasten.«

Delgado bat um etwas Erfrischendes; zu seinem Entsetzen öffnete Destouches eine Flasche Champagner. Das Etikett benannte Hersteller und Herstellungsort; das Erfrischungsgetränk kam aus Reims, Euro-F, Erde, und mußte etwa soviel gekostet haben, wie die *Gazet* monatlich auf sein Spesenkonto überweisen ließ. Es schmeckte auch so.

Er setzte sich auf einen Hocker, schilderte kurz seinen Job und sein Erstaunen darüber, daß die Kollegen sich um Minen, Wüste, AsteRisk und Tambos, nicht aber um das im Handelsclub versammelte Wissen gekümmert hätten.

Vivian Atzman scharrte mit den Füßen. »Schmieren Sie uns keinen Honigbrei ums Maul; die meisten von uns sind allergisch gegen Süßigkeiten. Was wollen Sie wirklich?«

Hinter ihm hüstelte Destouches, klirrte mit irgendwas und sagte: »Um das klarzustellen, junger Mann – wenn wir auch nur den geringsten Sinn darin sähen, mit Ihren Kollegen zu reden, hätten wir sie längst herbestellt oder aus dem Hotel geworfen. Das gehört nämlich Lem Azenomai, da hinten.«

Der feiste Mann, der auch Karawanen, Prallfeldlaster und ein Dutzend weiterer Gebäude besaß, grunzte und legte die Füße auf den Tisch. Die Schuhe hatte er ausgezogen, die Socken waren nicht gerade neu.

Delgado hob sein Glas. »Auf Ihr Wohl, und möge das Herz der Wüste die eskalierende Herzlosigkeit der Wüste überleben.«

»Was meinen Sie? Das bißchen Kleinkrieg?« sagte eine Frau.

Delgado lächelte; in dieser Sekunde entschloß er sich zu einem akrobatisch zu handhabenden Gemenge aus Wahrheit, Lüge und Bluff. »Es gibt Gerüchte... Jemand will offenbar den, hm, Aufstand subventionieren, bis Yeriddu und dieser kostbare Patio hier wüst und leer sind – Tambo-Land. Jemand will den Aufstand subventionieren, um die AsteRisk zu vertreiben und den Abbau selbst zu übernehmen. Jemand will den Konflikt schnell beilegen, damit alles beim alten bleibt. Jemand will das Blutvergießen beenden und trotzdem die AsteRisk ausbooten, wenn es an die Kontrakterneuerung geht.«

Riordan gluckste. »Alles ganz nett. Gerüchte... Hören Sie, die AsteRisk hat mir eine Million angeboten, damit ich mich für die Erneuerung des Kontrakts einsetze. Die Pandinga-Tochter Bunofrena, vor allem auf Asteroidenprospektion spezialisiert, hat *dam* Gorostiza eine Million geboten, damit sie Werbung für eine Neuvergabe des Kontrakts macht. Destouches, hinter Ihnen, hat ein Angebot von der osirischen Geram-Gruppe – gleicher Betrag, gleicher Inhalt. Ihre Kollegen wissen das nicht. Aber was wissen die schon! Gerüchte, bah...«

»Das stimmt, die meisten wissen nichts über einiges, andere viel über wenig, manche alles über kaum etwas. Ich weiß zufällig noch zwei oder drei Dinge, die Sie interessieren könnten. Es gibt zum Beispiel den Versuch, mit dem Führer der Tambo-Insurgenten, Gurshtamitz, dessen Namen Ihnen sicher ein Begriff ist...«

»Nie gehört«, knurrte Riordan; die anderen nickten.

»... eine Art Statut für Tambora auszuhandeln, das die AsteRisk ausschaltet, die Bodenschätze und ihre Nutzung ausschließlich Tiritam überträgt und die Tambos beteiligt.«

Schweigen. Azenomai nahm die Füße vom Tisch, setzte sich auf und sagte leise: »Ha.«

»Über zweitausend Milliarden Drachmen – zwei Billionen Reingewinn – hat die AsteRisk in den hundert Jahren gemacht«, sagte Delgado halblaut, wie im Selbstgespräch. »Die zehn Prozent für Tiritam sind ein Almosen, mehr nicht. Was spräche gegen eine andere Regelung – ein Tiri-Konsortium, das sich mit den Tambos auf Frieden einigt? Aus Leuten, die finanziell und politisch stark genug sind, bei den Verhandlungen die übrigen Tiris zu überzeugen? Wenn allerdings der halbe Handelsclub im Sold fremder Interessen steht...«

Destouches wieherte. »Meinen Sie, wir spielen so? Klar haben wir die Million angenommen, alle drei; aber wir werden keinen Finger dafür rühren.«

Atzman lächelte schief. »Haben wir doch alles schon beredet ...«

»... ohne Kellner«, sagte die Frau namens Gorostiza.

»... es scheitert immer an den gleichen Dingen.«

Delgado schloß die Augen und holte tief Luft. »Die anderen Räte von Tiritam – die Frage des interstellaren Transports und Verkaufs – die unklare Konfliktlage in der Wüste.« Er wartete; niemand sagte etwas. Langsam öffnete er die Augen und sah alle nacheinander an. »Reden wir von meinem Eigennutz.«

Destouches verließ die Verschanzung und trat ins weite, stille Zimmer. »Was verkaufen Sie uns da gerade?«

Riordan hob die Hand. »Moment, Delgado. Ehe Sie weiterreden. Zur Warnung, zur Erinnerung.« Alle Jovialität war verschwunden. »In dieser Versammlung finden Sie alles, was Sie wollen, nur keine Skrupel. Wenn Sie uns über den Tisch ziehen wollen, zeigen wir Ihnen ein paar ausgesucht idyllische Gräber.«

Delgado nickte; er leerte sein Glas. »Köstlicher Champagner. Ich habe ein paar Vorschläge. Und einen Preis, der nur zu entrichten ist, wenn alles gutgeht. Garantieren kann ich nichts – noch nicht. Bei größeren Risiken und großen Gewinnchancen gibt es keine Garantie.«

»Was sind das für Vorschläge?« sagte Destouches.

Delgado glitt vom Hocker. »Ich habe sie angedeutet; mehr kann ich erst sagen, wenn ich Ihre Zusicherung habe, daß Sie ein riskantes Spiel mitspielen wollen. Klären Sie das untereinander. Es gibt Beziehungen auf Gaia, zum Beispiel, was Transportraum angeht. Mein Preis dürfte interessant genug sein, um darüber nachzudenken. Hundert Millionen.« Er nickte ihnen zu und ging.

Insgesamt war er zufrieden – und hungrig –, als er das *Plaza* erreichte. Er glaubte, mehrere grundsätzliche Fehler seiner Kollegen entdeckt zu haben; er hatte einen großen Köder ausgeworfen, der die Haie in Bewegung bringen sollte, und es war ihm gelungen, den Besitzer einer Stallung in der Nähe des Serais fast um die Hälfte herunterzuhandeln. Am übernächsten Tag würden zwei Kamele bereit sein, mit Sattel und Packvorrichtungen; er war sicher, daß die alten Kenntnisse (aus einem monatelangen Manöver-plus-Einsatz der Marineinfanterie auf einer Wüstenwelt) nicht völlig verschüttet waren.

Im Hotel erfuhr er, daß die Expedition vor wenigen Minuten zurückgekommen sei. Er ließ sich mit Hazels Zimmer verbinden. Sie meldete sich, ohne den Sichtschirm zu aktivieren; vermutlich war sie dabei, Sand und Hitze abzuspülen.

»Ja?«

Delgado räusperte sich. »Ich.«

»Komm schon.« Sie hängte auf.

Als er an ihrem Zimmer in der dritten Etage klopfte, öffnete sie halb und zog ihn in den Raum. Sie war nackt, und sie war so hinreißend wie in seiner Erinnerung. Das Zimmer war ein Chaos aus verstreuten Kleidungsstücken und Ausrüstungsgegenständen, die er halb wahrnahm, während er sich auszog und ihr ins Bad folgte. Unter der Dusche fanden sie kaum Zeit zum Waschen; sie erforschten einander mit Fingern, Lippen und Zungen. Irgendwie schafften sie es tropfnaß bis zum Bett, und das Bett war eigentlich zu schmal für einige der vielen Dinge, an die er sich erinnerte, aber genau richtig für andere. Das offene Fenster ging zum Innenhof, in dem Bäume standen, und irgendwann hörten die Vögel auf zu keckern und flogen fort. Als sie zu Atem gekommen war, glitt Hazel vom Bett, schloß das Fenster und drehte sich um. Sie betrachtete ihn, stand fast auf den Fußspitzen, die Beine leicht gespreizt, und breitete die Arme aus. Delgado glaubte, die Funken ihrer grünen Augen knistern zu hören.

»Extreme biochemische Kompatibilität«, murmelte er. Er streckte eine Hand nach ihr aus.

Sie sackte auf die Fußsohlen, streckte ihm die Zunge heraus und kam zurück zum Bett. »Ein glorreicher Fick.« Sie lachte und schüttelte ihre halbfeuchte Mähne.

»Sag ich doch. Wo hast du all die Jahre gesteckt?«

Sie hob die Schultern. »Hier, da und dort; wie üblich. Wie du. Rutsch mal. Ah, es ist verdammt schmal.«

»Zu schmal zum Schlafen.«

»Wer will denn schlafen?« Sie beugte sich über ihn, biß in seine Nase und grub die Finger in seine Brustbehaarung. Dann lachte sie wieder, als sein Magen knurrte. »Gut gebrüllt, Löwe. Bist du sehr hungrig?«

»Hörst du doch. Warum?«

»Mhm. Schaffst du noch eine kleine Vorspeise?«

Als sie zur Bar kamen, gab es keinen Platz mehr; zum Essen mußten sie sich in den noblen Speisesaal des *Plaza* begeben. Duncans strapazierte Strapazierkleidung war auch hier kein Hindernis. Beim Essen und danach redeten sie von der Galaxis, den Göttern und Planeten und Kriegen und Medien, von allgemeinen und intimen Erinnerungen, von Tiris und Tambos und der Wüste, und von den nächsten Tagen. Lange nach Mitternacht ging Delgado durch öde Straßen zurück zu seinem Zimmer, müde und überwach zugleich. Zahlreiche Gedankenwürmer wanden sich in seinem Hirn durcheinander. Ein Teil seines Verstands registrierte die Betonstelzen, auf denen die meisten Häuser in der schäbigeren Gegend standen; nur das Zentrum verfügte über Kanalisation, und ohne die Pfeiler würde ein Haus wie das von Tsyra Bhowani bei einem der periodischen Regenfälle weggespült; was sie zu Behausungen der bürgerlichen Mittelschicht machte, verglichen mit den Hütten im Nordwesten. Ein anderer Teil seines Kopfs befaßte sich mit der rätselhaften Unterlassung oder punktuellen Blindheit der Kollegen, die drei Himmelsrichtungen ignorierten und in der vierten das Gesuchte nicht finden konnten. Ein dritter mit den harten Herzen im Handelsclub. Und dann natürlich Hazel Pukavik: Chemie oder Alchimie, für beide war es der pure perfekte Sex, wie sie ihn mit anderen Partnern nie erlebt hatten – Delgado wußte es, für sich, und sah keinen Grund, Hazels Feststellung zu bezweifeln. Es gab große Ähnlichkeiten, vielleicht sogar Übereinstimmungen, was erstrebenswertes Leben und Arbeiten anging, und obwohl sie einander letzten Endes nur oberflächlich kannten, waren sie sicherlich imstande, einander erlesene Verletzungen zuzufügen. Was, wie behauptet wurde, Kennzeichen und Voraussetzung einer tiefen Bindung sei. Sie waren einander immer nur unter extremen Bedingungen begegnet; eine Form von normalem Zusammenleben, soweit die Jobs derlei überhaupt zuließen, konnte er sich kaum vorstellen. Feuer und Wasser: Sie brannte, er tümpelte, von gelegentlichem Schwappen abgesehen. Sie hatte es zur Starkorrespondentin der wichtigsten Tageszeitung des Commonwealth gebracht, *Tempo*, Atenoa, mit 4500 *dr* im Monat und unbegrenztem Spesenkonto, und zweifellos würde sie noch höher steigen, wenn sie wollte – zu einem der Wochenmagazine oder einem TriVi-Programm, mit eigener Sektion oder eigener Sendung. Während er ebenso zweifellos nach Erledigung dieses Auftrags wieder in Liggabet oder einem anderen Slum versacken würde, spielend, trinkend, lesend, zwischendurch joggend, in der aussichtslosen Hoffnung darauf, daß sich etwas Besonderes darböte – etwas, das gewaltig genug war, verödeten Ehrgeiz zu befruchten und Sinn zu sein. Genaugenommen wußte er nicht einmal, ob es jenseits von Magnetismus und spezifischem Suchtverhalten Zuneigung zwischen ihm und Hazel gab; ob unter der Oberfläche und der Haut eine Verbindung, ein Austausch möglich war; und ob er überhaupt Wert darauf legte.

Später beschäftigte ihn, bis er endlich einschlief, wieder sein Auftrag: Chevrillon, die AsteRisk, die Tambos, der unauffindbare Gurshtamitz, der Handelsclub, die Anzahl der maskierten Mitspieler, der mörderische Schwelbrand in der Wüste, der bisher nichts war als unwirkliche, unwesentliche Wörter und Zahlen. Kurz vor dem Einschlafen bildete er sich ein, er höre jemanden leise weinen, und er hoffte, daß es Estir im Schlaf sei, nicht Tsyra schlaflos.

Am Morgen begleitete er sie zum AsteRisk-Gelände; er trug die Reisetasche des Jungen und wünschte ihm einen feinen Flug, gutes Wetter am Meer und viel Spaß. Der schwere Transportgleiter füllte sich nur langsam; sie waren sehr früh auf den Platz zwischen häßlichen hohen Hallen gekommen. Das Vehikel gehörte zur *Konvoi*-Klasse, die auch Bodentruppen und Garnisonen verwendeten: 15 m lang, 4,5 m breit, 4 m hoch, Sitze für 60 Personen im Oberdeck mit einer flachen Panzerglaskuppel, Stauraum darunter und der Triebwerkskomplex (Antigrav- und Impulsaggregate, gespeist von einem Mikro-Fusionsmeiler) ganz unten, geschützt von der schweren Boden- und Seitenpanzerung. Die Sitze konnten mit ein paar Handgriffen einzeln demontiert oder insgesamt flachgelegt werden; das Passagierdeck ließ sich in Längsrichtung halbieren und einklappen. Der Gleiter konnte Truppen transportieren oder Gegenstände, bis hin zu mittelgroßen Containern. Die äußeren Halterungen für leichte Geschütze, Werfer oder Projektoren waren fast peinlich sauber und hier und da verkratzt; sie wurden offenbar regelmäßig genutzt. Die Panzerung wies Schrammen und Dellen auf, die nicht von hektischen Landungen stammten, sondern von Beschuß.

»Wann fliegen Sie ab?«

Bhowani schaute auf ihre Uhr. »Gegen zehn. Sie müssen aber nicht warten.«

»Wenn Sie erlauben ... Ich habe noch einiges zu tun. Vorbereitungen. Morgen verschwinde ich für ein paar Tage – nur, daß Sie Bescheid wissen.«

»Gut. Ich komme wahrscheinlich heute am frühen Abend zurück. Keine Rundreise, diesmal; wir fliegen nur nach Panizuro und zurück.«

Es war kurz nach neun Uhr. Delgado fuhr dem Jungen übers Haar, nickte Tsyra zu und ging schnell zum Hotel.

Hazel Pukavik saß mit ein paar anderen an der Bar; es sah nach Arbeitsfrühstück aus. Astra Bayle war dabei, der Terraner, die Frau aus Gangur sehr dicht neben ihm, sowie drei weitere Kollegen, deren Gesichter Delgado kannte. Sie tranken Kaffee und Säfte, aßen gerolltes *ossut,* das Tambo-Fladenbrot, mit gewürzten Hackfleischfüllungen, redeten und fuchtelten dabei mit Zetteln, Besteck und für Notizen, Entwürfe und Speicherzwecke genutzten Mikrocomps. Der Hocker links von Hazel war frei.

»Morgen allerseits. Darf man sich zu euch setzen, oder ist das eine Geheimkonferenz?«

Lächeln, Nicken, Gemurmel, Zettelschwenken; Hazel strahlte und küßte ihn auf den Mund, mit weichen, warmen Lippen. Etwas rieselte ihm den Rücken hinab und sammelte sich in den Lenden.

»Morgen. Ich hab deine Post schon eingesammelt. Was hast du mit Paspisano zu tun?«

Delgado kletterte auf den Hocker und nahm die drei Umschläge von der Bar. Eine junge rothaarige Frau in grüner Livree brachte Teller, Tasse und Besteck und sagte: »Das gleiche?«

»Ja, bitte. – Paspisano?« Er hielt den größten der Umschläge hoch. »Den hab ich was gefragt; mal sehen, was er antwortet. Warum? Kennst du ihn?«

Hazel gluckste; Lukashy hob den rechten Zeigefinger.

»Wir sind mehr oder weniger alle schon mal über ihn beziehungsweise den Namen gestolpert, aber keiner weiß so richtig, was er eigentlich will. Oder was er weiß. Immer nur wilde Andeutungen.«

»Die *Tribyn* hat ein Riesendossier mit Briefen, angebotenen Artikeln und so von ihm, aber keiner wird draus schlau.« Laguna Epetshan verzog den Mund. »Wenn da mehr drin ist, wären wir alle erheblich klüger. Nicht, daß ich glaube, es könnte sich lohnen. Der Mann ist ein Spinner, fürchte ich.«

Paspisano hatte einen altmodischen Handstempel benutzt, um seinen Absender auf dem Umschlag anzubringen; die Anschrift an Delgado war handgeschrieben. Duncan rollte den Umschlag zusammen, steckte ihn in seine Brusttasche und grinste einmal in die Runde.

»Ich werde das irgendwo diskret lesen, auf dem Klo oder so. Wenn was drin ist, was euch interessieren könnte, laß ich's euch wissen.«

»Empörung!« Astra Bayle lachte. »Du wirst aus dem Pool verstoßen, Mann.«

»Ach, laßt mir doch meine kleinen Geheimnisse.« Delgado öffnete die beiden anderen Umschläge, die vom Hotel bzw. vom Pool stammten. Die Mitteilungen waren per Funk gekommen und ausgedruckt worden. Eine stammte vom »Verbindungsbüro Atenoa« der *Gazal Gazet* und fragte, ob die bizarren Anekdoten über Zudra-Pflanzen in den Hügeln von Nhoroly korrekt oder verdreht seien; die andere war vom Pool-Büro in Gangur: »Wie mit allen Verwertern vereinbart, erfolgen bei Nutzung von Pool-Beiträgen Blitzgutschriften. Welches Konto? Weiter so – Filidor.« Der beigefügten Aufstellung entnahm Delgado, daß sein erster Artikel inzwischen von zwei weiteren Blättern, der zweite auch schon von vier Zeitungen übernommen worden war; nach Abzug des *Gazet*-Viertels und einer Pool-Kommission von 5 % betrug die Summe der Gutschriften fast 800 *dr.*

Hazel stand hinter ihm; sie hatte das Kinn auf seine rechte Schulter gelegt. »Glückwunsch. Guten Umsatz weiterhin. Entschuldigt mich einen Moment.«

Delgado widmete sich dem Frühstück; die anderen ließen ihn in Ruhe, bis Hazel zurückkam. Die nächsten zwanzig Minuten vergingen mit ironischem Geplänkel. Als er den letzten gerollten Fladen verzehrt hatte und sich die Hände reinigte, griff Hazel vom Nebenhocker aus in seine Brusttasche, zog eine Zigarre heraus, schob sie zwischen ihre vorgewölbten Lippen, zündete sie an und steckte sie ihm feucht in den Mund.

»Danke, edle Frau. – Sagt mal, jemand hat mir was von einem Hypno-Band erzählt, für Leute, die Tambotisch lernen wollen.« Er blinzelte Lukashy zu. »Wo gibt's das, wie funktioniert es?«

Laguna deutete allgemein auf den Pool-Saal. »Hat irgendwer besorgt, gehört der Truppe. Ergibt aber wenig Sinn.«

»Ich weiß – keine wilden Tambos aufzutreiben. Ich will's trotzdem versuchen.«

»Was hast du vor?« sagte einer der Kollegen, deren Namen Delgado nicht wußte oder vergessen hatte.

»Ein paar Tage mit dem Kamel in die Wüste. Vielleicht lassen sie sich ja finden, wenn man unmotorisiert ist.«

»Kamel?! Igitt. Na ja, wer's mag...« Astra schüttelte sich.

»Eine Pille«, sagte Hazel. »Leichtes Narkosemittel, harmlos. Kopfhörer oder Funkhelm, wenn vorhanden; und ein Mikrocomp mit Externbuchsen. Das Band läuft, glaub ich, zwei Stunden.«

»Eher zweieinhalb.« Lukashy winkte der Barfrau und bestellte Astralo, »zum Wachwerden«. Kein anderer schloß sich an.

»Du kannst mein Zimmer benutzen.« Hazel rutschte vom Hocker und sah auf die Uhr. »Am besten bald; ich muß nachher noch weg.«

Delgado folgte ihr zum Arbeitssaal, wo sie das Band – von der Größe eines Lesewürfels – aus einem kleinen Schrank holte und sich von einer Kollegin, die die Medikamente des Pools verwaltete, die Schachtel mit den Pillen geben ließ.

Als sie den Korridor der dritten Etage betraten, verließ gerade eine ältere Frau mit Kittel und Reinigungsgeräten Hazels Zimmer.

Hazel schloß die Tür ab. Sie ging zum kleinen Schreibtisch, aktivierte ihren Mikrocomp, setzte den Würfel ein, justierte ein paar Knöpfe. Delgado sah ihr zu; dann nahm er Paspisanos Umschlag, riß ihn auf und überflog den Inhalt – ein handbeschriebener Zettel (»Bin gespannt, ob Sie zu den gleichen Schlüssen kommen! Bis zum 6. 9. – EP«), zehn Blätter mit Wörtern – Tambo und Galaktein –, zwei Blätter mit Namen, die schlechte Kopie eines handgeschriebenen Briefs. Er seufzte, steckte die Papiere zurück in den Umschlag und legte ihn auf Hazels Nachttisch.

Sie hatte ihre Abstimmungsarbeit beendet, Kopfhörer angeschlossen und das Gerät wieder ausgeschaltet. Nun kam sie zu ihm, barfuß. Ihre Schuhe lagen irgendwo.

»So, das wäre zweitens.«

Delgado legte die halbgerauchte Zigarre in eine Glasschale. »Und erstens?«

Sie stellte sich auf die Zehen und berührte seine Nase mit ihrer Zungenspitze; dann bückte sie sich und öffnete seinen Gürtel.

IX.

Aus: Gangur Tribyn *(16. 11. 592 CT)*

»... Sodann beriet die Kammer über den Antrag der i. i. i. *(›intensivierungs-initiative des inneren‹), einer privaten Interessengruppe, die sich der Erforschung von Ethnologie und Sprache der Tambos widmet und finanzielle sowie materielle Unterstützung (Transportmittel, Aufzeichnungsgeräte etc.) für eine zweijährige Expedition erbeten hatte. Die Hälfte des notwendigen Betrags will die* i. i. i. *aus eigenen Mitteln bzw. Spenden bestreiten, der Rest (207 000* dr*) sollte aus öffentlichen Geldern zugeschossen werden, da, so der Antrag, ›die fortdauernde Unkenntnis in diesen Dingen eine nicht länger hinnehmbare Schande sowie eine beklagenswerte Lücke unserer linguistischen, ethnologischen, geographischen und allgemein kulturellen Schätze darstellt‹.*

... Die Begründungen für die Ablehnung des Antrags wurden vorgetragen von dam *P. Milivent (Liga) und* dom *F. Oposhitz (Konstruktive Allianz). Während* dam *Milivent seitens der Mehrheit vor allem finanzielle Argumente vortrug und neben den Budgetproblemen die Notwendigkeit erwähnte, Präzedenzfälle zu vermeiden (›... sonst kann morgen eine Gesellschaft zur Schraffierung der arnilischen Steilküste öffentliches Interesse behaupten und Gelder verlangen ...‹), setzte sich* dom *Oposhitz mit Inhalt und Formulierung des Antrags auseinander. Hier einige seiner oft von beiden Fraktionen mit Beifall und Gelächter begrüßten Ausführungen:*

›... So ist zunächst zu bedenken, daß Unkenntnis eher eine negative Masse als ein dynamischer Prozeß ist; eine negative Masse von bezweifelbarer Inertialeffizienz kann aber nicht fortdauern, was dynamisch wäre, sondern bestenfalls passiv währen *... Ferner ist* längeres *Hinnehmen bei* Fortdauer *tautologisch; zweimal plus ergibt zwar nicht minus, beeinflußt dennoch negativ: und zwar unsere Bereitschaft, eine des Galakteinischen nicht mächtige Gesellschaft auch noch auf das Tambotische loszulassen. Nicht zu reden davon, daß eine Schande, die man nicht mehr hinnimmt, bald aufhört, eine zu sein; nicht zu fragen danach, was man sich unter einer* Lücke *in* Schätzen *vorzustellen hat; nicht zu beharren darauf, daß es fraglich ist, ob passive Unkenntnis aktive Schande, ob eine Lücke beklagenswert, ob passive Unkenntnis eine Lücke sein kann und ob eine Lücke überhaupt eine solche ist, wenn sie durch etwas anderes, das also nicht Lücke ist, dargestellt wird ...‹*

Danach ging Oposhitz auf Inhalt und Sinn des Antrags ein und erklärte u. a., was über die Grotten des Gebärens, die Wandergesänge der Tambos und das auch in Gangur, etwa bei Debatten über gewisse Anträge, geheiligte Prinzip der Realitätsverzweigung bekannt sei, erscheine ihm als ausreichend und bedürfe keiner vertiefenden Erforschung . . .

›Und was die Sprache betrifft – seien wir doch offen, wenigstens einmal. Eine Sprache, die »Würden Sie mir bitte das Brot reichen« nur wiedergeben kann mit ossut batz ho, *»Brot-geben-wie?«, die »Ich weiß nicht, ob ich mich morgen am Lagerplatz oder in der Stadt aufhalten werde« nur ausdrücken kann mit* du forq zuring' vuzkil mlö ubu i, *»Schwanken-Nächstsonne-Lager-oder-Stadt-ich« – seien wir ehrlich: Glauben wir ernsthaft, daß eine derart kompakte Sprache mit einem bisher ermittelten Wortschatz von etwa zweitausend Begriffen intensive Erforschung verdient? Daß es für irgendeine Person zwischen Gangur und Atenoa irgendeine Bedeutung hat, ob dieses Idiom vollendete Schwundstufe oder rudimentärer Beginn ist?* Ich *neige dazu, diese Frage mit Nein zu beantworten – oder, um es in der Zunge zu sagen, die viele von uns ausreichend beherrschen, um ihre Feinheiten und Differenzierungen zu würdigen:* du detz yl i, *»Schwanken-Entschiedenheit-Negation-ich«. Von mir aus, lassen Sie uns abstimmen . . .‹«*

Als er aus der Trance erwachte, blieb er einige Minuten reglos sitzen, bis der groteske Rundtanz von Wörtern und Vorstellungen in seinem Kopf endete. Dann, als er sicher war, Galaktein und Tambotisch auseinanderhalten zu können, schaltete er den Mikrocomp aus und ging zum Bett.

Hazel lag halb zugedeckt, nackt; sie hatte offenbar geschlafen oder gedöst. Ihr Lächeln war mehrdeutig.

»Na, und?«

Er beugte sich zu ihr hinunter und küßte sie. »Zweitens ja, erstens nicht schon wieder. Du bringst mich um.«

»Mit Lust.«

»Das glaub ich sogar. Aber . . .« Er schüttelte den Kopf.

»Na gut.« Sie stand auf, hauchte ihm einen Kuß auf die Wange und ging zum Sessel, über dem ihre Kleidung lag. »Was machst du jetzt?«

Er kratzte sich den Kopf. »Arbeiten. Dies und das sortieren. Dinge vorbereiten.«

»Wann willst du morgen los?«

Er grinste. »Vormittag. Nach der Morgengymnastik – wenn du Zeit hast.«

»Immer, außer wenn nicht.« Sie blickte ihn über die Schulter an und zeigte ihm die Zunge.

Im Pool-Saal fanden sie zwei fast benachbarte Tische mit Schirmen und Prozessoren. Der Raum war gut besetzt. Delgado fragte sich, was all die Kollegen taten – wahrscheinlich arbeiteten alle das gleiche karge Material auf, das dann in unterschiedlichen Fassungen in den Medien des Commonwealth auftauchen würde. Als er mit zwei Kaffee, zwei Gläsern und zwei Saftkaraffen von der Bar zurückkam, war Hazel schon sehr konzentriert dabei, ihre Expeditionsnotizen zu sortieren und einzugeben. Er stellte ihr Tablett hin und berührte sie mit der Fingerspitze an der bloßen Schulter. Sie schaute auf, lächelte flüchtig, blinzelte und sagte: »Dingdong. Angekommen.«

Die nächsten Stunden brütete er über seiner »Post«, dann über einem Artikel für die *Gazet,* der in Umrissen feststand, aber noch ausgearbeitet und mit möglichst vielsagenden Einzelheiten angereichert werden mußte: Lebensbedingungen, finanzielle Lage und Vielfalt der Tätigkeiten in Yeriddu, Meinungen aus dem Handelsclub, Einfluß der umgebenden Wüste, schlechte Eigenschaften der ausgewählten Kamele, Aufbruch – so etwa.

Die »Post« war teils banal, teils verwirrend. Mit Hilfe der Pool-Datei und einer auf den Schirm geholten genauen Positionskarte konnte er die Mitteilung von Chevrillon alias Verbindungsbüro Atenoa der *Gazet* schnell enträtseln. Er fand keinerlei Anekdoten über die Pflanze namens Zudra, ein Nachtschattengewächs. Nhoroly lag etwa auf 24° N 10° W, ein kleiner Ort am Fuß einer Hügelkette zwischen den Oberläufen von Dhali und Dhuli, in Potamien. Die genaue Ermittlung von Gradminuten und -sekunden verschob Delgado; er testete die Möglichkeiten, die Position zu »verkehren« – 24° S 10° W lag weit vor der Küste Ystragoniens im Kalyptischen Ozean, 24° S 10° O im südlichen Bergland von Ystragonien ... Von allen Spiegelungen, Verkehrungen und Vertauschungen ergab nur eine Sinn: 10° N 24° O, eine öde Bergkette zwischen Wüste und Senfgrassavanne, fast auf der Höhe von Yeriddu, jenseits der Minengebiete.

Er lehnte sich zurück, spielte mit einer unangezündeten Zigarre und dachte nach. Zwei Monate und nicht mehr ganz zwei Tage. Am 24. Oktober – was war mit dem Nachtschatten? Er suchte nach Kalenderdaten; Ende Oktober schien der Mond Vumar tagsüber, und

Vomba ging über dem Kontinent bereits kurz nach Mitternacht unter. Irgendwann zwischen 1 Uhr nachts und Sonnenaufgang würde am Morgen des 24.10. ein unbemanntes Schiff – Chevrillon mußte ja den Artikel mit dem Hinweis auf die Feuerbereitschaft der Korvette *Nurith* gelesen haben – über diesen öden Hügeln eine Waffenlieferung absetzen und anschließend als vergehender Feuerwerkskörper ein bißchen Licht für die Suche sein.

Erheblich problematischer war das, was Paspisano ihm geschickt hatte. Offenbar war der Bluff zu gut gewesen – Paspisano nahm an, daß Delgado genug wußte, um aus diesen kryptischen Fetzen ein überwältigendes Gesamtbild machen zu können.

Die Briefkopie: ein Blatt, das links oben mit Schrift begann, offenbar also nicht das erste. Die Handschrift war hier und da wacklig, an vielen Stellen verblaßt, endete mit einer Unterschrift – »Norma«, wenn er sich nicht irrte –, und das Ganze war verfertigt in einer alten terranischen Regionalsprache, *Anglic,* von der einige Wörter ins Galakteinische eingegangen waren. Delgado hatte gerade genug Ahnung, um die Sprache zu identifizieren, mehr nicht. *Landfall* stand da geschrieben, und ein paar Wörter hatten Ähnlichkeit mit galakteinischen Begriffen. Er seufzte. Zweifellos würde es möglich sein, mit Hilfe des Pools an Nachschlagewerke zu kommen und das Ganze irgendwie zu entziffern, aber... Dann fiel ihm Lukashy ein, den er diskret um Rat bitten könnte, aber der Terraner war nicht zu sehen.

Die Liste der Namen: fünfzig Vor- und Nachnamen, von letzteren waren vierzehn doppelt. Delgado war nicht in jedem Fall sicher hinsichtlich des Geschlechts, nahm aber an, daß es sich um vierzehn Ehepaare handelte, aus einer Zeit, in der es noch üblich gewesen war, daß ein Partner den Namen des anderen annahm. Sie waren alphabetisch geordnet, den Nachnamen folgend: Avner (2), Belyayev, Berishta, Blackthorn, Canute, Danjou (2), Dass, Dondur, Dulac (2), Franconi, Garay (2), Ghulam (2), Gomes, Grandville, Harrap, Hedlund, Jovanovic, Komura, Kozlovski (2), Kröger (2), Ledesma, Lejeune, Li, Lowther (2), Mirza, Otten, Patrakos (2), Schwarz, Seydenblum, Shah, Simiut (2), Sulawari (2), Svensson (2), Ullah, Wang (2), Yamashita (2). Delgado starrte die Namen an, knurrte, grübelte; schließlich gab er sie sämtlich ein, um festzustellen, ob die vom Pool angelegten oder angezapften Datenbänke etwas damit anfangen konnten.

Ein Name war vorhanden, alle anderen nicht: »Mirza, Vorname wahrscheinlich Ahmad, Alter bei Tod (2312 AD) ca. 60 J. Letzter Überlebender der Landfall-Siedlung«.

Delgado lehnte sich zurück, starrte an die kästchenförmige Dekkentäfelung und schnalzte. Der arme Schwachsinnige, den die Emigrator-Leute bei ihrer Landung vorgefunden hatten ... Wenn alles so war, wie es aussah, hatte Paspisano, von Ämtern und Journalisten als Spinner bezeichnet, die Namen von 50 Leuten entdeckt, gefunden, ermittelt, die wahrscheinlich die legendäre, verschollene Gruppe der Landfall-Siedler waren. Aber – woher hatte er sie, und wieso sollten sie wichtig sein, abgesehen von der Tatsache des Funds an sich?

Delgado winkte einem Kellner, ließ sich frischen Kaffee bringen und registrierte jähe Aktivität in der Funk-Ecke; immer mehr Kollegen strömten dort zusammen. Er sah Hazels aschblonde Löwenmähne, rang mit sich, blieb aber sitzen und griff nach dem letzten Teil von Paspisanos Dokumenten.

Die Wörterliste: Eigentlich waren es zwei Listen, beide zweispaltig; die erste (links Galaktein, rechts Tambotisch) stellte einen ziemlich willkürlichen Grundwortschatz dar, sortiert nach Feldern und Gegensatzpaaren. Hell, dunkel, Morgen, Abend; die wichtigsten Elemente; Verwandtschaftsbeziehungen wie Vater, Mutter, Kind; grundlegende Vorgänge bzw. Tätigkeiten wie schlafen, essen, trinken, ausscheiden, sprechen; Körperteile; Naturphänomene ... Einige Definitionen wichen minimal von denen ab, die Delgado durch das Hypnoband gelernt hatte, aber insgesamt war nichts an dieser Liste bemerkenswert.

Die zweite Liste versammelte ohne feststellbare Ordnung tambotische Begriffe und ihre galakteinischen Entsprechungen, hinter denen Abkürzungen mit Fragezeichen standen:

faz	*lang*	*Ir?*
seri	*Kelanoger*	*B?*
tsaul	*Wüstenkrebs*	*Ná?*
suq	*Gift*	*J?*
otz	*wandern*	*Gr?*
shraf	*Silber*	*Sl?*
ain	*Eisen*	*A?*
zerm	*Sandsturm*	*He?*

zu	*Tag*	*Fr?*
tma	*dunkel*	*Sk?*
(tam	*Dunkles)*	
(tambo	*[Mensch])*	
(tambu	*Zelt*	*Hi?)*

öb	*Feuer*	*Fr?*
bo	*Herde, Gruppe*	*Eu?*
öbbo	*Kochstelle*	
zvit	*spez. Opfer*	*D?*
sal	*Kopf, Haupt*	*Pe?*
zulm	*Wegerat*	*He?*
pir	*Klippe, Fels*	*Fr?*
ment	*Kamel*	*Mo?*
terq	*Stern*	*Au?*
tsif	*[Käfer]*	*D?*
mirts	*kalt*	*R?*
ios	*Wanderweg*	*Fr?*

Und so weiter und so weiter, seitenlang; interessanter waren einige Versuche, Zusammensetzungen zu zerlegen. Delgado hatte per Hypnoband gelernt, daß *qafnis* »Grotte des Gebärens« bedeutete und *tekhtaspis* die mysteriöse »Realitätsverzweigung« war. Nun las er, wie Paspisano die Gebilde analysierte: *qafnis* sei entstanden aus *uqaf*, Höhle, und *initz*, gebären; *tekhtaspis* aus *tekh*, wahr, wirklich, *tatz* sein, existieren, und *pitz*, spalten, (Wasser) ableiten, verzweigen.

»Ja und?« murmelte er. Was sollte an alledem so wichtig, sensationell, heiß sein? Er starrte noch einen Moment auf die Blätter, dann schaltete er das Gerät aus, zerriß seine Zettel mit Ortsbestimmungen, schob Paspisanos Unterlagen zu einem Stapel zusammen und ging zur Toilette. Bei seiner Rückkehr sah er Laguna Epetshan und Henrik Lukashy durch die Tischreihen zur Funkecke gehen und schloß sich ihnen an.

Kollegen aus dem Minengebiet meldeten eine größere Aktion; der mit dem Empfänger zusammengeschaltete Vocorder druckte immer neue Einzelheiten aus. Ein Tambo-Trupp hatte kurz nach Beginn der Frühschicht einen Silberstollen gesprengt, in dem vermutlich mehr als 70 Leute gearbeitet hatten; die für die unmittelbare Umgebung zuständige Söldnergruppe (15 Mann) war Sekunden vorher mit Speeren, Pfeilen und Feuerwaffen niedergemacht worden. Ein automatischer Notrufsender hatte die nächste Subzentrale alarmiert, die sofort alle verfügbaren Kräfte losschickte. Ein schwerer Gleiter war in der Luft durch ein Projektil beschädigt worden, hatte aber landen können. Inzwischen tobte dort eine regelrechte Schlacht zwischen etwa 300 Söldnern und einer unbekannten Menge »Insurgenten«; die AsteRisk schicke laufend Verstärkungen, aber alles sei vollkommen undurchsichtig. Zwei der Kollegen versuchten, unmittelbar an den Kampfplatz zu gelangen; Weiteres so bald wie möglich.

Hektik brach aus. Einige blieben bei den Geräten, warteten auf Weiteres, lasen, debattierten; die meisten anderen liefen hinaus, zur Bar oder zum Empfang. Jemand schrie: »Wie viele Wagen? Wer hat sie heute?« Delgado hörte eine Kollegin mit saftigen Worten die AsteRisk verfluchen, die keine Gleiter für die Berichterstatter zur Verfügung stellen wollte, und sagte sich, daß der Konzern zweifellos andere und wichtigere Sorgen hatte.

Lukashy tuschelte mit Hazel, Laguna und einem TriVi-Kollegen namens Panduro Bilbilis. Delgado ging zu ihnen. Hazel schob eine Hand in seinen Gürtel.

»Fünf geht grade noch, ja?« sagte sie.

Lukashy schnaubte. »Wird eng, aber... na gut, weil du's bist.«

Delgado schüttelte den Kopf. »Nett von euch, aber ich komm nicht mit. Wer hat denn den Wagen?«

Laguna blinzelte. »Gute Beziehungen – von Tiri zu Tiri gewissermaßen. Willst du wirklich nicht?«

»Er muß Kamele striegeln, oder was immer man mit Kamelen macht.« Hazel lachte. »Na gut. Wann?«

Laguna blickte auf die Uhr und bewegte stumm die Lippen; vermutlich zählte sie Ausrüstungsgegenstände. »Oh, und Tanken muß ich auch noch. Sagen wir – anderthalb Stunden? Treffpunkt Empfang?«

Die anderen nickten. Als Laguna verschwand, legte Hazel die Arme um Delgados Hals. Leise sagte sie:

»Hast du inzwischen genug Kaffee getrunken? Bis zu deiner Gymnastikstunde morgen früh bin ich nicht zurück.«

Delgado knabberte an ihrem Ohrläppchen. »Genug Kaffee. Fünf

Minuten? Ich muß meinen Kram noch zusammenpacken und Lukashy was fragen.«

Hazel nickte, sammelte ihre Unterlagen und lief leichtfüßig zum Ausgang. Lukashy stand immer noch in Nähe des Funkempfängers; der Drucker des Vocorders spuckte neue Papierstreifen aus.

Delgado zupfte den Terraner am Ärmel. »Hast du ein paar Sekunden?«

»Immer. Was steht zu Diensten?«

»Ich brauche jemanden, der terranisches *Anglic* lesen und über das Gelesene den Mund halten kann.«

Lukashy bleckte die Zähne; sie waren weiß und vermutlich unecht. »Wie viele Eide muß ich schwören?«

»Ah, ich bin mit deinem Wort zufrieden. Komm.«

Lukashy nahm die Briefkopie, runzelte die Stirn, schielte über den Rand des Papiers auf die Wörterliste, schaute dann Delgado in die Augen.

»Kann ich lesen, kein Problem. Wird immer noch gesprochen; die paar Veränderungen sind nicht so wichtig. Soll ich?«

»Moment.« Delgado sah sich um, schnappte von einem der Verfügungs-Tische ein kleines Aufnahmegerät, schaltete es ein und hielt es Lukashy unter die Nase.

»Also, das fängt mitten im Satz an. Ungefähr so: ›... haben wir fünfzig Leute zurückgelassen. Landfall liegt im Dschungel, am Zusammenfluß zweier Riesenströme, tausend Kilometer vom nordöstlichen Meer. Keine Bodenschätze, keine Eingeborenen. Trotzdem: schöner Planet. Traumhaft, wie der Name. Ausgerechnet ich mit meiner Sau-Klaue mußte die Namen auf die Folie schreiben, die in einer Metallkapsel unter die Fundamente des ersten Hauses gelegt werden soll. Die Lowthers sind auch dabei. Inzwischen haben wir längst‹ – jetzt kommt ein langer Gedankenstrich, dann geht es ziemlich gekritzelt weiter. ›O die Eile. Wir haben einen Explorer getroffen, auf Heimatkurs, Info-Austausch und alles. Das Beiboot geht gleich rüber; die nehmen Post mit, heißt es. Schluß, für jetzt, vielleicht klappt's noch. Ich weiß nicht, wohin wir weiterfliegen. Ich liebe und umarme Euch alle, grüßt die Heimat – Norma.‹ Das wär's. Mann, woher hast du das? Paspisano?«

Delgado grinste und nickte; mit der Fingerspitze deutete er auf einen kaum sichtbaren Kreis am oberen Rand der Kopie. »Kannst du da was entziffern?«

Lukashy kniff die Augen zusammen und starrte auf das Blatt. »Hmf. Scheint eine Art Eingangsstempel zu sein ... Irgendwas mit ›Archiv‹ und ›Emi-‹ – wahrscheinlich das Archiv eines Museums für Emigrationsgeschichte oder so. Da ist noch ein ... tja was? *M? Me? Ma?* Weiter hinten ein *U*, kann aber auch ein *N* sein. Tut mir leid, mehr ist nicht rauszuholen. Versuch's mal mit dem Prozessor; vielleicht kann der da noch was rausfiltern. Was hat der alte Mann dir denn da alles geschickt?«

Delgado schaltete das Gerät aus, nahm die Kopie, legte sie auf die anderen Blätter und rollte alles zusammen. »Ah, wenn ich das wüßte. Ich werd nicht schlau draus. Ich versprech dir aber, du erfährst es – wenn was dabei rauskommt.«

Abends, auf dem Weg vom *Plaza* zu seiner Behausung, machte er noch einen kleinen Umweg zum Patio, an dem das *Herz der Wüste* diesmal nur schwach pulsierte. Der Handelsclub war kaum besetzt; zwei Unbekannte, Vivian Atzman, Destouches und Riordan saßen oder lagen in den Sesseln, schienen gewichtige Probleme zu bereden und begrüßten ihn reserviert, aber mit einem Hauch von Respekt – falls er sich nicht irrte. Er deutete an, daß er in den nächsten Tagen mit dem legendären Gurshtamitz zu sprechen hoffe, und Riordan riß die Augen auf.

»Sagen Sie sofort Bescheid, wenn Sie ...« Er sprach nicht weiter.

Tsyra Bhowani bereitete in der engen Küche einen Kräutertee. Sie deutete auf die bauchige Kanne und hob die Brauen; Delgado nickte und sah zu, wie sie weitere Blätter, Knoten und Blüten hineinwarf. Das Wasser kochte noch nicht. Sie hatte geduscht oder gebadet, trug einen knielangen weißen Umhang und war barfuß; ihr Haar glitzerte feucht.

Diesmal saßen sie nicht auf der Veranda; der Abendwind hatte sich zu einem milden Staubsturm entwickelt. Im matten Kerzenlicht des Wohnraums wirkten Tsyras Augen noch undurchdringlicher als sonst. Vielleicht, dachte Delgado, war sie mit den Gedanken am Meer, bei ihrem Sohn. Sie mochte, wie angekündigt, den ganzen Rückflug von Panizuro geweint haben, aber man sah nichts davon.

Sie saßen einander am Tisch gegenüber. Das herbe Aroma des Kräutertees füllte den Raum; auch das lange Schweigen war herb, aber nicht unbehaglich. Draußen summte der Wind, pfiff plötzlich, eine Bö ließ Sandkörner aufs Dach und die Veranda prasseln, dann flaute alles wieder zum Hintergrundsummen ab. Hintergrund für ein Schweigen, das Delgado als dicht oder voluminös empfand.

Er zündete eine Zigarre an. Der Rauch vermengte sich mit den anderen Herbheiten, außer mit der wesentlichen: dem Gesicht. Delgado trank einen Schluck, lehnte sich zurück und sann. Dieses herbe, verschlossene, in sich gekehrte Gesicht... Unwillkürlich verglich er, dachte an den wilden Abschied von Hazel, die bittersüß war und ein Wirbelwind. Die andere Fremde hier war härter, stärker und tiefer; kein Quecksilber, sondern fahles, verhangenes Feuer und... ›Poetischer Unfug, Delgado‹, dachte er. ›Was soll der Quatsch?‹

Etwas oder jemand polterte draußen. Ein Fuß an der Verandatreppe, ein vom Wind bewegter Gegenstand. Ehe er sich sagen konnte, daß seine unbekannten Gegner leiser vorgehen würden, zuckte die Hand samt Zigarre zur Hüfte, wo der Strahler nicht mehr steckte, den er in seinem Zimmer deponiert hatte.

»Ich finde, Sie sollten mir sagen, was los ist. Es betrifft mich ja auch – solange Sie unter meinem Dach sind.«

Delgado entspannte sich ein wenig; er hob die Schultern. »Sie haben recht und ich ein schlechtes Gewissen.«

»Das hilft mir sehr viel.«

Er suchte in dem beherrschten Gesicht nach Emotionen; dann seufzte er leise. »Ich weiß nicht, wieviel ich Ihnen sagen kann, ohne Sie noch mehr zu gefährden.«

Sie legte beide Hände um den Teebecher. »Können Sie mich noch mehr gefährden? Offenbar rechnen Sie doch mit einem Anschlag oder Überfall, nicht wahr? Feuer, ein gefächerter Strahler, eine verirrte Kugel – was soll sonst noch passieren? Oder: Was sollte *mehr* passieren?«

Er nickte langsam. »Sie haben recht, und Sie irren sich. Die bisherigen... Versuche waren sehr diskret; ich glaube nicht, daß die, wer immer *die* sind, plötzlich zu lauten, groben, unübersehbaren Varianten greifen. Brandsätze, Granaten, derlei. Aber man könnte Sie irgendwann diskret beiseite nehmen und befragen, und dann wäre es vermutlich besser, wenn Sie nicht zuviel wüßten.«

Bhowani lächelte spöttisch. »Mal angenommen, so etwas käme vor, mitten in Yeriddu – meinen Sie nicht, daß es dann egal wäre, wieviel ich weiß? Wer mich, wie Sie es so nett ausdrücken, diskret beiseite nimmt, kann mich hinterher ja kaum einfach so laufenlassen, oder? Unabhängig von der Frage, was ich weiß.«

»Dann reden wir von meiner Sicherheit. Sie könnten mich ja verkaufen.«

Sie hob die Brauen. »Wieviel sind Sie denn wert?«

Delgado lachte. »Wahrscheinlich nicht genug. – Tja, was kann ich Ihnen sagen? Ich bin Journalist, wie Sie wissen. Ich habe den Auftrag, die Hintergründe dieser sogenannten Rebellion zu recherchieren. Sagen wir mal so: Meine Auftraggeber – es sind mehrere – wollen alles wissen, und sie hegen eher Sympathien für die Rebellen, die Tambos, als für die AsteRisk.«

»Sie sollen also feststellen, ob und wie die Rebellion unterstützt und gefördert werden kann?«

»So ähnlich. Und jemand scheint etwas dagegen zu haben. Ich weiß nicht, wer es ist; ich wühle mich durch ein Gestrüpp, wenn Sie so wollen. Es gibt ein paar bekannte Mitspieler und ein paar unbekannte. Die Tambos sind halbbekannt; keiner weiß, was die eigentlich wollen oder wer sie führt. Die AsteRisk ist bekannt – ich weiß aber nicht, wie der Konzern von meinem Auftrag erfahren haben könnte. Das Commonwealth ist vermutlich eher am Status quo interessiert; schließlich zahlt die AsteRisk auf Gaia etliche Milliarden an Steuern. Das dürfte auch das Interesse der Residentin in Gangur sein. Es scheint aber noch andere Interessenten zu geben, und ich weiß weder, wer sie sind, noch was sie wirklich wollen. Die diversen Behörden hier, Rombo insgesamt, der Distrikt Tambora, die Stadt Yeriddu, die Magnaten? Eine Tambogruppe, die unabhängig von den bewaffneten Rebellen andere Ziele verfolgt?«

»Wer von denen würde Sie denn umbringen wollen?« Sie klang immer noch reserviert, eher ungläubig.

Delgado kaute auf der Zigarre, legte sie dann in den Aschenbecher und blickte der Frau direkt in die Augen. »Wollen? Weiß ich nicht. Ich bin nur ziemlich sicher, daß keiner deswegen Skrupel hätte. Klartext: Es könnte jeder sein.«

»Es gibt doch Gesetze ...«

»Hm. Die dienen immer denen, die sie verwalten; oder denen, die sie am geschicktesten umgehen.«

»Was haben Sie vor?«

Er breitete die Arme aus. »Überleben.«

»Ist das alles?«

»Das ist verdammt viel. Schauen Sie, ich bin kein fahrender Ritter, der den Bedrängten beisteht und die Hochmütigen niederringt oder so was. Nicht mal ein Polizist, dessen Anliegen auch nicht die Gerechtigkeit ist, sondern die Wahrung des öffentlichen Friedens; des Funktionierens. Ich hab einen Job, einen Auftrag; dafür werde ich bezahlt, und ich will das Geld verdienen und lange genug leben, um es ausgeben zu können.«

»Eine Maschine«, sagte sie halblaut. »Reaktionsmasse ohne Aktion – Fernlenkwaffe ohne eigenes Ziel. Wann haben Sie es aufgegeben, eigene Ziele zu verfolgen?«

Delgado schwieg einen Moment, verblüfft. »Volltreffer«, sagte er dann. »Ich wußte nicht, daß ich so leicht zu durchschauen bin. Aber warum attackieren Sie mich? Nur weil ich Sie möglicherweise auch in Gefahr bringe?«

»Nur?« Sie blähte die Nasenflügel. »Ich finde, das ist nicht *nur*, sondern ziemlich viel. – Aber vielleicht attackiere ich Sie, weil ich gejammert habe, neulich.«

»Sie haben Ihr Visier geöffnet und wollen jetzt meines wegreißen? So etwa?« Er schüttelte den Kopf. »Wenn es Sie beruhigt, Tsyra – ich habe keine Ahnung, was in Ihnen vorgeht. Tun Sie mir nur einen Gefallen: Seien Sie vorsichtig in den nächsten Tagen. Ich werde übrigens nicht hier sein; also keine Gefahr, daß Sie von einer verirrten Kugel getroffen werden. Aber passen Sie auf sich auf.«

Am Vormittag schleppte er seine Ausrüstung zum Bahnhof, suchte vergebens nach dem jungen Gepäckfahrer, lud sein Zeug auf die Karre eines älteren Tambo, der auch nie von Gurshtamitz gehört haben wollte, und ließ ihn vor dem *Plaza* warten. Es gab keine erhellenden Neuigkeiten aus der Wüste, wohl aber zwei Mitteilungen.

Eine stammte von Amir Destouches, der um einen kurzen Besuch bat und mehrere Adressen nannte, an denen er zu verschiedenen Zeiten zu finden sei. Die andere Notiz kam aus Gangur, von Hemul Eguren. Er schrieb ein wenig weitschweifig, daß bei der Suche nach nichtöffentlichen Unterlagen alte Liebschaften hilfreich seien. Vor 20 Jahren, bei der letzten Verlängerung des AsteRisk-Kontrakts, habe offenbar eine Interessentengruppe aus Yeriddu – »Magnaten und Administration« – die Kündigung des Kontrakts beantragt und Übernahme durch ein zu gründendes Tiri-Konsortium vorgeschlagen; dies sei nahezu einstimmig abgelehnt worden, weil es Tiritam »hoffnungslos überfordern würde, die nötigen Investitionen zu tätigen, Strukturen und Organisationen zu schaffen, Personal auszubilden« etc. Eguren fügte hinzu, es existiere lediglich ein knappes Sitzungsprotokoll; der Antrag aus Yeriddu, der diesem beigefügt sein sollte, sei verschwunden.

Delgado feilschte mit dem Tambo, bezahlte ihn voraus und schickte ihn mit dem Gepäck zum Serai, wo die beiden Kamele warteten; er selbst begab sich dorthin, wo Destouches nun sein mußte: zu dem umfriedeten Weinbaugelände nördlich der Stadt. Auf dem Weg begrübelte er das Verschwinden des damaligen Antrags, der vermutlich die Namen der Antragsteller enthalten hatte. Wer konnte warum Interesse daran haben, derlei Unterlagen zu entfernen? Die zur Zeit in Yeriddu wichtigen Leute, die Magnaten, waren nahezu ausnahmslos Sprößlinge alter Dynastien. Selbst wenn man davon ausging, daß vor 20 Jahren einige der heutigen Handelsfürsten noch nicht aus dem Schlagschatten der Vorfahren getreten waren – eigentlich mußten jene, die nun Mittfünfziger waren, damals schon zumindest an den Beratungen beteiligt gewesen sein.

Destouches redete mit einigen Tambos – Arbeitern –, als Delgado eintraf. Der Magnat sprach fließend Tambotisch; so weit Delgado den Austausch verfolgen konnte, ging es um bestimmte Rebsorten eines Abschnitts, der von Schädlingen befallen war, und um Gifte, die nicht verwendet werden sollten.

Der Magnat entließ die Arbeiter und ging zu einem Schuppen; dort stand auf einem Tisch eine Thermoskanne mit Kaffee.

»Ich kann Ihnen keinen Sitz anbieten«, sagte Destouches. »Dauert auch nicht lange; danke, daß Sie gekommen sind. Sie sehen aus, als ob Sie was vorhätten.«

Delgado blickte an sich hinab. »Na ja – ich will mir ein bißchen die Wüste ansehen, aber anders war ich dieser Tage im Club doch auch nicht gekleidet.«

Destouches grinste. »Man riecht so was, wenn man die richtige

Nase hat. Also, was ich sagen wollte. Wir haben über Ihre Vorschläge beraten. Ihre finanziellen Vorstellungen sind natürlich absurd, aber insgesamt finden wir, man sollte es versuchen.«

Delgado lachte leise. »Nett. Wie sähen denn nichtabsurde Vorstellungen aus?«

Destouches schnaubte. »Sobald Sie etwas Konkretes haben, können wir konkret werden. Im Moment ist das alles heiße Luft.«

Delgado nickte. »Na gut. Ich melde mich, sobald ich konkret werden kann.«

X.

Das Packkamel trug Proviant, Geschenke, Brennmaterial, Futter und zwei Wasserschläuche; alles andere hatte Delgado teils umgehängt, teils auf sein Reittier geschnallt. Nach zwei Stunden fühlte er sich wieder als der alte Kamelmann, dem die Wüste, die Tiere und ihr Paßgang ebenso vertraut sind wie die eigenen Hände und die tausend Dinge, die im Lauf einiger Tage mit ihnen erledigt werden müssen. Den verdeckten Spott des Besitzers der Stallung – »Finden Sie es originell, am Mittag in die Wüste zu reiten statt vor Sonnenaufgang?« – hatte er mit einem Schulterzucken hingenommen; es gab Gründe.

Von der Stallung, am Nordostrand Yeriddus, war er ostwärts losgeritten, als ob er, wie alle Kollegen, ins Minengebiet wollte. Er fühlte sich nicht beobachtet, hielt diese Vorsicht aber für sinnvoll. Nach einer Stunde erreichte er ein System von Senken; außer Sichtweite der Stadt lenkte er die Tiere nach Norden, dann, eine weitere Stunde später, nach Westen. Nördlich des Obst- und Gemüsegürtels überquerte er die große Straße und atmete auf.

Die sehr detaillierte Karte des Info-Büros verzeichnete eine Wasserstelle mit ein wenig Hartgras, die er bei Sonnenuntergang erreichen konnte; der nächste sinnvolle Rastplatz lag einen ganzen Tagesritt weiter westlich. Früherer Aufbruch hätte ihn also nicht wesentlich weiter gebracht; außerdem konnte es nicht schaden, wenn mögliche Beobachter ihn für einen Trottel hielten.

Die trockene Hitze störte ihn nicht weiter; er schwitzte, ohne darunter zu leiden. Eine Zeitlang betrachtete er fasziniert die vielfältigen, wechselnden Spiegelungen; dann beschäftigte er sich mit den Bodenformen, die ebenso unterschiedlich wie öde waren: Sand, Sandhügel, Sanddellen, gebackene Lehmflächen, Kieshalden in einem antiken Flußlauf, jäh aufgetürmte Steine wie die Klötzchen eines delirierenden Riesenkinds, eine Felsfläche mit Spalten, in denen Krüppelbüsche standen, doppelt mannshohe Dünen, eine Strecke mit roten Steinen, eine tiefgrüne Senke, die Wasser und Gras versprach und aus steinhart geschichteten Quarzsänden bestand; im

Schatten eines überhängenden Felsens ein Kelanoger – etwa so groß wie ein Schwein, mit stachligem Hornschwanz und fächelnden Hornkämmen auf dem Rücken; die Haut einer Schlange, wie ein Strumpf abgestreift und zurückgelassen in der niedrigen Gabel eines toten Zinggalo-Strauchs; ein Schatten, der schnell weiterwanderte, geworfen von einem deltaförmigen Greifsaurier, der plötzlich wie ein schwarzer Ball stürzte und Sekunden später flappend aufstieg, eine Eidechse in den Krallen. Und die mordende, lebenspendende Sonne zunächst links, dann schräg von vorn, dann vor ihm.

Seine Gedanken verhedderten sich in der vielfarbigen Monotonie der Wahrnehmungen, wie ein verzweigter Ast, den man zwischen engen, schartigen Felswänden hindurchschieben will. Die AsteRisk, das Commonwealth, die Residentin, die Tambos, der Distrikt Tambora, die Magnaten von Yeriddu, die auf den Osten fixierten Kollegen von den Medien. Am meisten, wie immer, beschäftigte ihn Chevrillon mit seinem Hang zu übersubtilen Plots, mit dem unglaubwürdig edlen Auftrag, mit den Geräten und ihren Peilsendern und dem Sprengsatz. Was war wirklich zu tun? Was waren Chevrillons Haupt- und Nebenziele? Dann dachte er wieder an den erschöpfenden, aschblonden Wirbelwind Hazel und ihren Aufbruch ins Kampfgebiet; an einen ihrer Artikel, eine sauber strukturierte, klare Analyse mit sprühenden Formulierungen, greifbaren Umstandsschilderungen, Witz und stilistischer Eleganz. Das tastende Abendgespräch mit der in sich gekehrten Tsyra Bhowani, die im bezahlten Urlaub ganztägig einen Kollegen vertreten würde, um ihr Konto aufzubessern und weniger Zeit für sinnloses Grübeln zu haben. Er hatte das Gefühl, nichts über sie zu wissen, aber mehr, als er je über Hazel erfahren würde.

Gegen Abend, als die Kamele die unsichtbare Wasserstelle zu wittern schienen, die Köpfe reckten und schneller ausschritten, beschäftigte er sich mit dem Ende des Gesprächs. Was hatte sie gesagt? »Reaktionsmasse ohne Aktion – Fernlenkwaffe ohne eigenes Ziel.« Er gluckste leise, weniger über die Formulierung als über sich: daß er so leicht zu durchschauen war und daß es ihm ebenso gleichgültig war wie der größte Teil des Kosmos.

Die Kamele drängten sich ans Wasserloch, konnten aber nicht trinken. Im letzten Abendlicht schob Delgado die schwere Steinplatte beiseite, die den ungemauerten Steinrand des Brunnens bedeckte. Er schöpfte mit dem Lederhut Wasser, testete, steckte den Toxolysator beruhigt ein und holte den Falteimer: einen Metallring mit hauchdünnem Synthetikmaterial. Er zog den inneren aus dem äußeren Ring, schüttelte kräftig und erhielt einen Stoffbehälter, der zehn Liter fassen konnte. Nachdem er die Tiere mit Wasser aus einem der Schläuche getränkt und abgesattelt hatte, suchte er im Licht der beiden Monde Kamelkot von Karawanen, die diesen *vuzkil* passiert hatten. Er fand genug, um seinen Brennstoffvorrat nicht antasten zu müssen.

Der *rubal* stand vielleicht zwanzig Meter von der Wasserstelle entfernt. Er war nicht besonders groß. Delgado beobachtete, wie die Echsen, Vögel und Fluginsekten sich, als er und die Kamele endlich Ruhe gaben, auf Felsen und Sträuchern und vereinzelten halbtoten Bäumen niederließen. Kein Tier suchte den *rubal* auf. Er schleppte seine Decke und das übrige Nachtzeug zum Fuß des Stamms, streckte sich unter dem Werbaum aus, spürte die Kühle und die Stille und stellte sich Fragen.

Als er erwachte, lag der kleine Strahler, den er im Gürtel getragen hatte, einen Meter von ihm entfernt auf einem weißen Stein. Er war auf seinen Kopf gerichtet.

Es dauerte eine Weile, bis sich die Panik legte. Er starrte den Strahler an, suchte nach Fußspuren, fand nichts. Irgendwann setzte sich der Fatalismus durch, und Delgado sagte sich, daß er schlafen mußte, nicht jede Nacht wachen konnte; daß in der nächsten Nacht vielleicht der Schlaf ohne Ende begönne; daß er ebensogut im Schlaf von einer Giftschlange gebissen werden konnte. Daß die bisherigen Anschläge ihn vielleicht absichtlich verfehlt hatten, Warnungen gewesen seien – nur wozu? Wieder suchte er die Umgebung ab, wieder fand er nichts – weder Spuren, noch Hinweise auf getilgte Spuren.

Zwei Tage folgte er ohne weitere Zwischenfälle der Karawanenstraße, dann bog er nach Südwesten ab. Die Route hatte einmal über die Berge zwischen Tambora und Espir zur Küste geführt, wurde aber kaum noch benutzt; Handel und Transport im Süden waren leichter von ystragonischen Häfen aus über See abzuwikkeln, vom Norden her durch Potamien. In großen Abständen – Yeriddu und Espir lagen 2600 km Luftlinie auseinander; er wußte nicht, ob die Bodenstrecke je gemessen worden war – gab es Ruinen: aufgelassene Serais, aufgegebene Versorgungsfarmen in den wenigen Grünlanden. Die Eintragung der *Kleinen Romboskopie* war für Tamboras Westen und Südwesten ein lakonisches »pop. o?« mit dem Zusatz: »Tambos – Anzahl unbekannt«.

Es waren überhaupt zu viele unbekannte Dinge im Spiel. Er dachte an eine Warnung, die Chevrillon ihm mitgegeben hatte, vor Jahren, bei einem anderen Job: daß alle unbekannten Faktoren als Schachfiguren des Gegners anzusehen seien. Chevrillon liebte Schach; und solche Vergleiche. Delgado war bei allen Jobs Chevrillons Figur gewesen: Turm, Läufer, Springer, manchmal Dame, aber immer Offizier, und er hatte immer zumindest in Umrissen gewußt, welcher Strategie er diente und wo der Gegner saß. Diesmal war es anders; diesmal war er offenbar nur Bauer, vielleicht vergifteter Bauer, aber kein Offizier. Und Chevrillon war der Stratege und gleichzeitig der Gegner. ›Alles blödsinnig kompliziert‹, dachte er. Im Geiste spielte er die Partien noch einmal, an denen er teilgenommen hatte. Sie waren kompliziert gewesen wie jene Affaire mit der Entführung der Industriellengattin; sie waren erst rückblickend durchschaubar gewesen, wie das wahnsinnige Unternehmen auf Jenkynsore oder die Aktion auf Bishar, die zum Sturz einer planetaren Diktatur geführt hatte...

Jenkynsore: ein blutiger Stellungskrieg am Boden, aus unbegreiflichen Gründen von den Ilithanern herbeigeführt; Ballung schwerster Kampfeinheiten im Raum um den Planeten; und ein Spezialboot des Geheimdiensts mit feinsten Spür- und Suchgeräten und neuen Antriebsaggregaten für extreme Beschleunigung. Chevrillon war an Bord des Boots gewesen, hatte tagelang den Funkverkehr der Ilithaner belauscht, entschlüsselt, analysiert. Ein hoher Offizier hatte mitgemacht, freiwillig und ohne Kenntnis des Flottenstabs. Dann war das Boot verschwunden, und irgendwo im Randgebiet des von den Echsen beherrschten Raums hatte man Entladungen angemessen, schwerstes Feuer. Als das Boot zurückkam, fehlte der Offizier, aber es war ein ranghoher Ilithaner an Bord, gefangen, stumm, mit glimmenden Augen. Chevrillon hatte fünf Tage lang mit ihm Schach gespielt; der Ilithaner begriff sehr schnell. Am Schluß gab es nur noch Endspielanalysen, und immer wieder führte Chevrillon eine aussichtslose Pattsituation herbei. Dann hatte er Delgado und den Ilithaner durch die Fronten auf Jenkynsore geschickt; der Raum war inzwischen von beiden Seiten zu genau überwacht. Und Delgado war mit dem verschwundenen hohen Offizier zurückgekehrt, der schreiend aus Albträumen aufwachte. Und es gab den rätselhaften Waffenstillstand, das Patt, das bis vor wenigen Wochen gehalten hatte.

Bishar: eine Diktatur mit Geheimpolizei, Verliesen, willkürlichen Hinrichtungen und allem Zubehör. Gelenkt von Chevrillon hatten Delgado und zwei andere Leute mit Geld, Versprechungen und Ködern aller lebenden und toten Sorten drei verschiedene Verschwörungen angezettelt, an deren Enden der Chef der Geheimpolizei, ein hoher Heeresoffizier und ein Wirtschaftstaikun der neue Chef sein wollten. Es war eine Frage kalten Intrigierens und feinster Detailabstimmung gewesen; Chevrillons Meisterstück vielleicht. Die Verschwörungen fanden statt, schlugen gleichzeitig los, beseitigten den Diktator; aber auch die Häupter der Kabalen schalteten einander gegenseitig aus, und eine zivile Junta schuf mit Gaias Hilfe Ordnung und demokratische Verhältnisse.

Ein wenig entsetzte ihn das komplexe Problem, revoltierender Bauer auf Chevrillons Brett zu sein, der nicht einmal wußte, ob er schwarz oder weiß war. Die anderen Dinge, einschließlich der von Chevrillon vorgesehenen Liquidierung, ließen ihn kalt. Die unbekannte Wüste schreckte ihn nicht; es war nicht die erste Wüste, er hatte gute Kamele, Wasser, eine zuverlässige Karte und das Armbandgerät mit Positionsanzeige. Je länger er unterwegs war, desto mehr befaßte er sich mit den unbekannten Faktoren seines Auftrags, und immer wieder kam er auf sich selbst zurück, auf das, was er tat, warum er es tat, warum er es *so* tat. Die Entscheidung, von Yeriddu nicht nach Osten zu reiten, wo die Minen und die Kämpfe waren, sondern von ihnen fort nach Westen, ließ sich rational begründen. Die Wüste, die Yeriddu umgab, war in sich vielfältig, aber sie war überall Wüste, und überall hockten, streiften, wanderten die Tambo-Sippen. Sie alle standen untereinander in Kontakt; vielleicht war es sinnvoller, bei den nicht unmittelbar in die Aktionen Verwickelten nach Spuren oder Informationen zu suchen. Außerdem versuchte die AsteRisk am Boden und in der Luft, den Ostteil Tamboras zu kontrollieren, offenbar bis jetzt ohne Erfolg. Wohin verschwanden die Tambos nach den Anschlägen? Wenn für sie die Wüste überall gleich war, konnten sie ebensogut westlich der nie behinderten oder gefährdeten Nord-Süd-Straße Zuflucht suchen. Wo man sie nicht suchen würde.

Aber Delgados Denkprozesse waren nicht entscheidend. Was ihn bei allen bisherigen Jobs am Leben gehalten und zum Erfolg geführt hatte, war ein Gefühl, ein Riecher, die Bereitschaft, einer Art Instinkt zu folgen, auch wenn der Weg zunächst zu mehr Risiko führen mochte. Das gleiche Gefühl, wie eine Phantomstimme, wisperte ihm aus der Wüste etwas zu, was er nicht verstand oder nicht sofort verstehen wollte.

Am Abend des dritten Wüstentags fand er an einer Wasserstelle Spuren; Tambos waren vor nicht allzu langer Zeit hier gewesen. Er lag am Fuß eines *rubal* und starrte in den Dschungel der Sterne, in die beiden unähnlichen Mondaugen, lauschte dem leisen Grunzen der Kamele und dem Rascheln kleiner Tiere, atmete den würzigen Hauch der tags verschlossenen, nachts offenen Blüten des Kriechgesträuchs, das die Tambos *misp* nannten, und versuchte die beharrliche Stimme zu verdrängen, zu überhören.

Im Wegdämmern, zwischen Müdigkeit und Halbschlaf, holte ihn alles ein. Nichts davon war neu – außer der Schlußfolgerung. Er hörte wieder Tsyra Bhowanis leidenschaftslose Stimme, die ihn als Fernlenkwaffe ohne eigenes Ziel bezeichnete. Er erinnerte sich in grellen Bildern an den Dreck, die Plackerei und die seelischen Wunden der Kindheit. Die größte Anstrengung seines Lebens war der Beschluß gewesen, abzuhauen, wohin auch immer: nur fort. Er war aus einem dreckigen Loch gestiegen und hatte einen Berg erklommen. Oben hatte man oder etwas ihm geraten, sich zu einer Kugel zusammenzurollen und bergab zu kullern; das Lebensende, wenn es ihm nicht gewaltsam entgegensprang, wartete am Fuß des Hangs. Seitdem hatte er genau das getan; er war gerollt, als womöglich stachliger Ball, der eine geringe Angriffsfläche bot. Manchmal blieb er in Kuhlen liegen und wartete darauf, daß jemand ihn mit einem Tritt wieder zum Rollen brachte; manchmal veränderte er minimal die Richtung, um einem Hindernis auszuweichen. Richtung, Tempo, Pausen, Zwischenstarts, all dies waren Ergebnisse fremder Aktivitäten. Er sah sich als Maschine: Jemand steckt Geld hinein, und der Apparat läuft, kämpft, intrigiert, bis die Ziele erreicht und die gekauften Tage verstrichen sind; danach rottet das Gerät vor sich hin, bis der nächste mit Münzen auftaucht.

Wieder und wieder drehte er es herum, wie einen Kiesel in der Hand. Er kannte das Bild, die Vergleiche, die herkömmlichen Wertungen, die möglichen Vorwürfe und die üblichen Antworten. Warum soll ein Feld sich empören, daß es hin und wieder bestellt wird und zwischendurch brachliegt? Es ist nicht der Sinn der Maschine, sich aufzumachen und einen Arm wachsen zu lassen, um sich selbst Münzen (woher sollten sie kommen?) in den Schlitz zu schieben.

Aber die beharrliche Phantomstimme, der Instinkt, die Wüstennacht, irgend etwas ließ nicht locker; das Bild wurde ergänzt. Die Bilder, genauer. Die Stachelkugel rollte, von Chevrillons Fuß bewegt, aus der letzten Kuhle, bergab, weiter und schneller, wich Hindernissen aus, durchbrach kleinere Wälle, zermalmte Ungeziefer (vom Auftrag als solches definiert), schoß zwischen engen Wänden abwärts, zu einem mit Dornen oder Pfeilspitzen ausgestatteten Loch, das frisch ausgehoben und gut getarnt war; die Maschine bewegte sich, kämpfte, bewirkte Dinge, die nichts mit ihr zu tun hatten, aber eine der Münzen war falsch, und eine andere – vielleicht die letzte, die noch nicht unten angekommen war – schien hohl, so, als enthielte sie Sprengstoff. Vielleicht war diese Münze noch gar nicht eingeworfen worden, würde als nächste in den Schlitz geschoben; vielleicht war das Loch noch nicht ausgehoben, oder die Steilwände rechts und links der schiefen Rollebene hatten noch nicht begonnen. Aber etwas war nicht, wie es sein mußte, damit er überleben und die nächste Kuhle am Hang erreichen, damit die Maschine wieder in Ruhestellung gehen konnte. Es war keine Gleichung mit Unbekannten; bis jetzt war es nur eine zusammenhanglose Häufung von Unbekannten, die um das Gleichheitszeichen drifteten; weder wußte er, wie viele Unbekannte es waren, noch, auf welcher Seite des Gleichheitszeichens sie am Ende stehen würden, noch, wo die Reaktionsmasse namens Delgado zu finden war und in welcher Relation sie zu den anderen stand.

Er schlief nicht, fachte das Feuer wieder an, brühte Kaffee in der Emaillekanne, rauchte Zigarren und starrte in die Leere des Abgrunds zwischen den Monden und den Sternen. Die Zweige des *rubal* schoben sich dazwischen, aber Delgado war bei aller Verwunderung nicht ausreichend zum Mystiker veranlagt, um den Werbaum zu befragen.

Vor Sonnenaufgang, als der Osthimmel fahl wurde, brach er auf. Er war müde, aber klar im Kopf. Es gab nur einen Weg, um zu einer formulierbaren Gleichung zu gelangen: die Unbekannte namens Delgado auf die eine, alle übrigen Unbekannten auf die andere Seite. Ob die Gleichung so ohne Rest aufging, war unwichtig – für ihn. Solange das Endergebnis auf der anderen Seite nicht negativ oder null war... mit Brüchen oder irrealen Zahlen konnte er leben. Überleben. Das war das eigene Ziel, und dazu mußte er handeln, nicht reagieren.

Er war erst wenige Stunden unterwegs, als er das Surren der Strahlwaffe hörte und an seinen Rippen spürte. Es beunruhigte ihn nicht weiter; für derlei Peilungen kamen nur Chevrillons Leute in Frage. Zweifellos sollten sie ihn beaufsichtigen oder »Kontakt halten«.

Der Gedanke tröstete ihn kaum. Pläne werden bisweilen geändert. Vielleicht hatten sich neue Umstände ergeben; vielleicht war die Annahme, Chevrillon werde abwarten, bis er einen Gegenwert für seine 50 000 *dr* sähe, die reine Illusion.

Aus der Ferne sah er die dünne Rauchsäule; er pfiff leise durch die Zähne, und sein Reittier machte blubbernde Geräusche. Er schaute auf sein Kombigerät, rechnete Position in Entfernung um und stellte fest, daß er sich etwa 210 km westsüdwestlich von Yeriddu befand. Vor ihm lag die dritte der erwogenen »Möglichkeiten« eines Tambo-Lagers – laut Karte gab es hier Wasser, einen bewachsenen Talgrund mit Gräsern für die Tiere und Bruchholz für Feuer, außerdem eine kleine Felsformation, in der eine jener »Grotten des Gebärens« oder eine Höhlenkammer zur Realitätsverzweigung sein mochte. Dazu die Trümmer oder Reste einer untergegangenen Farm, die nicht als Serai, aber als Karawanendepot und Handelsstation gedient hatte. Die beiden anderen möglichen *vuzkils* waren verlassen gewesen, wenn auch mit Spuren einer Nutzung in jüngerer Vergangenheit. Kurz nach 17 Uhr Ortszeit am 27. August. Delgado berechnete den Rückweg nach Yeriddu, bedachte die Busverbindungen und seine Verabredung mit Paspisano und beschloß, spätestens am übernächsten Morgen aufzubrechen – wenn die Tambos ihn so lange duldeten.

Das Tal, laut Karte ca. 6 bis 7 km lang und nirgendwo mehr als 1 km breit, lag hinter einem niedrigen Wall aus Lehm und Felsen, der den Ostwind abhielt. Die Karawanenroute berührte den südlichen Ausgang; dort ließ Delgado das Kamel knien, glitt zu Boden, hockte sich hin und zündete eine Zigarre an.

Unter den schwächlichen Bäumen standen ein paar Zelte aus Tierfellen, für die Ältesten des Stamms. Die anderen Tambos lagerten im Freien; neben der niedrigen Brunnenmauer sah er zahllose Packen, Decken und undefinierbare Gegenstände. Weiter weg, von Kindern bewacht (wenn überhaupt), grasten einige Dutzend Tiere: Schafe, zwei Lamas, ein paar Esel, drei Kamele, Orkels, Kelanoger. Das Haupthaus der ehemaligen Farm lag in Trümmern; intakt war nur ein offenbar immer wieder ausgebesserter Schuppen. Er stand halb unter der Krone eines *rubal,* und von dort, aus dem Schatten des Werbaums oder aus dem Schuppen, kam langsam ein Mann mit langem grauen Bart herbei: der einzige sichtbare Erwachsene des Clans. Er war nackt und unbewaffnet; als er sich weiter näherte, sah Delgado die mächtigen Muskeln.

Er blieb zehn Schritt entfernt stehen und musterte Duncan, der den Blick ruhig zurückgab. Der Mann war mittelgroß, schwarzbraun, mit regelmäßigen Gesichtszügen, Stammes- oder Initiationskerben auf der Brust, halb vom langen Bart verdeckt. Das krause graue Haupthaar war kurz; ein Wundmal, von einer Waffe oder Feuer verursacht, entstellte die linke Wange, wie eine Pfütze aus eitrigem Blut oder gärendes Mark aus dem hohen Backenknochen.

Fast fünf Minuten stand der Mann starr dort, dann ließ er sich in die Hocke nieder. Delgado atmete auf, ohne es sich anmerken zu lassen. Den ersten Teil der Musterung hatte er überstanden, war nicht wie ein anmaßender Trottel ins Lager gestolpert und zumindest einer näheren Untersuchung würdig.

»Du Waffe«, sagte der Tambo; seine Stimme klang, wie der Rauch harziger Hölzer klänge, wenn er hörbar wäre.

Delgado zeigte den kleinen Strahler und deutete auf den Sattel des Reitkamels, an dem die schwere Pistole hing.

»Du Geschenk für Haupt.«

Delgado nickte.

»Geben.«

Delgado stand auf, ging zum Lastkamel und nahm aus den Beuteln die Dinge, die er für diesen Zweck mitgenommen hatte: ein halbes Dutzend scharfe Messer in Lederscheiden, ein Säckchen Salz, ein Säckchen mit Nahrungskonzentraten verschiedener Geschmacksrichtungen, ein Kilo Tabak, eine Literflasche Tashka, eine Schachtel Munition für den im Inneren gängigsten Gewehrtyp, einen dünnen Halbkreis aus Metall und Stoff. Er stapelte alles dort, wo er gesessen hatte, ließ sich wieder nieder und zeigte dem Tambo mit überdeutlichen Bewegungen, wie man den Halbkreis zum Kreis aufklappte, den inneren vom äußeren Ring trennte, durch Schütteln einen Eimer erhielt und die drei dünnen Seitenstreben, die knieartige Scharniere hatten, arretierte, so daß sie den Eimer aufrecht hielten. Dann legte er seine Geschenke hinein und schob das volle Gefäß mit dem Fuß einen Meter näher an den Tambo.

Mit einer gleitenden, kraftvollen Bewegung stand der Mann auf, kam näher, nahm den Eimer und ging zurück zum alten Schuppen.

Delgado blieb sitzen und rauchte seine Zigarre zu Ende. Er hatte anständig »angeklopft«, Geduld bewiesen, gezeigt, daß er nicht als schutzloser Bettler, sondern als bewaffneter Krieger kam, der den Bedürfnissen des Stammes entsprechende dicke Geschenke machen konnte – alle bezahlt vom Spesenkonto der *Gazet.* Demonstrativ hatte er einen weiteren Beutel nicht in den Eimer gelegt – das nur persönlich zu überreichende Gastgeschenk von Fürst zu Fürst.

Es dauerte etwa eine Viertelstunde, ehe sich das Lager regte. Plötzlich, ohne daß Gesten oder Zurufe ausgetauscht worden wären, schälte sich ein halbes Dutzend Krieger aus den Schatten der Bäume und Felsen am Taleingang. Zwei von ihnen trugen Karabiner, die übrigen Blasrohre, die die ganze Zeit auf Delgado gerichtet gewesen sein mußten. Überall tauchten Frauen und Männer auf, warfen ihm allenfalls Seitenblicke zu und nahmen Arbeiten wieder auf; von jenseits des Brunnens erschienen Jungen, die sich den Kamelen näherten und ihm durch Gesten bedeuteten, daß er sich um nichts kümmern solle.

Aber noch war nicht alles geklärt; Delgado wartete auf die Rückkehr des Mannes – und auf das, was er in der Hand halten würde. Das Verfahren war im Prinzip einfach, wenn man es kannte, begriff und bereit war, sich an die Spielregeln zu halten. Der Gast bringt zweierlei Geschenke; die erste Portion ist eine Behauptung des eigenen Status, die zweite die eigentliche persönliche Gastgabe. Der erste Teil bleibt während des Aufenthalts in Verwahrung des Gastgebers und wird dem Gast beim Aufbruch zurückgegeben – es sei denn, es käme zu einem Handel. All dies hatte Delgado gelesen und sich von Stadt-

Tambos bestätigen lassen. Nun käme es darauf an, was der Mann zurückbrachte. Wenn er alles zurückbrächte, hieße das so viel wie: »Hau ab, wir wollen dich hier nicht.« Die Möglichkeit schied bereits aus; andernfalls hätten sich die Kinder nicht seiner Kamele angenommen. Brächte er einen Teil der Gabe zurück, hieße das, je nach der Menge, daß man ihn als Gast aufnahm und zu einem kleinen oder größeren Handel bereit war. Und es gab drei Arten von Knochen, die man ihm, sozusagen als Gegenpfand, für die Dauer seines Aufenthalts aushändigen konnte: einen Schafsknochen (»Fremder von den Sternen, wie dieses Tier, nützlich, aber unerheblich«), einen Orkelknochen (»geehrter Gast gewöhnlichen Rangs, wird mit dem Fürsten/der Fürstin sprechen und essen, aber mit den einfachen Stammesangehörigen ruhen«) oder den Teil eines Kelanogers für »willkommene Fürsten«.

Er seufzte unhörbar; irgendwie erschien ihm dies alles kompliziert; dann sagte er sich, daß der im Commonwealth übliche Austausch diplomatischer Reden ebenso kompliziert und symbolhaft war wie die Gaben und Gegengaben. Nahrungsmittel oder Schmuck waren fast neutral; sie bedeuteten, daß der Gast entweder ähnliches einhandeln oder über Dinge des allgemeinen Wohlergehens reden bzw. verhandeln wollte. Waffen bedeuteten, daß es um Krieg und Frieden ging.

Der Tambo kehrte zurück. Erst als er unmittelbar vor Delgado stand und ihm mit unbewegtem Gesicht bedeutete, er solle aufstehen, war zu erkennen, was er in der rechten Hand hielt: eine Messerscheide und den Rückenkamm eines Kelanogers. Der Stamm war bereit, mit einem Fürsten-auf-Besuch einen großen Handel zugunsten des allgemeinen Friedens zu machen. Delgado wäre schon mit einem blanken Messer zufrieden gewesen; Hauptsache, das Thema wurde akzeptiert.

Höfliche Reden; ein Essen aus Körnern, Früchten, Wurzeln und fettem Schaffleisch; Tashka und ein anderes Getränk, das aus Holznäpfen geschlürft wurde, vergorener Fruchtsaft sein mochte und vom Magen aus wie ein berstender Feuerball Funken in die entlegensten Körperteile schickte. Die Fürstin, eine kleine energische Person von mindestens 70 Jahren, lobte die Gaben und Delgados Sprachkenntnisse; er hatte Mühe, die knappen Formeln des Tambotischen für sich in galakteinische Syntax zu übersetzen. Als er bemerkte, daß Wüste, schlaflose Nacht und teuflische Getränke in seinem Kopf zu einer lähmenden und doch die Sinne aufstachelnden Mischung wurden, war es zu spät.

Im ehemaligen Schuppen, halb erhellt vom Feuer vor dem Eingang, hockte plötzlich der unendlich häßliche, verschrumpelte Medizinmann neben ihm und streckte die Hand aus. In Yeriddu hatte man ihm gesagt, daß die Medizinleute (oder »Magier«) so etwas wie eingebaute Lügendetektoren besäßen, und er solle sich nicht von ihnen anfassen lassen, wenn er etwas zu verheimlichen habe. Jetzt stellte er fest, daß er nicht fähig war, wegzurücken oder die Hand des Alten abzuschütteln, die sich auf seine Schulter legte. Der Schmerz flackerte auf, es brannte einen intensiven Moment lang, als der Medizinmann die Fingerspitzen in Delgados Fleisch bohrte. Dann war es nur noch ein dumpfes Gefühl, wie eine erträgliche Last, die drückt, ohne zu sengen. Er starrte ins Gesicht der Fürstin, die den Inhalt des eigentlichen Geschenkbeutels – fünf silberne Zehn-Drachmen-Münzen und verzierte Haarspangen – ausgebreitet hatte und betrachtete. Er hörte ihre Fragen, und er hörte sich antworten, aber es war, als spräche da jemand, ein Fremder, ein fremdes Geschöpf, irgendein Es, mit seinem Mund. Dieses Es sagte Dinge, die Delgado niemals hatte sagen wollen; und während er dies registrierte, empfand er, daß er nicht nur unfähig war, bestimmte Antworten oder Informationen zurückzuhalten; er war nicht einmal imstande, sie auch nur unterdrücken zu *wollen*.

Er berichtete, so gut er dies auf Tambotisch konnte, von den Rätseln, die mit dem Aufstand oder Blutvergießen oder Krieg in der Wüste verbunden waren; vom Umfang und der Bedeutung der Geschäfte, die mit den Bodenschätzen gemacht wurden; von seinem Auftrag und seinen Befürchtungen. Er fand heraus, daß er Fragen stellen durfte, nicht nur Antworten geben mußte, daß aber die Antworten, die er auf seine Fragen erhielt, nur neue Fragen bargen, die er noch gar nicht formulieren konnte.

Er machte sich, der Fürstin, dem Medizinmann und den plötzlich sengenden, dann wieder kühlen Fingerspitzen klar, was sein Ziel war. Er sollte den Führer der Tambo-»Insurgenten« finden, einen Krieger mit Namen Gurshtamitz, und mit dessen Hilfe (und Waffen von den Sternen) den Krieg so beschleunigen, daß die AsteRisk aufgeben und abziehen mußte – aber nun wollte er Gurshtamitz finden, um mit ihm und anderen Tambos und Tiris einen Weg zum Überleben zu suchen: denn plötzlich wußte er, daß er nicht fliehen konnte. Man würde ihn im ganzen Commonwealth jagen und finden; es reichte nicht, herauszubekommen, wer all die Unbekannten waren – er würde sie neutralisieren, ohnmächtig machen müssen, da er sich nirgendwo verstecken konnte. Die Arme aller möglichen Gegner waren zu lang, würden ihn in jedem Versteck aufstöbern; er mußte sie entwaffnen, er mußte Tambora für alle uninteressant machen, er selbst mußte so unwichtig werden, daß nicht einmal ein Racheakt gegen ihn sich lohnte. Er mußte sterben, wenn er überleben wollte.

»Wer ist Gurshtamitz? Wo kann ich ihn finden?«

»Es gibt keinen Gurshtamitz, aber du sollst ihn haben und mit ihm reden.« Die Fürstin nannte ein *vuzkil,* eine der periodisch wieder aufgesuchten Lagerstätten; der Medizinmann sang den Weg dorthin, einen langen schwierigen rhythmischen Text, der Bodenbeschaffenheiten, Entfernungen, Sonnenstände und Mondpositionen zu bestimmten Zeiten ebenso enthielt wie Angaben zu Pflanzen und Tieren. Es gab dort auch *shlaiper.*

»Wann werde ich ihn sehen?«

»Noch in dieser Nacht.«

»Kann ich mit ihm reden?« Plötzlich dachte er an seine Tarnung, die Berichterstattung. »Kann ich ein Bild von ihm machen?«

»Ein Bild? Du kannst ein Bild von seinem Gesicht machen, aber er wird nicht reden können, er muß erst lernen. Du weißt, was er sagen wird, also kannst du es erzählen, als ob er es gesagt hätte.«

»Wo ist die Mitte – die Leitung – das Herz des Aufstands? Welche Stämme von Tambora sind daran beteiligt?«

»Es gibt keinen Aufstand. Kein Volk von Tambora beteiligt sich. Alles Blutvergießen kommt von außen.«

»Ich dachte ... ich habe angenommen, vielleicht würden durch die Minen eure heiligen Grotten des Gebärens verletzt ... oder *rubals* gefällt ... oder ihr wollt allein die Wüste beherrschen ... oder den Gewinn erhalten, den andere aus Schätzen eures Bodens ziehen ...«

»Die Grotten sind nicht heilig. Du wirst eine sehen.«

»Wenn sie nicht heilig sind – was dann? Wozu dienen sie?«

»Zur inneren Sammlung. Zum Gebären wichtiger Dinge. Alles wurde aus dem Boden geboren. Du wirst es sehen.«

»Alles wurde aus dem Boden geboren? Ist das ein« – er suchte nach einer Entsprechung für *Mythos* – »eine Glaubensgeschichte?«

»Es ist eine Tatsache.«

»Was ist ›Realitätsverzweigung‹?«

»In jedem Ding stecken andere, wie Erz in Stein, Frucht in der Blüte, Korn in der Schale, der Krieger im Wanderer. Das Innere hervorzuholen ist das, was du meinst. Nichts kommt hinzu – oder wenn etwas hinzukommt, muß es später wieder verschwinden, oder anderes an seiner Stelle.«

»Wie alt ist eure Geschichte?«

»So alt wie eure Erinnerung.«

Er fragte, aber sein Hirn nahm die Antworten nicht mehr auf. Er ertrank in wirren Bildern und Empfindungen. Die Fürstin stand auf – es mußte nach Mitternacht sein – und ging hinaus; gelenkt von den brennenden Fingern des Medizinmanns folgte Delgado. Ein uralter Tambo stand draußen, *im Feuer;* in der Hand hielt er Delgados Kamera. Er reichte sie ihm. Sie gingen durch das Lager, das wie im Fieber pochte, in dem niemand zu schlafen oder auch nur zu ruhen schien. Als sie den Eingang einer Felsgrotte erreichten, blickte Delgado wie zufällig auf sein Kombigerät. Es war nach Mitternacht; in dem Moment, da er die Grotte betrat, erloschen die äußeren Funktionen des Geräts – es zeigte die Zeit, aber keine Position mehr; der kleine Kompaß kreiselte. Als wären durch Wände und Decke der Grotte die Verbindungen zu Peilsendern und Magnetpol unterbrochen, als könnte nur noch das Uhrwerk, im Gerät, arbeiten.

In der Grotte saßen die Ältesten im Kreis, kaum erhellt von einem winzigen Feuer. Sie starrten auf einen Punkt in der Mitte. Die Fürstin setzte sich dazu, der Medizinmann zwang Delgado in die Knie. Er sah nur noch zuckende Schatten, hörte nichts als dumpfes Murmeln und das Rauschen der eigenen Ohren. Der Medizinmann sagte etwas – etwas sehr Kompliziertes: Delgado solle sich dem Rhythmus der wiegenden Gestalten anpassen, dem Rhythmus des monotonen Sprechgesangs, und wenn das Eine (was?) geschehen sei, solle er, um sich zu überzeugen, etwas Anderes (was?) sprechen, rhythmisch wie die Übrigen. Ein jäh erwachender Rest Skepsis machte sich bemerkbar, und Delgado dachte an einen Gegenstand, den es auf Tiritam nicht gab, nicht geben konnte; er hörte jemand gellend lachen und wußte, daß er selbst dieser Jemand war, ohne daß er hätte lachen wollen. Im Mittelpunkt des Kreises, dort, wohin alle starrten, bildete sich ein Spalt, wuchs, dampfte; es bildete sich etwas, das *puik* hieß und nicht, wie er gelernt hatte, »Nebel« bedeutete, sondern, wie er jetzt plötzlich wußte, »Nebel der Zeugung«. Als er sich aufgelöst hatte, lag in der Spalte, die zur Mulde wurde und sich langsam, behutsam schloß, ebnete, glättete, wieder Höhlenboden war, eine Gestalt. Ein Mann, Tambo, mittelgroß, mit jenem Rosaton der Haut von Tambosäuglingen. Das Gesicht ... das Gesicht war glatt und leer; Speichelfäden rannen aus den Mundwinkeln. Die Haut wurde braunschwarz, der Speichel floß nicht mehr, das Gesicht erhielt Konturen, war das eines Jünglings, dann das eines jungen Mannes, reifte. Auf der Brust bildeten sich Stammeskerben.

Der Tambo setzte sich auf, wischte mit dem Handrücken die letzten Speichelreste weg und öffnete die Augen. Er war etwa vierzig Jahre alt. Das Gesicht war hart und klug; und Delgado hob die Kamera und zeichnete das Gesicht von Gurshtamitz auf.

Der Medizinmann ließ ihn los; wo die Finger auf Delgados Schulter gelegen hatten, brannte die Haut. Er erinnerte sich an die Anweisung, konzentrierte sich auf den Gegenstand, an den er gedacht hatte, versuchte, ihn in rhythmische Worte, eine tambotische Formel zu fassen. Ein Gegenstand von fast fließender, geheimnisvoller Schönheit, den er vor Jahren in einem Dokumentarfilm gesehen hatte. Eine Pflanze, die es im gesamten Commonwealth nur an einer Stelle gab, dort, wo jemand sie gezüchtet hatte, dort, wo die speziellen Böden waren, die sie brauchte, um zu gedeihen. Eine leuchtend blaue Rose aus einem Garten des terranischen Nishapur. Wieder hörte er sich lachen, das Lachen eines Wahnsinnigen; dann wurde er ohnmächtig. Seine letzte Erinnerung war die an etwas Fremdes, Formloses, Tiefes, Altes, das er berührt oder geahnt hatte. Nicht wie ein Ungeheuer, das im Dunkel lauert, eher wie ein Stein, der keine Rückseite hat.

XI.

Aus: Balladen von der Grenze *(anonym, diverse Auflagen)*

WANDERGESANG DER TAMBOS – beschreibt den Weg von vuzkil *Patzugar zu* vuzkil *Alilal (Tambora Südwest; die Übersetzung ist als Versuch einer Annäherung zu sehen).*

»Eier des tushtush, *Rücken des* seri, *borstige Flanke;*
nimm deine Waffe den Weg deinen Mut und die Würde,
schulterhoch Wintergras, knöchelhoch Knochenstaub.
Roter Stein der elf Nächte, drei rubals, *vier Wasser,*
Schläuche seitwärts, wie shlaiper-*Rücken und Ätzgeäst.*
Tanz, rechter Fuß, aber spreiz nicht die Zehen,
hüte den Speer, verwandle die Nacht.
Baumelberge Taumeltäler stoß zu und vorbei,
Klinge und Speerblatt ramm in den Rücken aus Rost
und beim zulm *weich würdelos weit nach links,*
dort ist Wasser. Zwei Nächte Lehm, dann das Ziel.«

NB: tushtush: *eine Flatterechse, legt fünfeckige Eier (bezieht sich vermutlich auf Felsformation);* seri: *Schildpattschwein (laut Auskunft) mit gebogenem Rücken, der von Hornkämmen starrt;* rubal: *heiliger Laubbaum, meist in Wassernähe;* shlaiper: *achtbeiniges Tier mit hemisphärischem Rücken;* zulm: *Konferenz zweier Clans, die einander auf zu schmalem Weg begegnen;* vuzkil: *Lagerplatz, den der Clan immer wieder aufsucht.*

Das Surren des Strahlers weckte ihn. Er richtete sich auf, ächzte und ertastete den Kopf, in dem drei Kobolde sich eingenistet hatten. Einer schlug einen Gong mit Zackenrand und jagte dissonante Schwingungen, eher Schockwellen, durch den Schädel; die beiden anderen hockten hinter Delgados Augen und versuchten, sie aus den Höhlen zu schieben. Seine Zunge war eine hartgeschwitzte Socke, aus der weitere Kobolde mit zahllosen Nadeln einen Strickstrumpf machen wollten.

Man hatte ihn beim Schuppen unter den *rubal* gebettet; seine Sättel lagen in der Nähe, und aus einem Beutel am Packsattel lugte die Kamera. Die Kamele grasten auf der anderen Talseite. Die Tambos waren verschwunden.

Delgado rieb sich die Augen, drückte sie in den Kopf zurück. Erinnerungsfetzen trieben wie träge Wolken durch sein Hirn. Er starrte zum Brunnen hinüber; noch immer sitzend zog er das Hemd aus, kam mühsam auf die Beine und torkelte zur ummauerten Wasserstelle, neben der ein Ledereimer mit langer Schnur lag.

Drei Eimer voll kalten Wassers über Kopf und Oberkörper brachten ihn halbwegs zur Besinnung und jagten die Kobolde in stillere Schädelwinkel. Er spülte den Mund mit kaltem Wasser, trank vorsichtig und knirschte einen Fluch, als ein Backenzahn gegen die Kälte rebellierte. Triefend naß ging er zurück zum Werbaum.

Die strahlend blaue Rose lag zwischen den beiden Sätteln, auf einem weißen flachen Stein.

Er stand im fleckigen Schatten des Laubs, blinzelte, aber die Blume blieb. Er wußte nicht, wie lange er gestanden und gestarrt hatte, als der Strahler an seiner linken Hüfte wieder surrte.

Die heiße Morgenluft hatte ihn getrocknet. Mit unsicheren Fingern zog er das Hemd an, sah die Rose, die er nicht berühren mochte, versuchte zu denken, sich auf das Dringende zu konzentrieren. Er wandte der Rose den Rücken zu, spürte sie wie ein kleines Feuer. Die Zigarre vor dem Frühstück schmeckte widerlich, aber sie weckte ihn.

Etwas mußte außerhalb des Tals, in dem so viel geschehen war, geschehen sein. Zweimal angepeilt innerhalb weniger Minuten; vielleicht vorher schon, als er noch geschlafen hatte. Man suchte ihn, bestimmte seine Position, stellte fest, ob er sich bewegte oder nicht. Er verschob alle anderen Überlegungen und befaßte sich mit seinen Optionen. Das Kombigerät (hatte es wirklich in der Grotte teilweise ausgesetzt?) zeigte ihm seine Position, der Kompaß wies zum Ende des Tals, das nord-südlich verlief, es war 8:51 Ortszeit, kurz nach halb neun, am 1. September des Jahres 630 CT. Die Tambos hatten in der Nacht ihr Lager abgebrochen und waren auf Wanderschaft gegangen; die beiden Kamele befanden sich fast einen Kilometer entfernt, vermutlich in Sicherheit; der Talausgang im Süden war schmal, steinig, uneben; die beste Landefläche für einen Gleiter wäre in dem Dreieck, das Schuppen, Brunnen und Grotte bildeten. Der Eingang zu dieser mysteriösen Höhle lag etwa fünfzig Schritt jenseits des Schuppens. Wieder betrachtete er das Kombigerät.

Wenn sie ihn suchten, würden sie ihn besuchen. Wer auch immer. Vielleicht, um ihm einen guten Morgen zu wünschen, ihn nach seinem Wohlbefinden oder Seelenheil zu fragen; wahrscheinlich in anderer Absicht. Sie würden vermutlich mit einem Gleiter kommen: mit Fernortung, Wärmespürer und allerlei anderem Spielzeug. Wie genau ließ sich der Sender im Strahler anpeilen?

Delgado wog seine Möglichkeiten ab und versuchte, die blaue Rose zu ignorieren. Er lief zum Schuppen, nahm Holzreste von der kalten Feuerstelle und schichtete sie in der Schuppenmitte auf. Als das Feuer brannte, legte er seinen Strahler in eine Ecke, halb unter eine Steinplatte, auf der abends Gefäße gestanden hatten, warf die halbgerauchte Zigarre in die Flammen und ging wieder hinaus, um sich bereit zu machen.

Der Gleiter kreiste eine Weile in großer Höhe; auffliegende Vögel kündigten ihn an. Delgado lag im Eingang der Grotte, hinter einem Felsblock, und wartete. Er konnte die blaue Rose nicht sehen, die jenseits des Schuppens zwischen den Sätteln strahlte, aber er spürte sie. Der Boden der Grotte war glatt, auch da, wo in seiner Erinnerung fantastische Dinge geschehen waren.

Er hörte das Grollen der verdrängten Luft, als der Gleiter wie ein Stein sackte, dann das Wummern der Antigravaggregate, die ihn kaum zwanzig Meter über dem Talboden abbremsten. Mit einem trockenen *pffft* spuckte eines der Geräte an der Bordwand etwas aus; eine Sekunde später explodierte der Schuppen. Splitter sausten umher; eine Säule aus Rauch und Feuer wuchs zum Himmel.

Der Gleiter stand bewegungslos über der Talsohle. Eine Minute, zwei, drei. Die Feuersäule brach zusammen; langsam wie ein Ballon, aus dem die Luft entweicht, landete der Gleiter zwischen Brunnen und Grotte, kaum zwanzig Meter von Delgado entfernt. Die Sichtkuppel war geöffnet.

Es war ein kleiner Gleiter, ohne äußere Kennzeichen. Zwei Männer saßen darin – Tambos. Sie trugen Overalls. Einer nahm den Funkhelm ab, ergriff einen Karabiner und öffnete die seitliche Ausstiegsklappe. Der zweite Mann sagte etwas, relativ leise, zu einem Funkpartner irgendwo. Delgado hörte nur Bruchstücke: »... erledigt ... wenn's denn sein muß ... später.«

»Was wollen die?« sagte der erste, auf Galaktein.

»Wir sollen nachsehen, ob's ihn auch wirklich erwischt hat. Und Spuren beseitigen.«

»Bah. Und dann?«

»Auf nach Ummu. Nächster Funkkontakt von da.« Der zweite Tambo wechselte ins Tambotische; nun näselte er ein wenig. »Sieh du nach; ich deck dich von hier.«

»Was macht der Sender?«

Der Tambo, der immer noch an den Kontrollen saß, hob einen kleinen Kasten hoch: einen Impulsgeber. »Nicht mehr zu empfangen. Ich ... Moment.« Er fingerte an dem Gerät herum und schüttelte den Kopf. »Das andere Ding ist nicht heil geworden, der Detonator.« Das letzte Wort war wieder in Galaktein.

Der erste Tambo verschwand hinter dem Gleiter; der zweite blickte sich um. Nach wenigen Sekunden tauchte der erste wieder auf; Delgado sah nur eine Andeutung des Haupthaars.

»Sättel – und was ist das? Eine seltene Blume?« Er hielt die blaue Rose hoch.

Der Tambo im Gleiter deutete durch die vordere Scheibe. »Drüben sind seine Kamele. Müssen wir...?«

»Laufenlassen.« Der Tambo am Boden kam hinter dem Gleiter hervor und ging zu den brennenden Resten des Schuppens. Er warf die Rose ins Feuer, starrte mit gesenktem Kopf in die Trümmer und hängte den Karabiner über die Schulter.

Delgado kaute auf der Unterlippe. So viele Fragen, aber... Er schaltete mit dem Daumen auf Dauerfeuer, halbes Magazin.

Der Tambo im Gleiter stand auf. »He, sieh dir die Höhle an – vorsichtshalber. Ich...«

Delgado bewegte den Zeigefinger. Die schwere alte Pistole mit dem langen Lauf ruhte auf der Felskante. Im Magazin waren 24 Schuß. Die erste Hälfte feuerte er auf den Tambo im Gleiter ab. Der andere Mann reagierte sofort, riß den Karabiner von der Schulter und ließ sich fallen, hatte aber den Boden noch nicht mit dem ganzen Körper berührt, als Delgado die Waffe zu ihm hinüberzucken ließ und das Magazin leerte.

Die Rose war verbrannt. Mit dem Impulsgeber näherte sich Delgado der Ecke, in der er den Strahler verborgen hatte. Kein Summen ertönte. Er schaltete, schickte den zweiten Impuls und hörte das leise Piepsen: Uldrynos Arbeit. Offenbar hatte die Hitze den Peilsender beschädigt, aber der Empfänger der Sprengimpulse funktionierte noch. Mit einem Stock wühlte Delgado den Strahler aus der Asche und ließ ihn zum Abkühlen liegen; er nahm an, daß man, während er noch schlief, den Sprengimpuls ausgelöst und dann, als der Peilsender immer noch ansprach, den Gleiter losgeschickt hatte, um den vermeintlichen Defekt zu »beheben«.

Der Mann im Gleiter war durch die Wucht der Projektile gegen die Bordwand geschleudert worden und dann aus dem Fahrzeug gekippt. Mit antrainierter Gefühllosigkeit billigte Delgado den Sturz; wie bei allen Varianten des *homo sapiens sapiens* öffneten sich nach gewaltsamem Tod auch bei den Tambos alle Schließmuskeln, und es wäre zumindest kein Vergnügen gewesen, den Gleiter zu reinigen. Während er zuerst neben dem einen, dann neben dem anderen Toten kniete und sie fledderte, lenkte er sich ab, indem er die Essenz der Nacht bedachte, Rückschlüsse aus den Vorgängen des Morgens zog und sein weiteres Vorgehen plante.

Die Waffen der Toten deponierte er im Gleiter. Daß sie keinerlei Ausweise bei sich getragen hatten, erschien ihm als unwesentlich, ebenso die Menge Bargeld, trotz der hohen Summe: fast achthundert Drachmen, beide zusammen.

Abgesehen von Einzelpersonen und der Administration besaß in und um Yeriddu nur die AsteRisk Gleiter, die sämtlich mit dem Wappen des Konzerns markiert waren. Dieser Gleiter hatte keinerlei Kennzeichen. Bei der geringen Neigung der Tiris zu zentralistischer Erfassung und Verwaltung bezweifelte er, daß es ein Zentralregister für Flugvehikel gab. Die AsteRisk und ihre Söldner führten einen erbitterten Wüstenkrieg gegen angebliche Tambo-Insurgenten, aber in der vergangenen Nacht hatte er gehört, es gebe gar keinen Aufstand. Für wen hatten die beiden gearbeitet, mit wem hatten sie Funkkontakt gehabt, was sollten sie (für wen) auf dem Kontinent Ummu erledigen?

Schließlich legte er beide aufeinander, rollte sie in eine Satteldecke und wickelte Zügelriemen darum, die er am Heck des Gleiters an einer Schleppvorrichtung befestigte. Dann untersuchte er das Fahrzeug.

Er fand den Kasten mit Medikamenten im Stapelraum des Unterdecks; daneben lagen zwei Beutel, deren Untersuchung er verschob, und in der vorschriftsmäßigen Halterung steckte der Kasten mit Bordwerkzeug; darunter war auch ein einfacher Impulsspürer.

Jeder normale Gleiter besaß, meist als Teil der Kommunikationsanlage, einen kleinen ID-Sender, der permanent oder in Intervallen einen Code abstrahlte. Es erleichterte die Suche bei Unfällen oder Abstürzen, die Identifikation eines für illegale Zwecke genutzten Fahrzeugs, das ganze staatliche Wegelagerer-System des Erfassens und Besteuerns. Delgado fand den Sender, eine kleine graue Kapsel; mit Hilfe der Werkzeuge löste er sie aus der Verankerung. Er hielt sie in der Hand, lachte, als ihm ein Gedanke kam, und legte sie in eine Vertiefung des Kontrollpaneels. Sie sendete weiter.

Der Gleiter war eine kompakte Standardausführung für bis zu acht Personen oder zwei Leute plus Transportgut. Nichts war ungewöhnlich oder aufwendig, weder die Funktionen noch die Kom-Anlage mit Radar, Thermo, Funk und Infrarot; die beiden seitlich montierten Werfer, die zugehörigen Kontrollen und die Kiste mit Granaten waren kein Standard, aber auch keine Überraschung.

Die fand sich in den Beuteln im Stauraum, die Delgado zuletzt untersuchte. Der erste enthielt Münzen, silberne Zehn-Drachmen-Stücke; er schätzte die Anzahl auf etwa tausend Stück. Der zweite Beutel war noch interessanter: Goldbarren, zwölf Kilogramm insgesamt, und an die siebzig glitzernde Steine.

Delgado verschloß die Beutel, setzte sich hinter die Kontrollen und zündete eine Zigarre an. Er dachte über bargeldlosen Zahlungsverkehr nach, über verfolgbare Überweisungen, über Leute, die etwas gegen Banknoten hatten. Sein Magen meldete sich, und er starrte zu den Sätteln hinüber, wo sein Proviant lag, neben einem leeren weißen Stein. Dann schüttelte er den Kopf. Wer auch immer am anderen Ende der Funkverbindung gesteckt haben mochte, würde sich wundern, wenn der Gleiter sich nicht bald bewegte, der ID-Code stationär abgestrahlt wurde. Es war ohnehin schon zuviel Zeit vergangen.

Unter dem Kontrollbord, in einem verankerten Kasten, entdeckte er kalten Braten, Brot und eine Thermoskanne mit Kaffee. Er schob ein Stück Fleisch in den Mund, stieg aus, holte die beiden Sättel, ging zur Asche, die Schuppen gewesen war, nahm den Strahler und testete ihn. Außer dem Peilsender schien nichts gelitten zu haben. Er blickte zu den Kamelen hinüber und bedauerte sie, weil sie zwei Hengste waren. Dann brütete er ein paar Momente über der Karte, wählte einen wahrscheinlichen Kurs nach Ummu und startete.

Gegen Mittag überflog er die südwestlichen Grenzberge Tamboras, dann den öden, fast unbewohnten Distrikt Arnilien. 100 km jenseits der Küste ging er tiefer, bis knapp über die Oberfläche des blaugrünen Kalyptischen Ozeans, und ließ den Autopiloten das Vehikel stabil halten. Er ging nach hinten, öffnete die transparente Kuppel, beugte sich hinaus und durchtrennte mit dem Strahler den Lederriemen am Schlepphaken. Das Bündel löste sich im Fallen auf, die beiden Leichen, Decke und Riemen trennten sich; es klatschte. In der Nähe erschien eine große Rückenflosse. Delgado verschloß das Heck wieder, ging zurück zu den Kontrollen, öffnete eine Kuppelseite und warf den ID-Sender hinaus. Vielleicht, dachte er, würde ein Fisch ihn verschlucken und eine Weile die Flugüberwachung – welche auch immer – amüsieren.

Etwas fehlte. Irgend etwas, das er vergessen hatte. Er blieb hinter den Kontrollen sitzen, ließ den Gleiter reglos in der Luft stehen, grübelte. Er betrachtete seine Hände, seine Kleidung, stand auf und starrte auf die Sättel. Dann murmelte er einen Fluch, schlug sich mit dem Handballen vor die Stirn und holte Kamera und Tonaufzeichner aus dem Gepäck. Nichts fehlte, etwas war zuviel: Er hatte die Peilsender in diesen Geräten vergessen, und er hätte alles am bombardierten *vuzkil* lassen sollen. Den selbstentwickelten Speicherwürfel nahm er aus der Kamera und warf die Apparate ins Meer.

Im Pool-Büro an der Esplanade von Gangur brannte Licht. Delgado hatte die Stadt in weitem Bogen umflogen und den Gleiter an der nordwestlichen Steilküste versteckt, drei Kilometer entfernt. Kurz vor Mitternacht, alles war still, er begegnete niemandem; dennoch bewegte er sich vorsichtig, den Hut tief ins Gesicht gezogen, die rechte Hand am Strahler.

Filidor war allein, wanderte von Tisch zu Tisch, einen dampfenden Becher in der Hand, hörte dröhnende Musik und grölte mit. Die Bewegung, mit der Delgado die Tür verschloß, mußte er aus den Augenwinkeln gesehen haben; er fuhr herum, zuckte zusammen, setzte den Becher ab und starrte, mit aufgerissenen Augen und offenem Mund.

Delgado legte den Finger auf die Lippen, ging zum Musikgerät und stellte es ein wenig leiser.

»Du«, sagte Filidor. »Du, äh, bist aber doch tot.«

»Die Meldung war übertrieben. Gibt's hier Kaffee?«

Filidor deutete auf einen Tisch mit Bechern, Kanne, Sahne, Zukker und einigen Flaschen – Tashka, Importbrandy, ystragonischer Trester.

»Wie hat sich das denn so schnell rumgesprochen?« Delgado goß Kaffee in einen Becher und füllte ihn mit Trester auf, zündete sich eine Zigarre an und setzte sich auf eine Schreibtischkante.

Filidor fuchtelte mit einem ausgedruckten Blatt. »Hier, heut früh, gegen neun.«

Die Meldung stammte nicht von Pool-Kollegen, sondern vom Sicherheitsbüro der AsteRisk. Ein Schutztrupp auf Patrouille habe in der Wüste den Leichnam des Journalisten Duncan Delgado gefunden, aber nicht bergen können, da man gleichzeitig unter Beschuß von Tambo-Insurgenten geraten sei; die Leiche habe Schuß- und Speerwunden aufgewiesen. Die Position war, laut Meldung, ein zerklüftetes Gebiet am Südostrand der Minenregion, etwa 1400 km entfernt von dem *vuzkil,* wo Delgado sich tatsächlich befunden hatte.

»Spuck's schon aus – was ist passiert?« Filidor zog einen Stuhl herbei und ließ sich schwer darauf fallen.

»Wenn ich das wüßte. Das heißt, ich weiß natürlich, was mir zugestoßen ist, um es mal so zu sagen, aber ich kann mir absolut keinen Reim darauf machen.«

»Überlaß das Reimen den anderen. Erzähl!«

»Glaub mir, edler und geschätzter Kollege, das willst du gar nicht wissen.«

»Nein?«

»Jedenfalls *noch* nicht. Es würde, eh, deine Lebenserwartung ... behelligen.«

Filidor verzog das Gesicht. »Wenigstens Andeutungen. Wie kommst du her? Wo hast du gesteckt? Was ist mit diesen mysteriösen Nachrichten, die ich dir übermittelt hab? Wieso ...«

»Langsam, halt, eins nach dem anderen. Was für Nachrichten?«

»Muß ich suchen. Warum ...«

»Stop.« Delgado stöhnte. »Laß mich mal drei Sekunden denken, Mann.«

Filidor blinzelte und leerte seinen Becher, ging dann auf Zehenspitzen, mit dramatischem Röcheln, zum Servicetisch und füllte nach. Delgado hielt stumm seinen Becher hin.

»Na gut«, sagte er schließlich. »Du erfährst gleich ein bißchen, Umrisse jedenfalls. Ich hab nur keine Lust, das zweimal zu erzählen. Ich hab ein paar Bitten.«

»Für lebende Leichen tu ich fast alles.«

»Das entehrt dich. Erstens und vor allem: kein Wort zu wem auch immer. Du hast mich hier nie gesehen und weißt nichts. Ich werd gleich was schreiben, das schickst du raus, nach Gaia, mit Kopie für Yeriddu.«

»Woher hab ich das? Ich mein, wenn du nie hier warst?«

»Hast du per Funk gekriegt und aufbereitet, ehe die Todesmeldung kam. Klar? Gut, weiter. Hat von uns – von euch hier jemand einen Draht zu *dam* Litz von der Residenz?«

Filidor machte ein todtrauriges Gesicht. »Die kann uns alle nicht leiden.«

»Wie steht's mit ihren Mitarbeitern – Sekretär, Sekretärin vielleicht? Nein? Auch nicht? Na schön. Versuch doch bitte, Eguren aus dem Bett zu holen.«

»Den Jungen von der *Tribyn?*«

»Ja. Er soll in anderthalb Stunden herkommen, notfalls früher. Aber sag ihm nicht, daß ich existiere. Und such diese Nachrichten raus, die für mich waren.«

Auf dem Flug hatte er sich gründlich, bis in einzelne Formulierungen, zurechtgelegt, was er in den Artikel packen wollte. Er nahm einen Vocorder, zog sich in eine Ecke zurück und begann, leise und konzentriert zu sprechen. Filidor machte mehrere Versuche, Eguren zu erreichen, aber der war weder zu Hause noch in der Redaktion. Während Filidor die rätselhaften Nachrichten suchte, hörte er genau zu; schließlich kam er mit zwei Zetteln, ließ sich auf einen Hocker sinken, lauschte und schnitt Grimassen.

Delgado machte eine kurze Pause, um den Becher abermals aufzufüllen. »Gut?«

»Mann«, sagte Filidor. »Die heißeste Sache, seit das hier angefangen hat. Ist das echt?«

»Mehr oder minder sogar wörtlich.« Delgado log ohne Schwierigkeiten; wenn es sinnvoll war. »Versuch doch Eguren nochmals. Und – ah, kannst du die Bilder prozessieren?« Er gab ihm den Speicherwürfel.

Diesmal war Eguren zu Hause. »Kommt gleich«, sagte Filidor, als er das Gespräch beendet hatte. Er hielt den Würfel hoch. »Was ist da drauf?«

»Das Konterfei des Tamboführers Gurshtamitz.«

»Hah!«

Delgado sprach weiter in den Vocorder. Sein fantastisches Erlebnis, das er in den hintersten Winkel der Erinnerung vertrieben hatte, kam im Text nicht vor – nur die Konsequenzen. Er bemühte sich, den Artikel sachlich zu halten, trocken; der Sprengstoff konnte desto besser detonieren. Er war sicher, die Älteste und den Medizinmann nicht mißverstanden zu haben, aber vollkommen unsicher hinsichtlich der sonstigen Verwicklungen, die durch die »Todesmeldung« noch wirrer schienen.

Der Artikel beschrieb, ohne Ortsangaben, ein Treffen mit dem geheimnisvollen Führer der Tambo-Insurgenten, Gurshtamitz, und bestand zum größten Teil aus dem vermeintlichen Interview, zu dem die Älteste ihn autorisiert hatte. Er riskierte damit nichts; sollte die Entwicklung anders verlaufen, hätten die Tambos eben ihre Meinung geändert.

Die Gurshtamitz in den Mund gelegten Äußerungen waren im Kern moderat; Delgado baute Hinweise auf Dinge wie Freiheit, Selbstbestimmung, Werbäume und die Heiligkeit des Bodens ein, so formuliert, daß sie auf Gaia Beifall auslösen müßten. Der Tamboführer machte ein paar vage, ins Mystische spielende Bemerkungen über die nährende und gebärende Erde von Tiritam und das jahrhundertealte Zusammenleben mit den Tiris, »ebenso wie wir Geschöpfe des Landes«; niemand wolle sie vertreiben. Die Aktionen seien gerichtet gegen die Plünderer von den Sternen, die nicht weiter den nährenden Boden verwüsten und ausweiden sollten. Tiefe Wunden, sagte Gurshtamitz, seien in den Leib von Tiritam geschlagen und gerissen worden, wo kleine Schnitte ausgereicht hätten, die Schätze zu fördern; Wasserstellen seien versiegt; Oasen durch Schutthalden geschändet, *rubals* gefällt, Wanderwege nicht mehr begehbar, Tiere und Pflanzen ausgerottet und vergiftet. Auch wenn es noch sehr viel Blut koste: Er werde mit seinem Volk kämpfen, bis das Ziel erreicht sei. Die knappe Skizze dieses Ziels ließ Spielraum für allerlei Interpretationen und Abwandlungen; die angestrebte künftige Situation sah etwa so aus: den Tambos wird ein (festzulegender) Lebensraum garantiert, in dem sie ungestört wandern und walten können wie ihre

Ahnen; Farmen, Karawanendepots, Handelsstationen etc. können weiterarbeiten; der Abbau der Bodenschätze, Einsatz großer Maschinen etc. wird eingeschränkt; der AsteRisk-Kontrakt wird nicht verlängert. Gurshtamitz warnte die Räte und Behörden von Rombo vor einer Verlängerung, die »zu Blut und Tränen« führen und niemandem nützen werde; er empfahl den Tiris, die Ausbeutung ohne interstellare Partner selbst zu betreiben, und forderte Beteiligung der Tambos am Gewinn gemäß ihrem Anteil an der Bevölkerung; schließlich regte er an, die Verhandlungen und die (kooperative) Nutzung der Bodenschätze zum Beispiel den mit Tambos, Wüste und Weite erfahrenen Handelssippen von Yeriddu zu übertragen.

Als Hemul Eguren das Büro betrat, begann der Vocorder eben mit dem Ausdrucken des korrigierten Texts. Delgado lehnte in einem Sessel, gähnte, trank mehr Trester mit weniger Kaffee, starrte auf eine fast quadratmetergroße Projektion des Gesichts von Gurshtamitz und staunte darüber, daß ihm der Seiltanz zwischen den Aufträgen, Bluffs, Fallgruben und Zielsetzungen halbwegs gelungen war.

Eguren wollte gar nicht aufhören, ihm die Hand zu drücken und Reden über profane Auferstehung zu halten. Er stürzte sich auf die ausgedruckten Blätter. Delgado entsagte dem Kaffee, füllte seinen Becher mit einem Fünftel Trester und vier Fünfteln Fruchtsaft, ging auf und ab. Er hörte, bisweilen mit einem leichten Grinsen, die aufgeregten Kommentare der beiden Kollegen, erinnerte sich an die unglaublichen Vorgänge in der Grotte des Gebärens, an die Rose und die Asche, und überlegte sein weiteres Vorgehen. Da er eigentlich tot war, sagte er sich in einem untauglichen Versuch von Selbstironie, hätte ihn die Aussicht nicht schrecken dürfen, die ihm alle gangbaren Wege nach wenigen Schritten boten: interessante Formen gewaltsamen Ablebens. Aber...

Eguren stieß einen wilden Schrei aus und sprang auf. »Muß ich haben«, brüllte er. »Sofort! Erste Seite – morgen früh – bah, ist ja schon heute.« Er schaute auf die Uhr; es war kurz nach zwei. »Geht grade noch... Mann, werden die beim Frühstück jaulen! Ich seh unsere Räte schon – und den Boss! Ha!« Er tanzte durch den vollgestellten Büroraum, und Delgado bewunderte seine Kunstfertigkeit; blindlings hüpfend, kreiselnd und johlend brachte er es fertig, immer haarscharf an Tischkanten vorbeizusausen und nicht über Stühle zu fallen.

»Wie spät ist es in Atenoa?« sagte Filidor.

Delgado war einen Blick auf sein Kombigerät. »Kurz nach drei in der Frühe. – Wie macht ihr das mit den überlappenden Daten? Stört das keinen, wenn mitten am Tag das Normdatum wechselt?«

Eguren blieb stehen, als sei er gegen eine Wand geprallt. »Mann!« Er schüttelte den Kopf. »Wir – ich – du hast den dicksten Fisch in der Geschichte von Tiritam gelandet und fragst nach dem Kalender?«

»Nur so, nebenbei – um euch auf den Boden zu holen, gewissermaßen.«

Eguren sackte auf einen Hocker und raufte sich die Haare. Dann knurrte er: »Stimmt schon. Wir brauchen einen planetaren Kalender, bloß ... das gleiche Problem wie hierbei.« Er fuchtelte mit dem letzten Blatt. »Keine zentrale Zuständigkeit. Der AsteRisk-Kontrakt, den müssen Gangur und alle anderen Distriktsräte von Rombo verhandeln; die sind irgendwie immer noch unter einen Hut zu kriegen. Aber alle anderen Kontinente und Inseln auch noch unter eine Mütze ... Komm, kann ich das haben? Das *muß* rein, ganz schnell. Die fliegen morgen früh alle auf den Arsch!«

Filidor schnaubte. »Das kippt dein Chef, verlaß dich drauf. Ihr kippt doch immer alles raus, was irgendwie gegen die Interessen des hohen Rats von Gangur geht.«

Eguren grinste. »Stimmt, aber das hier kann er nicht kippen. Das geht über alles Gemauschel hinaus. Außerdem pennt er längst. Ich kann die Titelseite noch ändern – wenn ich mich beeile. Und wenn er mich morgen feuert ... Sei's drum, hätte sich gelohnt.«

Filidor zielte mit dem Zeigefinger auf ihn, wie mit einer Waffe. »Wenn du fliegst, komm her; wir können auf jeden Fall einen Laufburschen brauchen. Kaffeekochen, Staubsaugen, so was.«

»Baah.«

Delgado deutete auf die Blätter. »Nimm's mit, wir drucken es neu aus. Aber mach daraus eine Übernahme aus der nächsten Nummer der *Gazal Gazet*, ja? Und komm zurück, sobald du fertig bist. Ich hab noch ein paar Sachen auf dem Herzen.«

»Hast du ein Herz?« sagte Filidor, als Eguren verschwunden war. »Nerven? Eingeweide?«

»Sogar die Hose voll, wenn du's genau wissen willst.«

Filidor hielt sich die Nase zu. »Das buß ich dicht wissed. – Was machen wir damit?«

»Ab nach Gaia. Ist zu spät für die *Gazet*, die bringen das morgen, wenn nicht jemand stop sagt.«

Filidor kniff die Augen zusammen. »Rechnest du damit?«

»Kann sein. Deshalb ...«

Sie überlegten; schließlich einigten sie sich darauf, daß Filidor den Artikel samt Bildmaterial gleichzeitig, durch den Verweis auf die nächste *Gazet*-Ausgabe als Zitat deklariert, an alle dem Pool angeschlossenen Agenturen, Blätter und Sender schicken würde. Er druckte den Text noch einmal aus, für alle Fälle, nahm dann das Raffermodul des Vocorders und ging zum Sendegerät.

Delgado erinnerte sich endlich an die Nachrichten, die ihm hatten übermittelt werden sollen, und nahm die Zettel zur Hand. Der erste trug das Datum 24. 8. und enthielt eine seltsame Botschaft.

»Oskar geht zum 1. 4. in Pension; die Diafanten wollen ihm den Abschied versüßen, u. a. mit einer Sonderpublikation. Überleg doch mal, ob eure langjährige Zusammenarbeit einen netten Beitrag ergeben könnte; ein paar Anekdoten müßten seine Freunde in Gangur etc. beisteuern können. – Quirino.«

Quirino war zweifellos Qualle; *Oskar* konnte eigentlich nur Chevrillon sein. Delgado gegenüber hatte er von seinem Abschied in einiger Zeit gesprochen – wenn es nur noch sieben Monate waren ... Die *Diafanten* stellten Delgado vor ein Rätsel, ebenso wie die »Freunde in Gangur«. War Chevrillon auf Tiritam gewesen?

Er stand auf, stöberte, erkundigte sich bei Filidor, der mit leisem Keckern einen Speicherwürfel heraussuchte und in ein Lesegerät steckte.

»Im Pool ist nichts unmöglich. Es sind ja doch zu viele Kollegen von Gaia hier, die so was mal brauchen könnten.«

Es war das Kommunikations- und Adressbuch von Atenoa. Der Diáfano-Hügel, das wußte Delgado, lag im besten Teil der Metropole und bestand unter einer dünnen Humusschicht aus gaianischem Schimmergneis mit Quarzeinbettungen; daher, vermutlich, der durchscheinende Name. An der Via Diáfana befanden sich zwei oder drei Regierungsbüros, Zentralsitze von Banken, Hauptverwaltungen großer Wirtschaftsunternehmen. Die Eintragungen der Adressenliste machten die Anspielung deutlich, wenn auch nicht eindeutig: An der Via Diáfana mochte Chevrillons eigentliches Büro sein, dort lagen aber auch die Direktionsgebäude der AsteRisk und die gaianische Zentrale der Bunofrena, deren Emissäre Rombos Distrikte bereisten und Deirdre Gorostiza aus Yeriddu eine Million gezahlt hatten, damit sie sich für eine Neuvergabe des Kontrakts einsetzte.

Die zweite Nachricht – datiert 27. 8. – lautete schlicht: »Ende der Durchsage – Q.«

Delgado begann zu frösteln. Qualle hatte offenbar seine Verbindungen genutzt, um etwas (einiges?) über Chevrillon herauszubekommen. Und um, durch die Zusammenarbeit mit Delgado, am Ende irgendwo abkassieren zu können. Dies hier, die zweite Nachricht, war die Kündigung. Entweder hatte man ihm etwas angeboten, das verlockender war als jede vorhersehbare Verdienstmöglichkeit durch Delgado; oder man hatte ihm Daumenschrauben angelegt. Daß er überhaupt eine Art »Kündigung« schickte, war bemerkenswert und nur zu erklären mit Gaunerehre oder Sentimentalität – beides gleich unglaubwürdig. Vielleicht wollte die Qualle sich nur alle Optionen offenhalten, für den Fall, daß Delgado irgendwie überlebte ... Er fragte sich, wer die Gegenseite sein mochte. Bei einem entsprechend teuren Angebot, zum Beispiel der AsteRisk, würde Qualle ohne Zweifel seine eigenen Verwandten, falls er welche hatte, verkaufen, aber ebenso zweifellos würde er dabei die Verbindung zu Delgado bestehen lassen, um doppelt zu ernten.

Also Druck – wer konnte Druck auf die Qualle ausüben? Weder Konzerne noch Behörden; was immer die befaßten Abteilungen der Kriminalpolizei von Atenoa aushecken mochten, wäre schlimmstenfalls lästig, Aktionen eines »Schutztrupps« von AsteRisk oder Bunofrena eher amüsant. Ein potenter Geldgeber konnte Konkurrenten in Qualles Milieu inspirieren, aber auch das wäre kein echter Druck. Nein, es blieb nur eines: Chevrillon. Wenn der Geheimdienst beschlösse, unter Mißachtung aller Vorschriften und Gesetze zur Hetzjagd auf die Qualle und seine Organisation zu blasen ... Vielleicht gab es aber auch die klassische Kombination von Zuckerbrot und Peitsche: Geld, wenn du brav bist, oder Galgen, wenn du maulst.

Damit fiel eine Möglichkeit aus, mit der Delgado im Geiste gespielt hatte: Qualles Verbindungen, um den Transport und die Verwertung von Bodenschätzen zu allseitiger Bereicherung neu zu organisieren. Und es wuchs die Anzahl der Gegner, mit ihr auch die der verwirrenden Beziehungen zwischen ihnen.

Gegen halb vier erschien Eguren wieder, strahlend und müde. Delgado erbat von ihm und Filidor ein vorläufiges Schweigegelübde; dann erzählte er vage von seinen Mutmaßungen, was den Mord im Hotel anging, die Anschläge, den Gleiter und den Überfall im *vuzkil.*

»Ich werde gleich verschwinden – ausschlafen«, sagte er zum Schluß. »Hier darf mich keiner finden, und ihr habt mich nicht gesehen. Ich brauch aber noch einiges an Hilfe und kann euch dafür zuerst mal nur versprechen, daß ihr alles erfahrt, was ich rauskriege, wenn es soweit ist.«

Filidor grunzte. Eguren sagte: »Was brauchst du?«

»Einige Dinge, die es hier gibt, und ein paar andere, die auf Tiritam nicht zu haben sind.« Er zögerte. »Fangen wir damit an. Auf irgendeinem der näheren Subzentren – bitte auf keinen Fall Gaia kontaktieren! – müßte es eine Akademie geben, an der sich jemand mit Kenntnissen in altterranischen Sprachen findet. Adresse, Visifonanschluß, das Übliche.« Dann zählte er seine sonstigen Wünsche auf. Als der Osthimmel fahl wurde, bat er Filidor, die Beleuchtung auszuschalten, ein Aufzeichnungsgerät vorzubereiten und mit Eguren aus dem Erfassungsbereich der Visifonoptik zu verschwinden.

Er wählte die Notfall-Nummer, die Chevrillon ihm gegeben hatte; dabei ließ er die Optik ausgeschaltet. Obwohl es in Atenoa noch sehr früher Morgen war, meldete Chevrillon sich fast sofort – auch ohne Sicht.

»Ja?«

»Ave Caesar«, sagte Delgado. »Moriturus hat ein Anliegen.«

Schweigen.

»Es geht um Ihren Kopf.« Delgado schaltete die Optik zu; Chevrillon konnte ihn jetzt sehen. »Bevor ich weiterrede, will ich Sie sehen – um sicher zu sein.«

»Reicht die Stimme nicht?« Es war eindeutig Chevrillons Stimme, und sie klang feindselig.

»Stimmen kann man imitieren.«

Der Schirm flackerte; höchstens zwei Sekunden lang war Chevrillon zu sehen – bekleidet, mit einem Becher in der Hand. Dann wurde das Bild wieder weggeschaltet.

Filidor hob einen Daumen; Delgado sprach weiter. »Es ist jetzt der 2. September. Ich erwarte Sie am 13., nachmittags – örtliche Zeit – an folgender Position.« Er las von einem Zettel ab, auf dem er sein Rendezvous mit den Tambos und Gurshtamitz berechnet hatte. »Haben Sie das?«

»Ja. Wieso sollte ich kommen?«

»Wenn Sie nicht kommen, sind Sie tot. Wenn Sie kommen, ist vielleicht noch etwas zu retten. Ihr Kopf, Ihr Konto, derlei. Keine Großaktion bitte, es gibt da ausreichend Boden-Luft-Raketen. Bringen Sie jemanden mit, der für die, ah, wirtschaftlichen Aspekte Verhandlungsvollmacht hat.«

Chevrillon knurrte etwas, das Bestätigung sein mochte.

»Noch etwas.« Delgado zeigte die Zähne. »Zur Klärung der Situation. Ich habe mich abgesichert; wenn ich tot bin, machen andere weiter, die informiert sind. *Ich* will überleben, und Geld; die anderen könnten auch politische Anliegen haben. – Ah, und bringen Sie doch gleich den Dicken mit.«

»Das wird nicht gehen. Lesen Sie heute die Zeitungen.« Chevrillon schaltete ab, ohne weiteren Kommentar.

Delgado nickte langsam. Die Schüsse ins Blaue hatten getroffen; die Übermittlung der gaianischen Morgenblätter würde er abwarten müssen, um Genaueres über die Qualle zu erfahren. Er dachte sich seinen Teil; auch darüber, daß Chevrillon bei »der Dicke« sofort gewußt hatte, wer gemeint war.

Filidor hielt den Ausdruck des Aufzeichners hoch; Chevrillon war gut zu erkennen. Eguren musterte das Bild mit gerunzelter Stirn.

»Den hab ich hier schon mal gesehen«, sagte er. »Bloß – wann und wo?«

Irgendwie schaffte er vor Sonnenaufgang, taumelnd und gähnend, den Weg zum Versteck des Gleiters, sicherte das Vehikel, schaltete die Verdunkelung der transparenten Kuppel ein, klappte den Pilotensitz zur Liege und schlief. Zehn Stunden später enträtselte er die Funktion der bordeigenen Versorgungsautomaten, brühte Kaffee, aß schales Brot mit antiken Bratenscheiben und zählte seine Zigarren. Er spielte mit den Empfangsgeräten, hörte Mitteilungen auf allerlei Frequenzen, dann die 16-Uhr-Nachrichten von Radio Gangur, die zu mehr als der Hälfte aus der x-ten Wiedergabe seines Artikels bestanden und ihn tief befriedigten – wie jemanden, der eine satte Stinkbombe hat hochgehen lassen und nun erfährt, daß die Leute, um die es ihm geht, sich die Nase nicht zuhalten dürfen. Später, nach weiterem Spielen mit Frequenzen, hörte er die vom Relaissatelliten umgesetzte und verstärkte Sendung einer der großen Stationen Atenoas. Dort war das Hauptthema der Konflikt auf Jenkynsore, der sich zum Krieg auszuweiten schien; aber immerhin schon an dritter Stelle kam Tiritam.

Warten warten warten. Bis zum Sonnenuntergang hatte er drei Dutzend neue Pläne samt Alternativen und Widerlegungen entworfen. Trotz aller Ungeduld gab er abends noch eine halbe Stunde zu. Es war 21:74, als er endlich das vom Pool angemietete Gebäude erreichte. Eines der zur Esplanade gehenden Fenster war genau im verabredeten Winkel geöffnet; die Luft war rein.

Filidor hatte die gestempelte Ecke, von Delgado aus Paspisanos Briefkopie geschnitten, mit den Geräten behandelt, die zur Aufbesserung unsauberen Bildmaterials verwendet wurden.

»Paar mehr Buchstaben als das Anfangs-*M* sind schon dabei rausgekommen; der Rest war einfach – sogar mit unseren unvollständigen Daten hier.« Eine terranische Stadt mit *M*, ferner *E*, *O* und *N*, in der man vor 700 Jahren Anglic gesprochen hatte und wo es ein Museum für Emigrations- bzw. Migrationsgeschichte gab – »Melbourne, Region Australien. Hilft dir das weiter?«

»Noch nicht, kann aber noch kommen. Heißen Dank einstweilen.« Delgado lächelte den Kollegen an und aß gierig den Fleisch-, Gemüse- und Reiseintopf, den Filidor aus einem der Esplanade-Lokale besorgt hatte.

Ein Spezialist für altterranische Sprachen hatte sich noch nicht gefunden. Atenoas Morgenzeitungen enthielten unterschiedlich formulierte Berichte über einen Verkehrsunfall im Liggabet-Quartier, bei dem ein als *Qualle* bekannter Gangster umgekommen sei. Von allen möglichen Agenturen lagen Anfragen nach Details vor – Hintergründe zu dem Bericht, den der verschollene Journalist Delgado kurz vor seinem Tod per Funk nach Gangur übermittelt hatte. Mit dieser Lesart war er sehr zufrieden; auch damit, daß in Yeriddu, wie Filidor versicherte, der Teufel los sei.

Eguren hatte einen langen Tag mit wenig Schlaf hinter sich. Er berichtete von Gebrüll bei der Redaktionskonferenz, einmütiger Unterstützung der Kollegen, knirschender Einwilligung des Herausgebers (und Ratsmitglieds); und von der in die Nacht hineingehenden Sondersitzung des Rats.

Dann packte er die große Tasche aus, die er mitgebracht hatte. Das erste war ein Papierstapel – alles, was Erling Paspisano je geschickt, übermittelt, angedroht hatte. Delgado überflog die Blätter: nichts von Substanz; auf den ersten Blick verstand er, weshalb man Paspisano für einen Spinner hielt. Vage Andeutungen, Ankündigungen, unenträtselbare Inhaltsangaben ... Das zweite Päckchen stammte vom Waffensergeanten der *Nurith*.

»Und schön grüßen soll ich die lebende Leiche.« Eguren gähnte und grinste gleichzeitig. »Er fragt, ob du einen Vorschlag hättest, was er nach der Degradierung machen soll, wenn das da rauskommt.«

Delgado öffnete das Bündel, schaute hinein, verschloß es wieder. Es enthielt die am Leib zu tragende Spezialausrüstung, die Mitgliedern von Kommandotrupps der Marineinfanterie das Töten und Überleben möglich machen sollte: Nadelwaffe, ausgelöst durch das Zucken eines Armmuskels, Mikrokapseln mit Sprengstoff, eine feine Klinge, ein Überlebenspaket mit Konzentratnahrung und Medikamenten ...

Es gab Grüße von *dam* Nada, die sich an den Tashka-trinkenden Journalisten mit wüsten Nächten und zwei Reisetaschen erinnerte. Sie hatte *dom* Oskar auf dem Bild wiedererkannt und sagte, vor seinem Abflug habe er mit einem Ratsherrn von Gangur und zwei Leuten der AsteRisk Kaffee getrunken.

»So, und die härtesten Sachen zum Schluß. Erstens.« Er legte einen Stein auf den Tisch. »Ich hab ihn einem Bekannten gezeigt – Juwelier und Schleifer, am Heptagon. Er sagt, er mag Rohdiamanten. Für den hier würde er zwanzigtausend hinlegen, notfalls auch fünfundzwanzig, und ihn nach dem Schleifen für das Doppelte verkaufen.«

»Entzückend.« Delgado betrachtete den Stein, warf ihn hoch, fing ihn auf und steckte ihn in die Brusttasche seines Hemds.

»Zweitens. Es gibt die bekannten Fundstätten in Tambora, aber auch kleinere Felder im Zentrum von Ummu. Folglich gibt es in den angrenzenden Distrikten Ummus Diamantschleifer, die so etwas ankaufen würden. Drittens« – er beugte sich vor – »scheint sich, und das ist bloß ein Gerücht, in einigen Distriktshauptstädten von Ummu die Zahl der städtischen Tambos verringert zu haben. Es gibt keine genauen Zahlen – oder nur aus Espinga, das ist die Hauptstadt des Distrikts Mizra. Die haben, sagt mein Kumpel, alter Schulkamerad, der bei der *Espinga Postil* arbeitet, normalerweise an die vier- bis fünftausend regelmäßige Wohlfahrtsempfänger, Tambos. Einige von denen scheinen in den letzten Monaten abgewandert zu sein, zurück zu den Stämmen ins Binnenland. Nimmt man an. Jedenfalls sind es zur Zeit nur knapp zweitausend.«

Delgado nickte. »Das freut mich. Für eure Wohlfahrtsämter.«

»Bastard. Ist die Information wichtig?«

»Kann sein. Ihr erfahrt alles, sobald ich weiß, worauf es hinausläuft. Hast du noch mehr?«

»Ja. Der Rat ist, wie es im Moment aussieht, paralysiert. Ein paar Unentschlossene, aber die anderen ziemlich genau zur Hälfte für, zur Hälfte gegen eine Verlängerung des Kontrakts. Tja, und die letzte Botschaft wird dich nicht erheitern: Ich war bei der Residentin.«

»Was sagt *dam* Litz?«

»Ihre Exzellenz sagt etwas, was bei Nebel und gutem Willen irgendwas zwischen Null, Nein und Nixda bedeuten könnte. Ich hab ihr auf den Kopf zugesagt, daß sie Unterlagen von Paspisano hat. Sie leugnet nicht einmal; sie sagt nur, ich hätte die falsche Zeitform benutzt. Sie hat Unterlagen *gehabt,* und sie hat alles weggeworfen, weil es nur zeitraubender Blödsinn ist. So ähnlich.«

In der Nacht flog er ab, zunächst ziemlich tief. Er folgte dem Verlauf des Milfjords, stieg und beschleunigte nur ganz allmählich. Nach etwa einer Stunde bog er nach Osten, überflog die Bergketten des Distrikts Aspar, dann schwenkte er, immer über fast unbewohnten Gebieten, nach Südosten. Aspars Himmelsberge, die imaginäre Grenze zum riesigen Distrikt Kitrien, Tausende Kilometer flacher Sandstrände im Licht der beiden Monde. Er sah hin und wieder kleine Siedlungen, Häfen, Bergnester, kaum Bodenverkehr, und in der Luft war er allein – Radar und andere Orter zeigten nichts.

Mulubar, Hauptort von Kitrien, war nicht ganz 600 Jahre alt. Es gab kaum Industrie – ein paar Fabriken für Fischkonserven, kleine Schiffbaubetriebe –, dafür eine verwinkelte Altstadt oberhalb des Hafens: Häuser mit vorspringenden Obergeschossen, die die gepflasterten Gassen beschatteten, Fachwerk, wenige Steingebäude; am zentralen Platz, der schlicht Plaza hieß, lagen die eher unwichtigen Verwaltungsbüros, Schänken, Restaurants und zwei Bankfilialen. Delgado hatte den Gleiter in einem kleinen Waldstück versteckt und gesichert; vor einem Lokal an der Plaza trank er einen Kaffee, betrachtete die bunten Fassaden, das absurde Denkmal *Dem unbekannten Fischer* (ein nackter Mann mit gewaltigen Muskeln, das unkenntliche Gesicht in einem wirren Netz, dessen Leinen sich um seinen Hals zusammenzogen; sie endeten in den vielzahnigen Mäulern monströser Fische, die den Seemann grinsend zu erdrosseln und zu sich herabzuziehen schienen). Delgado legte eine Drachme auf den Tisch, leerte den Kaffeebecher und ging in die Bank.

Ohne große Formalitäten konnte er ein Konto eröffnen, auf das er 10 000 Drachmen in Silbermünzen einzahlte; der Verwalter des gesicherten Depots im tiefen Keller schnalzte mehrfach, als er den Inhalt des zweiten Beutels untersuchte. Er schloß alles weg und stellte eine Quittung aus: 12 Kilobarren Gold, Wert per 3.9.630 ca. 245 000 *dr*, 68 Rohdiamanten unterschiedlicher Größe, ohne Gewähr geschätzter Wert per 3.9.630 ca. 1 345 000 *dr*, »zur sicheren Verwahrung bis auf weiteres«.

»Eine Frage, wenn Sie gestatten, *dom*«, sagte er, als Delgado die Quittung eingesteckt hatte.

»Bitte sehr.«

Der Mann räusperte sich, rieb sich die beginnende Haarlichtung über der Stirn; die Ohrmuscheln liefen leicht rot an. »Es, hm, es ist mir ein wenig peinlich ...«

Delgado lachte. »Nett, daß es das noch gibt, in diesen wirren Zeiten. Was haben Sie auf dem Herzen?«

»Mulubar ist für Sie vermutlich das Ende der Welt, aber... auch hier gibt es Nachrichten. Soviel ich weiß, *dom* Delgado, sind Sie gestern morgen – ah nein, vorgestern, nicht wahr? – ungefähr fünftausend Kilometer von hier gestorben.«

»Und?«

»Die Kollegin, die Ihr Konto oben eröffnet hat, weiß das entweder nicht, oder sie hat den Kontobesitzer Duncan Delgado nicht mit dem Journalisten Duncan Delgado identifiziert. Ist es zutreffend, daß Sie keinen Wert darauf legen, daß, eh ...«

»Gibt das Probleme? Sollte ich vielleicht mit dem Manager sprechen?«

Der Mann lächelte, fast verlegen. »Das tun Sie gerade. Kleine Filialen brauchen nicht so viel Personal ... Nein, Probleme sehe ich nicht. Ich habe Ihren Ausweis gesehen; er ist zweifellos echt. Und Todesmeldungen sind bisweilen, hmhm, voreilig, vor allem bei den derzeitigen Umtrieben in Tambora. Und, ah, was Sie hier deponiert haben, weist Sie mehr als ausreichend aus. Die Frage ist nur – was, wenn Sie, uh, hm, also ...«

Delgado verbiß sich ein Grinsen. »Sie haben recht, es könnte mich ja tatsächlich dahinraffen. Was dann?« Er überlegte; eigentlich gab es keinen, dem er etwas zu hinterlassen wünschte. Schließlich bat er den Manager, einige Personen zu konsultieren, falls er bis zum 1.9.631 nichts Gegenteiliges hörte; an diese – Hazel Pukavik, c/o *Tempo*, Atenoa; Tsyra und Estir Bhowani, Yeriddu; Hemul Eguren, Gangur; Operto Filidor, c/o *Atenorama* – solle »der Kram« zu gleichen Teilen fallen.

»Und Sie wollen das wirklich, hmf, so liegenlassen? Nicht vielleicht, äh, investieren – verkaufen und anlegen?«

»Darf man in Ihrem Büro rauchen?«

»Kommen Sie, kommen Sie.«

Zwei Stunden berieten sie, bei feinem Hochlandtee aus Lykassien und mächtigen Qualmwolken. Zu Delgados Überraschung erwies Karim Pokorny sich als scharfsinnig, gerissen und durchaus weltläufig; er stammte aus Mulubar, hatte aber einige Zeit bei größeren Banken in Gangur und auf Aspura, der Zentralwelt des Randsektors, gearbeitet.

Pokorny wollte Gold und Diamanten zu einem mittleren Tagespreis übernehmen, den Gegenwert zweifellos zugunsten der *Mulu-Bank* investieren und stellte Delgado eine Rendite von 7,5 % p. a. in Aussicht – »vielleicht etwas mehr, aber das, uh, hängt auch von den, ahemm, Entwicklungen in Tambora ab.«

Nach einer Stunde beugte sich der Manager weit über seinen Schreibtisch vor. »Hören Sie, wollen wir nicht, eh, über das reden, was Ihnen wirklich, also, ich meine, es geht Ihnen doch gar nicht um ...« Er breitete die Arme aus.

»Schießen Sie los.«

Pokorny kratzte sich den Hinterkopf. »Wenn ich genauer wüßte, brrrm ...« Er schloß die Augen und lehnte sich zurück. Als er weitersprach, war die aufgesetzte Unsicherheit verschwunden.

»Tambora ist der wichtigste Faktor – wie Sie wohl wissen. Nicht nur wegen der Bodenschätze. Nicht nur wegen des Geldes, das die AsteRisk jährlich zahlt. Die ganzen Arbeitsplätze, all das ... Nun ist es sicher so, daß kein Individuum und keine Organisation auf Tiritam in der Lage wäre, von heute auf morgen die AsteRisk zu ersetzen oder, was das angeht« – er keckerte leise – »die Bunofrena beziehungsweise die Geram-Gruppe. Deshalb hat sich niemand ernsthaft mit derlei Gedanken befaßt. Andererseits … Wenn es zu einer Lösung käme, wie Ihr mysteriöser Gesprächspartner in der Wüste sie vorschlägt – es wäre eine ungeheure Kraftanstrengung nötig, aber es wäre auch das Beste, was Tiritam passieren könnte.«

»Inwiefern?«

Pokorny brachte das Kunststück fertig, mit geschlossenen Augen ein Blinzeln oder Zwinkern anzudeuten. »Welcher Konzern auch immer den Kontrakt erhält, bringt seine eigenen Leute mit – Fachleute und Verwaltung, in erster Linie. Die Anzahl der Tiris – oder Tambos –, die im Abbaukomplex Arbeit finden, ist erheblich und für den Planeten hilfreich, aber es sind immer die, sagen wir, unteren Gruppen, nicht wahr, was Qualifikation und Einkommen angeht. Um alles selbst zu übernehmen, müßte man für den Übergang auf externe Fachkräfte zurückgreifen; allmählich die eigenen Leute besser ausbilden, mit entsprechenden Institutionen. Und eine völlig neue Infrastruktur. Bis jetzt wird ja auch der Transport von Yeriddu nach Gangur von AsteRisk-Vehikeln bewältigt, jedenfalls vornehmlich. Schulen, Depots, Flugverkehr auch zu anderen Distrikten, bescheidene Industrialisierung in bestimmten Gebieten, bessere Anbindung ans Commonwealth, vielleicht sogar Tourismus … Gewaltige Perspektiven, *dom* Delgado.«

»Vergessen Sie den Krieg nicht«, sagte Delgado trocken.

»Ah ja … Aber was dieser Gurshtamitz da vorschlägt, liefe ja auch auf ein Ende des Konflikts hinaus, nicht wahr?« Er öffnete die Augen, lächelte, wurde plötzlich wieder rot. »Jedenfalls, ehm, als der Inhalt Ihrer, uh, Recherchen, ja? Nennen wir es so. Als das gestern durch die Nachrichten ging und heute früh in unserer bedeutenden Zeitung stand – das *MulubarOmeter*, scheußlicher Name –, da war ich ganz … betrunken von den Aussichten.«

»Warum erzählen Sie mir das?«

»Sie haben eine Lawine losgetreten, um es mal so zu formulieren. Außer Ihnen hat bisher keiner auch nur feststellen können, welche Tambogruppe den Krieg führt, und bis zu Ihrem Artikel wußte niemand etwas über ihre Ziele. Deshalb, ah, nehme ich an, daß Sie … hm, Sie wissen wahrscheinlich, mit wem was wo unter welchen Umständen zu bereden ist. Ein, eh, Wort ins richtige Ohr, gewissermaßen ...«

Delgado schüttelte den Kopf. »Sie überschätzen mich; ich bin nur ein reisender Journalist. Ich kann Geschichten ermitteln; Geschichte *machen* müssen andere.«

Pokorny lächelte fast verzagt. »Das stimmt ... eh, nicht ganz. Sie kennen die Lage und die wichtigen Leute, nehme ich an.«

»Worauf wollen Sie eigentlich hinaus?«

»Hm. Also. Tja, eh.« Pokorny lehnte sich zurück und schloß wieder die Augen, offenbar Voraussetzung für klares Reden; Delgado atmete innerlich auf.

»Wie soll ich sagen ... Klartext: Es wäre für alle hilfreich zu wissen, für diese Bank zum Beispiel, ob man in den Ausbau einer hiesigen Fabrik für Fischkonserven Geld stecken sollte oder nach, sagen wir, einer geziemenden Phase der Zurückhaltung andere Dinge tut. Eine Beteiligungsgesellschaft für Gleiterbau. Eine Flugverbindung Gangur–Mulubar. Eine Bergbauakademie. Anlage eines Frachtterminals in Yeriddu. Konstruktion eines Umschlagsatelliten. Erwerb von Frachtshuttles. Beteiligung an dem, uh, Abbaukonsortium ...«

»Warten Sie ab; das ist ein unverbindlicher Rat.«

Pokorny öffnete die Augen, blinzelte und lächelte.

»Und was die Sachen im Depot angeht – übernehmen Sie's. Aber stecken Sie mein Geld nicht in was auch immer; es kann sein, daß ich es für andere Zwecke brauche. Bald.«

Auf dem Flug über die Berge, die giftgelbe Senfgrassavanne und die Wüste nach Yeriddu versuchte Delgado, sich auf die fantastischen Elemente der Höhlennacht zu konzentrieren, aber sie entglitten ihm immer wieder. Als ob der damit beauftragte Teil des Gehirns sie abstieße, sich der Analyse verweigerte.

Nach Pokornys vorsichtigen Auskünften waren die Räte Mulubars bis vor zwei Tagen unentschlossen gewesen, wie sie sich bei der Verhandlung des Kontrakts verhalten sollten – Verlängerung für die AsteRisk oder Neuvergabe zu welchen Konditionen. Der Manager hatte aber sehr deutlich gemacht, daß eine neue Lage entstanden sei – eine dritte Option, die bis vor zwei Tagen niemand erwogen hatte; glaubwürdige Prognosen seien unmöglich.

Und es blieb das Problem des bewaffneten Konflikts; wieder bemühte Delgado sich, die Rede der Ältesten des Tambo-Stamms mit den Ereignissen zu verbinden. Schließlich gab er auf; alles war zu wirr, zu widersprüchlich. Vielleicht brächten die nächsten Tage Klarheit – oder einen Wirbelsturm.

XII.

Der Bus nach Norden war noch etwa eine halbe Stunde entfernt, als Delgado bei Sonnenuntergang den Gleiter in einer bizarren Schlucht versteckte und sicherte. Den gefalteten Rucksack nahm er aus dem Sattelgepäck und füllte ihn mit allem, was er in den kommenden Tagen zu brauchen hoffte (oder fürchtete); den Rest ließ er zurück.

Er lief locker durch den schnell abkühlenden Wüstenabend. Die Wegstation – in der Nähe gab es einige Farmen – lag etwa 100 km südlich von Yeriddu und war verlassen. Im halbbesetzten Bus, der bald darauf kam, war niemand, der ihn hätte erkennen können.

Kurz nach 23 Uhr, drei Stunden vor Mitternacht, stieg er auf dem halberleuchteten Bahnhofsplatz von Yeriddu aus. Vorsichtig schaute er sich nach dem jungen Gepäckfahrer um, dem er immer noch 20 *dr* schuldete, sah ihn aber nirgendwo.

Von einem öffentlichen Anschluß rief er den Handelsclub an und hörte, die Magnaten seien früh heimgegangen. Zwanzig Minuten später hatte er, unbeobachtet und unerkannt, das Zentrum durchquert und die Straße erreicht, wo Deirdre Gorostiza in einem kleinen, einzelstehenden Haus wohnte. Die untersetzte Frau öffnete selbst, in silberglänzendem Bademantel und mit Lockenwicklern. Sie zuckte zusammen, als sie ihn erkannte.

»Ich . . . ich denke, Sie sind tot!«

»Nicht ganz. Kann ich . . .?«

Sie zog ihn ins Haus und verschloß die Tür, ohne Licht zu machen. »Was ist passiert? Was wollen Sie?«

»Man hat versucht, mich umzubringen.«

»Wer?«

»Leute mit einem Gleiter – wer genau, weiß ich nicht. Ich werde wohl kaum offen durch Yeriddu laufen können, ohne . . .«

»Hmf. Ja. Wer Sie in der Wüste ausschalten will, macht das notfalls auch hier. Was ist mit dem Artikel? Stimmt das alles?«

»Ja. Darum geht's. Ich muß mich irgendwo in der Stadt rumdrükken, bis morgen früh.«

Gorostiza verzog das Gesicht. »Ich bin nicht auf Gäste eingerichtet, aber... wenn's denn sein muß.«

Delgado bemühte sich, so zu lachen, als fände er alles gar nicht lustig. »Nein, das ist nett, aber das will ich Ihnen nicht antun. Ich brauche Geld.«

»Wieviel? Wozu?«

»In den nächsten Tagen treffe ich Gurshtamitz wieder; vorher muß ich ein paar, hm, heikle Dinge erledigen. Dafür.«

Sie nickte. »Heikle Dinge kosten Geld, klar. Und?«

»Wenn Sie für eine Verlängerung oder Neuvergabe des Kontrakts sind, brauche ich Sie nicht anzupumpen. Wenn Sie für die Lösung sind, die der Tambo vorschlägt...«

Sie nickte wieder, ohne eine Miene zu verziehen. »Wieviel?«

»Zehntausend.«

»Puh. Soviel hab ich nie im Haus. Warten Sie mal.« Sie verschwand in einem Zimmer, kam nach wenigen Sekunden zurück. Im Gehen zählte sie Banknoten.

»Siebentausend und ein paar. Mehr hab ich nicht da. Ich frag Sie nicht nach einer Quittung; die wäre bedeutungslos, oder?«

Delgado lächelte knapp. »Wenn ich überlebe, kriegen Sie's zurück. Betrachten Sie es als Investition in die Zukunft.«

Der nächste war Destouches. Er wohnte erheblich weitläufiger, in einer Parkvilla, hatte Personal und, wie der Diener an der Tür versicherte, Gäste. Delgado bestand darauf, den Hausherrn zu sprechen, und bat den Diener, das Stichwort Gurshtamitz in Destouches' Ohr zu flüstern.

Destouches kam zur Tür, mit mürrischem Gesicht und einem Weinglas, das er fallen ließ, als er Delgado sah.

»Sie sind doch tot! Kommen Sie, psst.« Er zog ihn in ein kleines Zimmer, das von der Diele abging.

Delgado erzählte ihm mehr oder minder das gleiche; wie *dam* Gorostiza war auch Destouches bereit, in die Zukunft zu investieren, behauptete allerdings, überhaupt kein Bargeld im Haus zu haben.

»Ich riskiere morgen früh einen kurzen Blick ins *Plaza*. Können Sie – wenn's geht, persönlich; ich kenn Ihre Leute ja nicht – da so gegen halb acht... ah, wann machen die Banken auf?«

»Um acht, aber das ist kein Problem. Bis morgen früh kann ich zehntausend auftreiben.«

Vivian Atzman wohnte in einem weinroten Bungalow; die rostroten Türen waren orange schraffiert. Auch sie zuckte zusammen, als sie Delgado sah, weigerte sich aber, auch nur einen Obol zur Verfügung zu stellen.

»Mißverstehen Sie mich nicht – schön, daß Sie nicht tot sind, nett, Sie zu sehen, schauen Sie mal wieder in den Club rein, aber dieser Tambo-Deal ist mir so, wie es im Moment aussieht, viel zu windig.«

Takashi Riordan war der letzte, den Delgado heimsuchte. Der Bürgermeister war offenbar im Begriff gewesen, zu Bett zu gehen, und hatte sein Personal schon für den Tag entlassen. Er stand im seidenen Pyjama in der Tür, starrte Delgado an, hob eine Braue und winkte ihn ins Haus.

»Hab ich mir doch gedacht... Erst die Todesmeldung, dann der Artikel, seitdem ist hier der Teufel los. Das wär zu dramatisch gewesen, wenn es Sie wirklich zerbröselt hätte.«

Delgado brachte sein Anliegen vor; Riordan rümpfte die Nase.

»Wir sind noch nicht einig, was das angeht... Zu windig. Klingt gut, in Ihrem Artikel, aber wer sagt mir denn, daß Sie den Tambo nicht erfunden haben? Ah, was soll's; was sind schon zehntausend? Überleben Sie, geben Sie's mir zurück, dann reden wir weiter. Ich würde Gurshtamitz gern selber sehen.«

Er ging in sein geräumiges Arbeitszimmer und winkte Delgado, ihm zu folgen.

»Investition in die Zukunft, hah. In Ihre Zukunft, wie? Ich wiederhole mich ungern – denken Sie an idyllisch gelegene Gräber. Wenn Sie mich... aber das wissen Sie ja wohl.«

Er öffnete einen Wandsafe. Delgado spürte die weichen dicken Teppiche unter den Füßen, sah die kostbaren Vasen und die Regale, die antiken Möbel von außerhalb Tiritams; und er sah etwas glitzern, als die Safetür aufschwang. Sein rechter Arm baumelte; ein Muskel spannte sich; der kühle Metallstift des Nadlers schien den Unterarm zu elektrisieren.

Riordan drehte sich um. In der Hand hielt er einen Packen Banknoten; er machte keinen Versuch, den kleinen Strahler im Safe mit dem Körper zu verdecken.

»Da«, sagte er. Er zählte 10 000 *dr* ab und legte das übrige Geld zurück in den Safe.

Unergiebig, dachte Delgado. Sowohl die Bereitschaft, eine größere Summe zu zahlen, als auch *dam* Atzmans Weigerung; eindeutige Schlußfolgerungen waren nicht zu ziehen.

Er machte einen kleinen Umweg. Ein Nachtvogel planschte im mittleren Brunnen des Patio, Blütenduft füllte das Geviert, und im *Herz der Wüste* war noch Licht. Delgado hockte sich an die Bar, kurz vor dem Durchgang zum Raum der Magnaten, bat um einen Kaffee und Trester und legte fünf silberne Zehner auf den Tresen, zusammen mit einem Bild. Der Barmann betrachtete es, nickte, deutete mit dem Kopf auf die verschlossene Tür zum Handelsclub und nahm die Münzen.

Es war eine Eingebung gewesen; aber auch die Bestätigung, daß Chevrillon die Magnaten aufgesucht hatte, half nicht weiter – im Gegenteil: Sie machte alles noch wirrer. Das Muster, das er zu sehen glaubte, konnte so nicht stimmen.

Der Versuch, möglichst geräuschlos, auf Umwegen, unter Ausnutzung von Bäumen, Arkaden und Schatten – beide Monde standen hoch am Nachthimmel – Tsyra Bhowanis Haus zu erreichen, kostete mehr als eine halbe Stunde. Als er sicher war, daß auch zwischen den übrigen Häusern keine Beobachter hockten, nahm er den kleinen Spürer aus der Tasche. Das Haus war nicht verwanzt. Er erinnerte sich an drei knarrende Bohlen auf der Veranda, huschte zur Tür und öffnete sie lautlos.

Das Haus war leer. Frühstücksgeschirr stand ungespült in der engen Küche – von heute, vom Vortag?

Auf dem umständlichen Weg zurück ins Zentrum sagte er sich, daß es viele Gründe geben konnte. Tsyra Bhowani war jung, Witwe, der Sohn nicht zu Hause; bei aller Trauer und Sorge mußte sie Bedürfnisse haben; vielleicht verbrachte sie mit irgendwem eine angenehme Nacht. Delgado hoffte es, konnte sich aber nicht dazu überreden, es zu glauben.

Vor dem *Plaza* wartete er, Teil der Mauerschatten, bis der Nachtportier das Desk verließ und in einem der hinteren Räume verschwand. Ungesehen gelangte Delgado zur Treppe.

Hazel öffnete die Tür sehr schnell; sie konnte noch nicht geschlafen haben. Mit weit aufgerissenen Augen starrte sie ihn an, als er sich an ihr vorbei ins Zimmer drückte; zum ersten Mal sah er sie blaß werden.

Sie schloß die Tür, lehnte sich mit dem Rücken dagegen. »Du ... Ah, hätt ich mir denken sollen. Die Katze hat neun Leben, Delgado mindestens zehn. Wie ...«

Er ließ den Rucksack zu Boden gleiten, unterdrückte ein Gähnen, blinzelte. Die Schlieren der Müdigkeit in den Augen lösten sich auf. Er streckte sich, holte tief Luft und ging zu ihr. Sie lehnte immer noch an der Tür. Im Raum war es warm; sie trug nichts als einen hauchdünnen Slip. Delgado beugte sich vor und berührte eine ihrer festen Brüste mit der Zungenspitze. Sie faßte sein Gesicht mit beiden Händen und hob es an; die Bartstoppeln schienen sie nicht zu stören. Er sah, daß sie wieder Farbe bekam, und er spürte das vertraute, immer neue Feuer.

»Adrenalin«, murmelte er.

Sie küßte ihn lang und fordernd. »Oder Testosteron?« sagte sie dann, mit einem leisen Glucksen.

Er löste sich von ihr und ging zum Bad. »Erstens waschen – strategisch. Drittens reden.« Es gelang ihm, das Marinekommando-Arsenal geräuschlos unter seinen Kleidern zu verbergen, als er sich im Bad auszog. Irgendwie hatte er das Gefühl, es könnte das Feuer löschen.

Nach einem kurzen, aber heftigen Streit verließ er um 6:80 Uhr Hazels Zimmer. Unbemerkt verdrückte er sich durch den Hinterausgang des Hotels, lief durch den Patio zum Torbogen gegenüber, umrundete den Block und duckte sich ins Gesträuch des Beets auf dem Platz vor dem *Plaza*. Er war nicht allein dort, und in seinen zerschlissenen Reisesachen fiel er zwischen den städtischen Tambos und zwei oder drei Tiris, die hier übernachtet hatten, nicht auf. Wie immer, wenn Hazel dabei war, hatte er nicht viel geschlafen: neben dem schmalen Bett, mit seinen Kleidern und der Tagesdecke, auf dem Teppich, bis Hazel ihn im Morgengrauen weckte, »für einen Rückfall«. Aber er fühlte sich fit genug, um ihre anstrengende Gesellschaft ungestörter Ruhe vorzuziehen. Im Geist sortierte er die Informationen, die er von ihr erhalten hatte – die Turbulenzen, Folge seines »Todes« und noch mehr seines Artikels; die hektischen Aktivitäten der PR-Abteilung der AsteRisk, die alles als Erfindung bezeichnete; neue Schießereien im Abbaugebiet; das Ausschwärmen der Kollegen auf der Suche nach Tambo-Insurgenten, die etwas von Gurshtamitz wüßten; die Verhöre, denen einige der Kollegen (Laguna Epetshan,

Astra Bayle und einige andere, mit denen er sich im *Plaza* vor seinem Verschwinden unterhalten hatte) von Polizei und AsteRisk-Sicherheitsleuten unterzogen worden waren. Und dann natürlich der Streit: Hazel bestand darauf, ihn im Bus nach Süden zu begleiten, um den mysteriösen Erling Paspisano aufzusuchen, zu befragen, auszuquetschen, und außerdem einfach dabeizusein – »wo du bist, scheinen immer die wichtigen Dinge abzulaufen.« Es war ihm nicht gelungen, sie davon abzubringen; der Hinweis auf Gefahr und mögliche weitere Anschläge schien sie nur zusätzlich zu reizen. Er hatte ihr nichts von dem verborgenen Gleiter erzählt; eigentlich wollte er den Bus nur bis zur einsamen Wegstation nehmen und dann umsteigen.

Er war noch mit dem Sortieren all dieser Dinge beschäftigt, als einer der Schläfer unter den grellgelben Blüten der Shabinga-Sträucher sich aufrichtete. Es war der junge Gepäckfahrer. Er rieb sich die Augen, gähnte, schaute sich um und sah Delgado. Ehe er etwas sagen konnte, hielt Duncan ihm den Mund zu.

»Kein Gebrüll bitte. In Ordnung?«

Der Junge nickte; Delgado ließ ihn los.

»Sie schulden mir noch zwanzig Drachmen – wenn Sie mit dem Tip zufrieden sind.«

Delgado grinste und holte zwei Silberzehner heraus. Der Junge steckte sie ein.

»Das erste Mal, daß ich von einer Leiche kassiere«, sagte er halblaut. »Sie wollen mir bestimmt nicht erzählen, wie Sie das gemacht haben, oder?«

»Nein. Hast du Tsyra Bhowani gesehen?«

»Vor ein paar Tagen. Warum?«

»Nur so.« Delgado stellte schnell und leise ein paar Fragen, aber der Junge konnte nicht viel erzählen – Unruhe, Hektik bei der AsteRisk, wilde Gerüchte. Schließlich gab Delgado ihm eine weitere Münze und einen Auftrag. Der Junge grinste und verschwand.

Punkt halb acht erschien Destouches; er kam zu Fuß, aus einer der überwölbten Gassen. Vor dem *Plaza* blieb er einen Moment stehen, sah sich um, hob die Schultern und ging ins Hotel. Eine Minute später kam er wieder heraus, stand wie verloren da, schaute hierhin und dahin.

Delgado stieß einen halblauten Pfiff aus; Destouches hörte ihn, zuckte zusammen, sah die Hand, die aus dem Gesträuch winkte, und kam herüber.

»Mann, Sie machen's aber spannend.«

»Als Leiche kann ich ja nicht einfach so herumlaufen.«

»Hm. Jaaa. Hier ist das Geld. Sie wollen mir wahrscheinlich nicht sagen, was Sie genau damit vorhaben, oder?«

Delgado nahm den Umschlag. »Ich warte auf den Bus nach Norden; an einer bestimmten Stelle steige ich aus, treffe ein paar Leute, gebe ihnen Geld und lasse mich zu Gurshtamitz bringen. Genau genug?«

Destouches hob die Arme, schnaubte, ließ sie fallen und ging.

Als er nicht mehr zu sehen war, kam der Junge aus dem Hotel und ging zum Bahnhof. Delgado wartete, geduldig. Irgendwann kurz vor acht erschien Hazel, in einfacher Reisekleidung mit Windjacke und einer schweren Schultertasche; auch sie ging Richtung Bahnhof.

Als er den Bus hörte, verließ Delgado sein Versteck, zog den Hut in die Stirn und lief zur Haltestelle. Er hörte, wie Hazel, schon im Wagen, zwei Karten nach Zidona verlangte und bezahlte. Im Gedränge – mindestens zwanzig Leute waren ausgestiegen, sieben oder acht standen zum Einsteigen bereit – zupfte der Junge an Delgados Ärmel und hauchte ihm etwas ins Ohr.

Destouches hatte am Desk einen Umschlag hinterlegt, adressiert an Henrik Lukashy, den Terraner.

»Ich weiß nicht, wie ich das fünfunddreißig Stunden neben dir aushalten soll«, sagte Hazel, als der Bus außerhalb von Yeriddu beschleunigte.

»Ärger?«

Sie schüttelte die wilde Mähne und legte eine Hand auf seinen Oberschenkel. »Sex.«

Delgado nahm die Hand, küßte die Innenfläche, legte sie zurück. »Bis Zidona fünfunddreißig, und dann umsteigen und nochmals zehn bis Puerto Lindo. Aber zwischendurch gibt's ein paar Aufenthalte. Jeweils eine Stunde.«

»Das beruhigt mich.« Sie nickte sehr ernsthaft und schaute aus dem Fenster; die Hand ließ sie, wo sie war.

Delgado überlegte immer noch, ob es nicht sinnvoller wäre, sie ganz zu informieren und dann bei der Wegstation in den versteckten

Gleiter umzusteigen, als der Bus zu schlingern begann und abbremste.

»Was ist los?« sagte Hazel.

Delgado, der am Gang saß, beugte sich vor und zur Seite. Durch die Frontscheiben des Prallfeldbusses sah er einen Gleiter, der vor dem Vehikel in der Luft schwebte und rechts-links schaukelte: das alte Signal für Stop.

»Wir werden zum Halten gedrängt«, sagte die Fahrerin; trotz der Verzerrung durch antike Lautsprecher war ihrer Stimme Besorgnis anzuhören.

»Was immer geschieht«, sagte Delgado leise, »fahr weiter, wenn's geht, und quetsch Paspisano aus. Vielleicht ...«

Der Bus hielt. Aus dem Gleiter sprangen zwei Gestalten; sie hielten Karabiner in den Händen und kamen zur Einstiegstür. Die Fahrerin schüttelte den Kopf; eine der Personen draußen gab einen Schuß in die Luft ab. Im Gleiter erhob sich jemand und deutete ebenfalls mit einer Waffe auf den Bus.

»Tut mir leid ...« Die Stimme der Fahrerin war brüchig. Sie betätigte den Türöffner.

Eine der Gestalten draußen sagte etwas; es war eine längere Rede, aber hinten im Bus nicht zu verstehen.

»Passagier Delgado soll aussteigen. Andernfalls werde ... wird zuerst die Fahrerin erschossen, dann Passagiere.«

Hazel stieß einen dumpfen Laut aus, schob den Zeigefingerknöchel der Linken in den Mund und krampfte die Rechte um Delgados Arm. Er löste den Griff, berührte ihre Fingerspitzen mit den Lippen und stand langsam auf.

Wieder eine unverständliche Anweisung, dann die heisere, kaum vernehmbare Stimme der Fahrerin: »Mit Gepäck, bitte.«

Er nahm den Rucksack mit der Linken, spürte am rechten Unterarm den kühlen Nadler und kalkulierte seine Chancen. Einer auf dem Gleiter, zwei neben dem Bus ... Er schüttelte den Kopf und ging langsam nach vorn.

Eine der Gestalten, vermutlich ein Mann, stieg ein und hielt die Waffe auf Delgado gerichtet, während der zweite die Fahrerin bedrohte, von außen. Der Eingestiegene trug eine Tambo-Maske aus schwarzem Holz, mit einem Feuerauge auf der Stirn, Flammen auf den Wangen und täuschend echten Gift- und Geiferspuren am wulstigen roten Mund.* Er schien die Passagiere genau zu betrachten, einzeln; dabei hielt er die Waffe immer auf Delgados Brust gerichtet. Es war ein mittelschwerer Strahlenkarabiner.

Als sie ausgestiegen waren, deutete der zweite Mann mit seiner Waffe allgemein in die Wüste; Delgado ging weg vom Bus. Seine Gedanken tanzten und verhaspelten sich. Er blieb stehen, wandte sich um, sah, wie der Gleiter abhob und langsam seitlich von der Straße schwebte.

Die Gedanken endeten in jäher innerer Kühle. Wenn die Dinge sich zuspitzten, »ist Denken eine Schnecke, ihr braucht dann aber einen Blitz«, hatten die Instruktoren der Marinekommandos gesagt. Dies war Teil einer abgewandelten Meditationstechnik der Noastoa; die Reflexe und Instinkte, hart und gründlich trainiert, übernahmen. Einer der Instinkte sagte, daß man ihn nicht hier zwischen Straße und Wüste töten würde; man würde ihn zuerst ausfragen, möglicherweise weit von hier, und dann töten. Das Ende stand fest, nur der Zeitpunkt nicht.

Im Gleiter waren drei Leute – zwei saßen, einer stand. Dieser gestikulierte mit dem Karabiner; der zweite, neben dem Bus, sagte etwas. Die Tür glitt zu, der Bus fuhr langsam an, als hielte ihn etwas zurück. Delgado blickte nicht zu den Fenstern auf; Hazel saß ohnehin auf der anderen Seite.

Der Gleiter – ohne Markierungen – hielt zehn Schritt entfernt; das Heck wurde aufgeklappt. Einer der beiden Männer deutete mit dem Karabiner.

Delgado ließ den Rucksack fallen und stand still, mit baumelnden Armen. »Soll ich die Hände hochnehmen, oder wollt ihr es nicht hier erledigen?«

»Komm, Junge, in den Gleiter. Da will sich noch jemand mit dir unterhalten«, sagte der erste Mann, knapp rechts von ihm.

»Worüber? Ich hab keine Lust.«

Nr. 2 fuchtelte mit der Waffe. »Einsteigen, oder müssen wir dich zwingen?«

Delgado grinste. »Zwingt mich doch.«

Nr. 3, bisher aufrecht im Heck, stieg aus dem Gleiter. Ohne sichtbar zu zielen, feuerte er; der Energiestrahl fächerte sich auf, traf den

* Ritualmaske »Zorniger Rächer«, keine gewöhnliche Kriegsmaske.

Boden vor Delgados Füßen, wirbelte Sand und Steine hoch. Sie peitschten seine Beine wie tausend kleine Geschosse, gefolgt von der schmerzhaft sengenden Welle der Entladung.

»Ihr müßt mich schon schleppen, Freunde«, sagte er laut; es kostete ihn Mühe, nicht vor Schmerz zu schreien.

Nr. 3 seufzte, wandte sich halb um und rief in den Gleiter. »Zeig ihm die Frau.«

Der vierte Mann, offenbar der Pilot, stand auf, packte die fünfte Gestalt, zerrte sie vom Sitz und schob sie zum Heck. Tsyra Bhowani schien kaum oder gar nicht geschlafen zu haben, hatte dunkle Ringe unter den Augen und Spuren von Schlägen im Gesicht. Ihre Unterarme steckten in Handschellen.

»Komm, Delgado, rein mit dir, sonst...« Der Pilot, wie die anderen maskiert, zog ein Messer und berührte Tsyras Wange mit der Spitze.

Delgado hob die Schultern. »Die soll doch wohl auch noch ausgequetscht werden, oder? Ihr müßt sie schon heil lassen.«

»Größtenteils.« Nr. 4 bewegte das Messer; Tsyra stieß einen schwachen Laut aus, bewegte sich aber nicht. Aus der Wunde rann Blut die Wange herab.

»Nett.« Delgado bleckte die Zähne. »Und?«

Nr. 3 feuerte wieder, diesmal unmittelbar vor Delgados Füße. Es stank nach versengtem Stoff. Delgado sog Luft durch die zusammengebissenen Zähne und blieb stehen.

»Scheiße«, sagte Nr. 4; »dann schleppt ihn eben.«

Nr. 2, links neben Delgado, fluchte, hängte sich den Karabiner über die Schulter und packte Delgados linken Unterarm.

Die Reflexe übernahmen. Der rechte Unterarm zuckte hoch; die Spezialwaffe spuckte Nadeln. Eine traf die Kehle von Nr. 3 und barst, die übrigen schrappten Heck und Wände des Gleiters. Ein anderer Muskel: die Stahlklinge. Noch während sich die Finger um den unteren Griff schlossen, der aus dem Ärmel glitt, ließ Delgado den erhobenen Arm fallen, trennte die rechte Hand von Nr. 1 am Gelenk ab, spürte, wie der Karabiner zu fallen begann, vollendete die Rechtsdrehung und stieß nach hinten und aufwärts, als er voll mit dem Rükken zu Nr. 2 stand, traf aber nichts; der Mann mußte blitzschnell reagiert haben. Delgados linker Arm wurde nicht mehr festgehalten; er ließ sich fallen und schleuderte eine der Kapseln, mit einem Zucken des Armmuskels, aus der Röhre am linken Unterarm. Wie in Zeitlupe sah er Tsyra Bhowani und den Piloten ringen, kippen, unendlich langsam aus dem Heck stürzen, hörte und fühlte die Entladung des Karabiners dort, wo eben noch sein Kopf gewesen war, preßte die Lider zusammen und rollte zur Seite und schnellte hoch und stand, als die Kapsel mit einem trockenen Knall detonierte und Nr. 2 in eine Flammensäule verwandelte.

Er rannte zum Gleiter – ohne Gedanken an die beiden, die neben ihm gewesen waren, gejagt von den Reflexen; er bremste ab, bevor er bewußt sah und bremsen wollte. Dann sah er. Tsyra Bhowani mußte die Plastikschnur zwischen den Handschellen um einen Arm von Nr. 4 geschlungen haben, ehe sie sich aus dem Gleiter fallen ließ. Beide hatten sich in der Luft gedreht; sie kniete halb auf dem Piloten. Ihre rechte Hand war gelähmt, weil er auf der Handschellenschnur lag; mit der linken stieß sie ihm das Messer, das eben noch ihre Wange geritzt hatte, in die Brust.

Delgado wandte sich um. Die Feuersäule war zusammengebrochen; ein halbgeschmolzener Karabiner war das einzige Identifizierbare. Der Feuerstoß, den Nr. 2 abgegeben hatte, mußte Nr. 1 getroffen haben. Die Hand mit dem Karabiner lag gespenstisch heil am Boden; der Oberkörper des Mannes war verkohlt, lediglich die Maske, immer noch vor dem Gesicht, schien unbeschädigt.

Er zerrte am Arm des toten Piloten; taumelnd kam Tsyra auf die Beine.

»Der da« – ihre Stimme war kaum zu erkennen, dunkel, wie verstopft – »war besonders widerlich.« Sie stand einen Moment schwankend da, dann machte sie ein paar Schritte zur Seite und übergab sich, würgend und schluchzend.

Delgado drängte alles beiseite, auch dies Teil der Ausbildung. Er schätzte, daß seit Abfahrt des Busses nicht mehr als fünf Minuten vergangen waren. Zweifellos hatte die Fahrerin inzwischen über Funk Yeriddu alarmiert, zweifellos unter Nennung seines Namens. Es konnte nicht lange dauern, bis ... Er dachte den Gedanken nicht zu Ende, um nicht die notwendigen nächsten Schritte im Kopf formulieren zu müssen.

Mit umwickelten Händen – Fetzen vom Hemd des Piloten – hob er den Rest des immer noch heißen Karabiners auf, trug ihn zum Gleiter; den Karabiner mit der Hand; die Leiche von Nr. 1; dann stemmte er den Piloten ins Heck. Er zog seinen kleinen Strahler, stellte die Abgabe auf breite Fächerung, bestrich den Boden am Gleiter. Nadeln detonierten, mit leichtem Puffen.

Zuletzt, mit äußerster Anstrengung und äußerstem Widerwillen, der zerfetzte Körper von Nr. 3; erst als er ihn in den Gleiter gehievt hatte, konnte er den vorher vom Toten verdeckten Karabiner aufheben. Mit spitzen Fingern nahm er die Maske von Nr. 3, dann die der anderen ab. Die Männer waren ausnahmslos Tiris.

Tsyra Bhowani hielt sich an der Gleiterwand fest; blaß, müde, mißhandelt, blutüberströmt stand sie da, sah ihm bei den letzten Handgriffen zu, würgte noch einmal trocken. Sie schüttelte den Kopf, als er ihr in den Gleiter helfen wollte, und stieg allein, ohne zu schwanken, ohne die toten Männer anzusehen, durch die Heckklappe ein. Delgado holte seinen Rucksack.

Nach mehr als zwanzig Minuten schnellen, steilen Flugs nach Süden – den Bus, einen schwarzen Punkt, hatten sie sehr schnell überholt – öffnete Tsyra erstmals den Mund.

»Machen Sie ... so was öfter?«

Delgado stellte die Funkanlage leiser; jemand rief unausgesetzt »Gleiter elf« auf, sich zu melden.

»Und Sie? Spielen Sie oft mit Messern?«

Sie schauderte, preßte sich in den Schalensitz und verschränkte die Arme, als müßte sie sich halten, um nicht zu zerfallen. »Ich sollte mich eigentlich bedanken«, sagte sie kaum hörbar. »Aber das ist ...«

Delgado betrachtete die Kontrollen. Der Gleiter funktionierte, die Ortungsschirme zeigten keinen anderen Flugkörper, der unidentifizierte Anrufer hatte gerade seine Versuche mit »Gleiter elf« aufgegeben.

»Ich müßte mich auch bei Ihnen bedanken, für die Hilfe mit dem Messer. Wie sind Sie in diese Lage gekommen?«

Stockend, leise, fast widerstrebend erzählte sie. Am Vortag hatte eine Arbeitskollegin sie bedrängt, unbedingt abends zu ihr zu kommen und mit ein paar Leuten »fröhlich« zu essen, zu trinken und zu plaudern. Tsyra hatte keine Lust gehabt, sich dann aber doch überreden lassen. Auf dem Heimweg später am Abend mußte sie das Firmengelände überqueren und war von maskierten Männern überfallen und in einen Schuppen gezerrt worden, wo man sie die ganze Nacht nach Dingen fragte, die Delgado möglicherweise zu ihr gesagt haben könnte. Sie ließ sich nicht weiter über Einzelheiten aus, und Delgado wollte gar nicht so genau wissen, was die Männer mit ihr angestellt hatten, um sie am Einschlafen zu hindern und zum Reden zu bringen. Morgens hatte man sie in den Gleiter gebracht. »Den Rest kennen Sie ja.«

»Tut mir leid ... Alles wegen mir. Ich weiß nicht, was ich sagen soll.«

Sie hob die Schultern. »Hauptsache, der Junge ist weit weg.«

Delgado kaute auf der Unterlippe. »Sie sind ein Rätsel, Tsyra. Und ... Sie sind tot, wissen Sie das? Vorläufig jedenfalls. Ich auch. Und Sie können jetzt nicht einfach nach Yeriddu zurück. Oder nach Panizuro.«

»Es kommt mir vor ...« Sie lachte gepreßt. »Es ist fast so, als ob wir ... getauscht hätten. Jetzt bin ich Reaktionsmasse ohne eigene Aktion.« Sie starrte nach vorn, in den blaßblauen Wüstenhimmel. »Ich hasse es, abhängig zu sein. Wohin fliegen wir?«

»Wir müssen ein bißchen Abstand gewinnen. Und irgendwo die Leichen loswerden.«

»Rechnen Sie damit, daß man die ... Reste des vierten für Ihre Überbleibsel hält?«

»Rechnen wäre zuviel gesagt. Ich hoffe, daß das für ein bißchen Verwirrung sorgt. Bis die sich legt, sollten wir irgendwo sein, wo der nächste Anschlag uns nicht aus heiterem Himmel trifft.«

»›Wir‹, ›uns‹ ...« Sie lachte gezwungen. »Ich nehme an, ich stecke jetzt mit drin, wie?«

»Das fürchte ich auch. Die haben Sie geschnappt und ausgequetscht, und Sie sind dabeigewesen, als sie mich aus dem Bus geholt haben. Was immer Sie bis vor ein paar Stunden gewußt haben oder nicht, ist jetzt gleichgültig. Die können Sie gar nicht mehr laufenlassen.«

Sie nickte; etwas wie ein Hauch von Lebendigkeit huschte über ihre Züge. »Das ist wenigstens eine klare Aussage. Danke. Und wenn ich denn schon hoffnungslos drinstecke, könnten Sie mir vielleicht sagen, was hier eigentlich gespielt wird.«

Delgado seufzte. »Wollen Sie das wissen?«

»Da es ohnehin meinen Kopf kostet ...«

Er versuchte, ohne allzusehr in Details oder gar fantastische Mutmaßungen zu gehen, eine Art Zusammenfassung. Sie schien die meisten Dinge zwischen den Wörtern intuitiv zu erfassen, stellte scharfsinnige Fragen und brachte Delgado dazu, viel mehr zu sagen, als er hatte sagen wollen.

Mit Höchstgeschwindigkeit fliegend, erreichten sie das zerklüftete Grenzland der Distrikte Tambora und Ystragonien.

In dem Moment, als er nach links deutete, um Tsyra auf den anderen Prallfeldbus aufmerksam zu machen, der gegen Mitternacht Yeriddu verlassen hatte und sich die Serpentinen zwischen dem ersten und dem zweiten Tafelland der Grenze hinaufquälte, gab das Radar ein *blip* von sich.

»Ah. Hat aber lange gedauert.«

»Was ist los?«

»Irgendwann mußten die doch auf den Gedanken kommen, mal nachzusehen, was passiert ist ... Moment.«

Er schaltete die Feinortung zu und aktivierte die ID-Taster. Sekunden später lief eine Schriftzeile über den Schirm.

»Scheiße«, sagte Delgado. »Ein Boden-Luft-Projektil mit Sucher.«

Tsyra setzte eine Art Lächeln auf. »Nett, Sie kennengelernt zu haben, Duncan. Und nochmals danke für die Schokolade; Estir hat sich gefreut.«

Delgado knurrte. »Ich bin kein Anhänger der Noastoa. Behalten Sie Ihren ›aktiven Fatalismus‹* für sich.« Er nahm ein paar Schaltungen vor. Das Projektil kam aus Nordnordost – »Start ca. 6° N 18° O« –, aus dem Minengebiet; es flog mit einer Geschwindigkeit von knapp über 1050 km/h – »steigend«. Der Gleiter schaffte bei Vollschub 450 km/h. Die auf den Schirm projizierte Bodenkarte sah nicht erfreulich aus, erst weiter im Süden, jenseits der Grenzberge, gab es im ystragonischen Hochland ein paar halbwegs ebene Stellen. Und einen kleinen See, nicht weit von der Straße entfernt.

* Sinn dieser noastoischen Doktrin ist es, bei widrigen Zufällen (»Schicksalsschläge« ist ein von Dorji Dyogen Bahadur und seinen Nachfolgern verworfenes Wort, da es Einen oder Etwas voraussetzt, der/das »schickt«) lähmende Verzweiflung – *dilemaporîa*, Bahadur – und Panik zu vermeiden, um aus fatalistischer Resignation die Kraft zu gewinnen, das »letale Paradoxon« durchzuführen: sich nicht vom Unabwendbaren lähmen zu lassen, sondern es als unabwendbar hinzunehmen, um es im letzten Augenblick vielleicht doch noch abzuwenden. »Wenn aus dem Himmel ein Fels stürzt, der zu groß ist, als daß du rennend die Aufschlagstelle verlassen könntest, wühl eine Mulde in den Boden. Ist der Boden zu hart, dreh dich auf den Rücken und preis die Treffsicherheit des Zufalls und die Maserung des stürzenden Gesteins. Genau die Maserung über dir könnte eine konkave Wölbung sein.«

»Können Sie schwimmen?«

»Lernt man am Meer. Warum? Was haben Sie vor?«

Er erklärte es ihr; dabei programmierte er den Autopiloten. Zahlenkolonnen huschten über den Schirm; das Endergebnis der Berechnung lautete »ca. 15 sec, Wind?« Der Funkempfänger sprach an; Delgado ignorierte es.

»Knapp, aber muß reichen.« Der Gleiter sackte vorn ab und zog kaum merklich nach rechts, als der Autopilot übernahm. Delgado turnte über die Sitze nach hinten. Als er zu den Kontrollen zurückkehrte, brachte er zwei Handstrahler mit, deren Magazine volle Ladung zeigten. Er steckte sie in den wasserdichten Rucksack, verschloß ihn und hängte ihn über die Schulter.

»Es ist überall uneben – bremsen, landen, aussteigen dauert zu lange. Das Tal da ist die einzige Chance. Sind Sie so weit?«

Tsyra nickte; sie stieg auf den Sitz und hielt sich an der Lehne fest. Der Gleiter sackte tiefer, bremste stark ab, sauste beängstigend knapp über eine Bergkette und drehte nach Westen.

Das dichtbewaldete Tal lag wenige Kilometer rechts der Straße; der Bergsee glitzerte in der Mittagssonne. Nahe am Ostufer, zehn Meter über dem Wasser, öffneten sich die Seitenausstiege, die Fahrt sank auf 10 km/h, Delgado brüllte »raus«, und sie sprangen. Noch bevor sie völlig untergetaucht waren, röhrten die Impulstriebwerke wieder auf – Vollschub. Auf dem Boden, auf der Straße wären Tsyra und Delgado verbrannt worden; er bildete sich ein, daß ihn eine Hitzewelle unter das Wasser drückte.

Beim Auftauchen sah er Tsyras Kopf, wenige Meter entfernt. Der Gleiter stieg steil nach Westen. Ein schlanker Flugkörper folgte ihm, schien am Heck zu schnüffeln. Über den Bergen am westlichen Talausgang leuchtete eine zweite Sonne auf, Sekunden später hörten sie die Detonation.

Wärme und Bewegung trockneten sie schnell. Um die Straße zu erreichen, mußten sie den Osthang des Tals und eine Hügelkette überwinden. Bhowani hinkte, lehnte aber Hilfe ab. Der Bus hielt auf Handzeichen, auch außerhalb der eigentlichen Stationen.

In Zhish hatten sie eine Stunde Aufenthalt. Delgado erinnerte sich an die erste Nachrichtensendung, die er in Gangur gesehen hatte, und suchte bei der Einfahrt in den Ort das St.-Pugulin-Kloster, in dem man Novizen »entschwelgte«, sah aber nur Umrisse der Gebäude am Hang, wie einen schwarzen Klecks in grüner Landschaft. Der ausgedehnte Bergsee, an dessen Ufer die Stadt lag, schien reich an Fischen zu sein. Neben Fischerbooten trieben sich auch Ausflügler auf dem Wasser herum; die blaugrüne Fläche war gesprenkelt von weißen und orangen Segeln. Die Altstadt von Zhish – in tausend Farben gestrichene Holzhäuser, enge unebene Gassen, kleine schattige Plätze – wäre sicher eine Besichtigung wert, ebenso die Werkstätten der Schreiner und Schnitzer und der Markt, auf dem Bauern der Region ihre Erzeugnisse verkauften, aber es gab Dringenderes. Im Restaurant der Station aßen sie das sofort verfügbare Tagesgericht – Fisch (Pugul-Filets in Senf-Sahne-Sauce), Gemüse, Brot –, tranken Wasser und sehr viel Kaffee. Tsyra schwieg, was Delgado recht war; in ihrem dünnen Kleid, geeignet für heiße Wüstenabende in Yeriddu, begann sie nach einiger Zeit zu frösteln. Als sie das Essen beendet hatten, blieb ihnen etwa eine halbe Stunde. Delgado deutete auf einen großen Laden gegenüber der Busstation.

»Nett, aber ich schulde Ihnen mindestens schon ein Essen«, sagte Tsyra, »und die Busfahrt. Nicht zu reden von anderen Dingen.«

Er hob die Schultern. »Sie können es ruhig annehmen; das geht in Ordnung. Die Zeitung zahlt Spesen; nennen wir es Recherche.«

Im Kaufhaus akzeptierte man seine Kreditkarte; Tsyra verschwand in der Damenabteilung. Er kaufte Unterwäsche, Socken, zwei Hemden, eine kräftige dunkle Hose, eine weiche Jacke aus Orkel-Leder und Halbstiefel aus dem gleichen Material. In der Kabine überprüfte er sein Kommando-Arsenal; den leergeschossenen Nadler zerbrach er und warf ihn mit den schmutzigen, verschlissenen Sachen zum Abfall. An der Kasse wartete Tsyra. Sie trug noch immer das dünne, zerknitterte Kleid, neue Halbstiefel, einen grünen Pullover und darüber einen grauen Umhang. Die Tasche, die an ihrer Schulter hing, war ebenfalls neu und sah gut gefüllt aus. Delgado lächelte, legte die Karte vor, unterschrieb; sie eilten zum Bus, der Sekunden später abfuhr.

»Wollten Sie sich nicht umziehen?« sagte Delgado, als sie ihre Tasche neben seinem Rucksack verstaut hatte.

»Später.« Sie seufzte; es klang fast wollüstig. »Ein Bad, wissen Sie – ein heißes Bad. Und *dann* die frischen Sachen. Danke, nochmals. Wie geht es weiter?«

Delgado konsultierte den Handzettel, der in der Leinentasche steckte. Für die knapp tausend Kilometer von Zhish zur Distriktshauptstadt Zidona würde der Bus 18 Stunden brauchen – durchs Bergland, mit einem weiteren Aufenthalt und Fahrerwechsel. »Wir sind morgen früh gegen zehn in Zidona. Liegt am Meer, aber ein heißes Bad und ein langer Schlaf reizen mich auch eher als der Strand, muß ich gestehen.«

Sie blickte ihn von der Seite an; ihre Mundwinkel verzogen sich zu einem etwas geringschätzigen Lächeln. »Den Zettel lesen kann ich selbst. Ich meine: Was haben Sie dann vor?«

»Eine Verabredung mit einem Wissenschaftler, weiter im Süden; nochmals zehn Stunden Busfahrt. Aber zuerst ausschlafen.«

»Und ich?«

»Es wäre am besten, wenn Sie in Zidona blieben, möglichst unauffindbar in irgendeinem kleinen Hotel. Ich hoffe, daß ich von dem Mann ein paar Dinge erfahre, die mir noch fehlen, um das ganze Durcheinander zu einem Bild zusammensetzen zu können. Ich komme so schnell wie möglich nach Zidona zurück; je nachdem, wie das Bild aussieht, weiß ich hoffentlich, was zu tun ist.«

Sie schaute nach rechts, aus dem Fenster; die Straße stieg in weiten Serpentinen durch einen Bergwald mit ockergelben Koniferen und bemoosten Felsblöcken. Für Momente lichtete sich der Hang; einige hundert Meter abwärts stand ein Bergbauernhof mit hohem Pferch, in dem Orkels herumhüpften.

»Alles sehr informativ, was Sie da sagen.« Sie blickte weiter aus dem Fenster. »Immerhin sind Sie nicht mehr ferngelenkt, auch wenn Sie mir Ihr Ziel nicht nennen wollen.«

Morgens fuhren sie durch das fruchtbare Flachland der ystragonischen Küste. Die Straße wurde breiter; für Prallfeldbusse war eine Mittelspur reserviert. Bodenfahrzeuge mit Verbrennungsmotor, Räder, Rikschas und Pferdekarren verkehrten zwischen den Dörfern des Hinterlands und der Hauptstadt; eingezäuntes Weideland für Pferde und Rinder blieb zurück, die Straße führte über eine Brücke, unter der tiefrotes Wasser schäumte. Tsyra sagte, es handle sich um Auswaschungen aus den Feuerbergen im Osten Ystragoniens: rote, mineralreiche Lehmböden. Sie wies ihn auch auf die verglasten Gerüste hin, die hellblaue Obstbäume umgaben: Das diene der Bekämpfung des *targuli*-Wurms*. Dann endeten die Felder; der Bus fuhr zwischen den flachen weißen Häusern der Vororte von Zidona zum Zentrum.

Die Hauptstadt des Distrikts hatte etwa 180 000 Einwohner, ohne Vororte und Umland. Nur im Stadtzentrum, das an der Bucht lag und von den Winden und Gerüchen des Kalyptischen Ozeans durchweht wurde, gab es zwei- oder dreigeschossige Häuser in seltsamen, gebogenen Formen, alle gefertigt aus dem weißen, biegsamen, verwurmten Stein der nahen Brüche. Die Busstation am Hafenplatz war oval, das gegenüberliegende Verwaltungsgebäude hatte eine in Sinuskurven geschwungene Fassade, deren Fenster selten geradeaus blickten, meist nach unten, oben oder zur Seite gerichtet waren. Zwei Blocks westlich stand ein unauffälliges Rasthaus mit konkaver Front; der Türsturz über dem Eingang war wie ein Zopf aus drei Steinsträngen gedreht.

»Nicht, daß ich mich aufdrängen wollte«, sagte Delgado, als sie hineingingen, »aber es wäre vielleicht sinnvoller, nur ein Zimmer zu nehmen; zur Sicherheit.«

Tsyra nickte stumm. Delgado sprach mit dem Mann am Empfang – er trug eine helle Lederschürze mit wurmförmigen Ornamenten –, bat um ein Zimmer mit Seeblick und zahlte voraus bar für vier Nächte, um nicht die Kreditkarte mit seinem Namen benutzen zu müssen. Es gab eine Gästeliste; er trug Tamina Zuzul und Evaristo Smythe ein.

Das Zimmer war kühl und geräumig; nach hinten ging es auf einen von ausladenden Bergaminen überschatteten Innenhof. Delgado stellte seinen Rucksack neben dem breiten Bett ab.

* Die kopfgroßen *targuli*-Früchte enthalten vitaminreiches, wohlschmeckendes Fruchtfleisch; allerdings sind Saft und Schalen giftig. Der selten mehr als 2 cm lange *targuli*-Wurm ist gegen die Gifte der Frucht resistent; seine Ausscheidungen verwandeln die toxischen Stoffe in Fruchtzukker. Befallene Früchte reifen schneller, die Färbung der Schale geht von Hellblau zu einem bläulich-braunen Ton über, den die Ystragonier »gewürmt« nennen. »Satte« *targuli*-Würmer, die nach ca. 30–35 Tagen in der Frucht ihr Gewicht vervierfacht haben, verlassen die Bäume, um sich mit anderen Würmern zu Clustern zu ballen und fortzupflanzen. Wegen des Gewichts und der auch bei abgeschlossener Reife sehr kleinen Flügel können sie weder sehr hoch noch sehr weit fliegen; daher schnellen sie sich von den Früchten in die Luft, waagerecht, um die nötige Startgeschwindigkeit zu erhalten, und verenden an den Glaswänden, gegen die sie dabei prallen. Eine geschlossene Wurmschicht auf dem Glas zeigt die Fruchtreife an; die toxischen Ablagerungen werden anschließend vom Glas geschabt, gekocht und zur Aufweichung (»Verwurmung«) von Steinen verwendet.

»Sie können zuerst baden, wenn Sie wollen; ich muß noch mal kurz fort.«

Am Kiosk der Busstation kaufte er eine Zeitung – sie hieß *ZiZi*, und nach einigem Rätseln gab er es auf, einen Grund dafür zu finden –, erkundigte sich nach Abfahrtszeiten Richtung Puerto Lindo, erstand eine Detailkarte der südlichsten Region zwischen Puerto Lindo und Kap Kalyps und ließ sich einen Sitz im Bus um 20:50 Uhr reservieren. Danach ging er in einen Laden, wo er eine Flasche Pilino, Obst (er verzichtete auf *targulis*), Brot und Wasser kaufte.

Tsyra hatte gebadet; sie hüllte sich in ein großes weißes Frottiertuch, setzte sich zu ihm an den Tisch, starrte auf die Strandpromenade, aufs Meer, aß und trank zerstreut und gähnte in immer kürzeren Abständen.

»Ich glaube, hier sind Sie einigermaßen sicher«, sagte Delgado. »Wenn ich in vier Tagen nicht zurück bin ...« Er reichte ihr ein Päckchen; es enthielt Geld und einen der Strahler, die er den Toten abgenommen hatte. »Können Sie damit umgehen?«

Sie nickte. »Danke. Wann fahren Sie?«

Er hob die Schultern. »Abends. Ich hoffe, Sie schlafen dann noch. Wundern Sie sich nicht, wenn ich fort bin.«

»Ich wundere mich über gar nichts mehr.« Sie gähnte wieder. »Ich nehme an, Sie warten den nächsten Bus ab und fahren dann mit Ihrer Freundin, ja?«

Delgado verzog das Gesicht. »Woher ...«

»Sie war bei mir, an dem Abend, nachdem die Meldung über Ihr Ableben kam. Wollte wissen, ob ich was weiß.«

Delgado hob die Schultern, stand auf und ging ins Bad. Als er todmüde und sauber zurückkam, schlief Bhowani bereits.

Das Kombigerät weckte ihn kurz vor 19 Uhr. Er stand auf, betrachtete die Schlafende nachdenklich, ging dann ins Bad, um sich zu erfrischen und anzukleiden. Als er das Arsenal unter den neuen Kleidern angebracht hatte, fühlte er sich beinahe wach, wenn auch nicht ausgeruht.

Er bemühte sich, kein Geräusch zu machen, als er seine übrigen Dinge in den Rucksack packte. Bhowani bewegte sich, drehte sich von der Seite auf den Rücken, wachte aber nicht auf. Vorsichtig ging er zum Bett.

Bei der Drehung hatte sie die leichte Decke abgestreift. Delgado sah die langen, wohlgeformten Beine und die schlimmen Blutergüsse auf den Oberschenkeln; er sah das krause dunkle Schamhaar, das an einer Stelle angesengt schien, und die wunde Haut; er sah Spuren von Schlägen am unteren Brustkorb, auf der rechten Brust eine Schwäre, als ob dort jemand eine Zigarette ausgedrückt hätte, das Mal des Messers auf der Wange, bewunderte die Entspannung des Gesichts, knirschte leise mit den Zähnen und deckte die Frau zu.

Als der Bus aus Yeriddu ankam, saß er mit der Zeitung auf einer gewellten Steinbank. Hazel stieg aus, sah sich um, rückte ihre Schultertasche zurecht und ging zu einer Visifonzelle. Er sah die ersten Ziffern der Nummer, die sie eintippte, dann bewegte sie sich und verdeckte für ihn den Apparat. Es war die Vorwahl von Yeriddu, aber nicht die Nummer des *Plaza;* mehr sah er nicht. Sie sprach mit jemandem, ohne den Bildschirm zuzuschalten, lachte, schnitt eine Grimasse, lachte wieder, bestätigte etwas, ließ die Mundwinkel hängen, legte schließlich auf. Einen Moment stand sie unschlüssig da, ging dann zum Kiosk und kaufte ein Ticket für die Fahrt nach Puerto Lindo. Im Café setzte sich sich an einen Tisch in Fensternähe, bestellte etwas bei der Kellnerin, legte die Tasche auf einen freien Stuhl, zog die Jacke aus, schüttelte ihre Mähne und stützte das Kinn auf die gefalteten Hände.

Sie behielt diese Stellung bei, als Delgado das Café betrat und zu ihr ging. Vielleicht versteifte sich ihre Haltung ein wenig, aber außer den ausdrucksvollen grünen Augen und ihrem Funkenflug zeigte zwei oder drei Sekunden lang nichts, daß sie ihn erkannt hätte. Dann sprang sie auf; sie flog ihm förmlich entgegen, und er hielt sie in den Armen und spürte das Feuer.

»Die Götter der Galaxis«, murmelte sie; ihr Gesicht war naß; als sie es an seinem Hals, dann an seiner Wange rieb. »Wie hast du *das* geschafft?«

Sie saßen kurz hinter dem Fahrer, warteten, daß sich der Nachtbus füllte. Die Passagiere trugen zum Teil exzentrische Gewandungen, ganz anders als im lässigen Gangur oder in der Wüste. Ystragonien, angeblich schönster und sicherlich reichster Distrikt Rombos, schien nicht nur für Baumaterial, sondern auch für Stoffgestaltung einen eigenen Stil entwickelt zu haben, den wahrzunehmen wichtigere

Dinge Delgado bisher gehindert hatten. Mehrfach kicherte Hazel unterdrückt; sie saß links neben ihm, am Fenster, hielt seine Hand und murmelte Kommentare. Zwei städtische Tambos mit blauen Arbeitshosen und nackten, tätowierten Oberkörpern; ein Mann auf hochhackigen Lackschuhen stolzierte durch den Gang nach hinten, mit weißen Söckchen, behaarten Beinen, einem rotkarierten Rock, Khakihemd und gezwirbeltem Schnurrbart; mehrere Männer in feinen, teuren grauen Anzügen, mit Hemden in kreischenden Farben, einer von ihnen hatte einen langen blonden Pferdeschwanz, ein anderer trug Ohrringe, und als er das Jackett auszog, sahen sie, daß sein Hemd lediglich Körperbemalung war; eine Frau mit wallender roter Mähne, einem mattgrünen Hosenanzug, riesiger Brille und ungeheurem Hüftschwung; ein junges Paar – er trug nichts als eine Badehose und Gänsehaut, sie hatte eine rosa Pelerine mit glitzernder Bestickung und Löchern, durch die ihre Brüste ragten ...

Rechts der Straße lag der Strand, der nie aufhören wollte, dahinter der Kalyptik wie ein Zerrspiegel für die Monde; links gab es hin und wieder Wälder, meistens aber weites, offenes Ackerland. Stundenlang fuhren sie durch die Nacht. Hazel hielt seine Hand, streichelte seinen Arm, fragte immer wieder nach Einzelheiten, berichtete von der deprimierten Stimmung im Bus nach dem Überfall. Irgendwann klappte sie die Armlehne zwischen den Sitzen hoch und lehnte sich eng an ihn; Delgado nahm den kleinen Strahler, den er an der linken Hüfte getragen hatte, und steckte ihn auf die andere Seite. Hazel klickte mit der Zunge.

»Hoffentlich brauchst du ihn nicht noch ... Aber ...« Sie hob die Schultern. »Alles sehr wirr.«

Plötzlich schlief sie ein, dann er. Als er aufwachte, war es Morgen; Hazel saß ein wenig weiter von ihm und kritzelte Notizen. Er grub die Finger in ihre Mähne.

»Ah, aufgewacht? – Hör mal, was machen wir in Puerto Lindo genau?«

Er gähnte. »Laß mich erst mal die Augen richtig öffnen, ja?« Er kramte in seinem Rucksack, zog die Karte hervor und zeigte ihr, wo Paspisano wohnte – vielleicht fünf Kilometer südlich der kleinen Hafenstadt. »Ich fürchte, das Stück werden wir laufen müssen; sieht wie Steilküste aus, mit Ziegenpfad. Da gibt's bestimmt keinen Bus.«

»Macht nichts.« Sie blinzelte schnell und fuhr sich mit der Zunge über die Lippen. »Bewegung bringt einen auf andere Gedanken; fast so gut wie kalt duschen. Wie lange brauchen wir da oben?«

»Zwei, drei Stunden, wenn er gesprächig ist. Warum?«

»Hm. Ich dachte an ein Hotel im Hafen, vor der Rückfahrt. Fisch essen, Wein trinken. Und ein breites Bett.«

Puerto Lindo war zweigeteilt. Die obere Stadt, lauter helle, unansehnliche Neubauten, lag auf dem Plateau, das nach Süden anstieg bis zum Kap; der Stadtkern mit Hafen und älteren Gebäuden fiel fast hundert Meter tief zum Meer ab. In der Ferne waren grüne Inseln zu sehen; auf dem Wasser herrschte Hochbetrieb: Fischer, Segelboote, ein paar Motorschiffe, zwei Transportkähne. Die Busstation lag an einem runden Platz im oberen Teil.

Hazel und Delgado frühstückten in einem ungemütlichen, aber effizienten Lokal gleich nebenan, wie etliche andere Passagiere auch. Das Paar mit Badehose und Pelerine war wohl unterwegs ausgestiegen. Der Mann mit den hohen Absätzen bestellte Kaffee und Tashka; er hatte eine dröhnende Baßstimme. Die Frau in dem grünen Hosenanzug sprach leise und heiser; die Bedienung mußte nachfragen, ehe sie verstand, daß die Dame Kaffee und Hörnchen haben wollte.

Der Weg zum Anwesen des immer noch mysteriösen Spinners oder Wissenschaftlers Erling Paspisano führte von der Oberstadt nach Süden, zunächst die Straße entlang, dann steil aufwärts durch einen Koniferenwald. Irgendwann blickte Delgado sich um; er glaubte, etwas Grünes zu sehen, aber dann verschwand es – was immer es war – hinter den gelblichen Stämmen und Zweigen.

»Müssen wir pünktlich sein?« sagte Hazel plötzlich, als sie oben auf der Steilküste angekommen waren. Unter ihnen fielen die Felsen senkrecht zum Wasser ab. Eine kleine Flugechse zischte über den Weg; auf der bemoosten Lichtung links hörten sie das Keckern eines Bibisams im Selbstgespräch*. Sie deutete auf die Lichtung und hakte einen Finger in Delgados Gürtel.

* Kleines Pelztier mit zwei Köpfen; das gemeinsame Gehirn sitzt oben im Brustkorb. Das Bibisam ist alternierend zweigeschlechtlich. Einer der Köpfe verfügt über maskuline (schrill), der andere über feminine (tief und heiser) Stimmorgane. Sie dienen auch zur Partnersuche; die dem gerade dominierenden Geschlecht entsprechende Stimme ist in einen Ober- und einen Unterton gespalten.

»Ich fürchte ja, wenn auch der Vorschlag an Liebreiz und Idylle kaum zu überbieten ist.« Er küßte ihre Nasenspitze; dabei dachte er an das Arsenal unter seinem Hemd, an Reibung und andere angenehme Dinge.

»Buh.« Hazel schob die Unterlippe vor. »Na dann; weiter.«

Wenige Minuten später passierten sie eine Gabelung. Links von ihnen, auf einer größeren Lichtung, schien bei einem *rubal* eine Quelle zu entspringen, deren Rinnsal über den Weg lief und die Felsen hinabsickerte, zum Meer. Der Rest eines Lagerfeuers war dort zu sehen, das noch dünne Rauchfäden in die Luft schickte. Ein hastig abgebrochenes Tambo-Lager, dachte er; was hatte sie vertrieben? Normalerweise fände man keine Spuren. Es irritierte ihn, aber er drängte die Überlegungen zurück.

Paspisanos Haus, ein flaches weißes Gebäude, hatte einen Blick bis zum Ende der Welt. Die fernen Inseln waren grüne Tupfer im Ozean; unterhalb der Felsen furchten Rückenflossen großer Fische das Wasser. Ein schmaler steiler Pfad führte hinab zu einer Badebucht. Zwischen Haus und Wald, auf einem fast hundert Meter breiten gerodeten Streifen, gab es vielfarbige Stauden und Beete und eine große Rasenfläche.

»Nicht schlecht.« Hazel sah sich um, nickte nachdrücklich und zupfte an ihrer Schultertasche. »Ich glaub nicht, daß er ein Spinner ist; dazu hat er zuviel Geschmack.«

Delgado lachte. »Die Spinner sitzen dann wohl alle in staubigen Büros in Yeriddu.«

»Komm.« Sie ging zum Eingang; verwurmter Stein bildete Fragezeichen rechts und links der Tür aus schwarzem Holz.

Die Tür war angelehnt. Hazel blieb stehen, schnüffelte; ihre Stimme veränderte sich. »Duncan ... Riechst du das?«

Er nickte langsam und zog den kleinen Strahler. Es roch nach versengtem Fleisch und nach Gedärminhalten.

Der halbverkohlte Leichnam von Erling Paspisano lag im großen Wohnraum. Die Türen zur Seeterrasse standen offen, aber der milde Wind reichte nicht aus, den Gestank zu vertreiben. Schreibtischschubladen, Bücherregale, Schränke, eine alte Truhe waren geöffnet, durchwühlt, aber nichts deutete auf einen Kampf hin, eher auf eine hastige Untersuchung. Das Schreibgerät in der Ecke war zertrümmert; im Regal lagen ein paar Figuren, aber keine Speicherwürfel.

Mit dem Strahler in der Hand durchsuchte Delgado die anderen Räume, die alle ähnlich aussahen; dann verließ er das Haus, sichernd, und machte einen Rundgang über das Grundstück. Auf der Rasenfläche zwischen den Stauden waren die Halme in einem Rechteck eingedrückt; eine Seite des Rechtecks schien versengt. Es gab Fußspuren von dort zum Haus und zurück, aber keine, die zum Waldrand führten. Dennoch drang er vorsichtig einige Meter in den Wald ein. Hinter dem dichten Unterholz glaubte er, Abdrücke nackter Füße zu sehen, war aber nicht sicher.

Er ging zurück in den Wohnraum; Hazel stand am großen Fenster, blaß um die Nase, und starrte hinaus aufs Meer. Eine Hand hatte sie in ihrer Schultertasche vergraben, als ob sie sich dort festhalten könnte.

Sein Instinkt warnte ihn; sein Intellekt verwarf die Warnung. ›Nicht hier, nicht jetzt‹, dachte er. Er kniete neben dem Toten nieder, befühlte ihn, stand auf und steckte den Strahler zurück in den Gürtel.

»Er ist noch nicht kalt. Höchstens eine Stunde her«, sagte er halblaut. »Und draußen ist ein Gleiter gelandet und wieder gestartet.«

»Willst du dich nicht umsehen?« sagte Hazel.

»Wozu? Die haben gründliche Arbeit geleistet.« Er trat an den Schreibtisch; dann erst registrierte er den Unterton. Er starrte sie an.

Sie stand immer noch am Fenster, hatte sich ihm zugewandt und die Tasche fallen gelassen. In der Hand hielt sie einen kleinen Strahler, das exakte Gegenstück zu dem, den Chevrillon ihm ausgehändigt hatte. Der in seinem Gürtel steckte. Den er nicht schnell genug ziehen konnte.

Er betrachtete die Frau, von der er nichts kannte außer der Haut. Von der er nichts wußte außer ein paar Daten. Er erinnerte sich an Gefahren und Ekstasen, und in ihrem Gesicht suchte er nach einer Erklärung. Nach *der* Erklärung. Sie tat einen Schritt, stand neben der offenen Terrassentür, erwiderte seinen Blick. Ein bitterer Zug lag um ihren Mund, aber sie war immer noch hinreißendes Feuer, und der Strahler schwankte nicht. Er deutete auf Delgados Brust.

»Warum?« sagte er. Es war die Stimme eines Unbekannten.

»Nur Sex, Duncan. Sucht, die ich mit Tränen bekämpfen werde. Aber ... nicht mehr als das. Wie du weißt. Es gibt Wichtigeres.«

Er empfand eine seltsame Lähmung. Instinkt und Intellekt schwiegen, wie abgeschaltet. »Du weißt, daß sie dich auch töten werden. Du weißt zuviel.«

Sie lächelte; es war ein beinahe trauriges Lächeln. »Sie bieten zuviel, als daß ich reden könnte.«

»Du weißt zuviel, als daß sie dich leben lassen könnten. Chevrillon wird dich ausknipsen, wie er mich ausgeknipst hätte. Seit wann kennst du ihn?«

»Seit Jenkynsore. Aber ...«

Er unterbrach; irgendwo gab es noch die wahnwitzige Hoffnung, durch Reden etwas ändern zu können. »Und die AsteRisk ist über ein paar tausend Leichen gegangen; da kommt es auf deine nicht mehr an. Du bist so entbehrlich wie ich, und so gefährlich für sie, wie Paspisano es war.«

Sie starrte ihn an, blinzelte. Fast erstaunt sagte sie: »Du weißt ja gar nichts ...«

Delgado stutzte; dann sagte er halblaut: »Was immer ich weiß oder nicht – eins wüßte ich gern. Was haben sie dir für mich geboten? Eine Million?«

»Für so billig hältst du mich ... und dich ... und uns?« Sie schüttelte den Kopf; Sonnentupfer von der Terrasse her waren Gischt auf aschblonden Kaskaden. »Zehn Millionen, Liebster. Und jede Woche vier eigene Seiten in *Mirazh*.«

Seine Wangenmuskeln wollten nicht lächeln. »Das edelste aller Magazine. Gehört einem Konsortium, ja? Wie gut ich dich verstehen kann. Dafür kann man ein bißchen hinter denen aufräumen, die Paspisano erledigt haben. Und eine zweite Leiche danebenlegen, die dann nicht mehr besonders auffällt. Nachdem du sicher bist, daß ich keinem etwas verraten habe? Wieviel wußte Paspisano denn?«

»Zuviel. Alles; oder das, was er nicht wußte, hat er sich ausgerechnet.«

Er spannte die Muskeln des linken Unterarms. Die Röhre mit den Sprengkapseln war kühl und bereit und brachte die gelähmten, geschockten Instinkte zurück.

»Ich hätte es wissen müssen«, sagte er. »Ich hab es gewußt, aber ich wollte nicht ... Ihr habt Fehler gemacht.«

»Welche?« Der Strahler sank Millimeter, hob sich sofort wieder.

»Fehler, die man nicht machen darf. Und die ich nicht übersehen durfte. Als du erzählt hast, sie hätten Laguna und Astra und andere verhört, die etwas von mir wissen könnten ... Alle wußten, daß du am meisten von mir weißt. Und als sie mich aus dem Bus geholt haben, aber dich nicht. Woher haben sie gewußt, daß ich im Bus war?«

»Das spielt jetzt keine Rolle mehr.« Sie starrte ihn an, biß auf die Zähne, der Strahler schwankte. »O Duncan ...«

Er ließ den linken Unterarm aufzucken. Nichts geschah. Er hörte nur das trockene *plok* der leeren Röhre.

Hazels grüne Augen flackerten. »Im Bus, als du geschlafen hast«, sagte sie leise. Fast ungläubig. »Du würdest ... Aber – *das* macht es mir leichter.« Die linke Hand nestelte an der Gürtelschnalle, ein Finger bewegte sich.

Der Strahler an Duncans Hüfte piepste.

»Ausgebaut, Schönste«, sagte er heiser. »Du wirst es eigenhändig tun müssen.«

Auf der Terrasse bewegte sich etwas; ein Blitz blendete ihn. Als er wieder Umrisse wahrnahm, hörte er Hazels Strahler auf den Teppich fallen. Sah das Staunen in ihrem Gesicht. In den grünen Augen, deren Funken erloschen. Ihr Oberkörper war eine Brandfläche, züngelnde Flämmchen fraßen sich abwärts. Er dachte, daß es gut wäre, wenn sie sterben könnte, ehe das Gehirn die gräßlichen Schmerzen registrierte. Dann brach sie zusammen.

Die Frau im grünen Hosenanzug trat stockend von der Terrasse ein. Sie sah sich um, ließ den Strahler fallen, nahm die riesige Brille ab.

»Jetzt sind wir quitt, glaub ich.« Die Stimme war kaum zu hören. Tsyra Bhowani streifte die rote Perücke ab, lehnte sich gegen den Rahmen der Terrassentür und schlug die Hände vors Gesicht.

Delgado empfand nichts. Nur Leere. Ausgebrannt, gelähmt, entsetzt tat er ein paar unbeholfene Schritte, hielt sich an der Tischkante fest. Seine Augen wollten sich nicht von Hazel Pukavik lösen lassen. Mit einer Gewaltanstrengung holte er Luft und ging zu Tsyra Bhowani. Als er ihre Schulter berührte, schüttelte sie seine Hand ab und blickte auf. Ihr Gesicht war ausdruckslos.

»Wieso ...«, sagte er hilflos.

Sie schüttelte den Kopf, als wäre sie erstaunt über eine besonders lächerliche Frage. »Das war doch offensichtlich.« Ihre Stimme klang unbeeindruckt, unbeschwert.

»Irgendwann« – er hustete – »irgendwann werd ich mich bedanken. Tut mir leid, daß Sie ...«

Sie hob eine Braue. »Das ist es nicht, Duncan. Gebären ist schwieriger als töten.«

»Was denn?«

»Der Verrat. Und Ihr Vertrauen, Duncan. Ich hatte gedacht, ich verstünde Männer, aber offenbar begreife ich nicht einmal Frauen.«

XIII.

Unfaßlich, aber es war noch immer der 6. September, mittlerer Nachmittag, als sie Puerto Lindo wieder betraten. Als wären nicht Tage vergangen, seit sie den Bus verlassen hatten.

Tsyra Bhowani war blaß; auf dem Rückmarsch von Paspisanos Haus hatte Delgado sein Tempo drosseln müssen. Langsam stiegen sie Treppen hinab zum Ortskern, vorbei an den weißgetünchten Ziegelhäusern, von denen nur wenige verwurmte Steine als Ornamente aufwiesen, durch das Labyrinth kleiner Gassen. Es roch nach Fisch und Abfällen und Speisen und Menschen. Von den niedrigen Geländern der Dachterrassen hingen Pflanzen herab, oder sie bedeckten Spaliere zwischen gegenüberstehenden Häusern mit flammenden Blüten, die gleichzeitig der Gasse Schatten gaben. Alle Wege abwärts gingen auf den Kai; Puerto Lindo hatte keinen zentralen Platz. Es gab ein gemauertes Hafenbecken, in dem Fischerboote und ein paar größere Hochseefrachter für den Warentransport zu den Inseln oder dem nächsten Kontinent, Tamsana, dümpelten.

In einem alten Gasthaus aus Ziegeln und Balken, mit vorspringendem Obergeschoß und schauerlichen Köpfen von Meeresdämonen als Fries mietete Delgado ein großes, helles Zimmer in der ersten Etage. Es hatte eine kleine Terrasse über dem Kai, ein breites Bett, Schrank, Tisch, Sessel und eigenes Bad. Bhowani ließ sich auf das Bett fallen und ächzte kaum hörbar; ihre Wangenmuskeln arbeiteten. Delgado stellte die beiden Taschen ab, die er Paspisano nicht zurückgeben würde, legte Tsyras Strahler auf das Tischchen neben ihrem Kopfkissen und entschuldigte sich.

»Passen Sie auf. Ich glaub's nicht, aber... Ich bin bald zurück.«

Draußen, auf dem Kai, verfluchte er sich wegen seiner Gedankenlosigkeit. Medizin und Betreuung waren für Tiris kostenlos – wenn sie zu einem Arzt gingen und in der Apotheke ein Rezept vorweisen konnten, oder wenn man sie dort kannte. Fremde konnten in Gangur eine Art Rezeptheft kaufen; was er unterlassen hatte. Alle anderen mußten zahlen, und das konnte notfalls teuer werden. Er hatte in

Zidona nicht mehr viel Bargeld gehabt und ihr knapp über 100 *dr* überlassen; daß sie nicht zu einem Arzt oder einer Ärztin gehen konnte, war nach Lage der Dinge klar; außerdem hätte sie kaum Zeit dazu gehabt. Und für normal gekaufte, teure Medizin mochte das Geld nicht ausgereicht haben.

Die Banken waren noch geöffnet. Zufällig herrschte Andrang; zufällig mußte er in einer Schlange vor dem Schalter warten. Und zufällig, weil er die Zeit totschlagen mußte, las er den Aushang. Er trug das Datum des Vortags: die neueste Liste gesperrter oder ungültiger Karten, die periodisch an Banken und größere Läden ging. Eine Kartennummer kam ihm bekannt vor, und er verglich. Es war sein Spesenkonto. Im Geist überschlug er, was er davon bezahlt hatte; die Bank in Gangur hatte ihm 3000 *dr* Überziehung gewährt, und das war längst nicht ausgeschöpft. Chevrillons langer Arm?

›Du bist tot, Delgado‹, dachte er. ›Zweimal, mindestens.‹ Er unterdrückte ein Kichern. Das andere Konto, auf das er 26 000 *dr* eingezahlt hatte, stand nicht auf der Liste. Es konnte sich bei der Sperrung also nicht um eine automatische Maßnahme aufgrund (falscher) Todesmeldungen handeln.

Er ließ sich 2000 *dr* auszahlen. Draußen ging er zur Kaimauer, ließ das Stahlmesser aus dem Ärmel gleiten, legte die nutzlose Karte auf einen Stein, zerschnitt sie und fegte die Schnipsel ins Wasser.

Nach einigem Grübeln fiel ihm der Markenname eines schnell wirkenden Wundplasmas ein; eine Tube davon hatte in Atenoa vor nicht allzu langer Zeit um die 50 *dr* gekostet. Die größte Apotheke von Puerto Lindo führte das Medikament nicht, wohl aber ein anderes, ähnliches, von einer nahen Subzentralwelt importiert. Es kostete 249,99 *dr*; Delgado zerbrach sich zum tausendsten Mal den Kopf, warum der eine Obol so wichtig sein sollte.

Im Hotel klopfte er im vereinbarten Rhythmus; Tsyra hatte nicht geschlafen und öffnete sofort. Sie biß sich auf die Lippen, als er ihr die Tube reichte.

»Woher wissen Sie . . .?«

»Ich hab's in Zidona gesehen. Sie hatten sich freigestrampelt. Tut mir leid.«

Sie nickte, nahm die Tube, murmelte »danke« und ging ins Bad. Durch die geschlossene Badezimmertür sagte Delgado, er werde nach unten gehen, etwas trinken; sie solle wieder abschließen.

Er nahm eine der beiden Taschen mit; sie enthielt Bücher. Im Schankraum bat er um *ossut*-Rollen mit einer Füllung aus Bratfisch und Gewürzen, dazu eine Karaffe leichten grünen Weins, und setzte sich an einen Fenstertisch. Er war der einzige Gast.

Irgendwie mochte er die meisten Dinge noch immer nicht ganz glauben. Es fiel ihm schwer, nicht an Hazel zu denken; fast gewaltsam konzentrierte er sich auf die Bücher.

Dann irrten seine Gedanken wieder ab. Von Paspisanos Anschluß – das Visifon war nicht demoliert worden – hatte er Eguren in Gangur angerufen. Ein Spezialist für alte Sprachen war noch nicht gefunden, das spielte nun aber keine Rolle mehr; wichtiger waren zwei andere Informationen, die der Journalist ihm hatte geben können. Egurens Überraschung hielt sich übrigens in Grenzen, als Delgado anrief. Er werde, sagte er, einer Meldung über das Ableben von Duncan Delgado erst dann glauben, wenn er die Leiche selbst sehe.

Die neueste Lesart war eine der beiden Informationen. Angeblich hatte Delgado seinen ersten Tod nur vorgetäuscht, um gemeinsame Sache mit den Tambo-Insurgenten machen und als Totgeglaubter heimlich gewisse Vorgänge manipulieren zu können. Er sei von einer Patrouille aus einem Bus südlich von Yeriddu geholt worden; Sicherheitstruppen der AsteRisk hätten ihn lediglich verhören wollen. Er habe die Werksgardisten »brutal und kaltblütig« ermordet und sei mit einem gestohlenen Gleiter geflohen. Man habe ihn verfolgt, zur Aufgabe aufgefordert und schließlich über den ystragonischen Grenzbergen abgeschossen. Man hoffe, daß der Spuk mit dem vermutlich von Delgado erfundenen Tamboführer Gurshtamitz und andere wirre Dinge sich nun bald aufklären lassen würden.

Die zweite Information war eher nebensächlich. Wegen zahlreicher rätselhafter Flugbewegungen seit Beginn des Konflikts hatte man begonnen, Zidonas kleinen Landeplatz für Gleiter mit einem fast regulären Tower und Ortungsanlagen zu versehen; seither würden alle Flüge über Ystragonien dort erfaßt und notfalls von der neu eingerichteten Luftkontrolle in Zidona verfolgt.

Dies, zusammen mit den Funden in Paspisanos Haus, erklärte einen Teil der Vorgänge. Wer auch immer mit dem Gleiter dort gelandet war, konnte sich nicht lange aufhalten; wahrscheinlich waren die Mörder über See angeflogen, gelandet, hatten Paspisano getötet, seine Speicher mitgenommen und waren schnell wieder abgeflogen, um nicht einen Zusammenstoß mit einer zidonischen Luftpatrouille zu riskieren. Hazel hatte von Zidona aus mit jemandem in Yeriddu gesprochen, wahrscheinlich letzte Köder, letzte Anweisungen erhalten: Delgado ist tot oder, sollte er wieder überlebt haben, muß sterben, und Paspisanos Haus muß in Ruhe noch einmal durchsucht werden. Zum Beispiel von einer erfahrenen, scharfsinnigen Journalistin, die vielleicht mehr sieht als andere. Oder das gleiche sieht, aber dabei mehr wahrnimmt.

Sie hatten die Maschinen zerstört, die Speicherwürfel mitgenommen; sie hatten die Bücher gesehen – einige waren umgekippt oder auf dem Kopf ins Regal zurückgestellt. Aber mit wenigen Ausnahmen waren all diese Bücher über hundert Jahre alt, und jemand, der daran gewöhnt ist, alle wichtigen Vorgänge und Daten positronisch (oder primitivstenfalls elektronisch) zu speichern und zu verarbeiten, kommt nicht auf den Gedanken, Informationen über Vorgänge aus den letzten drei, vier Jahren in älteren Büchern zu suchen, die schon an sich antiquiert sind. Vor allem, wenn dieser Jemand keine Zeit hat. Hazel hätte gesucht, und Hazel hätte gefunden.

Wie Delgado gefunden hatte. Titel wie *C 14 und die Folgen* (Atenoa, 458), *Versuch einer Rekonstruktion der Prä-Babel-Etymologie* (Shagrima, 311) oder *Der Garten der Wörter, die sich verzweigen* (Osberg, 499) halfen keinem, der im Jahr 630 Informationen über Tambora, Tambos, Bodenschätze o. ä. aus den letzten Jahren suchte.

Aber die Bände mochten jemanden, der diese Informationen als Teile eines komplizierten Mosaiks ansah, zum Blättern verlocken. Delgado hatte geblättert, in ihnen und etlichen anderen. Er hatte die Buchrücken auf die Tischplatte gelegt und die Bücher losgelassen, und sie hatten sich auf den Seiten geöffnet, die Paspisano am häufigsten aufzuschlagen pflegte. Diese Seiten, wie viele andere, wimmelten von handschriftlichen Anmerkungen.

Vorsichtig, um nichts durch Fettflecken zu entstellen, blätterte Delgado, während er seine *ossut*-Rollen aß und den Wein trank. Draußen wurde der Himmel rot, als Zuringga sich dem kalyptischen Horizont näherte; Delgado bestellte mehr Wein, rauchte seine fünftletzte Zigarre und las so fasziniert, daß er nicht daran dachte, in Puerto Lindo nach einem Tabakladen zu suchen.

Vieles verstand er nicht, da ihm die Vorkenntnisse fehlten. »Rhotazismus« und »Metathese« mochten parlamentarische Blockadevarianten sein oder fantastische Erklärungen von Finanzpolitikern für die Unschädlichkeit wachsender Ausgaben bei sinkenden Einnahmen; egal. Was er verstand, verblüffte ihn immer mehr; und er bewunderte Paspisanos Gehirn für die Denkprozesse, die handschriftlichen Notizen wie dieser zugrunde lagen:

»Faukes de Bréauté baut ca. 1200 AD Herrenhaus, ›Faukes Halle‹, ca. 1250 als ›Faukeshale‹ erwähnt, dann ›Vauxhall‹, London; Gartenanlage. Später wird Garten kopiert in Petersburg, als ›vokzal‹; naher Bahnhof wird danach ›vokzal‹ genannt, ebenso zeitweilig alle Bahnhöfe Rußlands. v-k-z-l zu v-z-k-l zu tambotisch *vuzkil*, Wegestation, periodisch aufgesuchter Lagerplatz? – Liste, Belyayev!«

Er versuchte, sich an die Namens- und Wörterlisten zu erinnern, wollte aber nicht hinaufgehen und sie suchen, da er annahm oder hoffte, Tsyra werde eingeschlafen sein. Einige Dinge überzeugten ihn nicht; daß Paspisano *öb*, Feuer, zu einem französischen Wort *feu* stellte, schien ihm der Vertauschung von Buchstaben ein wenig zu viel, trotz des Verweises auf Landfall-Siedler namens Danjou, Dulac, Grandville und Lejeune. Ein Opfer zur Besänftigung der Wettergötter, *zvit*, oder der kleine dreieckige Kneifkäfer *tsif*, waren mit Verweisen auf die Siedler Kröger und Schwarz mit *Beschwichtigung* bzw. *Ungeziefer* (deutsch) zusammengekritzelt; *faz*, lang, zu irisch *fada*, lang; *zerm*, Sandsturm, zu hebräisch *zrm; shraf*, Silber, zu »Gesamtslawisch *shereb*«, und so weiter und so weiter.

Ein anderes Buch hätte Delgado kaum mitgenommen, wenn ihm nicht Filidor das Museum für Migrationsgeschichte in Melbourne, Terra, Region Australien, aufgetischt hätte. Der abstruse Titel – *Traumzeit, Wombat, Bumerang: Überwucherte Australismen* (Urga, 2915 AD) – ließ nicht unbedingt an die gesuchten Zusammenhänge denken, aber es enthielt zahlreiche Wörter (und Paspisanos Ergänzungen, alle mit »Mirza!« versehen), die Delgado das Zuringga-System und die mutmaßliche Herkunft des Schiffs der Landfall-Siedler neu offenbarten.

Als im Schankraum die Lampen angezündet wurden (Ölleuchter, dazu zwei diskrete elektrische Lichter hinter der Bar), erschien Tsyra. Sie habe nicht geschlafen, sagte sie, nur geruht; die dicke Schminke der Maskerade war entfernt und die Messerwunde auf der Wange mit Plasma behandelt.

»Sie sehen elend aus«, sagte Delgado. »Aber Grün steht Ihnen gut.«

Sie runzelte die Stirn. »Hebt das Elend auf die Stufe der Erbarmungswürdigkeit, oder was?«

Eigentlich wollte sie nichts essen, bestellte aber doch ein wenig Fisch, stocherte darin herum, starrte aus dem Fenster und trank ein paar Glas von dem leichten grünen Wein. Das geringe Interesse, das sie für die Bücher zeigte, mochte geheuchelt oder in Müdigkeit erstickt sein; nicht einmal das Jahrbuch des Dendik Peripatio bewegte sie zu mehr als einem Nicken. Wahrscheinlich, dachte Delgado, weil sie außer Paspisano nur einen der angestrichenen Namen kannte, und auch diesen nur flüchtig; sie stammte ja nicht ursprünglich aus Yeriddu. Es war ein Erinnerungsband der Noastoa-Akademie von Dendik, der »Bildungswelt« des Sirius-Systems; er enthielt neben ausführlichen Angaben zu den Kursen sowie bedeutenden Einzelaufsätzen von Kursteilnehmern die Liste und ein Gruppenbild aller, die 594 CT dort ein Diplom erworben hatten, dazu Informationen über die Hauptstudienfächer der Kandidatinnen und Kandidaten. Paspisano hatte, wie zu erwarten war, Geologie und Hüttenwesen studiert. Die anderen, die er angekreuzt hatte, waren auf dem Bild kaum zu erkennen; zwei der Namen halfen Delgado, sehr viel mehr zu verstehen als bisher. Die Männer hatten Journalistik und Drama beziehungsweise Weinbau und Finanzwesen studiert. Es gab da noch einen, ebenfalls von Paspisano angekreuzt. Er hatte Recht und Politik belegt; der Name sagte Delgado nichts, und das kaum erkennbare Gesicht auf dem Gruppenbild war bestenfalls eine vage Ahnung.

»Und morgen?« sagte Bhowani, als sie in ihrem zerknitterten Wüstenkleid aus dem Bad kam und ins Bett schlüpfte.

»Zurück nach Zidona.« Delgado verschränkte die Hände unter dem Hinterkopf. »In ein paar Tagen hab ich eine Verabredung. Da wir offiziell tot sind, ich außerdem vor meinem Ableben ein Schandbube war, können wir uns nirgendwo blicken lassen.«

Sie löschte das Licht und wickelte sich in ihre Decke. »Mißverstehen Sie mich nicht«, sagte sie schläfrig. »Sie schnarchen nicht, haben ordentliche Tischmanieren, und wer mit Ihnen verreist, hat keine Langeweile. Aber das kann doch nicht ewig so weitergehen. Ich muß ... wieder leben. Irgendwas tun, um zu leben. Was auch immer, wo auch immer. Und Estir holen.«

Delgado seufzte. »Ein paar Tage werden Sie es noch mit mir aushalten müssen. Danach wird man weitersehen.«

»Ich will Ihnen nicht noch mehr zur Last fallen«, sagte sie mürrisch. »Schlimm genug, daß ich ohne Sie tot wäre.«

»Besser mit mir lebendig.« Er gähnte; dann gluckste er leise. »Sie fallen mir nicht zur Last, Tsyra. Es ist angenehm, jemanden dabeizuhaben, den man unbesorgt anschweigen kann.«

»Bah.«

Am nächsten Tag kehrten sie mit dem Bus nach Zidona zurück. Tsyra verkroch sich im Hotel, mit Lektüre und Gedanken; Delgado hörte sich in Hafenlokalen um und fand einen Händler, der hin und wieder mit seinem Transportgleiter Geschäftsbesuche in Yeriddu machte. Der Mann hatte zwei Vorzüge: Er interessierte sich weder für Politik noch für Nachrichten, und er war bereit, nach längerem Feilschen 500 *dr* für einen Sonderflug anzunehmen.

Am nächsten Morgen verließen sie Zidona. Der Händler hatte einen zusätzlichen Grund gefunden, nach Yeriddu zu fliegen; die Drachmen nahm er als Nebeneinnahme. Delgado merkte sich die Funkfrequenzen und die Art, wie der Mann sich zuerst beim Tower von Zidona, dann bei der Flugkontrolle von Yeriddu (in Händen der AsteRisk) identifizierte.

In der Wegstation 100 km südlich von Yeriddu verließen sie den Transporter, der gleich wieder abhob. Der kleine Gleiter stand unberührt im Versteck in der Schlucht. Bhowani lächelte, als Delgado ihr weitere Einzelheiten seiner Irrfahrten erzählte. Sie wirkte weniger elend, fast erholt nach den zwei ruhigen Nächten in Puerto Lindo und Zidona.

»Wissen Sie«, sagte sie, als er den Gleiter aus der Schlucht steuerte und wenige Meter über dem Wüstenboden nach Süden lenkte, »es gibt Schlimmeres als das hier. Wann geht es wieder los?«

»Womit?«

»Mord und Totschlag. Es ist zu friedlich.«

Delgado hob die Schultern. »Warten Sie's ab. Es kann nicht lange gutgehen. Haben Sie Ihre Waffe dabei?«

»Immer.«

Er blieb hart über dem Boden und hoffte, so der Aufmerksamkeit der Kontrolle in Yeriddu zu entgehen. Sie hatten Glück. Als sie die ystragonischen Grenzberge passierten, identifizierte er sich dem Tower in Zidona gegenüber als Otho Pleticha, Vertreter für Gleiteraggregate von der Industrie- und Finanzwelt Kurultai; er erhielt Flug- und Landeerlaubnis.

Sie verbrachten einen ruhigen Spätnachmittag und Abend in Zhish, mieden die Busstation, um nicht Leuten aus Yeriddu mit besseren Nachrichtenkenntnissen zu begegnen, besichtigten die Läden und Werkstätten des alten Ortskerns und fanden ein hübsches Gasthaus mit Blick auf den Bergsee. Als Delgado halblaut erwog, getrennte Zimmer zu nehmen, da unmittelbare Gefahr hier kaum drohe, verzog Bhowani den Mund.

»Ach, kommen Sie, stellen Sie sich nicht an. Ist es denn so furchtbar, mit mir in einem Bett zu liegen?«

Er kratzte sich den Kopf. »Ehrlich gesagt – ja. Bringt mich auf dumme Gedanken.«

Sie hob die Schultern. »Ihr Problem. Aber mir wär's wirklich lieber... Von wegen, zwei Strahler sehen mehr als einer.«

Am nächsten Morgen taute sie vorübergehend auf, lachte einmal laut, als er eine schnippische Bemerkung machte, zog sich dann wieder in sich zurück. Delgado betrachtete sie halb versonnen, halb verdrossen, fand sie rätselhaft und anziehend, dachte an Hazel und die Verabredung mit Chevrillon und Gurshtamitz, ärgerte sich über sich selbst und den Kosmos und schlug schließlich vor, zusammen mit anderen Touristen das berühmte Kloster des Heiligen Pugulin zu besuchen. Bhowani war einverstanden; der Hotelbesitzer sagte, man könne nachmittags an einer Führung teilnehmen. Allerdings sei es ratsam, bei bestimmten Erläuterungen des Führers nicht zu lachen.

»Wissen Sie, diese Wahnsinnigen sind da sehr eigen. Es sollen schon Leute verschwunden sein, die abfällige Bemerkungen gemacht haben. Alles nur Gerede, natürlich. Andererseits... das Kloster zieht genug Leute von außerhalb an, die den Unfug einmal gesehen haben wollen; gutes Geschäft für alle im Ort, deshalb unternimmt niemand was, wenn, eh, etwas geschieht.«

Am Nachmittag stiegen sie den Hang hinauf, betraten das Heilige Gelände und erfuhren, daß es tatsächlich zwei Klöster waren, beide dem gleichen Pugulin geweiht. Schwarze Wohn-, Arbeits- und Gebetsgebäude, Tempel mit Verliesen, Wandelgänge mit schwarzen Steinblumen, Statuen obskurer Heiliger oder Idole, die sämtlich schmerzlich entrückte Mienen zeigten. Die Gruppe bestand aus zwanzig Reisenden; irgendwann schnappte Delgado Gesprächsfetzen auf, die sich auf Vorgänge in Yeriddu bezogen, und sagte sich, daß er seit Tagen weder Nachrichten gehört noch Zeitungen gelesen hatte. Aber dann nahmen ihn die Ausführungen des in rote Kutte und Kapuze gehüllten Führers zu sehr gefangen, als daß er weiter daran gedacht hätte.

Sie hörten von den Leiden und der Offenbarung und der Apotheose des Heiligen Pugulin*. Sie sahen die Werkstätten, in denen der besondere Leim hergestellt wurde, der zum nichtöffentlichen Teil des Entschwelgens gehörte. Mit Nachdruck und bebendem Stolz in der Stimme deklamierte der Führer ein bizarres Credo angesichts der Reliquienkammer, wo Schambein und Vorhaut des Heiligen aufbewahrt wurden. Über dem Kloster lag ein stechender Geruch; in der unmittelbaren Nähe des Führers schien dies intensiver zu sein.

Der Leim, erfuhren sie, war eine der bedeutendsten Errungenschaften, da er unlöslich und dabei körperverträglich sei. »Das elende Leiden Pugulins des Hehren«, sagte der Führer salbungsvoll, »ist nicht jedem beschieden. Die Mönche und Nonnen des Heiligen Orts mußten daher eine Möglichkeit suchen, es auf andere Weise zu erleben, zu erdulden, zu überhöhen und, ja, sogar zu transzendieren. Was ist denn schließlich der erzwungene Verzicht gegenüber dem freiwilligen, die Askese in Einsamkeit gegenüber jener in ewiger Nähe der Antagonie?«

Er bewegte sich unruhig unter seiner Kutte, und ein Schwall des stechenden Geruchs ließ Tsyra seufzen.

»So vernehmet denn, welch heiligmäßige Lebensführung, allen Göttern wohlgefällig, in diesen hehren Gebäuden gepflogen wird.« Mit wohlgesetzten Worten tat er den reglos und wortlos Lauschenden kund, daß bei der feierlichen Entschwelgung zunächst die Körperbehaarung entfernt werde, was mit einem Messer ohne Verwen-

* Der Legende zufolge war Pugulin (Nachname unbekannt) ein Osirianer, der zu Beginn der Commonwealth-Zeit auf Tiritam Schiffbruch erlitt und dabei wesentliche Körperteile verlor; was den Inhalt der Reliquienkammer zumindest teilweise in Frage stellt. Nach üblen Krankheiten und gräßlichen Genesungsverläufen wurde ihm offenbart – in der Wüste –, daß sein Zustand der eigentlich erstrebenswerte sei, da er die Gedanken von lästigen Sinn- und Äußerlichkeiten befreie. Die Mönche und Nonnen des Doppelklosters eifern ihm hierin nach und bemühen sich mit kargem Erfolg, seine Lehre zu verbreiten. Das Noviziat wird deshalb so prunkvoll gefeiert, weil es selten ist: 3 bis 4 Novizen pro Jahr und ebenso viele Novizinnen sind die Regel.

dung von Wasser, Seife oder anderen Schmiermitteln erfolge und die Novizen und Novizinnen für alles Weitere stähle. Ein heiliger Eid werde abgelegt, bis ans Ende der Tage, die gewöhnlich dichtestbehaarten Partien nur mit dem Messer zu reinigen. Dann werde der Leim des Entsagens angebracht, der bei den Novizinnen die Keuschheit befestige und bei den Novizen die Beweglichkeit der Vorhaut beende. Anschließend seien die öffentlich bekannten Teile des Entschwelgens geziemend zu zelebrieren. Nach Ablauf des zweijährigen, von steter Meditation in zweischläfrigen Zellen erschwerten/erfüllten Noviziats werde die Novizin zur *sekreta,* der Novize zum *smegmator;* nach weiteren fünf Jahren harre die beseligende Stufe der *hymina* beziehungsweise des *fimonax.* Er wolle den zweifellos beeindruckten, frommen Gästen nun den Trakt zeigen, in dem Mönche und Nonnen wohnten, die im Ruch besonderer Heiligkeit stünden.

Tsyra ergriff Delgados Hand und zog ihn zum Ausgang. »Auf die entsprechenden Erfrischungen im Defektorium kann ich verzichten«, sagte sie. »Ich habe jetzt ganz dringende Bedürfnisse: neue Unterwäsche, zum Beispiel, und eine eingehende Reinigung.«

Delgado bedauerte, daß sie bei Erreichen des Orts seine Hand losließ, um in einem kleinen Laden neben dem Hotel einzukaufen. Er begab sich auf das Zimmer, zog sich aus, duschte, wickelte sich anschließend ein großes Badetuch um den Leib und seufzte wollüstig. In einem der Sessel nahm er sich noch einmal Paspisanos Bücher vor.

Tsyra erschien, nickte ihm zu, lächelte und warf ein kleines Paket in den zweiten Sessel. Dann ging sie ins Bad. Er las konzentriert. Als sie das Bad verließ, blickte er nicht auf, bis sie halblaut »he« sagte und seine Hand nahm.

Sie war nackt und strahlte etwas aus, das gleichzeitig Feuer und Ruhe zu sein versprach. Er legte das Buch weg und stand auf. Ihre Wunden waren fast verheilt.

Wortlos beugte sie sich vor und löste den Knoten seines Frottiertuchs. Mit der anderen Hand deutete sie zum Bett. »Nach all den Nächten kommt es mir allmählich albern vor«, sagte sie.

Delgado berührte den kaum noch sichtbaren Schnitt an der Wange. Er räusperte sich. »Irgendwie finde ich es zwar nicht heiligmäßig, aber geziemend, Sie weiterhin zu siezen.« Er lächelte.

Sie hob die Brauen. »Siezen? Von mir aus. Fällt Ihnen sonst noch was ein, außer anreden, was Sie mit dem Mund machen könnten?«

Spät abends, nach einem ausgiebigen Mahl, fand Tsyra auf dem Nebentisch im Schankraum eine Zeitung vom Morgen, die jemand hatte liegenlassen. Sie warf einen Blick auf die erste Seite, sagte »o nein« und hielt Delgado das Blatt hin.

XIV.

Aus: »Handstreich in Yeriddu« (Gangur Tribyn *9. 9. 630)*

»... wimmelt das Plaza *von Tambos. Städtische Tambos sind dabei, die vielleicht als Aushilfspersonal hier schon gearbeitet haben, alle Gänge und die Apparate kennen; sie haben offenbar willkürlich vier Journalisten ausgesucht, die Berichte unter Aufsicht verfassen und durchgeben dürfen – die übrigen werden bewacht, die anderen Geräte sind abgeschaltet. Während die* GT*-Korrespondentin dies schreibt, schaut eine Gruppe wilder Tambos ihr über die Schulter: Frauen und Männer, alle muskulös, tätowiert, mit scheußlichen Masken; einige haben moderne Waffen, andere tragen Speer, Pfeil und Bogen. Sie kichern.*

Vom AsteRisk-Areal, wenige hundert Meter entfernt, war bis eben Gefechtslärm zu hören; er ist jetzt zu vereinzelten Feuerstößen abgeflaut. Ansonsten ist die Stadt, so weit dies von hier aus gesagt werden kann, beinahe gespenstisch ruhig ... Da die Auseinandersetzungen bisher nur das Minengebiet betrafen, mehrere hundert Kilometer östlich von Yeriddu, war hier niemand auf so etwas vorbereitet. Die kleine, kaum bewaffnete Polizeitruppe dürfte sofort ausgeschaltet worden sein. Da die AsteRisk ihre Söldner – ›Schutzverbände‹ – in den Abbaugebieten einsetzt, kann es sich bei den Leuten, die im Areal Widerstand leisten oder geleistet haben, auch nur um eine geringe Anzahl gehandelt haben.

... Die vier Kollegen, die berichten dürfen, erhalten Blätter mit der Anweisung, sie den Artikeln beizufügen. Was darauf steht, ist nicht neu, aber doch überraschend: Es sind die Forderungen, Vorschläge und Warnungen des ›Kriegsherrn‹ Gurshtamitz, die der Kollege Duncan Delgado (r. i. p.) sich nach Ansicht von Behörden und AsteRisk angeblich aus den Fingern gesogen hatte.

Eine Tambo-Sprecherin hat soeben folgende Erklärung abgegeben:

›Um das Blutvergießen zu beenden, die dafür Verantwortlichen zu ermitteln und die formulierten Ziele zu erreichen, haben sich die Stämme des Inneren und die städtischen Geschwister entschlossen, unter Führung des Kriegsherrn Gurshtamitz und der Ältesten zu handeln. In dieser Nacht wurden Teile der Stadt Yeriddu besetzt; hochrangige Vertreter der Behörden von Tambora, Angehörige der wirtschaftlichen Elite und leitende Mitarbeiter der AsteRisk wurden gefangengenommen. Die Funk- und Ortungsanlagen des AsteRisk-Areals sind zerstört; die Gefangenen und einige ausgewählte Me-

dienvertreter werden mit Gleitern zu einem Ort verbracht, an dem Beratungen stattfinden. Eine weitere Erklärung folgt am 13. September.‹
Wir müssen aufbrechen. Sofort. –LE–«

Es war ein angenehmes Erwachen, mit einem frischen Hauch vom angelehnten Fenster, der den milden Morgenlärm der Altstadtgassen hereinwehte und Blütenduft und eine Ahnung von Booten und Wasser und Abfällen; vor allem wehte er nicht vom Kloster her. Delgado lächelte und wandte den Kopf.

Tsyra lag auf der Seite, halb auf den rechten Ellenbogen gestützt. Das lange dunkle Haar troff aufs Kissen, und die schwarzen Augen blieben undurchdringlich. Es war, als ob der Blick etwas löste – wie eine Hand die Tür eines chaotisch vollgepfropften Schranks öffnet, aus dem ein Sturzbach gedrängter Dinge schießt, die sich entfalten und verändern und verwandeln. Ihr Feuer, nicht so grell und lodernd wie jenes andere, aber ebenso hell und heiß – Hazel im Dreck des absurden Religionskriegs, in der Hölle von Jenkynsore, im Bett, in Flammen – Hazels erlöschende Augen, die plötzlich zu denen von Chevrillon wurden – die Grotte des Gebärens, die Werbäume, die Masken der verzweigten Realität – schwarze Gebäude voll scheußlicher lebender Leichen – faulender Fisch und Münzstapel und Goldbarren und Strahlwaffen und ...

Er schnappte nach Luft, spürte, wie ihn ein langes Zittern durchlief.

»Der schwarze Strudel?« sagte sie halblaut. »Ich kenne das.« Sie betrachtete ihn immer noch, reglos. Er wußte, daß sie zäh war, stärker und tiefer als er; daß sie nie von dem sprechen würde, was vier Männer in der Nacht von Yeriddu getan hatten; daß sie es allein bewältigen konnte, bewältigen mußte; daß sie sich jetzt nicht bewegen würde, daß die nächste Bewegung von ihm kommen mußte. Er legte eine Hand, die ihm lächerlich heiß schien und noch immer ein wenig zitterte, auf ihre kühle Hüfte.

»Bevor man«, murmelte er, »zu oft mit jemandem schläft, soll man feststellen, ob man am Morgen den Mundgeruch erträgt.« Er beugte sich zu ihr hinüber; sie kam ihm nicht entgegen, wich auch nicht aus. Es war ein langer Kuß, sanft und bitter, der ihn aussog und umhüllte.

Als er sie wieder ansah, waren die Augen immer noch undurchdringlich, aber nun lächelte sie schwach.

»Geht so«, sagte sie. Ein Fingernagel bohrte sich in seinen Nabel. Er kam sich sehr lebendig vor, und wie in spritzigem Wein ertrunken. Und entsetzlich kindisch. »Haben Sie gut geschlafen?«

»Mhm.«

»Morgenvisite. Der Doktor will jetzt ganz dringend die Wunden inspizieren.«

Einen Moment preßte sie die Lippen zusammen; dann lachte sie und schob den Rest der Decke mit den Füßen fort.

»Nun zu den unwichtigeren Dingen – der Welt und dem ganzen Rest.« Der TriVi-Schirm hatte abends noch nicht im Schankraum gestanden. Das Zwischenprogramm – eine Art Fischballett zu elegisch atonaler Musik – endete; die 9-Uhr-Nachrichten begannen in dem Moment, als der Kellner ihr Frühstück brachte.

Aber es gab kaum Neues, jedenfalls nichts Substantielles. Yeriddu sei wie gelähmt, sagte der Korrespondent des ystragonischen Senders; er führte diese Paralyse sowohl auf den Schock der unvorhersehbaren Ereignisse als auch auf das Fehlen eines Teils der Stadt- und Distriktsspitzen zurück. Zu den Vermißten/Entführten gehörte der Bürgermeister von Yeriddu ebenso wie die Administratorin des Distrikts, etliche Mitglieder des sogenannten »Handelsclubs« und fast die gesamte in Yeriddu ansässige Leitung der AsteRisk. Es folgten Berichte aus anderen Teilen des Kontinents; nirgendwo hatte sich etwas ereignet, aber überall waren sämtliche städtischen Tambos verschwunden, wie durch ein Zwinkern getilgt. Wirklich interessant war nur ein Interview mit der Residentin des Commonwealth, Karona Litz, die wegen des vorübergehenden Ausfalls der gewählten Distriktsführung sowie aufgrund der Wirren Tambora bis auf weiteres unter Kriegsrecht gestellt und sich an Bord der Korvette *Nurith* nach Yeriddu begeben hatte; sie kündigte für die nächsten Tage das Eintreffen eines Kampfschiffs mit hochrangigen Regierungsvertretern an, bat die Bevölkerung um Besonnenheit und forderte die Schutzverbände der AsteRisk zu »Kooperation und Zurückhaltung« auf.

Delgado schob den leeren Teller fort, goß Kaffee nach und zündete seine letzte Zigarre an. »Alles sehr nett. Wir können vielleicht davon ausgehen, daß die im Moment alle zu beschäftigt sind, um an uns zu denken, aber trotzdem sollten wir vorsichtig sein.«

Tsyra lehnte sich zurück und verschränkte die Hände hinter dem Kopf; die hellgrünen Ärmel fielen auf die Schulter und entblößten die schlanken, kräftigen Oberarme. Sie schnüffelte. »Diese Kluft muß gewaschen werden, oder...«

»Ich weiß nicht, ob ich die Kreditkarte riskieren soll. Und mit dem Bargeld müssen wir vielleicht noch weit kommen.«

Sie lächelte. »Na gut. Vorsichtig sein, im Hotel bleiben, das Zeug waschen lassen, wenn's geht. Es wird dich wohl nicht zu sehr stören, wenn ich halbnackt rumlaufe.«

Delgado empfand den Übergang vom *vu* zum *tu* als überfällig und trotzdem irgendwie unzulässig; als würde etwas Besonderes gewöhnlich. Dann nannte er sich insgeheim einen Trottel, beugte sich vor und streckte die Hand aus. Tsyra gab ihre pittoreske Position auf und legte ihre Finger auf seine.

»Halbnackt stört mich nur halb; ganz wäre besser. Aber es gibt noch einiges zu erledigen.«

Nach und nach setzte sich das Bild zusammen. Sie arbeiteten Paspisanos Bücher durch, entzifferten sämtliche Kritzeleien, staunten über bizarre Dinge, die plötzlich selbstverständlich wurden, und bewunderten die Verwandlung vertrauter Begriffe in absolut Fremdes. Durch das mit geologischen Erörterungen vollgeschmierte Werk *C 14 und die Folgen* hätte Delgado ohne Tsyras Hilfe niemals einen Weg gefunden; sie hatte lange genug bei der AsteRisk gearbeitet, viele Dinge aufgeschnappt und andere von Musmir Angh gehört, der Bergbaufachmann gewesen war.

Dieses Buch und anfangs kryptische Randbemerkungen von Paspisano in dem seltsamen Werk über Australismen lieferten die letzten Steine zum Mosaik. Zwei oder drei Motive von Beteiligten blieben noch zu klären – weniger die Natur der Motive, die offensichtlich war, als ein paar Feinheiten. Und es blieb das zentrale Mysterium.

»Und noch etwas«, sagte Delgado. Es war später Nachmittag am 12. September. »Morgen mittag könnte sich alles klären. Wenn er tatsächlich herkommt. Ich weiß nicht, ob meine Erpressung dazu ausreicht. Kann sein, daß er einfach auf seinem Hintern sitzen bleibt. Kann aber auch sein, daß die anderen ihn zwingen, herzukommen. Jedenfalls« – er blickte von den Notizen auf und lächelte Tsyra an, die eben ihren gewaschenen und getrockneten Hosenanzug endlich wieder hatte anziehen können – »ist mir nach Feiern zumute.«

»Na schön; ist sowieso alles vergebens.« Sie brachte ein halbwegs überzeugendes Stöhnen zustande, blinzelte und zog das grüne Gewand wieder aus.

Beim niedrigen Flug über kleine Orte und Bergdörfer sahen sie, daß die Zelt- und Hüttenflächen, die normalerweise von den städtischen Tambos bewohnt wurden, auch in Ystragonien sämtlich verlassen waren. 300 km westlich von Zhish, als das Kombigerät 6° O/7° S anzeigte, gingen sie auf Nordkurs.

Die nachlässigen Kartographen von Tiritam hatten an der Stelle, wo Delgado Gurshtamitz treffen sollte, lediglich eine Schlangenlinie mit dem Vermerk *Canyon?* angebracht. Vielleicht waren sie zur falschen Tageszeit in der Luft gewesen, als die Schatten der umliegenden Berge alles verdeckten.

Jenseits der Eisriesen des Grenzgebirges begann das wüste, zerklüftete, unbewohnbare Hochland Tamboras, das in mehreren Stufen zur heißen Pfanne des Inneren abfiel. Schmelzwasser von Gletschern hatte eine Rille durch die Geröllmassen eines Plateaus in 4000 m Höhe gefräst. Die Rille verbreiterte sich gen Westen zu einem Bett – aus der Luft wirkte es wie ein grüner Schlauch –, an dessen Ende das Wasser etliche hundert Meter tief stürzte und einen kraterartigen Felssee füllte. Von dort fiel es tausend Meter breit und tausend Meter tief in einem zerstäubenden Schleier in die Bruchformation, die Tsyra fast automatisch *Rendezvous Canyon* taufte. Die Ortungsanlagen lieferten widersprüchliche Angaben über Hohlräume, dann doch keine Hohlräume an den Rändern des Canyons; Delgado dachte an die Grotte des Gebärens, in der die von außen gespeisten Teile des Kombigeräts ausgefallen waren, und nahm an, daß auch hier diese seltsame Gesteinsschicht Impulse verzerrte oder zurückwarf. Die Metalldetektoren dagegen funktionierten; ihre Daten ließen auf Erzlager schließen – oder Waffenansammlungen.

Der Canyon, durchzogen vom Schmelzwasserfluß, verlief mit zahllosen Windungen nach Nordwesten und endete nach fast 300 km vor einem grauen Felsmassiv, das ihn vom Inneren Tamboras trennte. Der Fluß schien dort ganz einfach zu versickern; vielleicht speiste er den Grundwassersee unter der Wüste.

Der Mittelabschnitt des Canyons war bis zu 3 km breit, ein brodelndes Dschungeltal mit wenigen Lichtungen. Der Fluß schien hier seicht zu sein, floß langsam und bildete Wirbel um Blöcke und Steine. Auf einem Hügel am südlichen Talrand stand ein Gleiter – eines der schweren Transportfahrzeuge, die die Tambos der AsteRisk abgenommen hatten.

Tsyra machte ihn auf mehrere Punkte aufmerksam; Delgado projizierte vergrößerte Bildausschnitte auf den Schirm.

Neben dem Gleiter standen zwei wilde Tambos, mit Speer und Maske. Hinter dem Hügel öffnete sich eine Höhle, in deren Maul ein Gleiterbug zu ahnen und eine Batterie Boden-Luft-Raketen zu sehen war. Weiter oben, auf Simsen am Fels, lugten ähnliche Waffenstellungen aus Höhlen oder Grotten.

»Nett. Hier sind wir richtig, schätze ich.«

Tsyra atmete durch die Zähne. »Nicht besonders gemütlich.«

Erst als der Gleiter neben dem anderen stand und die Kuppel geöffnet war, sahen sie den Werbaum. Er stand unten am Westhang des Hügels, fünfzig Meter unterhalb der Gleiter, aber sein Wipfel würde abends immer noch die halbe Hügelkuppe beschatten. Die Blätter waren tiefrot, mit grünen Maserungen, die Äste wie aus mehreren Holzsträngen gedreht, mit Knoten und Wucherungen, der Stamm, soweit er im Laub zu sehen war, rissig und blauschwarz, und er besaß am Boden mindestens sechs Meter Durchmesser.

»Dieser *vuzkil* muß uralt sein. Und er ist auf keiner Karte zu finden.« Delgado blieb neben dem Gleiter stehen und blickte zur Höhle, aus der ein städtischer Tambo in dunkler Arbeitskleidung näher kam, ohne Eile, fast schlendernd. Die Posten neben dem großen Gleiter rührten sich nicht.

Ein Hauch vom Fluß brachte Dschungelhitze, den Gestank wilder Tiere und schweren Pflanzenduft. Als der Wind sich legte, endete auch das Gezeter der fernen Vögel. Wieder starrte Delgado zum *rubal* hinüber; wieder, wie an anderen Orten vorher, registrierte er die Stille, die von diesen Werbäumen ausging, in denen nie ein Vogel nistete, saß oder sang.

Der Tambo beschränkte sich auf ein knappes Nicken als Begrüßung. »Sie sind pünktlich«, sagte er in akzentfreiem Galaktein. »Das ist gut. Die Besucher sind noch im Orbit; wir haben ein wenig Zeit. Kommen Sie.«

Er wartete keine Reaktion ab, drehte sich auf dem Absatz um und ging zurück zur Höhle; Duncan und Tsyra folgten.

Im Eingang hob Delgado den Arm und sah, wie die Positionsangaben des Kombigeräts erloschen. Tsyra nahm seine Hand, und erstaunt begriff er, daß nicht sie ihn, sondern er sie brauchte.

Hinter den querliegenden Blocks am Eingang standen schwere Boden-Luft-Projektile in Abschußgeräten; ein kleiner Gleiter versperrte den größten Teil des übrigen Durchgangs.

In der weiten, von Scheinwerfern eines Transportgleiters erhellten Höhlenkammer loderten Kochfeuer; es herrschte großes Gedränge.

»Das sind doch mindestens tausend«, sagte Tsyra halblaut.

Wilde Tambos, städtische Tambos und Tiris saßen, standen und liefen durcheinander. Takashi Riordan näherte sich zögernd, blieb plötzlich stehen, als ob er wartete. Tsyra zog an Delgados Hand und wies mit dem Kopf nach rechts. Dort, auf gleicher Höhe mit Riordan, standen städtische Tambos mit Karabinern.

»Mann«, sagte Riordan, als sie ihn erreichten, »Sie sind doch angeblich schon wieder tot gewesen. Verzeihung – guten Tag, *dam*.«

Tsyra hob die Brauen. »Bürgermeister.«

»Ah, sind Sie aus Yeriddu?« Er wandte sich wieder an Delgado. »Wissen Sie, wie das weitergehen soll? Oder sind Sie auch gefangen? Falls Sie überhaupt leben.« Er kicherte gequält.

»Leben und Tod scheinen mir in Tambora relativ«, sagte Delgado. »Nein, ich bin nicht gefangen – wir beide nicht. Ich nehme an, in den nächsten Stunden gibt es eine große Konferenz.«

Riordan hob die Arme und ließ sie wieder sinken. »Das machen wir doch hier seit Tagen«, knurrte er. »Reden, reden, reden ... Dieser Gurshtamitz ist hart. Ein kluger Mann, weiß verdammt genau, was er will. Aber...«

»Am besten, Sie geben ihm, was er will.«

Riordan lachte freudlos. »Das hängt nicht von mir ab, Junge.«

Delgado kniff die Augen zusammen. »Haben wir eine geschäftliche Absprache?«

Riordan verzog den Mund. »Auch *das* hängt nicht von mir ab.«

Der Tambo hatte geduldig gewartet; nun räusperte er sich. »Kommen Sie bitte? Wir haben zwar Zeit, aber in Grenzen.«

Delgado nickte Riordan zu; sie gingen weiter, bis eine Menschentraube sie aufhielt. Amir Destouches war dabei, Vivian Atzman, Lem

Azenomai, Deirdre Gorostiza, Laguna Epetshan, Henrik Lukashy, Astra Bayle, Panduro Bilbilis. Alles redete durcheinander, Fragen, Zurufe, Laute des Erstaunens, Vorwürfe ... Delgado versuchte ein Lächeln, nickte und zog Tsyra weiter.

Gurshtamitz lehnte an der Höhlenwand, neben einem Feuer. Dort saßen die Älteste und der Medizinmann aus der fernen Oase, ein Dutzend anderer alter Tambos und drei städtische Tambo-Frauen. Sie alle schienen nichts zu tun, aßen nicht, tranken nicht, saßen nur da und starrten ins Feuer. Neben Gurshtamitz baumelte das Ende einer Strickleiter; weiter oben verschwand sie hinter einem Felssims, über dem ein wenig Tageslicht in die Höhle zu sickern schien.

Gurshtamitz stieß sich von der Wand ab und kam Delgado entgegen. Er grüßte Tsyra mit einem angedeuteten Lächeln. Der Kriegsherr, den Delgado nur wie in einem wirren Fiebertraum gesehen hatte, war etwas kleiner als Duncan, stämmig, und das harte, kluge Gesicht glich dem auf den Bildern.

»Gut.« Gurshtamitz sprach Galaktein, als hätte er dies seit Jahrzehnten getan. »Nun sind die wichtigen Instrumente versammelt. Du hast noch eine Rolle zu spielen, dann werden wir beide sterben. Früher oder später.«

»Was ...«, sagte Delgado ungläubig.

Über ihnen tauchte ein Kopf auf, reckte sich über das Sims. »Sie kommen.« Es klang dringend, aber nicht beunruhigt.

Gurshtamitz hob die Hand. »Wir müssen hinaus. Wir reden unterwegs und draußen.« Er wandte sich den Ältesten am Feuer zu, murmelte etwas und ging Richtung Höhleneingang.

Delgado folgte wie betäubt, bemerkte, daß Tsyra ihn beinahe schob. Nach ein paar Metern hatte er sich halbwegs gefangen; fieberhaft suchte er nach einer Bedeutung von Gurshtamitz' Worten; und nach einem Ausweg.

Destouches trat ihm in den Weg. »Na, haben Sie auch den zweiten Tod überstanden?«

»Ich bereite mich gerade auf den dritten vor.«

Der Magnat grunzte. »Sonst keine Probleme? Wissen Sie, was hier abläuft?«

»Bald – vielleicht.«

Städtische Tambos sonderten Gefangene ab und drängten sie zum Eingang. Die Journalisten waren dabei; vermutlich sollten sie bezeugen und berichten. Die Magnaten. Eine ältere Frau mit weißem Haar, Tsyra zufolge Administratorin des Distrikts Tambora; den Namen vergaß er gleich wieder. Ein paar Männer in teuren, wiewohl ramponierten Anzügen – Tsyra nannte auch deren Namen: das Direktorium der AsteRisk.

Lukashy hielt ihn einen Moment am Ärmel fest. »Hast du es geschafft«, sagte er; es war keine Frage, sondern eine Feststellung. »Wo ist Hazel?«

Delgado schüttelte den Kopf. »Nirgendwo.«

Der Terraner stutzte, dann nickte er. »Hab ich fast befürchtet.«

Laguna Epetshan wollte zu ihnen, wurde aber von Tambos fortgeschoben; sie hielten ihm und Tsyra den Weg frei.

Gurshtamitz stand neben dem Gleiter im Eingang. Er schaute hinaus, über den Canyon, mit leeren Augen. Dann seufzte er kaum hörbar und legte eine Hand auf Delgados Schulter.

»Hör zu. Dies ist, was du im Moment wissen mußt. Du hast die Waffen gesehen? Gut. Die aus Ummu kämpfen weiter, aber jetzt wirklich für uns. Verstehst du?«

Delgado nickte.

»Die AsteRisk zahlt nicht nur einige Hundertstel auf Tiritam, sie zahlt auch sehr viele Steuern an eure Fürsten zwischen den Sternen. Verstehst du?«

Delgado nickte abermals.

»Gut. Du und ich, wir reden. Der Medizinmann wird neben dir sein; seine Finger sollen dich leiten.«

Ehe Delgado wieder nicken konnte, wandte sich Gurshtamitz ab und ging zum kleinen Gleiter. Der alte Medizinmann des Stammes, in den Gurshtamitz »hineingeboren« war, hatte eben noch starr am Fenster in der Höhle gesessen; nun war er plötzlich neben ihnen. Er grinste Delgado an; in seinem schwärzlichen Gaumen steckten nur noch fünf Zähne.

Gurshtamitz deutete auf die Funkanlage des Gleiters; Delgado stieg ein. Tsyra blieb neben dem Vehikel stehen und starrte hinab auf den Dschungel, wo eine breite Schneise zum Fluß führte; nicht weit vom Ufer war eine flache, grüne Insel, auf der keine Bäume wuchsen.

Duncan schaltete das Gerät ein. Eine monotone, hörbar durch ständige Wiederholung genervte Stimme sagte:

»... det euch. Wiederhole. Armierter Kreuzer *Trantor* ruft

Gurshtamitz oder sonstwen im Canyon. Meldet euch. Wiederhole. Armierter...«

Delgado schaltete den Sendeteil zu. Er hüstelte. »Danke, Kreuzer *Trantor.* Ruf angekommen. Was steht zu Diensten?« Er suchte Gurshtamitz; der Tambo nickte. Ein schräges Lächeln spielte um seinen Mund.

»Na endlich. Wer spricht da?«

»Journalist Delgado, im Auftrag und auf Weisung des Kriegsherrn Gurshtamitz.«

Eine andere Stimme, gelangweilt, aber mit herbem Unterton. »Kommodore Shusato. Wir haben Sie angepeilt und werden jetzt landen. Ziehen Sie innerhalb von fünf Minuten alle Leute ab, die möglicherweise im Dschungel vor ihnen sind. Da wird es heiß.«

Gurshtamitz schüttelte den Kopf; aus den Augenwinkeln sah Delgado den Medizinmann, der in den Gleiter kletterte und sich hinter ihn setzte.

»Sie werden nicht landen, Kommodore. Es ist nicht ratsam.«

»Warum...«

Wieder eine andere Stimme; Delgado kannte sie. Es war die der Residentin Karona Litz.

»Moment, Kommodore. Litz hier, an Bord der *Nurith.* Delgado ist angeblich tot, mindestens zweimal. Können Sie eine Bildverbindung schalten, Canyon?«

Die sengenden Finger des Medizinmanns fraßen sich in Delgados Nacken. Duncan ächzte und berührte zwei Schalter. Das Bild flakkerte, stabilisierte sich; er sah einen schlanken, dunkelhaarigen Mann, barhäuptig, mit den Schulterstreifen des Kommodore. Dann teilte sich der Schirm; neben dem Offizier war die Residentin zu sehen. Sie kniff die Augen zusammen.

»In Ordnung. Das ist Delgado.«

Shusato lächelte, mit sehr vielen Zähnen. »Da Sie, wie ich höre, schon zweimal gestorben sind, sollten Sie dafür sorgen, daß meine Anweisungen ausgeführt werden. Beim dritten Mal wird es auch für Sie ernst.«

In Delgados Gehirn formten sich Bilder, Vorstellungen; er wußte, was die Tambos erwarteten.

»Hören Sie, guter Mann. Hier steht einiges an Feuerkraft herum. Die *Nurith* ist, soweit ich weiß, nicht gepanzert. Wie stark Ihre Armierung ist, müssen Sie selbst beurteilen. Sie...«

»Sie bluffen. Wir stehen außer Sicht über Ihnen, Mann, ein paar Strich südlich. Zeigen Sie, was Sie haben, dann reden wir weiter.«

Gurshtamitz bewegte die Hand. Sekunden später stieg weit rechts von der Höhle ein Projektil auf, beschrieb eine Kurve und raste in den Himmel.

Shusato nickte; er sah ein wenig mürrisch aus. »In Ordnung. Wir haben das Ding abgeschossen, aber ... Was schlagen Sie vor?«

»Wen haben Sie an Bord? Jemanden, der verhandeln kann?«

Die Residentin schaltete sich wieder ein. »Da gibt es nichts zu verhandeln. Insurgenten haben Bürger des Commonwealth entführt; wir erwarten die sofortige Freilassung der Gefangenen und die Kapitulation der Aufständischen. Außerdem ...«

Delgado lachte. »Exzellenz, klären Sie doch erst mal mit dem Kommodore ab, wer von Ihnen was zu sagen hat.«

Litz schnitt eine Grimasse; der Kommodore blickte zur Seite, sagte etwas, nickte, verschwand aus dem Bild. Ein grauhaariger Mann in Zivil erschien.

»Durongo, Subsekretär für Randwelten.« Er klang absolut gelassen und selbstsicher. »Die politische Zuständigkeit liegt bei mir, wenn es Sie beruhigt. Was schlagen Sie vor?«

Delgado seufzte. »So ist es besser. Exzellenz, der ganze Canyon ist vollgepfropft mit Batterien; es wäre arg umständlich und riskant, sich auf ein Gefecht einzulassen. Gurshtamitz ist hier, es sind auch alle Gefangenen anwesend. Rechnen Sie sich aus, was ...«

Durongo hob die Hand. »Geschenkt. Ich habe genug Feuerwerk gesehen. Sie auch, nicht wahr? Haben Sie nicht vor Jahren von der letzten Runde auf Jenkynsore berichtet? Ah ja. Also?«

»Eine Delegation. Ein Beiboot kann Sie und andere hier auf dem Hügel absetzen, den der Kommodore angepeilt hat. Anschließend startet es zurück, oder es wartet auf der flachen Insel im Fluß, in Sichtweite.«

»Garantien?«

»Freier Abzug, egal, wie die Verhandlungen ausgehen. Das Schicksal der, uh, Geiseln bleibt zu klären.«

»Hmf. Die Forderungen?«

»Entsprechen dem Wortlaut der bisherigen Forderungen. Keine zusätzlichen Ansprüche.«

»Na gut. Wieviel Mitglieder soll oder darf die Delegation haben?«

Gurshtamitz hob die Schultern; Delgado schloß einen Moment die Augen und lauschte in sich hinein.

»Sie und Ihr Stab, Exzellenz. Die Residentin. Der Kommodore oder ein Vertreter plus Eskorte. Jemand, der verbindlich für die AsteRisk sprechen kann. Uh, haben Sie den Geheimdienst an Bord?«

Durongo blinzelte. »Nicht direkt. Ein Vertreter in einem Begleitboot. Ich glaube, Sie kennen ihn.«

»Es wäre gut, wenn Chevrillon mit zu Ihrer Gruppe gehörte. Es gibt da einige Probleme, die wahrscheinlich nur mit seiner Hilfe zu lösen sind.«

Durongo lachte trocken. »Es gibt vor allem einige Leute, die Wert auf Chevrillons Anwesenheit legen. Moment.«

Einige Minuten geschah nichts; der Bildschirm zeigte die Zentrale der *Trantor*, wo Durongo und Shusato berieten. Der Ton war ausgeschaltet.

»Akzeptiert.« Durongo meldete sich wieder. »Wir landen auf Ihrem Hügel, mit einem Beiboot, das anschließend auf der Insel wartet. Zur Sicherheit werden wir vorbeugende Defensivmaßnahmen ergreifen. Vorposten sozusagen. Und als Warnung.«

Plötzlich rasten ein paar Beiboote des Kreuzers über den Canyon, wendeten, flogen zurück. Auf der Talkante gegenüber erschienen Fluggeschütze, wie aus dem Himmel gefallen, dazu zahlreiche kleine schwarze Punkte: etwa ein halbes Bataillon Luftlandetruppen. Gurshtamitz betrachtete alles mit unbewegtem Gesicht. Ob ihn die Demonstration beeindruckte, war nicht zu sehen.

Ein Beiboot schwebte langsam von oben zum Hügel. Uniformierte schleppten Klapptische, Stühle und Getränke dorthin, wo die Tambos ein Feuer entzündet hatten. Shusato und seine Begleiter erschienen, unbewaffnet bis auf Handstrahler; einer der Offiziere trug Kopfhörer und ein Minimikro. Der Kommodore zwinkerte Delgado zu. Dann kamen Durongo und sein Beraterstab, die Residentin mit zwei Mitarbeiterinnen, zwei Männer und eine Frau vom gaianischen Direktorium der AsteRisk.

Und Chevrillon. Delgado atmete auf; gleichzeitig begann er sich zu fragen, ob alles so ablaufen konnte, wie er hoffte und wie Gurshtamitz offenbar erwartete. Oder ob Chevrillon noch etwas in der Hand hatte.

XV.

Einer von Durongos Leuten rauchte Zigarren. Delgado wartete, bis das diplomatische Vorgeplänkel begonnen hatte (Begrüßungsrede des Subsekretärs, knappe Antwort von Gurshtamitz), und ging dann hinüber, um ein halbes Dutzend zu schnorren.

Chevrillon winkte ihn zu sich und zog ihn beiseite; die grauen Augen waren ausdruckslos, keine Spur von Besorgnis oder Unruhe im Gesicht.

»Was für ein Spiel spielen wir hier, Delgado?«

»Ich weiß es noch nicht genau. *Sie* haben die Karten gezinkt, gemischt und verteilt; jetzt müssen wir sehen, wer die Asse hat.«

Chevrillon knurrte leise. »Bleiben Sie mir mit Ihren Metaphern vom Leib. Sie sind für einen Job bezahlt worden.«

Delgado blies mit Genuß einen Rauchring in den Nachmittagshimmel. »Das stimmt. Ich sollte die Rebellion anheizen und Gurshtamitz ... finden. Der Job ist erledigt; ich finde, ich hab mein Geld verdient.«

»Hmf.«

»Wollen Sie gar nicht wissen, wie es mir gelungen ist, die vorgesehene Liquidierung zu überleben?«

Chevrillon bleckte die Zähne; es war eine Art Lächeln. »Lebensgefahr gehört zum Job; die Bezahlung ist entsprechend.«

Delgado hob die Brauen; langsam, nachdrücklich sagte er: »Gehört sie auch zu Ihrem Job? Ihrer Bezahlung entsprechend?«

Chevrillon spuckte aus. »Noch einmal – was haben Sie vor?«

»Eine Art Puzzle. Jemand hat einen genialen Plan ausgeheckt, und ich will versuchen, ihn zu rekonstruieren.«

Chevrillon wandte sich ab. »Übernehmen Sie sich nicht. Sie kennen längst nicht alle Karten.«

Die Journalisten drängten sich am Rand des Kreises. Neben ihnen stand ein Mann von der Flottendokumentation mit einem winzigen, hochfeinen Aufzeichnungsgerät.

Delgado blickte auf seine Uhr, seufzte und lehnte sich an Tsyra, die hinter ihm auf dem Boden saß, neben dem Medizinmann. Es war 17:50 Uhr; das Reden hatte gegen 15:15 begonnen und bisher nichts bewegt oder bewirkt. Gurshtamitz hatte geredet, gelauscht, geredet und hörte sich nun zum zweiten Mal die Widerrede der Residentin an, die auf Rechtsbrüche verwies, Verträge zitierte, die Wohltaten der AsteRisk für den Planeten und natürlich auch für die Tambos beschwor, nachdrücklich eine Verlängerung des Kontrakts befürwortete. Die AsteRisk-Direktoren – die sich kurz mit ihren gefangenen Kollegen hatten austauschen können – schwiegen; sie brauchten auch nichts zu sagen. Offensichtlich sprach Karona Litz für sie; und für das Commonwealth, das jährlich an die 17 Milliarden Drachmen Steuern auf den Gewinn erhob, den die AsteRisk aus den Minen Tamboras zog.

Als die Residentin ihre Widerrede beendet hatte, lächelte Durongo überaus verbindlich.

»Ich weiß nicht, wann hier die Sonne untergeht, aber das bringt uns alles nicht weiter, nicht einmal bis zum Sonnenaufgang, wenn wir nicht einen anderen Weg einschlagen.«

Gurshtamitz lächelte nicht. »Sie kennen meine Forderungen. Keine Verlängerung des Kontrakts, Übernahme des Abbaus in verkleinertem, verträglicherem Rahmen durch eine Organisation, die nicht von den Sternen kommt, Wahrung von Lebensraum und Lebensweise der Tambos. Ist etwas daran unbillig?«

Durongo schüttelte den Kopf. »Ich finde das alles sehr vernünftig und maßvoll. Andererseits sind natürlich die Gewaltakte zu bedenken, die Rechtsbrüche, die Entführungen ...«

Gurshtamitz blickte Delgado an. »Erzähl du die Geschichte.«

Karona Litz rümpfte die Nase. »Wozu bringen Sie ihn ins Spiel, Kriegsherr?«

Durongo hob die Brauen.

Delgado sah das leichte, sofort wieder erlöschende Grinsen auf Chevrillons Gesicht; einer der AsteRisk-Herren schien etwas sagen zu wollen, verstummte aber vor der ersten Silbe, als zur allgemeinen Überraschung Kommodore Shusato sagte:

»Lassen Sie ihn reden, Exzellenz. Erstens will Gurshtamitz es, und zweitens kann es nicht schaden, einem zuzuhören, der nicht durch die Wurstmaschine der Diplomatie gedreht worden ist.«

Delgado blinzelte. Er fühlte Tsyras warme Hand, die brennenden Fingerkuppen des Medizinmanns, die kühlen Augen des Kriegsherrn, die eisigen Blicke Chevrillons. Er stand auf.

»Danke, Kommodore. Nun denn – wenn Sie gestatten, werde ich Ihnen die Geschichte erzählen, die Gurshtamitz meint. Ich muß Sie um Geduld bitten; es ist eine lange, verwickelte und fantastische Geschichte.« Er lehnte mit dem Rücken an der Gleiterwand; der Medizinmann hockte hinter ihm auf der Bordwand, die Finger in Delgados Nacken. Sie sengten nicht mehr – es war eher ein langes tiefes Glühen. Die Älteste des Stamms war aus der Höhle gekommen; sie stand da, wartete seine ersten Worte ab und ging hinunter zum Werbaum. Drüben, auf der Insel im Fluß, reflektierte das Beiboot der *Trantor* grell die Abendsonne.

Delgado konzentrierte sich, wie auf die Abfassung eines Hintergrundartikels. Er begann mit der Entdeckung des Systems durch ein Schiff, das Leute aus vielen Gegenden und Sprachgruppen der Erde zu neuen Welten bringen sollte.

»Wie ein zäher und einfallsreicher Forscher, von dem noch die Rede sein wird, herausgefunden hat, war dieses Schiff in der terranischen Region Australien gestartet, und zwar vom Raumhafen der Stadt Melbourne; Schiffsführung, Besatzung und ein Teil der Passagiere stammten aus der Gegend und sprachen Anglic. Als sie dieses System erreichten, gaben sie den Planeten und Monden, zum Teil auch Kontinenten und anderen Dingen Namen, die sie aus Mythen und Wirklichkeit ihrer Heimat mitbrachten.«

An dieser Stelle spitzte eine junge Frau aus Durongos Stab fast sichtbar die Ohren; der Subsekretär wandte sich ihr zu und flüsterte etwas. Sie nickte und rutschte ein wenig nach vorn.

Delgado las die Liste mit den Namen der Landfall-Siedler vor, beschrieb die Position des Orts, am Zusammenfluß zweier großer Ströme, 1000 km vom nordöstlichen Meer entfernt, zitierte die Behauptungen, der Planet sei unbewohnt und ohne große Erzvorkommen.

»Wie wir wissen, gibt es Tambos, und der Grund unseres Treffens hier sind gerade die gewaltigen Bodenschätze. Dennoch, und bitte, haben Sie ein wenig Geduld – dennoch möchte ich vorwegnehmen, daß die Beschreibungen korrekt waren. Landfall, heute im Delta, am Milfjord, lag damals tausend Kilometer im Binnenland, der Planet war unbewohnt, und es gab keinerlei erwähnenswerte Bodenschätze.«

»Unmöglich«, sagte jemand aus dem Stab Durongos. Chevrillon räusperte sich und tippte mit dem Zeigefinger an seine Schläfe.

Die Residentin schüttelte den Kopf. »Das klingt wie die Spinnereien von diesem Narren, Paspisano. Müssen wir uns derlei Unfug anhören?«

»Sogar mit Vergnügen«, sagte Durongo; der Kommodore gluckste und nickte.

Delgado beobachtete Chevrillon; noch immer war ihm unklar, weshalb der Mann mitgekommen war. Wenn er in Atenoa geblieben wäre, stillgesessen hätte ...

»Sie haben die Sonne nach einer mythischen Gestalt der alten Australier genannt, Alchuringa. Der erste Planet: Koala; der dritte Adelaide, der vierte Tibooburra, der fünfte Kookaburra. Als später das Emigratorschiff landete und nur den einen schwachsinnig gewordenen Überlebenden fand, Mirza, gab es ja keine Aufzeichnungen, auf die man sich hätte stützen können. Also hat man die Namen so von ihm übernommen, wie er sie inzwischen aussprach – Zuringga, Gwalai, Aldaid, Tibura, Quqaf. Aus dem Mond Boomerang war Vumar geworden, aus dem zweiten Mond Wombat Vomba.«

»Und Tiritam?« sagte die junge Frau aus Durongos Stab.

»Der Planet, unbewohnt, aber bewohnbar, war für einige der Auswanderer ein Traumziel. Unberührt, wie die paradiesische Vorzeit. Deshalb haben sie ihn, nach der mythischen Zeit, da die Ahnen der alten Australier die Welt schufen, Traumzeit genannt – *Dreamtime;* der arme wirre Mirza machte daraus Tiritam. Einer der größten Flüsse Australiens ist der Darling – der größte Strom Potamiens heißt heute Dhali. Von der Siedlung Landfall aus springt das Plateau von Gangrien fast senkrecht hoch; könnte – das ist reine Mutmaßung – das australische Springtier Känguruh Namensgeber von Gangur gewesen sein?«

»Interessant.« Die junge Frau blinzelte schnell. »Haben Sie noch mehr davon?«

Delgado zog einen seiner Notizzettel aus der Tasche: Namen und hypothetische Erklärungen, wie Paspisano sie zusammengekritzelt hatte. Langsam las er die wichtigsten »Funde« vor: Rhombus, wegen der Form, zu Rombo; Ummu, ein Kontinent mit überlangem südlichen Vorgebirge, könnte aus »Emu« entstanden sein, Tamsana aus »Tasmania«, Nezilli aus »New Zealand«. Westlich des terranischen Australien gebe es eine ganze Weile nichts, dann eine große Insel, »Madagaskar oder Malgash« – ob Erinnerung daran den »Malagatischen Ozean« hervorgebracht habe? Im Norden, auf Terra, die Timor-See – auf Tiritam der Timrische Ozean.

»Der Barische und der Kalyptische Ozean führten den Forscher zu abenteuerlichen Hypothesen. Zusammengefaßt sind dies seine Schlüsse: Im Osten Australiens liegt auf der Erde der Pazifik, aber unmittelbar vor der Küste gibt, oder gab, es eine einzigartige Korallenformation, das *Bar*rier Reef – daher Barisch? Und neben alten Meermythen anderer Gegenden, in denen eine Göttin namens Kalypso vorkommt, hat er den vor allem in Australien verbreiteten Eukalyptusbaum erwogen. Spinnerei, vielleicht, *dam* Litz, aber Erling Paspisanos angebliche Spinnerei war zu interessant, als daß die Residentin des Commonwealth in Gangur seine Unterlagen hätte zerreißen dürfen.«

»Was?« sagte Durongo; er runzelte die Stirn und betrachtete Karona Litz sehr nachdenklich. Sie verzog keine Miene.

»Vor allem waren seine Spinnereien offenbar interessant oder wichtig genug dafür, daß andere ihn aus dem Weg räumen wollten. Ich habe seine Leiche gesehen. Neben dem Haus hatte ein Gleiter Spuren im Gras hinterlassen; auf Tiritam gibt es nicht sehr viele Gleiter...«

Geduldig, Schritt für Schritt, immer wieder durch Nachfragen oder Einwürfe unterbrochen, berichtete Delgado von den Überfällen, den Gleitern, der Entführung von Tsyra Bhowani und ihrer Verhörnacht auf dem AsteRisk-Gelände; er interpretierte die von AsteRisk-Abteilungen in Umlauf gebrachten Meldungen und sah mit finsterer Befriedigung, wie die gaianischen Direktoren der Firma immer verärgerter zu ihren Kollegen blickten – den Gefangenen der Tambos.

»Der Gleiter mit näselnden Tambos, die nach Ummu fliegen sollten, nachdem ich ausgeschaltet war, brachte mich auf den Kern – na ja, einen der Kerne der Vorgänge. Auf Ummu spricht man das gleiche Tambotisch wie überall auf Tiritam, aber man spricht ein wenig durch die Nase. Sie hatten Münzen, Goldbarren und Diamanten bei sich. Auf dem Kontinent Ummu waren städtische Tambos verschwunden; auf Rombo wußte kein Tambostamm etwas von der Rebellion. Vielleicht, habe ich mir gesagt, gibt es diesen Aufstand überhaupt nicht. Könnte es sein, daß die AsteRisk Tambos von anderen Kontinenten anheuert, um einen Scheinkrieg zu führen, der die am Abbau-Kontrakt interessierte Konkurrenz abschrecken soll? Damit die AsteRisk weiter gute Gewinne machen kann?«

Er wartete, bis die erregten Zwischenrufe und das Getuschel endeten. Dann räusperte er sich.

»Die Hintergründe schienen aber noch komplizierter zu sein; viele Einzelheiten paßten nicht zu diesem zugegeben bösen Bild. Ich fürchte, ich muß etwas weiter ausholen und noch einmal auf die Geschichte des Planeten und vor allem die Sprache zurückkommen – und die angeblichen Spinnereien von Paspisano. Er hat sich gründlich mit dem Wortschatz des Tambotischen befaßt. Viele Begriffe haben sich entwickelt, für andere Wörter und Partikel gibt es überhaupt keine nachvollziehbare Erklärung, aber Paspisano schätzte, daß er fast fünfundneunzig Prozent des tambotischen Wortschatzes auf alte terranische Regionalsprachen zurückführen könnte. Ich will Ihnen ein paar Beispiele geben.«

Dieser Teil des Vortrags entwickelte sich zum Dialog zwischen Delgado und der jungen Frau; als er sie zum vierten Mal mit *dam* anredete, sagte sie, sie heiße Viveka Dalglish und sei als Xenologin für Sprachen und Ethnologie zuständig.

Die meisten Ableitungen oder Rückführungen, die Paspisano erarbeitet hatte und die Delgado vortrug, nahm Dalglish einfach zur Kenntnis, mit gelegentlichem Nicken. Hin und wieder richtete Durongo eine leise Frage an sie; Delgado verstand nichts, hatte aber den Eindruck, daß sie gegenüber Durongo zumindest die Plausibilität oder Möglichkeit bestätigte.

Es war eine lange Liste – *du,* »Schwanken«, zu *dubitare* bzw. *doute,* »Zweifel«; *detz,* »Entschiedenheit«, zu *decision; forq,* »nächstes«, zu *prox-; ubu,* »Stadt«, zum chinesischen *fu; otz,* »das Wandern«, zum griechischen *hodos; ossut,* »käsehaltiges Fladenbrot«, zum schwedischen *ost,* »Käse«; *batz,* »geben«, zu *passer* . . .

»Andere Begriffe waren nur mit Hilfe einer gewissen Akrobatik des Denkens und Verschiebens erklärbar. Nehmen wir zum Beispiel *seri;* das ist der tambotische Begriff für das Tier, das wir als ›Kelanoger‹, also Hornträger, bezeichnen. Paspisano kam zu folgender-

Hypothese: Kelanoger sind etwa so groß wie ein terranisches Hausschwein; in welcher Sprache gibt es da Ähnlichkeiten? Er ging die Liste der Erstsiedler durch und fand den Namen Garay, was, wie er notierte – ich kann da wirklich nur ratlos zitieren – ein ›hispanisierter baskischer Name‹ sein soll. Und auf baskisch heißt das Schwein *zerri.* Ein anderer Fall ist der seltsame Wüstenkrebs *tsaul;* Paspisano nahm an, daß einer der Träger hispanischer Namen in der Landfall-Gruppe ursprünglich aus dem terranischen Mittelamerika gekommen sein könnte, wo es in einer Sprache namens Náhuatl das Wort *chapul* gibt, das eine Art Languste bezeichnet. Ob *zu*, Tag, nun von *jour* abgeleitet ist oder direkt von der Sonne Zuringga; ob *tos,* fester Weg, mit *otz* zusammenhängt oder mit *chaussee*, da war er nicht sicher. Auch andere Begriffe sind, nun ja, sehr schräg, was die Verknüpfungen angeht – *zulm* beispielsweise, übersetzt als ›Wegerat‹, ist die Beratung zweier Tambo-Stämme, die zufällig gleichzeitig einen *vuzkil* erreichen. Dann stellt sich immer das Problem, daß diese Lagerstätten zu klein für zwei Stämme sind, nicht genug Wasser für zwei haben, und so weiter. Beim *zulm* wird beraten, wie dieses Problem friedlich gelöst werden kann. Und als Paspisano bei ›Friedenskonferenz‹ angelangt war, konsultierte er wieder die Liste der Landfall-Siedler, dachte über ihre wahrscheinlichen Heimatsprachen nach und fand terranische ›Friedens‹-Wörter: *salam*, *shalom* ...«

Nach längerem Schweigen seufzte Viveka Dalglish tief. »Sie haben das, eh, absolut unprofessionell erläutert, was Linguistik angeht; und das ist insgesamt höchst fantastisch, aber« – sie wandte sich an Durongo, der sie aufmerksam betrachtete – »diese Hypothesen sind ... Hm, sagen wir es anders. Mit Wörterlisten kann man vielerlei bizarren Unsinn machen, aber insgesamt sind die möglichen Ähnlichkeiten zu auffällig, als daß man hier von zufälliger Parallelentwicklung oder derlei ausgehen müßte.«

Durongo zog die Oberlippe zwischen die Zähne; dann blickte er zwischen Delgado und Gurshtamitz hin und her.

»Schön«, sagte er. »Nehmen wir das einfach mal so hin. Man wird sicher darüber länger grübeln müssen, forschen, analysieren. Immerhin – wir wissen jetzt sehr viel mehr als vorher, aber bei alledem ist nichts, was unmittelbar mit dem Problem zu tun hat.«

»Spinnerei«, sagte Karona Litz. »Und irrelevant für ...«

»Moment bitte.« Durongo verzog das Gesicht. »Da ich die Intelligenz des Sprechers ebensowenig anzweifeln möchte wie die des verstorbenen, ah, Paspisano oder gar die des Kriegsherrn Gurshtamitz, nehme ich an, daß dies erst ein Teil der Geschichte war, ja? Fundamente, gewissermaßen.«

Gurshtamitz hatte die ganze Zeit bewegungslos, wie festgewachsen neben dem Feuer gestanden. Nun deutete er auf den *rubal* am Hang.

»Ein Ort ist so gut wie der andere, wenn die Kraft der Denkenden ausreicht«, sagte er. »Sie haben von den Grotten des Gebärens gehört, nicht wahr? Es gibt hier eine solche Grotte, aber sie ist nicht groß genug für alle ... Zeugenden. Kommen Sie bitte.«

Am Fuß des Werbaums saßen neben der Ältesten die anderen alten Tambos, die Delgado in der Höhle gesehen hatte. Er fühlte Tsyras Hand, spürte die nun wieder sengenden Finger des Medizinmanns, sah die ratlosen, verblüfften, skeptischen Gesichter, bemerkte einige, die widerwillig oder angewidert schienen, schloß die Augen und begann sich zu fürchten.

Und zu fragen. Er ahnte, was Gurshtamitz beabsichtigte – eine Demonstration der »Zeugungskraft« von Tiritam. Er wußte, daß alles eine Schach- oder Pokerpartie zwischen dem Kriegsherrn und Durongo war und daß der Subsekretär nicht an Dingen wie Gerechtigkeit interessiert war, sondern an der eigenen Karriere und dem maximalen Nutzen für sich, damit zwangsläufig auch für das Commonwealth. Er bezweifelte, daß es wirklich möglich wäre, durch zusammenhängende Argumentationen etwas zu bewirken, wußte aber nicht, ob Durongo sich von mehr oder minder mystischen Dingen beeinflussen ließe. Und vor allem fragte er sich, warum Chevrillon nach Tiritam gekommen war, was die immer noch verhüllte letzte, eigentliche Komponente von Chevrillons Plot sein mochte und was der Mann noch in der Hand hatte.

XVI.

Aus: Cosmopolis *(London, 12.10.630/29.3.3083)*

»Einem alten Bonmot zufolge ist die Intelligenz im Kosmos konstant: eine unveränderliche Menge. Je größer die Anzahl der Intelligenzwesen, desto geringer die durchschnittliche Menge Intelligenz, die auf ein Wesen entfällt ... Einer der Theorien zufolge (ersparen wir uns unhandliche Fachbegriffe, liebe Leser) entwickelt ›sich‹ Intelligenz aus der Not; z. B. wenn der homo sapiens, *der körpereigene Offensiv- und Defensivwaffen nicht besitzt, Möglichkeiten finden muß, um Säbelzahntiger zu zähmen, Robben zu schlachten oder ganz allgemein seine Umwelt zu verwüsten. Gegen diese einleuchtende Mutmaßung spricht die Existenz der zweifellos hochintelligenten, wiewohl immer noch rätselhaften Ilithaner mit ihren defensiven Schuppenplatten und den offensiven Krallen und Reißzähnen; kaum vorstellbar, daß sie auf ihrer Heimatwelt nur dank Intelligenz überleben konnten.*

... Für Bekenner der diversen theognostischen Sekten ist natürlich der ›göttliche Funke‹ zuständig für die Verwandlung vom auf Bäumen lebenden Ahnen mit Schwimmhäuten zum bäumefällenden Nachfahren mit Skaphander. Bekenner des trialektischen Substantialismus reden von evolutionären Quantensprüngen, die etwa einmal pro Millennium stattfinden sollen; daß der vor kurzem wegen chronischer Inkompetenz entlassene gaianische Sekretär für Manipulationen der Statistik, dom *Hartop, dreieinhalb Entwicklungssprünge vor oder über Konfuzius und Sokrates angesiedelt sei, gilt aber als zweifelhaft ...*

Strahlungskomponenten wurden als Grund genannt, daß manche Planeten intelligentes Leben hervorbrachten, andere bei fast identischer Flora und Fauna jedoch nicht; aber die Sonnenforscher treten auf der (Plan-)Stelle ...

Mit den neuesten – nun ja: Erkenntnissen über die zweite Welt des Zuringga-Systems, Tiritam, wurde die Menge der möglichen Thesen um eine reizvolle Variante ergänzt ...« (HL)

Als er aus der Trance erwachte, fühlte er sich erschöpft wie nach einer ganztägigen Extremeditation gemäß den Prinzipien der »harten« Noastoiker. Aber noch immer war die Sonne nicht hinter den Felsen am Westrand des Canyons versunken; Tsyra sagte, alles habe nicht mehr als zehn Minuten gedauert.

Er erinnerte sich an die Einzelheiten; dennoch erschien ihm das Ganze unglaublich. Wie beim ersten Mal, in der Grotte des *vuzkil*, in der Wüste. Chevrillons Gesicht, eine Eismaske unter grauen Strähnen; die Mienen der AsteRisk-Direktoren, skeptisch und fragend; Ablehnung und so etwas wie Ekel bei Karona Litz, distanzierte Neugier bei Subsekretär Durongo, freundliche Aufmerksamkeit bei Kommodore Shusato, Faszination und eine Art Gier bei Viveka Dalglish; Tsyra undurchdringlich, in sich zurückgezogen, die Journalisten aufgeregt, Laguna Epetshan wie im Fieber, Henrik Lukashy sichtlich beeindruckt und doch reserviert...

Dann der Kreis der Ältesten, Medizinmänner und Medizinfrauen, mit Gurshtamitz, der auf undeutliche Weise der Mittelpunkt war, obwohl er einfach irgendwo im Kreis saß. Die Finger des Medizinmanns...

Durongo hatte ein Objekt ausgesucht, ein Bild aus der Brieftasche gezogen – ein Kunstgegenstand, alt und wertvoll und zweifellos auf Tiritam nicht vorhanden und nicht zu kopieren. Delgado bemühte sich, dieses Objekt zu visualisieren, sich darauf und auf die Bestandteile zu konzentrieren; er mußte es mit den Tambos *erzeugen*, da Durongo das Tambotische nicht beherrschte und nicht Teil des wie in Trance oder Hypnose rhythmisch murmelnden, singenden, schaukelnden Kreises sein konnte.

Am Fuß des Werbaums, an einer Stelle, wo zwischen Verknotungen und Wucherungen die blanke Erde zu sehen war, von Moos und Flechten befreit, schien sich einen Moment der Boden zu öffnen, ein Spalt, ein Wabern, ein Dunst; dann stand Durongos Wunschgegenstand da.

Gurshtamitz löste sich aus dem Kreis, nahm die perfekte, unversehrte, überwältigende Ming-Vase und reichte sie dem Subsekretär. Durongo hielt sie mit beiden Händen, wie zartestes Tuch, das durch einen Atemzug zerstört werden könnte.

Als sie wieder auf der Hügelkuppe standen, in tiefem Schweigen und fast einer Art Andacht, löste sich plötzlich der Medizinmann von Delgado. Er machte ein paar Schritte zum Feuer, füllte beide Hände mit heißer Asche, blies darüber, grinste Duncan an und hielt – eine strahlend blaue Rose hoch. Er steckte sie in die Vase. Delgado stöhnte und stützte sich an der Wand des Gleiters ab.

Dann sprach Gurshtamitz.

Die Sonne berührte den westlichen Felsrand, als der Kriegsherr der Tambos endete. Nach kurzem Schweigen räusperte sich Durongo; er redete eher die Vase und die unglaubliche Rose an als die Versammlung.

»Wenn ich Sie richtig verstanden habe, war dieser Planet eine Art Latenz oder Potential – ein großer Organismus ohne die Fähigkeit, Intelligenz hervorzubringen. Die Siedler von Landfall haben Erinnerungen und Vorstellungen mitgebracht, und Intelligenz. Bis auf den einen, Mirza, sind sie schnell gestorben; sie wurden von Mikroorganismen des Planeten gewissermaßen untersucht, und aus dem, was sie gewesen waren und gedacht hatten, entwickelte der Planet die Tambos – geboren aus dem Schoß dieser Welt?« Er seufzte, starrte die Vase an, hob endlich den Blick, suchte Gurshtamitz, dann Delgado, schließlich seine Expertin Dalglish, die bleich neben ihm saß und immer wieder den Kopf schüttelte.

»Das ist – in höchstem Maße fantastisch. Es wird Sie nicht bekümmern, Gurshtamitz, aber... wie soll ich das in einem Bericht für Atenoa formulieren?«

»Ignorieren Sie es. Oder nehmen Sie es als Märchen.« Es waren die ersten lauten Worte von Chevrillon.

Durongo ignorierte ihn; er blickte Viveka Dalglish an, nickte, winkte ihr.

Langsam, wie tastend begann sie zu sprechen. »Es ist... es wäre... eine Hypothese. Sie würde vieles erklären. Die vagen Vorstellungen der Siedler, die ja alle nicht eigentlich aus dem terranischen Australien kamen, über australische Phänomene. Ich weiß nicht sehr viel, aber... vorausgesetzt, es ist so ähnlich abgelaufen...« Sie seufzte tief. »Was ich über die alten Bewohner Australiens weiß, scheint sich kaum mit dem zu decken, was wir von den Tambos kennen. Es ist... es ist wirklich eher so, als ob jemand gesagt – oder gedacht – hätte, das hier sieht ein bißchen aus wie Australien; grüne Küsten, steile Küsten, ein Kontinent, der vielleicht eine große Insel ist, mit unendlichen Wüsten im Inneren... Er könnte dunkelhäutige Einwohner haben, und große Bodenschätze... So etwa?«

Durongo hob die Schultern. »Sonst keine Ähnlichkeiten?«

»Kaum. Was wir bisher von den Tambos über ihre... Weltvorstellungen gehört haben, ist nicht spezifisch australoterranisch. Sehr allgemein gesprochen. Da scheint sich einiges selbständig entwickelt zu haben. Immer vorausgesetzt, es ist etwas an der Hypothese. Sie würde natürlich auch erklären, wieso – wie gesagt, wenn alles stimmt – das gesamte von Paspisano erschlossene Vokabular ausschließlich auf die Sprachgruppen der Landfall-Siedler zurückzuführen ist.«

Durongo starrte die blaue Rose an, die Delgado nicht zu berühren oder gar zu besitzen wünschte. »Und die Widersprüche ... Tiritam wäre also tatsächlich unbewohnt und ohne Bodenschätze gewesen, als Landfall gegründet wurde. Und Landfall hätte im Binnenland gelegen. Und dann – tja, was? Man hat sich dunkelhäutige Eingeborene und Bodenschätze *gewünscht?* Und vielleicht festgestellt, daß es schöner wäre, am Meer zu wohnen – und der Planet hat die Tambos und die Erzlager und den Milfjord *improvisiert?*«

Die Finger des Medizinmanns berührten wieder Delgados Nakken; er hob den Arm.

»Ich sollte vielleicht noch ein paar Dinge ausführen ... Auf dem ganzen Planeten hat sich bis heute keine Spur einer menschlichen Aktivität aus der Zeit vor Landfall gefunden. Paspisano war Geologe der AsteRisk; er hat die Minen zum Teil weiter erschlossen, neue Lagerstätten gefunden. Und dabei hat er mit Hilfe aller je von unseren Wissenschaftlern ausgeheckten Tests versucht, die Vorkommen zu datieren. Es gibt kein Stück Erz in diesen Gebieten, das älter wäre als ungefähr siebenhundert Jahre.«

»Freak«, sagte einer der AsteRisk-Direktoren sehr laut.

Delgado nickte ihm zu. »Ganz richtig. Auf einer der ersten Karten des Gebiets, zu Beginn der Erschließung, findet sich der Begriff ›Freak-Minen‹. Weil nirgendwo sonst im bekannten Universum Gold, Aluminium, Platin, Uran und all die anderen Dinge in dieser Konsistenz, in dieser Form und in dieser Schichtung auftauchen. Wie hingelegt – oder zum Abbau aufgetürmt. Und ...«

Durongo unterbrach; er starrte immer noch die Rose und die Vase an, als ob er aus ihnen Kenntnisse oder Erkenntnisse gewinnen könnte.

»Und jetzt«, sagte er, »sollten wir endlich zur Sache kommen. Ich glaube, es ist da ein Komplott zu bereden, nicht wahr?«

»Komplott? Sie scherzen wohl.« Karona Litz sah sich um, wie hilfesuchend; Delgado konnte nicht feststellen, wen sie anschaute. Zu viele standen dort – Lukashy, Riordan, Destouches, die gefangenen AsteRisk-Leute aus Yeriddu.

»Wir wollen«, sagte Gurshtamitz, »die Leute haben, die für das Blutvergießen, die Morde, den Plan und das Fällen von über hundert *rubals* verantwortlich sind.«

»Was für ein Plan?« sagte jemand; es mochte Riordan sein.

Durongo blickte die AsteRisk-Direktoren an, schaute in den brandigen Abendhimmel, über das Tal. Etwas bewegte sich in der Schneise, die durch den Dschungel zum Fluß führte. Das Beiboot auf der Insel hatte Positionslichter angeschaltet.

»Köpfe, wie?« sagte Durongo. »Auch das erscheint mir nicht unbillig.« Wieder sah er die Direktoren an.

Die beiden Männer tuschelten, einer flüsterte der Frau etwas ins Ohr. Sie zögerte, nickte, wandte sich Durongo zu und nickte noch einmal.

Alles geschah so schnell, daß niemand es verhindern konnte. Delgado versuchte, im Gesicht von Gurshtamitz zu lesen, aber verglichen damit waren Tsyra Bhowanis Augen Leuchtschrift. Dennoch blieb ihm ein Zweifel, ob nicht dies die Lösung war, die der Kriegsherr vorzog; jedenfalls unternahm er nichts.

Chevrillon hob den linken Arm an den Mund; es sah aus, als ob er in ein Armbandgerät spräche.

Fast in der gleichen Sekunde bewegte sich einer der Begleitoffiziere des Kommodore, zerrte an seinem Kopfhörer, sprach ins Minimikro, wandte sich an den Vorgesetzten. In der Ferne hörte man das Jaulen verdrängter Luft.

Bei den Journalisten und Gefangenen entstand Gedränge; ein paar schrien. Einer der AsteRisk-Leute stieß Laguna Epetshan zu Boden und rannte los, ein zweiter sprang über das heruntergebrannte Feuer. Gleichzeitig stand Chevrillon auf, mit einer mühelosen Eleganz und Energie, die Delgado ihm nie zugetraut hätte.

Und Chevrillon hielt einen Strahler in der Hand, der unter seiner Kleidung gesteckt haben mußte.

»Keine Auslieferung«, sagte er, sehr ruhig. »Und am besten keine Bewegung. Los.«

Er zerrte an den Haaren der vor ihm sitzenden Xenologin. Viveka Dalglish wimmerte, kam langsam, rückwärts verrenkt auf die Beine. Die beiden AsteRisk-Leute aus Yeriddu, die sich frei gemacht hatten, liefen an ihm vorbei, den Hügel hinab. Chevrillon folgte, mit Dalglish als Schutzschild. Tambos, Karabiner in den Händen, kamen beinahe gelassen von der Höhlenseite der Kuppe, blieben aber stehen, als Gurshtamitz den Kopf schüttelte.

»Was haben die vor?« sagte Tsyra.

»Das da.« Der Kommodore deutete auf die Dschungelschneise, zum Flußufer.

Ein Flugkörper erschien, bremste jäh ab, schwebte am Ende der Schneise. Delgado stöhnte; er kannte den Bootstyp – ein fernflugtüchtiges Schnellboot, ausgerüstet mit allem, was die Technik des Commonwealth zu bieten hatte. Ein Boot, wie es der Geheimdienst bei Sonderaktionen verwendete. Es deckte die Schneise: Die Tambos konnten keine Raketen abfeuern, ohne das größere, plumpe Flottenbeiboot dahinter zu gefährden; das Beiboot konnte nichts tun, ohne die Leute auf der Kuppe in Lebensgefahr zu bringen.

Durongo warf dem Kommodore einen Blick zu; seine Stimme klang leicht vorwurfsvoll. »Die sollten doch im Orbit bleiben.«

»Für die Demonstration hier unten mußten wir die Wacheinheiten abziehen.«

»Chevrillons Privatboot.« Delgados Stimme war heiser vor Wut und Enttäuschung. »Damit kann er schneller beschleunigen, als die Abfangraketen fliegen.«

Die beiden Konzernangehörigen hatten den Beginn der Dschungelschneise erreicht, sahen sich um, hörten auf zu rennen, als offenbar keiner ihnen folgte. Chevrillon war am Fuß des Hügels stehengeblieben, sagte etwas zu Viveka Dalglish. Sie nickte.

»Sie kommt mit bis zum Dschungel und bleibt da stehen«, rief Chevrillon herauf. »Wenn wir verfolgt werden, stirbt sie.«

Durongo hatte sich erhoben, die Vase unterm linken Arm; er wechselte einen Blick mit Gurshtamitz. Der Tambo hob die Brauen.

»Nicht noch mehr unnötige Opfer«, sagte er.

Durongo seufzte. »Gehen Sie«, rief er.

Chevrillon ging weiter rückwärts, mit Dalglish. Am Rand des Dschungels ließ er sie los, wandte sich aber nicht ab. Langsam, den Strahler auf sie gerichtet, schritt er rücklings über die Schneise. Die AsteRisk-Leute hatten schon einen größeren Vorsprung.

Der orange Mond verfärbte das letzte Sonnenleuchten am Himmel. Delgado hörte überscharf das Knacken eines Zweigs im Feuer, den Schrei eines Nachtvogels, roch den eigenen Schweiß, die Ausdünstungen des Medizinmanns, der ihn losgelassen hatte, den kühlen unpersönlichen Duft von Tsyra, die aufgestanden war und neben ihm, die Hand über den Augen, zur Dschungelschneise hinabstarrte. Zum Fluß. Zum Schnellboot des Geheimdienstes. Zum Beiboot auf der Insel.

»Es ist nicht gut ...«, murmelte sie.

Dann hörten sie einen Schrei, vielleicht zunächst auch nur einen Ruf der Überraschung. Etwas bewegte sich zwischen den Bäumen, trat auf die Schneise. Noch etwas. Grün, mit vielen Beinen, ohne Köpfe.

»Shlaiper«, sagte irgendwer, mit einem Würgelaut.

Einer der AsteRisk-Leute war stehengeblieben, der zweite rannte zum Fluß. Chevrillon tat nichts, beobachtete, blickte vor und zurück. Die Xenologin stand starr am Beginn der Schneise.

Ein *shlaiper* schlenderte auf der Stelle, trat von mehreren rechten auf mehrere linke Beine, schaukelte; im fahlroten Zwielicht bildete Delgado sich ein, er könne die Fühler sehen, die in der Luft tasteten, sich hierhin und dorthin richteten. Das zweite Tier bog sich, krümmte sich, schnellte wie eine Feder hoch, kam zwei-, dreimal auf den Schneisenboden, war hinter dem Mann, der fast den Fluß erreichte, dann über ihm. Sie hörten den grauenhaften, langgezogenen Schrei des Gestürzten, der zwischen den Beinen des *shlaiper* lag und von der Verdauungssäure des Tieres besprüht, zersetzt, aufgelöst wurde.

Der andere Mann hob die Arme, fuchtelte, drehte sich um, als ob er zu Chevrillon oder weiter, zum Hügel, fliehen wollte, zögerte einen Moment zu lange. Der zweite *shlaiper* machte einen kurzen schnellen Satz, der wie beiläufig wirkte.

Als der zweite Schrei verhallte, bewegte sich Chevrillon, ging vorbei am nächsten *shlaiper*, der schaukelnd über seiner Beute stand. Nun konnte er nicht mehr rückwärts sichern.

Delgado bewunderte trotz allen Widerwillens die Kaltblütigkeit des Mannes. Aus den Augenwinkeln sah er – oder meinte zu sehen –, wie Gurshtamitz eine Handbewegung machte. Zwei Tambos knieten am Rand der Hügelkuppe nieder, zielten sorgfältig und schossen.

Viveka Dalglish stolperte den Hang herauf. Durongo nahm die blaue Rose aus der Vase, ging seiner Mitarbeiterin entgegen und reichte ihr die Blume. Die in der Luft zerfiel.

Gurshtamitz berührte ihn an der Schulter und streckte die Hand aus; alle wußten, was der Tambo wollte.

Durongo zögerte nur Bruchteile von Sekunden; er streifte die Vase mit einem bedauernden Blick, ehe er sie dem Kriegsherrn gab. Gurshtamitz lächelte und ging den Hang hinab, zum Dschungel. Beim ersten *shlaiper* blieb er stehen, als ob er mit dem Monster etwas zu besprechen hätte. Das Tier stand immer noch schaukelnd, äsend, über der Leiche des AsteRisk-Mannes.

Gurshtamitz ging weiter, berührte Chevrillons Leiche mit dem Fuß, schien zum zweiten *shlaiper* zu blicken, der näher am Fluß war. Ein paar *tushtushs* segelten über die Schneise. Das Schnellboot mit Chevrillons Leuten hob ab, beschleunigte und schoß in den dunklen Himmel.

Plötzlich war ein dritter *shlaiper* da, trat aus dem Dschungel, beinahe tänzelnd. Gurshtamitz machte eine Handbewegung, die im wachsenden Zwielicht kaum noch zu sehen war.

Der *shlaiper* trampelte auf der Stelle; dann wich er aus. Gurshtamitz ging an ihm vorbei, ins Unterholz, in den Dschungel, war verschwunden.

XVII.

In der Nacht fand das große »Unter-den-Teppich-Kehren« statt. Shusato ließ die in Stellung gegangenen Einheiten abziehen; das Beiboot konnte die Insel verlassen und am Fuß des Hügels landen, auf dem nun mehrere Feuer brannten. Proviant und Getränke zur Ergänzung der Vorräte wurden ausgeladen. Ausgeladen wurde auch eine Person. Höflich, aber ohne Umschweife schloß Durongo die Residentin, Karona Litz, von den Verhandlungen aus.

Der Subsekretär, die Ältesten und die Magnaten berieten und feilschten; die gaianischen AsteRisk-Direktoren wohnten nur dem ersten Teil der Verhandlungen bei.

Tsyra, Delgado und Viveka Dalglish aßen ein wenig abseits; die Xenologin, halbwegs erholt, hatte noch tausend Fragen, gab aber auch ein paar Auskünfte. Titus Durongo hatte drei Perioden als Abgeordneter in der Kammer der Welten zu Atenoa gesessen, ehe er Teil der Exekutive wurde; in der zweiten und dritten Periode war er Mitglied des Ausschusses gewesen, der die Aktivitäten der Geheimdienste kontrollieren sollte. Diese Information half Duncan, ein paar Fäden zu verknüpfen.

Er wußte nicht genau, wie viele AsteRisk-Leute die Tambos aus Yeriddu entführt hatten. Zwei fehlten, endgültig; die übrigen, mindestens sechs oder sieben, wurden von den gaianischen Direktoren aus der Schußlinie gezogen und an Bord des Beiboots geschickt, ehe Delgado sie zählen – und ehe jemand sie befragen konnte. Die Erleichterung des Direktoriums war fast greifbar. Durongo schlug eine gründliche konzerninterne Überprüfung und »Reinigung« vor; die für zahlreiche Übergriffe und Gesetzesbrüche zuständigen Personen seien, sofern noch unter den Lebenden, von ihren Posten zu entfernen. Die AsteRisk-Direktion erklärte sich mit einer Kündigung bzw. Nichtverlängerung des Förderungskontrakts einverstanden; ferner wolle man darauf verzichten, Gebäude und Installationen für teures Geld abzubauen. All das solle in den Besitz der »Nachfolge-Organisation« übergehen. Diese wiederum, zunächst vertreten durch eine

Mitarbeiterin von Karona Litz und die anwesenden »Magnaten« Yeriddus, verzichtete auf jede Form der Klage sowie auf Entschädigungen wegen »schwer definierbarer Verletzungen individueller und kollektiver Rechte« der Bewohner von Tambora.

Delgado sah den alten Medizinmann grinsen. Die Formulierungen mochten unzugänglich sein, den Inhalt begriffen die Tambos mühelos. Und sie waren einverstanden.

Als der Mitarbeiter der Residentin rechtliche Bedenken gegen Grundzüge des neuen »Tambora-Statuts« beziehungsweise ihre Durchsetzbarkeit auf Tiritam machte, tuschelte Riordan mit *dam* Huser, der Administratorin des Distrikts; dann kicherten beide.

»Das, uh, Problem ist lösbar«, sagte Riordan laut. »Wir haben eben festgestellt, daß es zwei Möglichkeiten gibt. Entweder stimmen die Räte der anderen Distrikte und Kontinente dem hier verhandelten Statut zu, oder Tambora erklärt sich zum eigenständigen, unabhängigen Staat. Die Option ist von der Verfassung, soweit wir überhaupt eine haben, vorgesehen.«

Durongo lächelte sanft und wandte sich wieder den Ältesten der Tambos zu.

Delgado litt. Die offizielle Lesart, mit der das Commonwealth die Vorgänge erfassen und ablegen würde, verblüffte ihn nicht, sie bekümmerte ihn auch nicht weiter. Er hatte mit etwas Ähnlichem gerechnet: Um die mitbietende Konkurrenz abzuschrecken und eine Verlängerung des Kontrakts zu erreichen, sei von fehlgeleiteten örtlichen Angehörigen der AsteRisk, ohne Kenntnis der Konzernleitung auf Gaia, eine Truppe städtischer Tambos aus anderen Regionen, vor allem vom Kontinent Ummu, angeheuert worden, um eine Rebellion im Minengebiet zu simulieren, die von konzerneigenen Schutztruppen bekämpft wurde. Die Zentrale des Konzerns bedaure die Machenschaften und werde die Zuständigen zur Verantwortung ziehen; die Überlassung der Installationen auf Tiritam sei als Geste des Bedauerns und der Wiedergutmachung zu verstehen. Kein Wort von Bestechungen, Bestechungsversuchen, beeinflußten Beamten; kein Wort über ein paar tausend Tote. Auch kein Wort darüber, daß der Konflikt nicht nur »mitbietende« Konzerne abschrecken, sondern auch dafür sorgen sollte, daß die Tiris am Ende mit Handkuß fünf Prozent statt der bisherigen zehn angenommen hätten, solange überhaupt gearbeitet und gezahlt wurde.

Delgado litt an Kenntnismangel; er wollte wissen, und der Teppich, den Durongo, die Tambos, die AsteRisk-Leitung und die Magnaten knüpften, war so fein und undurchlässig, daß die darunter versteckten Informationen unzugänglich wurden. Auf die Frage, warum Gurshtamitz gegangen sei, sagte der Medizinmann, fast verblüfft, als ob jemand nach etwas völlig Selbstverständlichem frage: »Warum denn nicht?«

Als Delgado versuchte, Henrik Lukashy auszuquetschen, lud der Terraner ihn lächelnd ein, doch bald einmal London zu besuchen.

Riordan, den Delgado an gewisse geschäftliche Absprachen erinnerte, hob die Schultern. »Es mag sein, daß wir jetzt ungefähr das erreicht haben, worüber vor einiger Zeit einmal in Yeriddu, eh, geredet wurde; es ist aber unter veränderten Umständen zustande gekommen, nicht wahr, und deshalb ... Besuchen Sie uns doch mal wieder im Handelsclub; Sie müssen erzählen, wie Sie diese ganzen Tode überlebt haben.«

Destouches war immer mit dringenden Dingen befaßt, gar nicht zu sprechen.

Durongo erhielt zweifellos Karrierepunkte, als korrekter sauberer Politiker, der einen blutigen Konflikt gewaltlos und zu allseitigem Vergnügen beigelegt hatte. Die Tambos, deren Stammesbindungen weit stärker waren als angenommen (solange die Ältesten nichts unternahmen, konnten städtische Tambos aller Kontinente tun, was sie wollten; sobald die Ältesten sprachen, war ihr Wort Gesetz, und »heilig« sowieso durch Einbeziehung des Bodens ... und durch Gurshtamitz), erhielten ihren garantierten Lebensraum und auszuhandelnde Beschränkungen der Abbautätigkeit sowie Beteiligung am Gewinn. Die Magnaten erhielten das Nutzungsrecht an den Bodenschätzen. Tiritam würde eine lockere staatliche Organisation erhalten – zwangsläufig; die Magnaten sollten 49 % des Startkapitals für das neue Konsortium stellen und entsprechende Anteile behalten, und die zu verfassende Einheit namens Tiritam mußte irgendwie in die Lage versetzt werden, die übrigen 51 % und die Aktivitäten des Konsortiums zu kontrollieren. Die Journalisten erhielten Bilder und Interviews und Futter für Berichte. Und Delgado erhielt keine Antworten.

Lange nach Mitternacht, als die Verhandlungen im Prinzip abgeschlossen waren, winkte der Subsekretär Delgado zu sich. Er schaute sich nach einem Platz um, an dem sie ungestört reden konnten, und zog Duncan am Arm zum *rubal.* Sie setzten sich auf den Boden, die Rücken am Baum. Das Holz war kühl, und um den *rubal* gab es eine Zone der Ruhe.

»Ich schätze, Sie haben noch einiges auf dem Herzen«, sagte Durongo. »Und ich wüßte gern ein bißchen mehr über... den Beginn Ihrer Verwicklung in die Sache.«

Delgado zündete sich eine – die vorletzte – der geschnorrten Zigarren an. »Vermutlich brauchen Sie von mir ein paar Eckdaten, damit Sie wissen, welche entlegenen Ecken der Schleier, den Sie über alles legen, abdecken muß, ja?«

Durongo kicherte. »Nett gesagt. Es ist aber bei mir auch Neugier. Ich versichere Ihnen, Sie können offen sprechen; alles bleibt unter uns.«

Delgado nickte. »Das befürchte ich ja gerade.«

Der Politiker schwieg, mit einem kleinen, eher angedeuteten Lächeln um den Mund. Delgado seufzte und berichtete von Chevrillon, dem dubiosen Auftrag, dem Brand des Hauses am Liggabet-Hang, den Anschlägen auf Tiritam, dem Gefühl, von Tambos und anderen beobachtet worden zu sein, den Peilern und dem Sprengsatz in seinen Geräten, den Tambos, dem *vuzkil*, der Nacht in der Grotte, den Gleitern, dem Mord an Paspisano, Hazel Pukaviks Tod. Und dem Rest.

»Was Sie da ausgetüftelt haben«, sagte er schließlich, »ist nur ein winziger Teil dessen, was abgelaufen ist. Wie Sie sehr wohl wissen.«

Durongo hob die Schultern. »Es gibt nicht nur eine Zeit zum Reden und eine Zeit zum Schweigen, sondern auch Dinge, oder Komplexe, die beredet – und andere, die verschwiegen werden sollten. Machen Sie weiter.«

»Vier Leute«, sagte Delgado langsam, »haben vor vielen Jahren gemeinsam die höheren Weihen der Noastoa empfangen. So etwas verbindet – angeblich. Ein Journalist, Henrik Lukashy. Ein Millionär und Weinbauenthusiast, Amir Destouches. Ein Geologe und Hobbyforscher, Erling Paspisano. Ein Jurist und Geheimdiensttüftler, Mirko Borametz alias Oskar alias Chevrillon alias was auch immer...«

»Woher haben Sie das?« Durongo klang überrascht.

»Aus einem Buch – dem Jahrbuch, das ich bei Paspisano gefunden habe; wie ich Ihnen vorhin schon sagte. Ich kenne Chevrillon seit Jahren; ich weiß, wie gewunden seine Denkprozesse sein konnten, wenn er es für nützlich hielt. Er hat sich nie mit ... sagen wir, einer Intrige, einem Plot befaßt, der nicht mindestens zwei Ebenen hatte. Am liebsten drei oder mehr.«

Durongo lächelte. »Ein interessanter Mann, zweifellos; mit Verdiensten ... Ich weiß, daß er damals den Waffenstillstand auf Jenkynsore hingekriegt hat, mit Ihrer Hilfe, aber bis heute weiß keiner, *wie* er das gemacht hat. Er wollte es mir nicht sagen, auf dem Flug hierher; dabei wäre es gerade jetzt hilfreich. Sie wissen ja, es ist Krieg.«

»Das war es hier auch.«

»Hm. Sie waren gerade bei Chevrillons Plots.«

»Ich kriege immer noch nicht alles zusammen.« Delgado rieb den Rücken am Stamm des *rubal.* »Zu viele Widersprüche ...«

»Versuchen Sie's.«

»Helfen Sie mir dabei?«

Der Subsekretär gluckste. »Wie alt sind Sie?«

»Zu alt für naive Annahmen, das stimmt. – Ich glaube, er wollte einfach am Ende seiner Tüfteleien alles, was er auf dem Gebiet konnte, zu seinen eigenen Gunsten einsetzen. Mit mehr als der ihm zustehenden Pension abtreten, und mit einem heimlichen Triumph.«

Durongo nickte langsam.

»Gleichzeitig wollte er ein paar Leute loswerden, die böse Dinge über ihn hätten sagen können. Mich, zum Beispiel. Spuren verwischen, gewissermaßen. Ich glaube, er hat sich das alles ausgedacht – den ganzen Verlauf, alle Manöver und Gegenmanöver. Er war auf Tiritam, hat wahrscheinlich alte Bekannte besucht. Vielleicht wußte er noch Reste von dem, was Destouches, ein Tiri, damals im *peripatio* von Dendik zweifellos erzählt hat. – Wissen Sie, ich habe mich gefragt, wieso Konkurrenzfirmen nicht schon längst bei den periodischen Kontraktverlängerungen hier mitgeboten haben. Wahrscheinlich, weil die AsteRisk hier viel investiert hat, zu sicher im Sattel sitzt, bei Gegenangeboten mühelos mitsteigern kann. Irgendwie, sagte ich mir, muß bei den Konkurrenzkonzernen der Eindruck entstanden sein, diesmal sei die AsteRisk hier nicht so unanfechtbar. Angenommen, Chevrillon spielt der Bunofrena, den Geram-Leuten, vielleicht auch noch anderen eine Information zu – daß etwa die Tiris den Kontrakt nicht verlängern wollen. Er bietet ihnen außerdem an, durch

Nutzung seiner Kenntnisse und Einflußmöglichkeiten – und gegen entsprechendes Honorar – die AsteRisk auf Tiritam zu destabilisieren. Gleichzeitig bietet er, gegen gutes Honorar, der AsteRisk seine Dienste an, sagt, es gäbe da Versuche von Konkurrenten, den lukrativen Kontrakt zu übernehmen. Dann heckt er die Sache mit Tambos von anderen Kontinenten aus und mit den Söldnern als Gegenmaßnahme. Was für Bunofrena und so weiter wie die versprochene Destabilisierung aussieht. Dann geht er noch einen Schritt weiter und setzt sich, wahrscheinlich über seinen alten Kommilitonen Destouches, mit den Magnaten in Verbindung. Die haben zwar, als ich ihnen so etwas vorschlug, ganz überrascht getan; sie haben aber auch behauptet, kein Journalist kümmere sich um sie, während ich von den Kollegen weiß, daß durchaus einige es versucht haben, die Magnaten sich aber nicht sprechen lassen wollten. Wie auch immer – Chevrillons dritte Ebene ist, daß er, sicher wieder gegen gutes Geld, die AsteRisk tatsächlich zu destabilisieren beschließt. Was die AsteRisk zunächst nicht bemerkt.«

Durongo seufzte; es klang fast lustvoll. »Ein teuflisch fein ausgeheckter Plan. Und da kommen Sie jetzt rein, nicht wahr?«

»Ja, jetzt kommt der dumme Agent und Journalist Delgado ins Spiel. Chevrillon kennt Tiritam; wahrscheinlich weiß er, woher auch immer, mindestens so viel über die Mysterien des Planeten wie wir heute, nach allem ... Er erfindet den Kriegsherrn Gurshtamitz. Von dem keiner je gehört hat. Weil er weiß, daß ich nach ihm fragen werde. Weil er weiß, oder erwartet, daß die Tambos, wenn man sie lange genug durch Gerüchte und Fragen darauf hinweist, diesen Gurshtamitz *erzeugen* werden. Und der Kriegsherr wird alles so anheizen, daß früher oder später die Lage hier unhaltbar wird; das Commonwealth muß eingreifen, Chevrillon hat dreimal kassiert, ohne einen seiner Partner direkt zu betrügen. Er hat der Bunofrena versprochen, die AsteRisk zu destabilisieren – bitte sehr, das hat er getan. Daß der Konflikt eskaliert, liegt einfach an den Umständen.«

»Ach ja«, sagte Durongo. »Schade, daß wir ihn nicht mehr fragen können. Aber er hätte sowieso nicht geantwortet. Feines Bild, das Sie da malen, Delgado. Und was mißfällt Ihnen? Daß Sie dabei draufgehen sollten?«

»Das war gewissermaßen selbstverständlich. Vielleicht gefällt es mir nicht gerade, dafür haben Sie bestimmt Verständnis, aber das wäre rein persönlich. Nein; was mir intellektuell mißfällt, das sind die ganzen Widersprüche dabei. Ich hatte diesen Gangster, die Qualle, um Hilfe gebeten, gegen gewisse Versprechungen. Er hat etwas herausgekriegt und dann einen Verkehrsunfall erlitten. Ich nehme an, Chevrillon steckte dahinter. Die Peilsender in meinen Geräten, der Sprengstoff – alles verständlich; er kann mich, wenn alles klappt, nicht leben lassen, weil ich die Dinge durchschauen könnte, muß also die Mittel haben, mich notfalls aus der Ferne... auszuknipsen. Und er muß die AsteRisk hier informieren. Die kriegen also die Frequenzen, damit sie mich überwachen und ausschalten können. Die schicken den ersten Gleiter, auch den zweiten, der mich aus dem Bus holt. Aber wer hat mich in Atenoa beschattet? Wer hat das Haus am Liggabet, wo ich liegen und schlafen sollte, angesteckt? Was ist mit den mysteriösen Tambo-Aktionen, die ich mir nicht nur eingebildet habe? Was ist mit Hazel Pukavik? Wer hat, und warum, Paspisano umgebracht? Der alte Mann hat Steinchen zusammengetragen, aber wirklich bedrohlich konnte das doch nicht werden; und er ist damit so zögernd und widersprüchlich umgegangen, hat alle möglichen Leute und Stellen halbinformiert... als ob er irgendwie doch nichts unternehmen wollte. Und...« Er sprach nicht weiter.

»Und was?« sagte Durongo.

»Es paßt alles nicht; es ist... es ist nicht ›rund‹ genug für Chevrillon, verstehen Sie? So, wie ich es geschildert habe, kann er doch am Ende nicht verhindern, daß die AsteRisk ihn hochgehen läßt. Es sei denn, er hätte noch etwas in der Hand... etwas, womit er sie beruhigen kann. Aber was?«

Durongo hob die Schultern.

»Wissen Sie was?« sagte Delgado leise. »Ich glaube, Sie wissen es. Aber Sie wollen nicht, oder?«

»Wir spielen hier weder Detektiv noch Gericht, Delgado.« Durongos Stimme wurde hart. »Es geht um Interessenausgleich zu maximalem Nutzen aller Betroffenen.«

»Ich weiß, wie Chevrillon damals den Waffenstillstand auf Jenkynsore hingekriegt hat.« Delgado sagte es wie nebenbei.

»*So* wichtig ist mir das nun auch wieder nicht.« Durongo schüttelte den Kopf. »Der Konflikt ist beigelegt. Und nun sind ja alle, die Auskünfte geben könnten, entweder tot oder nicht sehr redselig. Und die

Möglichkeit, einen von den Überlebenden zum Reden zu zwingen, besteht nicht. Sie haben ja nichts in der Hand.« Er stand auf.

»Wieso ist Chevrillon mitgekommen?« sagte Delgado. »Doch sicher nicht wegen meines Erpressungsversuchs.«

Durongo runzelte die Stirn. Er schien einen Moment zu überlegen. »Na ja, warum nicht?« murmelte er. »Ich hatte ein bißchen Material gegen ihn, aus meiner Zeit im Ausschuß. Nichts Verwendbares, aber immerhin interessant. Als wir Gaia verlassen sollten, habe ich die AsteRisk ganz einfach direkt gefragt, ob man da Wert auf Chevrillons Anwesenheit legt. Die waren begeistert. Deshalb ...«

»Und jetzt ...«

Durongo blickte hinauf, zur Hügelkuppe. »Wir sollten uns da mal wieder sehen lassen. Karona Litz wird in den Innendienst versetzt – wenn Sie das interessiert.«

Delgado stand ebenfalls auf. Seine Stimme klang gefaßt, aber bitter. »Mehr sagen Sie nicht?«

Durongo hob die Schultern. »Es gibt nichts mehr zu sagen – jedenfalls von mir aus.«

Als er die Kuppe erreichte, sah er sich nach Tsyra um. Sie saß immer noch bei Viveka Dalglish. Ein Gleiter hob eben ab; Delgado glaubte Lukashy und Riordan unter der halbhellen Kuppel zu erkennen. Langsam ging er zu dem Gleiter, den er als »seinen« betrachtete und den offenbar niemand zurückverlangte, öffnete die Seite und hockte sich auf die Bodenkante.

Aus einer Gruppe von Stammesfürsten und Ältesten lösten sich zwei Gestalten, gingen ein paar Schritt nebeneinander, trennten sich dann. Durongo wandte sich dorthin, wo ein Teil seiner Berater saß; Destouches blickte sich um, sah Delgado, zögerte und kam dann zu ihm.

»Na, zufrieden, Sie Überlebenskünstler?« sagte der Magnat.

Es waren nicht die unwichtigen Wörter – irgendetwas in der Haltung, in der Stimme, vielleicht in den Augen des Mannes. Plötzlich begriff Delgado; und er fragte sich, wieso er nicht früher begriffen hatte. Und wie es jemals möglich gewesen war, daß er Amir Destouches für einen zwar reichen und entsprechend mächtigen, aber im Grunde schlichten, jovialen Zeitgenossen mit absurder Vorliebe für komplizierte Weinbautechniken gehalten hatte.

»Nicht ganz.« Er räusperte sich mehrmals, bis die Stimme wieder normal klang. »Wie steht es denn mit der überlebenden Hälfte der Bruderschaft aus dem *peripatio* von Dendik?«

Destouches grinste. »Wir können nicht klagen. Kommen Sie; lassen Sie uns einen Wein trinken.« Er nahm Delgado am Arm und zog ihn zu einem der leeren Tische. Die Leute der Flotte hatten matte Lampen montiert; jemand brachte eine Flasche und zwei Gläser.

»Ich nehme an«, sagte Delgado, »Chevrillon hätte am Ende Gurshtamitz und die AsteRisk und die Magnaten zusammengebracht, ja?«

Destouches antwortete nicht; er goß die Gläser voll, schob ihm eines hin und blickte ihn über den Rand des anderen an. Umgänglichkeit und Jovialität und Spott waren verschwunden; Delgado las eine Sekunde lang in dem Gesicht wie in einem Buch – einem Buch über tückische Plots und mörderischen Willen zur Macht. Dann lächelte der Magnat, und das Buch war verschlossen.

»Sie müssen mir erzählen, wie Sie da überall heil rausgekommen sind. Ausführlicher als vorhin, bei den Verhandlungen, meine ich.«

Delgado trank; er zog die letzte Zigarre aus der Brusttasche und zündete sie an. Seine Zunge ähnelte dem nach langer Hatz abgezogenen Balg eines minderwertigen Pelztiers.

»Irgendwie habe ich nicht früh genug bemerkt«, sagte er, »daß die wirklich bedrohlichen Aktionen von Tambos gegen mich nach meinem Besuch im Handelsclub aufgehört haben. Sie kennen sich aus, nicht wahr?«

Destouches runzelte die Stirn. »Wollen Sie auf etwas Bestimmtes hinaus?«

Delgado inhalierte, hustete und betrachtete den Glutkegel der Zigarre. »Lukashy konnte Verbindungen herstellen und falsche Informationen in Umlauf bringen – war das alles, was ihn betrifft?«

»Henrik ist ein Dandy; er hat selbst reichlich Geld, schreibt gern Unfug und spielt Poker. An gewissen Dingen hat er einfach Spaß. – Was wollen Sie?«

»Später. Ich dachte gerade darüber nach, ob ein Magnat aus Yeriddu, der zweifellos hier, da und dort Geld investiert hat, wirklich Kolumnistenjobs bei *Mirazh* vergeben kann.«

Destouches seufzte theatralisch. »Sie sprechen in Rätseln, junger Mann.«

»Ich sollte, unbehelligt von Tambos – nachdem Ihnen klar war, daß ich Chevrillons Auftrag nicht ganz in seinem Sinn ausführen würde –, die Dinge in Gang bringen und anschließend elegant beseitigt werden, glaube ich. Und Hazel Pukavik hätte sicher einen Verkehrsunfall erlitten. Oder wäre bei einem zufälligen Hausbrand umgekommen, wie?«

»Wer ist diese Hazel Pukavik, von der Sie dauernd reden?« Destouches' Mundwinkel zuckten, aber es wurde kein Grinsen daraus.

»Und Erling Paspisano ... Hatte er wirklich genug in der Hand, um den Plan hochgehen zu lassen?«

»Sie langweilen mich.« Destouches langte nach der Flasche und füllte sein Glas auf. »Irgendwie haben viele Journalisten einen Komplex. Sie suchen Heilige und weinen, wenn sie keine finden.«

»Soll das heißen ...« Delgado hielt einen Moment die Luft an. »Er wollte – was? Mitspielen? Eine größere Scheibe vom Braten? Hat mit seinen Indiskretionen nur gespielt, um einen besseren Preis herauszuschinden? Ahhhh.«

»Sie haben nichts, nicht wahr? Neugier – kann ich verstehen. Und ein gewisses ... Interesse daran, Risiken und Strapazen aufgewogen zu sehen. Aber Sie haben nichts Faßbares.«

»Da gibt es ein Tambo-Wort, *zvit*«, sagte Delgado. »Wenn die Götter des Bodens unwirsch sind und beschwichtigt werden sollten. Vielleicht will ich nur beschwichtigt werden. Wir haben in Yeriddu über einen Handel geredet. Und ... man kann Gerüchte in die Welt setzen. Stunk. In großen gaianischen Zeitungen.«

»Ihre finanziellen Vorstellungen, habe ich Ihnen ja schon gesagt, waren abstrus. Beschwichtigen ... Bah.«

Delgado schaute zum anderen Rand der Kuppe; dorthin, wo immer noch Tsyra Bhowani und Viveka Dalglish saßen und redeten. »In Yeriddu«, sagte er leise, »steht ein Haus, das nicht abbezahlt ist.«

Destouches nickte. »Ich werde mir das Haus ansehen. Manchmal taucht jählings die Notwendigkeit auf, neuen Büroraum zu erwerben. Wer weiß ... Die Bodengötter bleiben an Ort und Stelle, wenn sie beschwichtigt sind; man kann dann, uh, rückfragen.«

Delgado schloß die Augen. »Ich habe keinen Anhang auf Gaia. Bestimmte Ecken von Tiritam finde ich ganz reizvoll – Puerto Lindo und Zhish, zum Beispiel. Andere würde ich mir gern anschauen. Ein paar Jahre lang, vielleicht, und dabei sehen, wie sich das Abbau-

Konsortium konsolidiert. Unwiderruflich konsolidiert, meine ich, mit allem, was dazugehört. Ich lege keinen Wert darauf, in leicht brennbaren Häusern zu wohnen, jetzt nicht und nicht in Zukunft.«

Destouches leerte sein Glas und stand auf. »Ich will mir ein paar warme Gedanken machen.« Er kniff die Augen zusammen. »Es hat hier genug Leichen und ... Vertragsbrüche gegeben, nicht wahr? Wo kann ich Sie in der nächsten Zeit erreichen?«

»Hätte Chevrillon die Tambos, die Magnaten und die AsteRisk zusammengebracht?«

Destouches rümpfte die Nase. »Das war *sein* Plan. Als Plan ganz ordentlich, aber ... es gab einen anderen, und der war besser.«

»Der Schachspieler, der gleichzeitig Figur auf einem anderen Brett ist? Das ist ... genial.« Delgado schüttelte langsam, staunend, den Kopf.

»Wohin fliegen Sie, mit Ihrem geklauten Gleiter?«

Delgado überlegte. »Wie heißt das beste Hotel in Panizuro?«

* * *

Von der Terrasse des *Serai* hatte man einen weiten Blick über die bunten Dächer und engen Gassen der Altstadt von Panizuro, den Hafen und den Malagatischen Ozean. Eine beleuchtete Barke glitt hinaus, zu einer Fahrt in den Sonnenuntergang und durch die Nacht. Ein paar *tushtushs* kreisten über dem abgeräumten Fischmarkt. Der Kellner brachte zwei hohe Gläser mit einem spritzigen, fruchtigen Cocktail namens *karavash*. Früher war das Hotel Endpunkt der transkontinentalen Kamelkarawanen gewesen; viele Namen und Spezialitäten spielten noch darauf an.

Neben den Gläsern lagen ein paar Umschläge auf dem Tablett. »Ihre Post, *dom* Delgado. Wollen Sie schon Essen bestellen?«

Tsyra schüttelte den Kopf. »Nein, danke, wir warten noch ein wenig.«

Nach einem langen Strandtag hatten sie Estir, überdreht und erschöpft, wieder bei seiner Tante abgeliefert, die ihre Kinder durchzählte und das Geplapper des Jungen in Sahneeis erstickte. Das Haus der Familie war voll; Tsyra und Duncan litten keineswegs darunter, mit dem Hotel vorliebnehmen zu müssen.

Delgado hob das Glas. »Auf Estirs gesunden Schlaf«, sagte er. »Und einen schönen Tag.«

Sie streifte ihn mit einem ihrer dunklen Blicke und schaute aufs Meer. »Eher auf abwesende Feinde«, murmelte sie. »Und Einfälle.«

Delgado stellte das Glas ab. »Du weißt, ich leide an Entschlußlosigkeit. Als Fernlenkwaffe ohne Ziel ...«

»Bah.«

Er seufzte, nahm den hoteleigenen Brieföffner und zerschlitzte die Umschläge. Dann sagte er sehr lange nichts.

Tsyra räusperte sich. »Deine Augen sind irgendwo in der Galaxis, aber nicht hier. Was hast du?«

Er zuckte zusammen. »Was? Ah, entschuldige. Die Post ...«

»Dachte ich mir.«

Er wedelte mit den Umschlägen. »Ein paar Auszüge. Eine ... ein Angebot. Etwas, was dich angeht. Und ein paar Schreiben.« Er schob ihr einen Umschlag zu, über den Tisch. Er war an ihn adressiert; darin lag ein kurzes Schreiben, in dem man ihn bat, »Beigefügtes« der in Yeriddu unauffindbaren Tsyra Bhowani weiterzuleiten. Man gehe davon aus, daß mit Annahme des Schecks alle Ansprüche aufgrund bedauerlicher Übergriffe ehemaliger Firmenmitarbeiter aufgegeben würden, und bitte um Unterzeichnung des beigefügten Revers durch die Empfängerin. Der Scheck, ausgestellt vom Büro der AsteRisk, lautete auf 250 000 *dr*.

Tsyra schwieg sehr lange; schließlich sagte sie: »Ich kann es kaum glauben ...« Dann gab sie sich einen Ruck. »Was war das mit dem Angebot – wenn ich fragen darf.«

Er beugte sich vor, suchte ihren Blick, aber sie wich aus. »Du *sollst* fragen«, sagte er leise und eindringlich. »Die beste Zeitung des Commonwealth, *Tempo*, bietet mir die Berichterstattung über den Krieg an – Jenkynsore.«

Tsyra verzog keine Miene; als sie sprach, war ihre Stimme flach und tonlos. »Das ... kannst du nicht ablehnen.«

»Viereinhalbtausend im Monat, plus plus plus. Wieviel braucht man auf Tiritam, um angenehm zu leben?«

»Fünf, sechs im Jahr. Wie du weißt. Was soll das?«

Er senkte den Blick. »Ich habe doch im Canyon ein paar Worte mit Destouches geredet. Ich fürchte, ich habe mich da ein bißchen in dein Leben ... gedrängelt.« Er reichte ihr einen Teil dessen, was im zweiten der Umschläge steckte.

Sie nahm es zögernd, las, stutzte. »Was ...?«

Es war ein Kaufvertrag, von der bisherigen Eigentümerin zu unterschreiben, über ein Haus in Yeriddu. Als Preis wurde 50 000 *dr* festgesetzt, teils als Übernahme bestehender Verbindlichkeiten, teils zu zahlen. Ein Scheck über 14 000 *dr* lag bei.

»Er schreibt, es ist höchstens die Hälfte wert, aber in Anbetracht gewisser Dinge . . .«

Sie schwieg; einen Moment hatte er das Gefühl, oder die Hoffnung, ihre dunklen, undurchdringlichen Augen feucht werden zu sehen. Dann wandte sie den Kopf ab.

»Danke – was soll ich sonst sagen?«

»Und das war dabei.« Er hielt die übrigen Papiere aus dem Umschlag hoch. »Ich komme mir vor wie ein Trottel«, sagte er, plötzlich bitter. »Statt einfach zu fragen.«

»Wen was zu fragen?«

Er beugte sich vor. »Dich.«

Sie lächelte flüchtig. »Soll ich das lesen?«

Er starrte auf den Brief. »Das ist jetzt unwichtig. Es . . . es erklärt einiges, aber . . .« Er seufzte. »Noch ein Angebot – Berater für Öffentlichkeitsarbeit, beim Konsortium. Wegen meiner Kenntnisse und, eh, wegen des Scharfsinns. Dummes Zeug. Aber ich kann nichts unternehmen, außer Stunk machen. Das weiß er genau. Da ist noch ein Scheck dabei – als Anzahlung oder Handgeld oder was. Willst du ihn sehen?«

Sie streckte die Hand aus, nahm, las und schüttelte den Kopf. »Was ist das hier? Eine Veranstaltung zur Vergoldung der Sandwüste?«

Der von Destouches unterschriebene Scheck trug den Vermerk *zvit* und lautete über 250 000 *dr*.

»Und das«, sagte Delgado, »setzt alles ins rechte Licht. Ein Glück, daß ich keinen Hang zur Metaphysik habe.« Er reichte Tsyra den letzten Brief, adressiert an *dom* Delgado, mit der Schlußbemerkung »und herzliche Grüße an Tsyra Bhowani, falls Sie sie sehen.« Es waren wenige Zeilen, eilig geschrieben von Viveka Dalgish vor dem Abflug Durongos, der noch zwei Tage auf Tiritam geblieben war, um Dinge zu regeln.

Die Xenologin schrieb, sie habe die verfügbaren Informationen noch einmal analysiert und sei zu unbehaglichen Schlüssen gekommen. Daß nur die dem Boden eng verbundenen Tambos, normalerweise aber keinesfalls Tiris oder Fremde, zu »dieser mysteriösen

Zeugungs-Kommunikation« fähig seien, ließe die bisherigen Annahmen zumindest teilweise als falsch erscheinen. Ein nach gewöhnlichen Maßstäben schwachsinniger Überlebender, Ahmad Mirza, könne in langen isolierten Jahren eine sehr intensive Kommunikation mit seiner »leblosen« Umgebung erreicht haben; vermutlich seien die übrigen Landfall-Siedler vor ihrem frühen und ewig rätselhaften Tod zu derartiger Kommunikation ebenso unfähig gewesen wie heutige Tiris »oder Subsekretäre«. Die Entstellungen der alten pseudo-australischen Namen im System durch Mirza wiesen strukturelle Ähnlichkeiten mit den Entstellungen altterranischer Wörter im Tambotischen auf... »Die Schlußfolgerung ist ebenso unbeweisbar wie unangenehm, sie ist jedoch nicht unwahrscheinlich. Vermutlich hat zu jener Zeit, da Galaktein noch nicht und Anglic nicht mehr allgemein verbreitet war, die Landfall-Gruppe eine eher wüste *lingua franca* aus Elementen aller Einzelsprachen verwendet. Vermutlich hat Mirza, als die anderen tot waren, dieses Gemisch in Gedanken oder Selbstgesprächen weiter benutzt. Der ›göttliche Funke‹, der die Tambos und alles andere ›Neue‹ auf Tiritam gezeugt hat, war höchstwahrscheinlich die mystische Kommunikation eines brabbelnden Schwachsinnigen mit einer planetaren Reaktionsmasse. Was zur unbehaglichen Frage führt, welcher isolierte Schwachsinnige – ein verrückter Gott – mit CroMagnon-Skelett vor 50 000 Jahren auf einer von Neandertalern und anderen Halbaffen behausten Erde die Genesis in Gang gesetzt haben mag.«

Tsyra schob ihm den Brief wieder hin. Sie lehnte sich zurück, setzte das Glas an die Unterlippe, trank aber nicht. »Ich will es nicht wissen.« Sie bewegte sich, als ob sie fröstelte.

Delgado steckte den Brief ein. »Ich will es nicht einmal nichtwissen... ›Reaktionsmasse‹ – ohne eigene Aktion? Diese ferngelenkte Waffe ohne eigenes Ziel hier...« Er hüstelte. »Aber das ist alles unwichtig. Ich, ah... sag doch was!«

Sie schwieg, trank noch immer nicht, schaute in den Himmel über Delgados Kopf.

»Verdammt, sieh mich an!«

Langsam kehrte ihr Blick zurück, immer noch dunkel.

Delgado beugte sich wieder vor, griff nach ihrer kühlen Hand auf dem Tisch. »*Tempo* und das Konsortium und die Neandertaler«, sagte er leise. »Du... bist frei und kannst über dich verfügen. Ich muß nichts von alledem machen. Ich hab genug für dreihundert Jahre angenehmes Leben auf Tiritam. Wie lange hältst du es mit mir aus?«

Sie hob die Schultern. »In dreihundert Jahren bin ich tot.«

Er stöhnte. »Kann ich eine Antwort kriegen? Paspisanos Haus steht zum Verkauf. Fischen, Weintrinken, mit Estir zu den Inseln segeln... Tegra modellieren, Steine verwurmen, Bibisams zähmen... ein bißchen gepflegte Langeweile zwischendurch ..« Er schüttelte den Kopf. »Deine Augen... Irgendwie krieg ich das nicht richtig raus. Alles sehr unbefriedigend und unüberzeugend.«

Sie leerte ihr Glas und stand auf, zog ihn an der Hand hoch. Nun lächelte sie, ein wenig verhangen. »Komm«, sagte sie. »Laß es uns mit der Befriedigung versuchen. Die Überzeugung kommt vielleicht von selbst.«

GISBERT HAEFS
IM HAFFMANS VERLAG

ALEXANDER
Band I: Hellas
Band II: Asien
Der Roman Alexanders des Großen

HANNIBAL
Der Roman Karthagos

BARAKUDA I: PASDAN
Science-Fiction-Roman

FREUDIGE EREIGNISSE
Geschichten

UND OBEN SITZT EIN RABE
Ein Matzbach-Krimi

DAS DOPPELGRAB IN DER PROVENCE
Ein Matzbach-Krimi

MÖRDER UND MARDER
Ein Matzbach-Krimi

KIPLING COMPANION
Zur Einführung eines weltberühmten Unbekannten

Von Gisbert Haefs neu übersetzt:

AMBROSE BIERCE
Des Teufels Wörterbuch
Horrorgeschichten

RUDYARD KIPLING
Das Dschungelbuch
Erzählungen
Das zweite Dschungelbuch
Erzählungen
Genau-so-Geschichten
Erzählungen
Kim
Roman
Stalky & Co.
Erzählungen
Vielerlei Schliche
Erzählungen
Die Vielfalt der Geschöpfe
Erzählungen
Die Ballade von Ost und West
Gedichte

SIR ARTHUR CONAN DOYLE
Die Abenteuer des Sherlock Holmes
Geschichten
Eine Studie in Scharlachrot
Roman
Der Hund der Baskervilles
Roman

GUSTAVE FLAUBERT
Das Wörterbuch der übernommenen Ideen
Nachwort von Julian Barnes

MARK TWAIN
Tom Sawyers Abenteuer
Zeichnungen von Tatjana Hauptmann

MONTY PYTHON'S
Flying Circus – Sämtliche Worte II
Folge fünfundvierzig

Herausgegeben von Gisbert Haefs:

AMBROSE BIERCE
Werke in vier Bänden

HANNS KNEIFEL
Das brennende Labyrinth
Science-Fiction-Roman

GEORG CHRISTOPH LICHTENBERG
Sudelbrevier